A HORA DAS CRIANÇAS

Marcia Willett

A HORA DAS CRIANÇAS

Tradução
Flávia Carneiro Anderson

BERTRAND BRASIL

Título original: *The Children's Hour*

Capa: Silvana Mattievich

Editoração: DFL

2007
Impresso no Brasil
Printed in Brazil

CIP-Brasil. Catalogação na fonte
Sindicato Nacional dos Editores de Livros, RJ

W685h Willett, Marcia
A hora das crianças/Marcia Willett; tradução Flávia Carneiro Anderson. — Rio de Janeiro: Bertrand Brasil, 2007.
350p.

Tradução de: The children's hour
ISBN 978-85-286-1280-6

1. Romance inglês. I. Anderson, Flávia Carneiro. II. Título.

07-2884 CDD – 823
CDU – 821.111-3

EDITORA BERTRAND BRASIL LTDA.
Rua Argentina, 171 — 1º andar — São Cristóvão
20921-380 — Rio de Janeiro — RJ
Tel.: (0XX21) 2585-2070 — Fax: (0XX21) 2585-2087

Para Dinah

CAPÍTULO UM

Os raios de sol do início de outono entravam oblíquos pela porta principal, formando faixas empoeiradas e douradas de luz. Banhavam o antigo banco de madeira, reluziam na grande bandeja de cobre que ficava na mesa de carvalho e iluminavam com suavidade a enorme tapeçaria de seda desbotada da parede abaixo da galeria. Um par de botas de borracha de cano curto, largado de forma displicente, estava quase à entrada, do lado de fora, sobre a laje de granito, e jogada sobre a almofada puída do banco havia uma cesta de vime com barbante, tesouras de poda, uma velha pá pequena e preciosos saquinhos de sementes.

A quietude plácida era realçada pelo cricrilar suave dos grilos, com suas canções quase inaudíveis, em virtude do burburinho do riacho. Em breve o sol desceria por trás da vertente do despenhadeiro, rumo ao mar, deixando partes do gramado na sombra. Eram cinco da tarde: a hora das crianças.

Da penumbra surgiu uma cadeira de rodas, que deslizou suavemente com seus pneus de borracha sobre o piso de mosaico rachado, fazendo uma pausa do lado de fora da sala de visitas. A ocupante ficou imóvel, com a cabeça inclinada, escutando vozes de mais de sessenta anos atrás, vendo pezinhos com sandálias afiveladas pisotearem e danificarem os tecidos de algodão reforçado dos sofás e revendo, em um canto, uma tela emoldurada com uma cena que ainda estava sendo bordada...

Silêncio! Alguém está contando uma história. As crianças se reúnem em torno da mãe: as duas meninas maiores compartilham o sofá, com o bebê acomodado entre elas; outra está deitada de bruços, no chão, com um pé chutando o ar — o único sinal de energia mal contida — enquanto brinca com um quebra-cabeça. Outra criança está sentada em um banco, próximo à poltrona da mãe, ansiosa para ver as ilustrações que enfeitam a história.

"'Vou lhes contar uma história', disse a narradora, 'mas vocês não devem fazer bagunça nem ficar tossindo ou assoando o nariz o tempo todo... Tampouco tirem mais papelotes dos cabelos. Quando eu terminar, durmam imediatamente.'"

A voz da mãe é tão suave e musical como o riacho, e igualmente encantadora, de modo que as crianças são ninadas e o ambiente familiar vai se transformando e desaparecendo à medida que elas são conduzidas para outro universo: o mundo do faz-de-conta, do era-uma-vez.

No corredor, do outro lado da porta, os olhos de Nest estavam fechados, imaginando a cena outrora familiar, os ouvidos esforçando-se para escutar as palavras há muito silenciadas, os dedos apertando com força os braços da cadeira de rodas. O toque do telefone rompeu o silêncio, quebrando o encanto; uma porta abriu-se e ouviram-se passos apressados no corredor. Ela ergueu a cabeça, escutando com atenção, ouvindo o tinido do receptor telefônico ainda no gancho; virou a cadeira devagar, a fim de examinar a galeria. Sua irmã Mina apareceu no patamar e a olhou lá de cima.

— Ainda bem que o toque do telefone não a acordou — disse ela, aliviada. — Você estava indo ao jardim? Posso levar o chá para o caramanchão. Ainda está quente lá fora.

— Quem era? — A perspectiva de tomar chá não a distraíra. Havia algo estranho no ar e um leve temor fez com que ela estremecesse. — Quem ligou? Foi Lyddie?

9
A Hora das Crianças

— Não, não foi ela. — A voz de Mina soou animada, pois ela sabia da tendência de Nest de se preocupar com a sobrinha mais nova da família. — Foi Helena.

O tom de voz da filha de sua irmã mais velha soara atipicamente premente — Helena, de modo geral, era muito exclusivista — e Mina começou a se sentir cada vez mais ansiosa.

Ela atravessou a galeria e desceu as escadas. A calça azul-marinho, de tecido axadrezado, estava enfiada nas meias grossas e a camisa de lã verde-escura ficara para fora, cheia de gravetinhos. Os cabelos brancos prateados contornavam-lhe a cabeça como um halo, mas seus olhos verde-acinzentados ainda eram viçosos, apesar das rugas que os aprisionavam. Três cachorrinhos brancos corriam no seu encalço, com as unhas fazendo barulho no chão, receando ficar para trás.

— Eu estava aparando os arbustos — disse ela a Nest — e, de repente, percebi que já era tarde, então vim pôr a chaleira no fogo. Mas me distraí procurando algo lá em cima.

— Um chá cairá bem — Nest percebeu que deveria seguir o exemplo de Mina —, mas acho que já está muito tarde para irmos ao caramanchão. O sol já está se pondo. De qualquer forma, para que tanto transtorno, carregando tudo até lá? Vamos tomá-lo na sala de visitas.

— Boa idéia. — O alívio de Mina era evidente. — Dentro de alguns minutos estará pronto. É preciso deixar a água ferver bem.

Ela caminhou apressada pelo corredor, as meias ressoando levemente na cerâmica decorada, os Sealyhams terriers correndo agora à sua frente; Nest girou a cadeira e se dirigiu à sala, devagar. Era um ambiente comprido e estreito, com uma lareira de um lado e uma enorme janela de sacada do outro.

"Que formato ridículo", dissera Ambrose à jovem esposa quando ela herdara a casa, logo após a Primeira Guerra Mundial. "Quase não há espaço para sentar ao redor da lareira."

"Há espaço suficiente para nós dois", respondera Lydia, cuja paixão pelo casarão de Ottercombe foi quase tão grande quanto seu amor pelo bem-apessoado marido. "Podemos vir nas férias. Ah, querido, que maravilha poder sair de Londres!"

Foi a filha deles, Mina, que, quarenta anos depois, reformou a sala, deixando uma parte projetada para o inverno e outra para o verão. Agora, confortáveis poltronas e um pequeno sofá formavam um semicírculo ao redor da lareira, ao passo que um segundo sofá, muito maior, com o encosto voltado para o resto da sala, tinha vista para o jardim. Nest parou ao lado da janela de batente, observando a varanda, com seus jarros de flores; ali, uma grande quantidade de nastúrcios amarelos e vermelhos brotava por entre as lajes, esgueirando-se pela borda de heras, prestes a cair no gramado abaixo.

— Logo, logo vamos poder assar petiscos na lareira. — Mina estava colocando a bandeja na mesinha diante do sofá, observada atentamente pelos cachorros. — Não, Dom Arisco, sente. Isso. *Bom* rapaz. Sobrou bolo e eu trouxe uns biscoitos amanteigados.

Mina deixou-se cair nas almofadas fofas do sofá, incapaz de adiar ainda mais o momento da verdade. Não olhou para Nest em sua cadeira, mas ficou observando a paisagem, para além do jardim, para as margens arborizadas do penhasco íngreme. Dois dos cachorros já se haviam acomodado em suas camas à janela da sacada, mas a terceira pulou no sofá, enrodilhando-se ao lado da dona. A mão de Mina acariciava com delicadeza o dorso branco e quente.

— Ela queria conversar sobre Georgie — disse. — Helena diz que ela já não pode mais viver só. Deixou duas chaleiras queimarem na semana passada e ontem foi dar uma caminhada e depois não conseguiu lembrar onde estava. Alguém entrou em contato com Helena no escritório e ela teve de largar tudo para resolver a situação. A pobre Georgie ficou bastante transtornada.

— Ao se perder ou ao ver a filha? — perguntou Nest, com bom humor, mas observou Mina com cuidado, sabendo que algo importante estava acontecendo.

Mina deu uma risada.

— Helena realmente exerce esse efeito sobre as pessoas — reconheceu. — Mas o fato é que ela e Rupert decidiram que Georgie terá de ir para um asilo. Eles vinham pensando nessa possibilidade há algum tempo e encontraram um lugar muito bom e bem perto. Helena disse que o acesso é fácil de carro.

— E o que Georgie está dizendo?

— Muita coisa, pelo visto. Se é para desistir de morar no seu próprio apartamento, ela não entende por que não pode morar com eles. Afinal de contas, há bastante espaço e os filhos deles estão morando fora. Ela está lutando contra a idéia, claro.

— Claro — concordou Nest. — No entanto, se eu tivesse que escolher entre Rupert e Helena e um asilo, sei muito bem qual seria minha opção. Mas por que Helena ligou para dizer isso? Ela não costuma nos manter informadas sobre as atividades de nossa irmã. Não que Georgie fale muita coisa também. Só quando está com algum problema.

— Acho que Helena fez o possível para manter a independência de Georgie, e não só porque isso facilita as coisas para ela e Rupert — Mina estava tentando ser justa —, mas se Georgie precisa de supervisão, eles não podem deixá-la sozinha em casa. De qualquer forma, Helena ligou para avisar que o asilo não pode recebê-la agora e perguntar se poderíamos hospedá-la por um curto período.

Nest pensou: *Por que estou tão apreensiva? Georgie é minha irmã. Está ficando velha. O que está acontecendo comigo?*

Tomou um pouco do chá e colocou a xícara no pires, apoiando-a no joelho, tentando evitar a pergunta "Quanto é um 'curto período'?".

— E o que foi que você disse para Helena? — foi a pergunta que resolveu fazer.

— Disse que íamos conversar sobre o assunto — respondeu Mina. — Afinal de contas, esta casa é tanto sua quanto minha. Acha que podemos aturar Georgie por alguns meses?

Alguns meses. Nest lutou contra a sensação de pânico.

— Já que é você que teria de aturá-la mais — retrucou, de forma evasiva —, o que *você* acha da idéia?

— Creio que dá pra lidar. Sinto que... — Mina fez uma pausa e respirou fundo. — Ou, ao menos, o que eu *acho* que sinto é que temos de tentar. — Ela fitou a irmã. — Mas parece que você não está muito animada com a idéia — hesitou. — Ou será que está apreensiva? Alguma coisa está acontecendo. — Em vez de insistir no assunto, acariciou a cabeça de Lady Polly, esfarelando o biscoito para lhe dar um pedacinho. Dom Arisco se levantou da cama em um piscar de olhos, posicionando-se ao lado de Mina, abanando o rabo esperançosamente. Ela lhe deu um pedaço e, em instantes, todos os três cachorros estavam ao lado dela no sofá.

— Você não toma jeito. — Nest a observou, com carinho, enquanto Mina se comunicava com seus adorados animais de estimação. — Não toma jeito mesmo. Mas tem toda razão. Eu me senti estranha o dia todo. Escutei vozes, antigas lembranças voltaram. Tenho o pressentimento de que algo terrível pode acontecer. Estou sentindo um frio no estômago. — Soltou uma risada. — Mas deve ser mera coincidência. Afinal, não posso imaginar por que a pobre Georgie deveria ser considerada um bicho-de-sete-cabeças, não é mesmo?

Ela se inclinou para a frente, a fim de colocar a xícara e o pires na bandeja, e então olhou de relance para Mina, surpresa com o seu silêncio. A irmã fitava o jardim, preocupada, o cenho levemente franzido. Por um breve instante, todos os seus setenta e quatro anos se fizeram notar, e Nest ficou ainda mais ansiosa.

— Seu semblante não está lá muito animador também — disse Nest. — Há algo sobre Georgie que eu deva saber, após todos esses anos?

— Não, não. — Mina recobrou a postura. — Vamos tomar mais chá, está bem? Não há nada não. Simplesmente estou pensando se vou conseguir aturar Georgie, só isso. Sou apenas um ano mais nova. É quase como se fosse um cego guiando outro, não acha?

— Não, não acho — negou Nest, de forma categórica, não muito satisfeita com a resposta de Mina. — Você não deixa chaleiras queimarem nem esquece onde está quando vai caminhar.

— Ainda bem! — Mina começou a rir. — Não haveria ninguém para me buscar em Trentishoe Down. — Uma pausa. — Por que achou que era Lyddie?

— Lyddie? — Nest olhou-a rapidamente. — Como assim?

— O telefonema. Você perguntou se era Lyddie. Ela faz parte desse pressentimento que você teve o dia todo?

— Não. — Nest meneou a cabeça, fazendo uma careta ao tentar entender o que ocorrera. — É difícil explicar. Foi mais como se fortes emoções do passado voltassem, com imagens e recordações, esse tipo de coisas. — Hesitou. — Às vezes eu não sei bem se *realmente* estou me lembrando ou se é alguma coisa que me disseram. Você vivia me contando histórias, interpretando o mundo para mim, dando nomes de personagens de livros a pessoas. Bem, ainda faz isso, claro.

Mina sorriu.

— É tão divertido — disse ela —, embora um tanto traiçoeiro, como naquela vez que você chamou Enid Goodenough de "Lady Benferina", aquela personagem fofoqueira, bem na frente dela. Nossa pobre mãe ficou horrorizada. Eu rezei para que Enid não fizesse a menor idéia do que você estava falando. Ainda assim, foi constrangedor.

— Foi assustador — ressaltou Nest, rindo da lembrança — deparar-me com ela inesperadamente, depois de tudo o que você tinha dito sobre a figura.

— Lady Benferina e Lorde Pérfido. Nossa! Que dupla venenosa os Goodenough formavam! — Outras lembranças se associavam a esse pensamento e Mina se inclinou para acariciar Dom Arisco, seu semblante momentaneamente fechado.

— Estava me lembrando das histórias, mais cedo — dizia Nest —, quando passei pelo corredor. Recordando-me de todos nós antigamente. Sentados no sofá, ouvindo "Sofia, a Sapeca", de Mary Letts, e *Os Patins de Prata,* de Mary Dodge. Você se lembra?

— E *Um Conto de Natal,* de Charles Dickens, na véspera do Natal, enquanto decorávamos a árvore. Como poderia esquecer? Então o pressentimento não teve a ver com Lyddie?

— Não especificamente. Ao menos, não acho que seja o caso.

— Bom. — Mina deu ao Capitão Gato o último pedaço de biscoito e limpou os farelos dos joelhos. — Então, o que vamos fazer a respeito de

Georgie? Topamos ou não? Talvez devêssemos pedir a opinião de Lyddie sobre isso.

— Por que não? Mas vamos dar um jeito nisto aqui primeiro.

— Boa idéia. Quando acabarmos, o horário de trabalho dela já terá terminado e não vamos interrompê-la. — Mina colocou tudo o que trouxera na bandeja e, acompanhada pelos cachorros, foi até a cozinha. Nest a seguiu, indo um pouco mais devagar em sua cadeira de rodas.

CAPÍTULO DOIS

Lyddie acrescentou uma última observação ao manuscrito, prendeu as folhas do capítulo com um clipe e apoiou ambos os braços na escrivaninha, curvando os ombros estreitos. Os cabelos negros e sedosos, cortados em viçosas camadas irregulares, ondulavam-se e emolduravam seu rostinho delicado, de pele de marfim e queixo levemente protuberante. Apesar de estar trajando uma túnica grossa de angorá, macia e quente, que ia quase até os joelhos de seu jeans de algodão, sentia frio. Seu diminuto estúdio, o quarto dos fundos, estava gelado; já estava anoitecendo e ela queria se exercitar. O enorme cachorro, espremido no espaço entre a escrivaninha e a porta, ergueu a cabeça para olhá-la.

— Acho que chegou o momento pelo qual você estava esperando — disse-lhe ela. — *Talvez* você saia para dar uma volta. Mas rápida.

Grumete — da raça Boiadeiro Bernês — levantou-se, abanando o rabo na expectativa, e Lyddie inclinou-se para lhe dar um beijo no focinho. Ela lhe dera esse nome, após consultar sua tia Mina, em homenagem a Grumete, o cachorro favorito de Byron, em cuja lápide em Newstead havia uma inscrição — "*beleza sem vaidade, força sem insolência, coragem sem crueldade e todas as virtudes do homem, sem seus vícios*" — particularmente adequada a seu homônimo; ao menos era o que Lyddie pensava.

— Você é tão lindo — disse ela ao animal — e bom. Vamos lá, então; cuidado na escada. Ontem quase derrubou a gente.

Desceram juntos, e ele esperou pacientemente enquanto ela pegava uma jaqueta comprida e quente de lã e calçava as botas de camurça de cano curto. Ao cruzarem as vielas e ruelas rumo às alamedas nos arrabaldes de Truro, Lyddie manteve a atenção concentrada no controle de Grumete; quando ficaram longe das restrições da cidade, tirou sua coleira. Observou-o sair correndo e sorriu por dentro com a exuberância do animal, lembrando-se do lindo filhotinho peludo à sua espera no andar de baixo, na manhã de seu primeiro aniversário de casamento: um presente de Liam.

— Você precisa de companhia — dissera ele, observando com divertimento a empolgação dela. — Trabalhando aqui em cima o dia todo, sozinha, enquanto estou lá no restaurante.

Fazia apenas um pouco mais de dois anos que ela deixara de trabalhar como revisora em uma grande editora londrina, casara-se com Liam e mudara-se para Truro, a fim de morar na casinha geminada dele, não muito longe do restaurante, que ele administrava com o sócio, Joe Carey. O restaurante ficava perto da catedral e, embora estivesse na moda, não era próspero o bastante para empregar uma quantidade de funcionários que permitisse que ela e Liam passassem muitas noites juntos, sozinhos. Geralmente ele ia para casa no horário que denominava "turno sepulcral" — o período de pouco movimento entre as quinze e as dezenove horas —, mas, nesta semana, um funcionário estava de férias e Liam o estava substituindo. O dia fora muito longo.

— Venha assim que terminar — pedira ele —, caso contrário não vou conseguir te ver. Sinto muito, amor, não vai ter jeito.

Estranhamente, ela não se opôs a que se encontrassem no Aconchego; apreciava sentar-se à mesa reservada para os funcionários no recanto, observar os clientes, bater um papo com Joe, jantar e passar alguns breves momentos com Liam.

— O olho do dono engorda o boi — costumava dizer Liam. — Temos que estar presentes a maior parte do tempo. Os clientes gostam, e os funcionários têm consciência disso. É o segredo do sucesso, apesar de significar um horário irregular.

Entretanto, ela nunca se importou. Após o silêncio e a concentração de um dia revisando livros, o burburinho no Aconchego caía como uma luva. O namoro ardente com Liam fora impactante, maravilhoso, deixando Lyddie cheia de confiança em si mesma após uma relação de três anos com um sujeito que, sem mais nem menos, chegara à conclusão de que não queria se comprometer a ponto de comprar uma casa junto com Lyddie ou ter filhos; casar, então, estava fora de cogitação. James aceitara uma oferta de emprego em Nova York, e Lyddie continuara a viver sozinha por quase um ano, até conhecer Liam; a partir de então, sua vida começara a mudar com muita rapidez. No início, ela sentiu muita falta do emprego e dos amigos; a mudança havia significado uma ruptura assustadora com tudo que lhe era familiar, mas ela amava Liam demais para questionar sua própria decisão, e, além disso, suas queridas tias velhinhas estavam a apenas umas duas horas dali, em Exmoor.

Lyddie atendeu ao telefonema de tia Mina quando faltavam dez minutos para terminar o trabalho; mesmo assim, disse-lhe que já tinha acabado. Eram duas pessoas bastante queridas, Mina e Nest, e ela as estimava muito, em especial após o terrível acidente de carro: os pais de Lyddie morreram na hora, e tia Nest ficara paraplégica. Até mesmo agora, passados dez anos, Lyddie ainda sentia uma pontada de dor. Ela tinha acabado de comemorar os vinte e um anos e recebera a oferta de seu primeiro emprego em uma editora. Lutar para aprender o trabalho, ir às pressas para Oxford, a fim de visitar tia Nest em Radcliffe, lidar com a agonia da perda e do sofrimento: nada disso teria sido possível sem a tia Mina.

As recordações fizeram com que Lyddie se encolhesse na jaqueta, levantando a gola à altura do queixo. Nos fins de semana ela costumava ficar na casa da família em Iffley com o irmão mais velho, Roger; no entanto, ela e Roger nunca foram muito próximos, e tia Mina, com seu toque unificador e terapêutico de amor, comiseração e força, é que agregara todos eles. Em meio à tristeza, Lyddie muitas vezes se esquecia de que tia Mina também estava sofrendo: sua irmã, Henrietta, falecera e a outra ficara paraplégica. E Lyddie e Roger tinham se amparado totalmente nela, mergulhados demais em seu próprio pesar para se preocupar com o dela. Os dois herdaram a casinha charmosa e decidiram que Roger, professor como o pai, continuaria a morar lá até poder comprar a parte de Lyddie. Até conhecer Liam, Lyddie usara a casa como um refúgio, mas, quando Roger se casou com Teresa, os dois chegaram à conclusão de que poderiam renegociar a hipoteca, e então pagariam a Lyddie cento e cinqüenta mil libras.

Com a administração do restaurante, Lyddie e Liam raramente conseguiam ir a Oxford, mas Roger e Teresa foram passar um breve feriado em Truro; no restante do tempo, os quatro se comunicavam de vez em quando. Contudo, Lyddie se sentia ligeiramente culpada porque ela e Liam se divertiam mais com Joe e a namorada, Rosie — que trabalhava no Aconchego —, do que com seu irmão e sua esposa.

— Eles são muito caretas — comentou Liam, alegre —, por causa de todo aquele intelecto. É difícil rir com um casal com tamanha massa cinzenta! O Roger não é tão ruim, mas a pobre Teresa não tem lá muito senso de humor, tem?

Lyddie foi obrigada a reconhecer que ela não tinha, mas sentiu necessidade de defender o irmão:

— Às vezes o Roger pode ser meio insensível — disse ela. — Ele é careta sim, mas não é nem um pouco afetado. Ao menos, não despreza as pessoas que se divertem. — E acrescentou rapidamente: — Não que eu esteja querendo dizer que Teresa... — e fez uma pausa, franzindo o cenho, tentando ser sincera sem criticar a cunhada.

Liam a estava olhando com carinho.

— Cuidado, querida — avisou —, você vai acabar tendo que dizer algo muito desagradável.

Essa insinuação a deixou constrangida, mas Joe intercedeu. Eles estavam sentados juntos no recanto, e Joe, ao vê-la sem jeito, deu um tapinha na cabeça de Liam.

— Ei, dá um tempo! — disse. — E ofereça uma bebida para ela. Só porque você não pode captar a grandeza de caráter quando a vê... — E

Liam, com um largo sorriso, levantou-se e foi até o balcão, deixando Joe e Lyddie sozinhos.

Ao fazer uma pausa, recostando-se em um portão de madeira para observar o piscar de luzes da cidade, no crepúsculo cada vez mais intenso, Lyddie tentou avaliar sua opinião sobre Joe. Ele sempre a tratava de forma bastante cortês, ao contrário de Liam, que era mais rude; a evidente admiração de Joe por ela aumentava sua auto-estima, que podia ficar um tanto baixa em virtude da popularidade de Liam. Ela se surpreendera com o tratamento hostil que algumas das ex-namoradas de Liam lhe dispensaram; era óbvio que algumas delas não achavam que o casamento dele fosse particularmente significativo. Duas ou três delas continuaram a se comportar como se ele lhes pertencesse; evidentemente, não tinham nenhuma intenção de mudar os hábitos de proprietárias e tratavam Lyddie como uma intrusa. Liam costumava não dar muita importância a isso, e ela aprendeu rápido a não esperar dele qualquer apoio específico em público: eram casados e, ao fazer essa assertiva, ele esperava que ela conseguisse lidar com aquelas mulheres de forma sensata. Mas não era tão fácil quanto parecia. Além de sua autoconfiança ter sido bastante afetada com a partida de James, seu marido era muito atraente — cabelos quase tão negros e sedosos quanto os seus, olhos castanhos perspicazes e era esbelto e forte — e tinha plena consciência disso. Sem a presença dele, o Aconchego ficava menos excitante, e a atmosfera, menos íntima. Possuía um carisma indefinível que atraía ambos os sexos, de forma que os homens o chamavam de "um cara incrível" e as mulheres flertavam com ele. Havia uma sensação de triunfo em uma mesa se ele passasse mais tempo conversando do que o habitual, com seu jeito brincalhão: os homens transmitiam um leve ar de auto-satisfação — Liam não perdia muito tempo com gente idiota — e as mulheres, um pouco envaidecidas, sorriam secretamente, cientes dos olhares invejosos de outras clientes.

O jeito tranqüilo e apreciativo com que Joe a olhava, e sua atitude protetora, ajudava Lyddie a lidar com a concorrência; ela gostava de ouvir Liam reclamar da atenção que Joe lhe dava. Evidentemente, era preciso levar Rosie em consideração. Lyddie esperara que a amizade das duas se desenvolvesse, mas, embora Rosie fosse amável, era suscetível e seu olhar perscrutador e calculista levava Lyddie a manter distância. Havia vários motivos possíveis para isso: talvez Rosie se sentisse menos segura em sua relação com Joe pelo fato de Lyddie ser casada; talvez se ressentisse um pouco do tratamento especial que Joe, Liam e os demais funcionários dispensavam a Lyddie. No Aconchego, Rosie era apenas uma das garçonetes. Lyddie tomava o cuidado de não responder de forma excessivamente sedutora a Joe quando Rosie estava por perto; no entanto, quando Liam ficava batendo papo com uma cliente atraente, era sempre difícil não se comportar da mesma forma com Joe para superar a própria auto-estima.

Lyddie deu as costas para o portão, chamou Grumete — que lhe lançou um olhar de reprovação, como sempre fazia, aflito e aturdido com a diversão encurtada — e se dirigiu à cidade, pensando nas tias. Não parecia nada justo Helena pedir à tia Mina para ficar com a irmã mais velha por tanto tempo.

— Dois meses? — repetira ela com ansiedade. — É muito tempo, tia Mina, ainda mais se ela estiver meio caduca. Gostaria de poder ajudar, mas tenho compromissos nas próximas seis semanas...

Como percebeu que tia Mina estava lutando contra várias emoções, tentou ser prática, assinalando os problemas óbvios de lidar com uma mulher idosa, de personalidade forte — que provavelmente estava desenvolvendo os primeiros sintomas de demência ou Alzheimer —, sem nenhuma ajuda, exceto a assistência limitada de outra irmã que, por sua vez, estava confinada a uma cadeira de rodas. Por outro lado, Lyddie compreendia o desejo de tia Mina de ajudar Georgie.

— É nossa irmã — afirmara ela, e, mais uma vez, Lyddie se lembrou de como, dez anos atrás, Mina tivera forças para lidar com o horror não só das lesões de Nest como do falecimento de sua irmã Henrietta.

Lyddie teve de conter um acesso de tristeza.

— Faça o que achar melhor — afirmara Lyddie —, mas, por favor, não deixe de me avisar se a situação se complicar. De repente nós poderíamos nos juntar e contratar alguém, caso Helena e Rupert não se ofereçam para isso. Ou eu poderia trabalhar em Ottercombe, se necessário.

— Tenho certeza de que poderia, querida — respondera Mina, com carinho —, mas creio que vamos conseguir lidar com ela e acabará sendo uma mudança de rotina para nós. Agora quero saber de você. Está tudo bem...?

— Está — afirmara Lyddie. — Eu estou ótima. E o Liam também.

Quando terminaram de conversar, ela teve a sensação de que tia Mina já tinha tomado uma decisão a respeito de Georgie e suspeitou que, a bem da verdade, a tia não telefonara para pedir conselhos, mas para ter certeza de que tudo estava bem com a sobrinha em Truro. Lyddie sentiu um imenso carinho pelas tias; ambas transmitiam um certo ar de firmeza e invencibilidade. No entanto, se ela fosse a Exmoor, ficaria mais tranqüila. Lyddie pôs a coleira em Grumete quando chegaram às ruelas, concentrada no que faria à noite, sentindo-se mais animada com a perspectiva de jantar no Aconchego com Liam e Joe.

Mais tarde, em Ottercombe, Mina estava arrumando a cozinha, após o jantar. Geralmente, a rotina era a mesma à noitinha: Mina se encarregava de lavar a louça, enquanto Nest, a postos ao lado do escorredor de pratos, aguardava, segurando uma toalha. Depois de tudo enxugado, cada objeto era posto em um carrinho de chá ao lado da cadeira de Nest, e, quando terminavam, Mina o levava para a copa. Enquanto isso, Nest ia organizando o passatempo do restante da noite: uma partida de palavras cruzadas ou de gamão na mesa dobrável, um programa favorito na televisão ou um vídeo com um dos musicais preferidos da irmã. Mina nunca perdera o dom de ler em voz alta e os livros também eram outra fonte de diversão das duas. Em suas sessões de leitura, costumavam ler não só os apreciados clássicos — Austen, Dickens, Trollope —, como também Byatt, Gardam, Keane e Godden, intercalados com narrativas sobre viagens, suspenses ou a obra mais recente de Carol Ann Duffy, para estimular a imaginação.

Mina secou as mãos na toalha rolante atrás da porta da copa e empurrou o carrinho de chá até a cozinha, enquanto os cachorros continuavam a lamber suas tigelas brilhantes e vazias.

— Vocês já comeram tudo — disse-lhes Mina. — Não sobrou nem uma migalha.

Lady Polly e Capitão Gato a seguiram até a cozinha, mas Dom Arisco continuou lá, esquadrinhando o piso, caso algum pedacinho tivesse caído.

À medida que guardava os pratos no aparador e os talheres na gaveta, Mina fazia planos para a chegada de Georgie. Embora tivesse percebido, quase de imediato, que essa visita não tinha como ser evitada — como poderia dizer não à própria irmã? —, Mina se sentia bastante irrequieta ao pensar nela. Seus temores quanto à convivência com a irmã mais velha foram ofuscados pelas premonições vagas de Nest. Seriam vagas mesmo? Toda família tinha seus segredos, de um jeito ou de outro, e Georgie sempre gostou deles. Costumava utilizá-los como trunfo contra os irmãos, para reforçar sua posição de mais velha e se tornar importante.

"Sei de um segredo" — era a frase monótona entoada pela irmã. Mina podia ouvi-la com clareza. Seu coração acelerou e as mãos ficaram atrapalhadas à medida que organizava a bandeja a ser servida após o jantar, tirava a chaleira com água fervendo do fogão e preparava o chá. Será que Georgie conhecia o segredo de Nest?

"Faça o favor de deixar de ser boba!", falou alto, para se tranqüilizar, e os cachorros aguçaram os ouvidos, inclinando a cabeça, esperançosos.

Se Georgie suspeitasse de algo, já teria revelado há tempos. E, se tinha ficado calada por mais de trinta anos, por que haveria de abrir a boca agora? Mina meneou a cabeça, tentando afastar os presságios tolos. O temor de Nest a contagiara, trazendo de volta o passado. Não havia motivo para entrar em pânico. Ainda assim, ao encher de novo a chaleira, sentiu de repente, por dentro, uma estranha e pungente saudade do passado e pensou ter ouvido a voz da mãe recitando trechos do poema de Housman "O Jovem de Shropshire", com suas "colinas lembradas com melancolia".

Mina ficou imóvel, a cabeça inclinada, ainda segurando a chaleira. O mundo perdido da alegria: aqueles anos felizes, repletos de risos. As lágrimas vieram muito depois... Ali, naquele momento, ela recolocou a chaleira no fogão e se curvou para acariciar os cachorros, sussurrando-lhes palavras carinhosas até o momento passar e ela recobrar o autocontrole. Pegando a bandeja, determinada a manter a calma, foi ao encontro de Nest.

CAPÍTULO TRÊS

Apesar das partidas de gamão, os pensamentos de Mina remontavam ao passado, àqueles anos longínquos em que seu pai passava quase todo o tempo fora, em Londres, deixando as crianças sob o cuidado exclusivo da mãe, que lia para elas, levava-as para passear na praia e na charneca, amenizando as regras rígidas da elegante casa de Londres e fazendo com que houvesse um clima de férias permanentes.

Mina está com oito anos quando a mãe, Lydia, é enviada a Ottercombe para um longo repouso. A filha mais nova, Josephine — já que Timmie e Nest ainda não tinham nascido —, acabara de fazer quatro anos, e nos últimos três anos Lydia sofrera dois abortos. Ambrose acredita que a brisa do mar fará bem a Lydia, revigorando-a para que ela possa lhe dar o filho por que tanto ansiava.

"Todas essas garotas!", exclamava ele — mas Lydia pode captar a irritação por trás da afabilidade e, no fundo, sente um certo temor. Os dois já haviam convivido doze anos, tempo suficiente para ela descobrir os resquícios de crueldade por trás do suposto bom temperamento de Ambrose. Ele não a agride fisicamente — não, isso não —, mas a espicaça e provoca verbalmente, de forma que Lydia aprende que a fala tanto pode ser um instrumento quanto uma arma.

Sua própria voz é um instrumento: pura, doce e controlada. Ela canta para as crianças, ninando-as com canções infantis e historinhas.

"Todos esses livros", diz Ambrose. "Ah, como seria bom um menino para jogar uma boa partida de críquete!"

Ambrose é um homem atraente; um pouco mais alto que o comum, cabelos castanhos cacheados sempre bem curtos. Os olhos são de um azul claro e brilhante e seu jeito agradável e seguro faz com que as pessoas, a princípio, se sintam muito à vontade em sua presença. É ele quem dá os nomes das crianças: Georgiana, Wilhelmina, Henrietta, Josephine. Só mais tarde Lydia percebe que esses nomes adoráveis faziam parte de seu temperamento peculiar, relacionados com a frustração que ele sentia por ser pai apenas de meninas. Não é o tipo de homem que se interessa por bebês, e ela encara como brincadeira quando ele pergunta por George ou Will; entretanto, à medida que elas vão crescendo, a brincadeira perde a graça. Ela detesta ouvir as lindas filhas sendo chamadas de George, Will, Henry e Jo; porém, ele não dá o braço a torcer.

— Não seja tão sensível, querida — pede ele, fitando-a agora com os olhos azuis um pouco mais frios, menos brilhantes; ela diz a si mesma que deve tomar cuidado para não o irritar, e que ele age assim porque, como a maioria dos homens, quer ter um menino. Lydia se sente inadequada por estar desapontando o marido e espera ter outro bebê depois de Josephine; desta vez, um menino. Após o primeiro aborto, Lydia começa a ter crises de asma, e no inverno de 1932, para evitar a cerração londrina, ela é enviada a Ottercombe. Lydia mal pode acreditar na sua sorte. Desde criança, Exmoor era a sua idéia de paraíso, mas, apesar de Ambrose ter permitido que passasse as férias de verão no casarão antigo do alto do penhasco, ele não gosta de deixar Lydia para trás quando regressa para Londres. É funcionário público e vê a encantadora esposa como um grande trunfo. Lydia é bonita, popular... e útil. Então ela se comove profundamente quando ele declara que está disposto a se virar sem ela o tempo que for necessário. A saúde dela, entretanto, não é a única razão para o inesperado ataque de filantropia de Ambrose. Ele tem uma nova amiga, uma viúva rica tão ambiciosa e sequiosa de poder quanto ele, e aproveita essa oportunidade para conhecê-la melhor.

É esperto demais, contudo, para levantar as suspeitas de Lydia, e certifica-se de que — chegado o momento de o grupo partir para o sudoeste — ela sinta tamanho sentimento de culpa por deixá-lo, que a única coisa que lhe venha à cabeça ao pensar nele é gratidão. Ele mesmo as leva em seu possante e adorado Citroën e as instala em Ottercombe. O jovem casal da região, feliz por ganhar dinheiro extra para cuidar da casa, recebe instruções para fazer compras, limpar a casa e cuidar de Lydia e das crianças, de modo que, na manhã seguinte, quando Ambrose inicia a viagem de volta, seus pensamentos estão concentrados em uma certa residência no Bosque de St. John.

Quando o som do motor desaparece a distância, Lydia dá um grande suspiro de alívio. As crianças correm gritando e rindo pelo gramado, e Wilhelmina puxa seu braço com força.

— A gente pode ir pra praia, mamãe? Se a gente se agasalhar bem?

Lydia se curva para abraçá-la.

— Claro que sim. Depois do almoço. A melhor hora de ir à praia é à tarde, até mesmo no inverno.

— E aí, quando a gente voltar, vai tomar chá perto da lareira, né? Você vai contar histórias?

— Vou, querida, se quiserem. Vou ler para vocês sim.

E assim tudo começa.

Em seu quarto, outrora uma sala, Nest estava quase pronta para se deitar. O ambiente, adaptado para suas necessidades, era austero, simples e sem enfeites; não existiam fotografias ou quinquilharias para levá-la de volta ao passado, nem idiossincrasias pelas quais ela pudesse ser avaliada, tampouco posses mediante as quais pudesse ser definida. Havia apenas o necessário na pequena arca de carvalho, embora vários livros estivessem empilhados ao lado do criado-mudo, juntamente com seu Walkman. Ela podia ficar em pé por curtos períodos e arrastar-se, apoiando-se nos móveis ou na bengala, porém logo se cansava e a dor a perseguia sempre, pronta para lembrá-la de suas sérias limitações. A princípio, nos meses sombrios logo após o acidente, ela nem quis se mover. Tomara o sofrimento como uma penitência pela culpa que sentia. Ficava deitada na cama, olhando para o teto, revivendo aquele momento terrível: Henrietta dirigindo, Connor ao lado dela, a cabeça parcialmente virada para Nest, que estava no banco de trás. Se ao menos ela não tivesse falado, não houvesse gritado de frustração, talvez Henrietta não se tivesse distraído naquele momento breve, fatal e trágico.

Fora Mina que impelira Nest a voltar a viver, tanto física quanto emocionalmente, fazendo com que fosse passear no jardim de cadeira de rodas e colocando-a na van especialmente adaptada, obrigando-a a viver.

— Não posso — resmungava ela. — Por favor, Mina. Eu não quero ver ninguém. Tente entender. Não tenho direito...

— Nem mesmo as mortes de Henrietta e Connor servem de desculpa para você viver confinada. Seja como for, Lyddie precisa de você...

— Não! — exclamava ela, retesando-se na cadeira, meneando a cabeça na tentativa de escapar da implacabilidade de Mina. — Não! Será que não vê? Eu os *matei*!

— Lyddie e Roger só sabem que Henrietta calculou mal a curva, não o motivo. Eles precisam de você.

O amor e a comiseração de Lyddie tinham sido o fardo mais difícil de suportar.

— Acho que você vai acabar descobrindo — disse Mina muito depois — que viver e amar poderá ser tão cruel quanto uma reclusão forçada. Será punida o bastante, se é o que deseja.

Então Nest passara a viver da melhor forma possível, sem se abster de nada, aceitando tudo — ou quase tudo. Ainda se recusava a deixar Mina levá-la até a praia. O mar era o símbolo da liberdade, das férias; a recompensa após a longa jornada de Londres. Oh, o seu cheiro; seu abraço sedoso e gelado nos pés e mãos quentes; seu movimento contínuo e incansável, porém reconfortante.

Agora, por fim deitada na cama, exausta em virtude do esforço que fizera para se acomodar, ela visualiza o caminho para o mar. Ali, entre Blackstone Point e Heddon's Mouth, o penhasco íngreme, coberto de carvalhos, faias e lariços, forma um grande desfiladeiro. No alto do rochedo, a quatrocentos metros do mar, está o casarão de Ottercombe, protegido e retirado em seu jardim exótico e silvestre. Uma trilha pedregosa, escalonada com raízes, acompanha o riacho que nasce em Exmoor, em Trentishoe Down. Começando como uma fonte tranqüila, o riacho ganha velocidade, escorrendo do alto, tombando da parede rochosa em uma pequena cascata atrás da casa, jorrando pelo canal no jardim e fluindo pelo vale estreito até mergulhar, por fim, no mar.

Com os olhos fechados, Nest se lembra de cada trecho da trilha que leva à praia. Pode até ver os rododendros florescendo, apesar da camada de terra pouco profunda sobre as rochas de arenito sedimentário, os Morte Slates, que formam uma faixa estreita que se estende de Morte Point até Somerset, passando por Devon. No início de maio, cachos de campânulas crescem à sombra do arvoredo, formando um lago cerúleo de cores abundantes. Em agosto, quando a urze floresce, as vertentes da charneca, visíveis até mesmo sobre as copas das árvores mais altas, reluzem um tom roxo-azulado sob o sol da tarde. A trilha, em si, possui diminutos tesouros sazonais: samambaias de um tom verde brilhante, moitas de fura-neves e lesmas de dorso amarelo. As crianças adoram perambular por ali, adiando o delicioso momento em que podem, por fim, ver o mar; o penhasco se ampliando como se fosse abraçar a praia em forma de meia-lua, as encostas do despenhadeiro caindo de forma abrupta nas águas acinzentadas. O riacho, em cujas margens elas vinham caminhando, tomba em um baixio com declive acentuado, e então prossegue, esculpindo um caminho na areia xistosa até se perder nas águas geladas do Canal de Bristol.

Nest e o irmão, Timmie, aprendem a nadar no baixio; também costumam andar de barco ali, com redes de pescar camarões e brilhantes baldes de estanho; além disso, compartilham a paixão pela fauna selvagem daquele litoral rodeado de penhascos.

— A gente vai viver junto aqui quando crescer — diz Timmie a Nest, com a mão gelada e cheia de areia segurando a alça do balde, no qual estão um caranguejo e dois minúsculos camarões.

— Mas quem é que vai cuidar da gente? — A mais nova da família, Nest ainda não entende que um dia terá de fazer isso sozinha.

— A Mina — responde ele, confiante. Nove anos mais velha que ele, Mina, aos catorze, já parece adulta.

— Isso mesmo — concorda ela, alegremente. — A Mina vai cuidar da gente.

Movendo-se irrequieta, na cama, Nest lembrou-se dessa profecia. Mina havia, de fato, cuidado dela — e agora teria de cuidar de Georgie também. Uma sensação de pânico a fez sentir um frio na espinha e o medo voltou — juntamente com as recordações —, levando-a a gemer. Agora, já não conseguiria mais dormir, iria se tornar vítima daqueles pavores noturnos, que a deixavam exausta e doente; no entanto, podia recorrer a um remédio testado e aprovado à disposição. Ela se sentou na cama, acendeu a luz do abajur e pegou o livro *Na Patagônia*, de Bruce Chatwin.

Mina perambulava alegremente pelo seu quarto, no andar de cima. Os cachorros, encolhidos e prontos para dormir em suas camas, observavam-na em sua atividade, prestando atenção quando ela se dirigia a eles, em tom baixo e uniforme: "Bons cachorros, bons meninos. Isso mesmo, vão se acomodando... Vamos fazer um passeio agradável amanhã, não vamos? Quem é meu neném? Quem é meu bom Dom Arisco?" Em seguida, com um sopro, ela expeliu o ar pela boca, em escala decrescente, "puf-puf-puf", quando fez uma pausa para escovar os sedosos cabelos brancos.

Aquele quarto, que já fora de sua mãe, contrastava totalmente com os aposentos de Nest. Ali, temporariamente livre da disciplina requerida por quase toda uma vida, cuidando primeiro da mãe e depois de Nest, Mina deixava reinar sua paixão por objetos berrantes e chamativos. Felizes por vê-la dar asas à imaginação, muitos membros da família haviam contribuído, dando-lhe presentes: gravuras, almofadas de seda, ornamentos, até mesmo pequenas peças de mobiliário. Mina os recebia com deleite e procurava encontrar um lugar para eles o mais rápido possível. As paredes estavam apinhadas de gravuras: *As Três Fases da Vida* e *O Beijo*, de Klimt, próximo a um cartaz do espetáculo *La Revue Nègre*, de Paul Colin; um conjunto de gravuras com a interpretação de Mina do mundo criminoso de Jack Vettriano estava pendurado ao lado da serigrafia *Verão*, de Jackson Pollock. Uma *chaise longue*, coberta com mantas de seda e cheia de almofadas, ficava próximo à janela, de frente para uma cômoda alta da Indonésia, lindamente decorada com pinturas de pássaros exóticos; esta, por sua vez, ficava encostada na parede do outro lado, junto a uma cadeira de vime abaulada. Objetos estranhos e fascinantes ocupavam cada superfície lustrosa: fotografias com vários porta-retratos bonitos, um par de vasos chineses cloasonados, um charmoso conjunto de graciosos patos em papel machê. Uma marionete, de pernas e braços longos, estava pendurada em um gancho, com a face sagaz de mágico iluminada pela luz suave de um elegante abajur de latão, cuja cúpula de vidro azul tinha forma de tulipa.

O quarto era repleto de cores. Uma manta de veludo cobria a cama alta de casal com suas cores de pedras preciosas — ametista, safira e rubi — que se repetiam nas cortinas longas e grossas; três estantes compridas rangiam sob o peso de livros empilhados e amontoados, e de capas de couro antigas e elegantes misturavam-se com lombadas de papel modernas e gastas. O carpete grosso, de um tom cinza unicolor, estava quase todo coberto por belos tapetes antigos, e um biombo laqueado escondia parcialmente a alcova no canto mais afastado.

Depois da exibição extravagante e intensa de texturas e matizes, a austeridade da pequena alcova chocava os desavisados. Em uma estante simples, que cobria toda a extensão da parede, havia um monitor de computador, teclado e impressora e, na frente dela, encontrava-se uma cadeira giratória. Nada naquele ambiente tranqüilo, de trabalho, servia de distração. Mina contornou o biombo, ligou o computador e sentou-se, cantarolando de boca fechada. Conectada com o mundo por meio da internet, acomodou-se, satisfeita, ainda cantarolando, fechando mais o longo roupão felpudo em torno dos joelhos enquanto as imagens moviam-se e cintilavam na tela. Digitou a senha e aguardou, observando com ansiedade, os olhos verde-acinzentados concentrados e atentos. Por fim, foi recompensada: "Há quatro mensagens não-lidas." O mouse movia-se de forma ativa, cobrindo e clicando. Com um suspiro de prazer, Mina começou a abrir as mensagens.

CAPÍTULO QUATRO

Quando Lyddie acordou, Liam já se levantara. Podia ouvi-lo no banheiro, assobiando, com a água quente da torneira aberta, enquanto fazia a barba. Espreguiçando-se na cama, puxando os travesseiros à sua volta, ficou deitada, satisfeita, meio desperta, meio sonolenta, até que o barulho da descarga e de porta fechando anunciou a presença de Liam.

— *Ainda* está cochilando? — Ele soltou um suspiro, meneando a cabeça enquanto colocava uma calça jeans e uma camiseta. — E eu que achei que você já estaria lá embaixo fazendo café. Imagine só, o pobre cachorro deve estar para lá de apertado.

— Você já deixou que ele saísse. *E* já tomou café. — Ela não se comoveu, estava confortável demais para se sentir culpada. — Que horas são?

— Dez para as oito. Claro, está tudo bem para os que trabalham em casa...

— Ah, dá um tempo! — disse ela, indolentemente. — Você odiaria trabalhar em casa. Não consegue ficar meia hora sequer sem falar com alguém!

— Ainda bem, com o tipo de trabalho que tenho! — respondeu ele, alegre. Curvou-se para se ver no espelho da pequena cômoda de pinho, assobiando de novo enquanto penteava os cabelos grossos e escuros.

— Quem vai abrir hoje? — indagou ela, com as mãos atrás da cabeça, observando-o com admiração. — Não é a vez do Joe?

— É sim. Um início de dia tranqüilo para a gente, embora eu tenha que ir ao banco. — Virou-se para observá-la, captando seu olhar de relance e sorrindo para si mesmo. — Você está muito bonita deitada aí. — Ele se inclinou sobre ela, beijando-a com suavidade, e Lyddie o abraçou, puxando-o, de forma que ele ficou parcialmente deitado, apoiado nos joelhos. — E pensar — murmurou Liam em seu ouvido — que se não fosse esse seu maldito cachorro, eu não teria me levantado. Logo agora que você está se sentindo sensual. Não sou um homem de sorte?

Ela deu uma risada, soltando-o.

— Não tem muito do que reclamar! Uma esposa apaixonada e toda aquela adulação das clientes. — Ela estava percebendo que seus afagos eram apreciados. — Qualquer homem daria tudo para receber toda essa atenção.

— Ah, a segurança das estatísticas — disse Liam, sentando-se sobre os tornozelos. — Se é para falar disso, e você e o Joe, que ficam no maior chamego no recanto, enquanto eu me mato de trabalhar? Do que é que tanto falam, hein?

— Joe é legal. — Sentiu um certo prazer ao ver que ele tinha notado. — É uma ótima companhia. Gosta de falar de coisas que, segundo você, são chatas, como livros e filmes. Conversamos sobre tramas e relações, como elas funcionam e por quê; a forma como ele interpreta os personagens me dá a impressão de que estamos falando de pessoas reais. Ele também é compassivo, não zomba da fraqueza deles como você.

— Ah, é só o jeito dele bater papo com você, esperto do jeito que é! Pelo visto, você precisa tomar cuidado. Mas ele não faz você rir como eu faço.

— Não — admitiu Lyddie com certa relutância, franzindo levemente a testa —, nem me olha como você também...

Ele a beijou, sem deixar que ela terminasse a frase — até Lyddie se esquecer por completo de Joe e relaxar os músculos da testa, com prazer —, e, em seguida, com cuidado e suavidade, afastou-se. Ela manteve o abraço por alguns instantes, embora o instinto a avisasse de que não deveria demonstrar possessividade; por fim, suspirando com pesar, empurrou o edredom, passando as mãos pelos cabelos negros.

— Você pode fazer um café para mim enquanto eu tomo banho, Liam? Diga para o Grumete que já estou a caminho.

— Está bom. — Ele hesitou, observando-a pensativo. — Se você se arrumasse logo, a gente poderia ir de carro até Malpas e levá-lo para passear às margens do rio. A manhã está linda. Não quer fazer isso?

— Eu adoraria. — Sua face estava radiante de expectativa. — E o Grumete também! Você tem certeza?

Ele deu de ombros.

— Claro que sim. Joe pode se virar sem mim por uma hora e pouco. O movimento só começa mesmo em torno de meio-dia e nós vamos voltar muito antes disso.

— Fico pronta em cinco minutos — prometeu ela. — Melhor dizendo, dez.

Ela foi depressa para o banheiro, e Liam desceu, franzindo um pouco o cenho, para contar ao Grumete o passeio divertido que iriam fazer.

— Que manhã maravilhosa! — Mina abriu a porta da cozinha para deixar os cachorros irem para o jardim. — Que tal um passeio de carro? — Ela ficou observando Dom Arisco fuçar a grama debaixo da casa de passarinhos, enquanto Lady Polly se sentava em uma lajota musgosa para coçar vigorosamente uma das orelhas. Os raios de sol matinais atingiam todo o pequeno jardim, refletindo nos brotos de samambaias e nas folhas redondas dos umbigos-de-vênus que cresciam nas fendas do rochedo, que se erguia perpendicular como um muro atrás da casa.

Nest, saboreando uma ameixa do pomar, afastou-se um pouco da mesa e girou a cadeira de rodas, a fim de olhar a irmã.

— Poderíamos ir tomar café no Vale de Fuchsia — sugeriu Mina. — Ou dar um pulo no Hunter's Inn. Ou atravessar a charneca e ir até Simonsbath.

— Simonsbath — disse Nest, deixando o caroço da ameixa cair na tigela de cereal e lambendo os dedos com gosto. — Esta manhã está perfeita para um passeio pela charneca.

— Poderíamos passar o dia todo fora — propôs Mina. — Depois de tomar café em Simonsbath, poderíamos ir até Dunster e, depois, voltar por Countisbury. É melhor aproveitarmos bem o passeio.

Ela não acrescentou "antes da chegada de Georgie", mas isso ficara subentendido no olhar que as duas irmãs trocaram.

— Você conseguiu falar com Helena desta vez? — perguntou Nest, tentando parecer casual, quase indiferente.

— Consegui. — Mina estava espreitando pela porta agora. — Consegui sim. Ela ficou muito aliviada. E agradecida. Vão trazer Georgie no sábado.

— *Sábado?* — exclamou Nest. — Deus do céu! Não querem perder nem um segundo!

Mina virou-se para ela; pelo visto, Nest estava pouco à vontade.

— Parece que surgiu a oportunidade de venderem o apartamento de Georgie, sabe? Não querem perder essa chance.

— Não acredito nisso. Minha nossa, eles não perdem mesmo tempo! — Nest começou a rir. — Espero que Georgie tenha concordado. Ao que parece, eles já decidiram tudo.

— Segundo Helena, eles precisam do dinheiro do apartamento para bancar o asilo. — Mina, como sempre, estava tentando ser imparcial. — Querem que ela fique no melhor.

— Claro que querem! — exclamou Nest, irônica. — E se não pudéssemos recebê-la aqui?

Mina deu de ombros.

— Acho que teriam pensado em outra solução. — Seu semblante ainda estava triste. — Suponho que eu não devia ter aceitado tão rápido, mas, no fim das contas...

— Não seja boba! — disse Nest, rapidamente. — Tenho certeza de que estamos fazendo o que é certo. Só me dá nos nervos ver que toda vez que Helena e Rupert aprontam, sempre dão uma de inocentes. Mas isso é porque sou peçonhenta. Não há nenhum outro lugar para ela ir, a coitada da Georgie!

Mina ficou calada por alguns momentos. Sabia que Helena também contactara o primo, Jack, filho do irmão das duas, Timmie, a fim de perguntar se ele e a esposa, Hannah, poderiam ficar com Georgie, se necessário. Mina tinha consciência de que Nest desaprovaria essa atitude, mas, como suspeitava que ficaria sabendo mais cedo ou mais tarde — Jack adorava as tias e sempre mantinha contato —, decidiu contar de uma vez a Nest.

— Na verdade, recebi um e-mail de Jack ontem à noite dizendo que Helena havia entrado em contato — admitiu Mina. — Se nós recusássemos, ela queria saber de Jack se ele e a esposa poderiam ficar com Georgie.

— Está brincando? — Nest não conseguia acreditar. — Era de pensar que aqueles dois já têm muito que fazer. O período letivo está começando, precisam tomar conta de todos aqueles garotos, além dos dois filhos. Não dá para imaginar Georgie metida em um colégio particular só de meninos! Estou de queixo caído!

— Jack teria aceitado — afirmou Mina, esboçando um sorriso.

— Jack faria qualquer coisa por qualquer um. É filho de Timmie. E Hannah, bendita seja, concordaria com ele.

— Ele estava preocupado com relação à forma como conduziremos essa situação. Meu Deus, não sei o que faríamos sem esse rapaz. Ou sem Hannah, por sinal. E então há também Lyddie, que sempre mantém contato e se preocupa conosco. Que sorte temos!

— É estranho, não é? — começou a dizer Nest, devagar. — Não termos o mesmo sentimento de... — hesitou, procurando a palavra certa — *satisfação* com Lyddie e Liam que temos com Jack e Hannah.

— Liam é muito divertido — disse Mina, rápido —, e incrivelmente atraente...

— Mas... — lembrou Nest — é preciso acrescentar um "mas" depois disso.

— Mas é como se Lyddie sentisse ter de corresponder às expectativas dele. Claro, ela ficou arrasada quando James a deixou, e me parece que se sente vulnerável com Liam, como se temesse que a história se repita, se ela não tomar cuidado. Sinto certa apreensão da parte dela. Não há... — desta vez era Mina que estava procurando a palavra certa — não há *serenidade*. Não como se vê com Jack e Hannah. Espero que Lyddie não faça nenhuma besteira.

— Como assim? — Nest parecia ansiosa.

— Oh, estou parecendo uma velha tola! — Mina tentou afastar as suposições. — É que acabei de me lembrar daquela vez em que fomos a Truro e almoçamos com eles no Aconchego. Achei que ela e Joe mantinham boas relações. Ela parece ficar à vontade na presença dele, não há tensão, e Lyddie age de forma natural; porém, tive a sensação de que Liam não se importava com isso.

— Joe e Liam se conhecem desde o colégio — afirmou Nest, tentando se tranqüilizar e acalmar Mina. — Não creio que Joe...

— Não, claro que não. Eu avisei, estou sendo tola! Nós duas estamos nervosas com a perspectiva de lidar com Georgie.

— Tive uma idéia. — Nest estava sorrindo. — Por que não convidamos Jack para vir aqui durante a estada de Georgie? Ele resolverá nossas dificuldades.

Mina sorriu.

— É uma boa idéia. Mas estão em período escolar, não é?

— Sei que estão, mas ele, Hannah e as crianças podem conseguir uma folga no fim de semana ou vir nos visitar em um feriado prolongado.

— Jack é tão doce! Igualzinho ao pai. Ah, pobre Timmie. — Deu um longo suspiro. — Ainda sinto *tanto* sua falta!

— Nunca quis que ele se tornasse soldado — vociferou Nest, quase furiosa. — Lembro que cheguei a conversar com mamãe sobre isso. Ela disse: "Timmie se sentiria infeliz se tivesse que fazer outra coisa", mas ela nunca imaginou o que viria a acontecer na Irlanda do Norte. — Seu semblante estava fechado. — Não raro penso... — Ela se interrompeu, aflita. — Pelo menos ele não deve ter se dado conta de nada.

— Ele era uma pessoa com quem se podia contar — comentou Mina, com suavidade —, embora fosse tão discreto. Não deve ter sido fácil ser o único rapaz entre cinco moças!

— Papai deve ter adorado — disse Nest — quando Timmie nasceu. E mamãe também, lógico. Eles devem ter ficado um pouco decepcionados quando nasci, depois dele. Mais uma menina... — Um rápido silêncio. — Bem, eu vou me arrumar. Pode dar um jeito na louça do café?

— Claro que posso — respondeu Mina. — Faço isso em um segundo. Pode ir. E é óbvio que você não foi uma decepção. De jeito *nenhum*.

Ela observou Nest empurrar a cadeira pelo corredor, pensando nos segredos mantidos por tantos anos e na frase monótona entoada por Georgie: "Sei de um segredo. Adivinha qual é? O nosso irmão nasceu. Você acha que o papai vai continuar a amar a gente?"

Ao empilhar os pratos ao lado da pia da cozinha e chamar os cachorros, Mina se viu pensando naquele ano anterior ao nascimento de Timmie, ano em que Timothy Lestrange foi pela primeira vez ao casarão de Ottercombe.

Durante aquele ano de 1932, Lydia e as crianças passaram apenas o período letivo em Londres. Quando Ambrose chegou, no início de agosto, para as férias de verão, vinha acompanhado de um estranho alto e louro.

— Este é Timothy Lestrange, querida. Um dos meus amigos mais antigos. Ele estava no meio de uma montanha de nome impronunciável quando nós nos casamos, e desde então ficou fora do país a maior parte do tempo.

Lydia, sorrindo para Timothy, pegando sua mão, sente de imediato que ele é um aliado. A apreensão que ela sente quando Ambrose está para chegar a Ottercombe é dissipada por um inexplicável alívio.

— Ambrose disse que eu seria bem-vindo — afirma Timothy, segurando-a com sua mão quente e morena. — Lamento chegar de forma inesperada...

— Ele apareceu ontem à noite — diz Ambrose — já com outra longa viagem à vista. Fazia anos que não nos víamos. Não podia lhe oferecer um drinque e dizer adeus, podia?

— Claro que não — concorda Lydia.

— Expliquei a ele que não tínhamos como avisá-la, pois não há telefones aqui. — Ambrose aproveita para levantar uma antiga queixa: — Na verdade, não há quase nada por aqui.

— Quase nada? — Timothy arqueia as sobrancelhas. — Simplesmente uma região de veraneio maravilhosa, um adorável casarão antigo e sua esposa e filhas. É, quase nada mesmo.

— Ah, bem, se quer ver por este lado... Onde estão as *bandar-log*, as macaquinhas, Lydia?

Ambrose é fã ardoroso de Rudyard Kipling, o criador de Mogli. Lydia e Timothy trocam outro sorriso.

— As crianças estão na praia. Devem chegar daqui a pouco, na hora do chá. Que tal pegarem suas malas enquanto preparo o quarto de hóspedes?

Ela os observa sair da casa, rumo ao jardim ensolarado, ficando ali por alguns instantes, a fim de saborear essa nova e estranha alegria, e, em seguida, dirige-se apressada ao andar de cima.

As crianças respondem de imediato ao calor humano de Timothy; Ambrose é menos ríspido na presença dele, menos crítico, e elas intuem que devem a Timothy essa trégua. O amigo do pai diminui a irritação e suaviza os comentários sarcásticos de Ambrose. É Timothy que dá novos nomes às crianças, conquistando a gratidão de Lydia.

— Aqui estão vocês — diz Ambrose, à medida que as crianças vão chegando, uma a uma, da praia. — Chegaram as macaquinhas. Esta é a mais velha, George. Estas são Will e Henry. E a mais nova, Jo.

Timothy aperta a mão de cada uma delas com seriedade.

— Mas por que se chamam assim? — pergunta, intrigado. — Meninas tão lindas, tão parecidas com a mãe. Por que têm nomes de meninos?

— É o mais perto que se pode chegar de ter filhos homens — explica Ambrose, abruptamente. E Lydia desvia o rosto, mordendo os lábios, levando as crianças para tomar chá.

Timothy percebe que ela está magoada e, pouco a pouco, conversando e brincando com as crianças, transforma George em Georgie, Will em Mina e Jo em Josie; no entanto, Henry...

— Vem de Henrietta — explica Lydia —, porque nenhum outro parece dar certo.

— Eu gosto do meu nome — diz Henrietta, com firmeza, então com cinco anos. — É bacana.

As outras, nesse ínterim, desfrutam os novos nomes, e agora, mais ousadas com o apoio de Timothy, recusam-se a atender aos chamados do pai se ele não os utiliza. Até mesmo Georgie, que almeja a aprovação e o amor do pai, é influenciada pelo charme discreto de Timothy.

— Motim — afirma Ambrose, dando um tapinha nas costas de Timothy. — Motim em minha própria casa! — Mas ele também aceita a mudança, embora nem sempre se lembre sem ser incitado.

— O Timothy é legal, não é, mamãe? — diz Mina. — Parece ser um mago muito bondoso. Como o Merlin. — Lydia está lendo para elas *O Único e Eterno Rei*, de T. H. White, após o chá, durante a hora das crianças. — Ele enfeitiçou a gente, não enfeitiçou?

E Lydia, com olhar sonhador, responde:

— Sim, querida, acho que nos enfeitiçou sim.

— Não pergunte para Timothy o que ele faz — avisa Ambrose, quando estão se trocando para o jantar, na primeira noite. — É meio confidencial. Ele participa de explorações e coisa e tal, mas, na verdade, tem ligações com o Exército. Acho que vai lhe contar algumas histórias mirabolantes. É um grande homem! Maluco também. Ganhava em todos os eventos na escola, mas fazia tudo sem o menor esforço.

— Ele não parece ser esse tipo de pessoa — diz Lydia, colocando os brincos, observando-se com olhar crítico no espelho. Os cabelos negros, presos no alto, realçam o formato oval de seu rosto pálido e o pescoço longo e suave. Em seus olhos se entrevê um brilho novo e inquietante de felicidade. — Não parece nem um pouco fazer o gênero do aluno relaxado ou aventureiro.

— Ele sempre fez o que quis — retorquiu Ambrose, com orgulho, como se tivesse criado Timothy e fosse pessoalmente responsável por suas qualidades incomuns. — Foi bastante popular.

— Sim — concorda Lydia, sorrindo secretamente ao refletir sobre isso. — Nisso eu acredito.

À medida que as semanas passam, Timothy se torna parte da família, conversando com Ambrose em seu escritório, passeando com Lydia no bosque, brincando com as crianças na praia. Lydia irradia saúde, Ambrose perde a palidez da cidade, ficando bronzeado e em forma, e as crianças estão felizes e relaxadas.

— Ele devia se chamar Kim — diz Mina; agora estavam lendo Kipling —, não Tim. Kim, o Pequeno Amigo de todo o Mundo. Só que ele é um amigo grande.

Quando as férias terminam e Ambrose e Timothy voltam para Londres, Lydia está grávida de novo.

CAPÍTULO CINCO

Mina acordou tomada de um pânico inexplicável. No quarto, voltado para o sudeste, já entravam os raios de sol da manhã e ela permaneceu deitada por alguns momentos, respirando fundo, contemplando o deslocamento de luzes e sombras na parede. Pouco a pouco, esse pavor sombrio adquiriu forma e se transformou em problemas bastante reais. Conforme envelhecia, seu otimismo natural se consumia cada vez mais com os temores de uma possível doença: por quanto tempo ainda teria forças e saúde para cuidar de Nest? Resolutamente, e com grande esforço, voltou o pensamento para coisas mais agradáveis e positivas, e, logo, a crise de ansiedade passou. Sentou-se, buscando o roupão, conversando com os cachorros, que se moveram nas suas camas, observando-a com olhos brilhantes.

— Vamos descer, queridos? O que acham da idéia? Uma xícara de chá para mim e talvez um biscoitinho para vocês? Que tal, hein? Claro que vai ganhar um, Dom Arisco. E você também, madame. Vamos lá, então.

Ela passou pela galeria, cantarolando para si mesma, seguida pelos cachorros, e desceu as escadas amplas, de degraus curtos, indo até a cozinha. Tal como a sala de visitas, a cozinha era longa e estreita: na parte funcional, onde estavam o fogão, as estantes e os guarda-louças brancos, havia uma porta que dava para a copa; a outra parte era uma área alegre e aconchegante. A mesa quadrada de pinho ficava encostada na janela e a cadeira de vime, ao lado da porta com painéis de vidro, que, por sua vez, dava para o pequeno pátio. Havia estantes de livros naquele ambiente e fotografias com molduras variadas enfeitavam o peitoril da janela, juntamente com um vaso de porcelana azul com diminutos cíclames. Todo o espaço fora organizado com o intuito de acomodar a cadeira de rodas de Nest sem sacrificar a atmosfera aconchegante e confortável que Mina criara nos últimos anos de vida da mãe.

Perfeito para duas, mas para três...?, pensou Mina, ansiosa, recompondo-se em seguida.

Havia espaço mais do que suficiente para Georgie; acontece que fazia mais de quarenta anos que somente duas pessoas viviam naquela casa, e, naturalmente, alguns ajustes teriam de ser feitos.

— E será só por algum tempo — disse ela, em voz alta, abrindo a porta para que os cachorros saíssem. — Umas férias curtas. Será divertido.

Os cachorros desapareceram no jardim silvestre e empolgante que ficava depois do pátio, e Mina encheu a chaleira de água e a colocou no fogão, com a observação que fizera ainda pairando triste no ar. Deixando escapar diminutos e repentinos "puf-puf-puf", após apertar o cinto do roupão de forma a cobrir mais o corpo, pegou uma tesoura entre os diversos utensílios que ficavam em um velho pote de vidro e cortou algumas uvas do cacho que estava na fruteira. Cortou-as ao meio com cuidado, juntou alguns pedaços de pão e saiu para alimentar os pássaros. Colocou migalhas na casa de passarinhos, verificou se os vasilhames estavam cheios de nozes e sementes e espalhou com cuidado os pedaços de uva no jardim ornamental com pedras que, havia muito tempo, Lydia tinha feito.

Capitão Gato foi o primeiro a voltar, ansiando por biscoitos, e Mina pegou vários deles na caixa e os levou até a porta. Dom Arisco chegou em um passe de mágica, mas Mina esperou a velha Lady Polly chegar, caminhando de forma displicente pelo jardim, antes de dividi-los: dois para cada um, uma acariciada e palavras dóceis para os três.

Mina pegou a xícara de chá, girou a cadeira de vime de modo que ficasse de frente para o sol e, sorvendo a bebida com prazer, contemplou um melro. Os cachorros saboreavam os biscoitos; Dom Arisco terminou primeiro e ficou vigiando esperançosamente os outros dois, para ver se deixariam cair migalhas. Capitão Gato o afastou com um rosnado, mas Lady Polly, que já era mãe e avó, deixou-o chegar perto para comer um pedaço abandonado.

Mina sorriu ao observá-los e disse a Dom Arisco:

— Acho que Petisco seria um nome mais apropriado para você!

O melro veio saltitando sobre as pedras, escuro como uma sombra, apenas com o bico amarelo a denunciá-lo. Os cachorros, lambendo-se sob os raios de sol, nem perceberam quando ele achou o café da manhã entre os últimos brotos brancos da verônica; ali, abrigado pelo epilóbio de caules ramificados e flores vermelhas vergadas, dava bicadas na fruta doce e deliciosa. Foi sua companheira que, pulando sobre as pedras e espargindo as gotas de orvalho brilhantes e reluzentes das folhas azuladas e finas do zimbro, afugentou-o.

A casa de passarinhos estava animada, com intensa movimentação e colorido: um esvoaçar de asas pequeninas, uma onda de cabecinhas azuis e douradas de penas lustrosas arremessando-se e bicando o ar. Mina terminou o chá, mas continuou a observar, sonhando e lembrando acontecimentos sob o sol.

É Timothy que estimula a construção do jardim ornamental com pedras. Na época bem anterior aos potes e vasos de plantas, o pátio é um lugar bastante sombrio, com a parede rochosa e as lajes musgosas. Lydia gosta de cozinhar, de plantar ervas ao lado da porta da cozinha, e Timothy a ensina a construir um jardim em miniatura repleto de cores que a deleitassem enquanto trabalhava. Ambrose dá um sorriso tolerante quando se trata de qualquer sugestão de Timothy e se despede deles, a fim de procurar as plantas apropriadas em viveiros em Ilfracombe e Barnstaple.

Georgie e Mina atravessam o jardim com dificuldade, carregando juntas pedras bem-formadas, e até mesmo Henrietta volta da praia com as mais bonitas que encontrara no balde. O jardim ornamental com pedras se torna o assunto principal das conversas, o ápice do empenho, e catálogos de sementes e livros de consulta se amontoam na mesa da ante-sala, com certas variedades de plantas destacadas em círculos de caneta vermelha. Após o chá, enquanto Lydia costura e Henrietta e Josie pintam com empenho, sem muita precisão, suas revistas de colorir, Timothy conta as histórias de suas viagens aos Pireneus e aos Alpes, descrevendo as flores que viu e incluindo alguns bandidos em seu relato, por causa de Mina, que escuta com os olhos arregalados. Georgie senta-se com pompa no colo do pai, enquanto Ambrose continua a sorrir paternalmente para todos.

Tempos depois, quando Lydia e as crianças estão sós de novo, chegam encomendas estranhas: plantas raras e bonitas de outros países, destinadas ao jardim ornamental. À medida que seu lado infantil vai adquirindo força, Lydia canta e brinca com as filhas e aguarda a primavera, período em que a bolsa-de-pastor, de flores brancas, desabrochará, juntamente com as margaridinhas amarelas da África do Sul. Nas tardes de inverno, quando as crianças já estão deitadas, ela pega as cartas de sua caixa de costura: folhas de papel fino e delicado, em envelopes de listras azuis com selos de outros países, cheios de rabiscos negros e espirais. O brilho róseo do bojo de vidro do lampião a óleo, o crepitar da lenha na lareira, os talos de jasmim-amarelo em um vaso verde dão uma idéia do momento de intimidade enquanto ela compartilha das aventuras do amante, de seus temores e das preciosas declarações de amor.

No final de tarde claro de uma agradável e fria primavera, o sibilar lento e entrecortado do canto do melro deixa Lydia bastante inquieta; após a hora das crianças, ela faz com que elas vistam roupas grossas e, para o deleite delas, leva-as à praia. O barulho da rebentação, à medida que as ondas deslizam pela areia encrespada e cheia de sulcos, apazigua suas saudades e necessidades. Ela observa as crianças brincarem, porém seus pensamentos estão muito longe dali. Georgie e Mina apostam corrida, desenhando a linha de chegada com uma pedra pontuda, escolhendo uma rocha como ponto de partida ideal. A areia úmida voa debaixo de seus pezinhos quando elas correm com a cabeça inclinada para baixo e as pernas agitadas.

— Ganhei! — grita Georgie, orgulhosa. — Viu só, mãe? Eu cheguei primeiro!

Mina se inclina, sem fôlego, prendendo os cabelos negros esvoaçantes com um elástico, e Lydia acena para elas, rindo, erguendo as mãos para bater palmas de leve, enquanto fica de olho em Josie, que passeia com dificuldade ao lado do baixio. Ela sabe que Georgie trapaceia, então fica com Mina por mais alguns segundos quando elas vêm correndo da praia para abraçá-la. Henrietta mostra para elas o balde com conchas e pedras, e, quando a lua começa a surgir, em meio aos galhos nus das árvores no alto do penhasco íngreme, elas juntam os pertences e, nos derradeiros momentos do crepúsculo, vão para casa. As mariposas voam debaixo das árvores, enquanto os morcegos adejam e precipitam-se sobre suas cabeças, levando Henrietta a gritar.

— Não seja boba — diz Georgie, imitando o tom condescendente do pai. — Eles não vão machucar você. — Ainda assim, Henrietta aperta com força a mão de Lydia. Ela gosta muito de gritar, isso a estimula, e costuma ignorar as reprimendas de Georgie, repelindo o papel autoimposto da irmã mais velha de representante do pai, adivinhando, por instinto, que a mãe não aprova essa atitude. Grita de novo, só para deixar claro que Georgie não mandava nela, e saltita com alegria, sem soltar a mão de Lydia.

— Ufa! — exclama Josie, cansada, sentando-se de repente entre as samambaias ao lado do riacho. — Quer colo!

— Ah, querida — diz Lydia, com ansiedade —, não consegue andar só mais um pouquinho? — Ela também está cansada, e Josie é pesada. Lydia teme perder seu lado criança, que conseguira manter, com sucesso, até então. — Já estamos quase chegando. Faça um *esforcinho*, vai, querida.

— Quer colo! — lamuria Josie, começando a choramingar, recusando-se a sair do lugar, e é Mina que a carrega e sobe, cambaleante, com ela.

Josie, com o bom humor totalmente recuperado, sorri triunfante para Henrietta, que lhe mostra a língua.

Em breve, até mesmo a caminhada até o mar será longa demais para Lydia, e ela fica limitada ao jardim e à casa. Jenna, a jovem que a ajuda na limpeza e nas compras, vem de bicicleta quase todos os dias a Ottercombe, a fim de cuidar das crianças menores, enquanto Georgie e Mina estão no colégio local. Certa manhã, logo após o início da Semana Santa, Lydia já não consegue se levantar; enviam-se mensagens a Londres e o médico vem atendê-la em seu diminuto Ford negro.

— Sei de um segredo. — Georgie aproxima-se de forma furtiva de Mina, de olho em Jenna, que está arrumando os ingredientes do piquenique sobre as rochas. Henrietta ajuda Jenna a colocar pedras sobre a toalha para que ela não saia voando, enquanto Josie espreita, esfomeada, a grande cesta de vime. A casa está em desordem há alguns dias: o pai delas chegou de Londres, trazendo uma mulher com uniforme de enfermeira, e a mãe permanece no quarto. Georgie, que viera correndo da casa, a fim de juntar-se às outras na praia, está sem fôlego. O peito magro está arquejante sob o suéter xadrez com desenhos geométricos que ela foi obrigada a vestir, pois o clima do final de abril, embora ensolarado, é frio. Ela agarra e puxa a mão de Mina para junto de si.

— Tenho uma coisa para te contar — conta Georgie.

— Era para a gente ficar aqui até alguém chamar — diz Mina, que vinha ajudando as irmãs menores a construírem um castelo de areia. É uma construção impressionante, com fosso e torres enfeitadas com bandeirinhas de papel. — Onde é que você estava?

Mina sabe que a mãe vai dar à luz, mas está apreensiva. Como era muito novinha quando Henrietta e Josie nasceram, não tinha parado para pensar no assunto; no entanto, agora, após ter acompanhado o feto crescendo na barriga da mãe, ela se pergunta como ele sairá dali. A mãe está bastante tranqüila e feliz; então, pelo visto, a experiência não deve ser tão terrível assim. "É quase um milagre", diz Lydia a Mina, "mas você é pequena demais para entender. Mais tarde, quando você for mais velha, vou lhe explicar tudo."

Um milagre. Talvez seja como a cura do homem paralítico ou como as outras histórias do Evangelho; afinal de contas, a mãe já teve quatro bebês...

— Eu sei como os bebês nascem... — afirma Georgie, com pompa —, mas não posso te contar. É segredo. — Mas Mina não acredita nela.

— É a mamãe? — pergunta Mina agora, temerosa, com o coração apertado e triste, o estômago embrulhando de pavor.

— É um segredo. — Georgie ainda está de olho no grupo que brinca próximo às rochas. — Adivinha? Vou te contar se prometer se fingir de surpresa depois, quando o papai contar para a gente.

— Eu prometo — diz Mina, estremecendo, os cabelos negros cercando as bochechas. — Juro por tudo o que é mais sagrado no mundo. A mamãe morreu?

— Não — negou Georgie com desdém. — É claro que ela não morreu, sua boba. O nosso irmão nasceu. — Fez uma pausa. Uma nuvem recobre o sol, sombras bruxuleiam na areia e o vento bate gelado em suas pernas expostas. Mina está por demais aliviada para se preocupar com o desconforto, mas Georgie encara Mina com olhos assustados, deixando a pose de lado. — Um irmão. Você acha que o papai vai continuar a amar a gente?

Lyddie fechou a porta da frente, parou para acariciar Grumete, que estava dormindo profundamente no corredor estreito, e levou o pacote do correio para o estúdio. Nele estava o manuscrito de seu próximo trabalho de revisão — uma saga histórica escrita por um autor que ela já revisara antes —, e ela estava ansiosa para começar a trabalhar nele. A editora, uma velha amiga e ex-empregadora, já discutira alguns pontos com Lyddie ao telefone.

— Fizemos inúmeras alterações, então o novo material pode estar bem diferente do original — disse ela. — Fique de olho no prazo, está bem?

Ela aproveitou e contratou Lyddie para trabalhar em outro projeto, nas duas primeiras semanas de dezembro — de um autor habitual, que escrevia um romance por ano —, depois contou uma fofoca e desligou, não sem antes dizer a Lyddie como invejava o fato de ela poder trabalhar na Cornualha. Lyddie não se deixou enganar, já que a maior parte das colegas ficara chocada com a idéia de ela deixar o emprego e trabalhar como autônoma em Truro. Soube que ficaram preocupadas com ela. A história de como havia conhecido Liam quando estava de férias na Cornualha, a rapidez com que a relação passara de simples atração a amor, tudo parecia muito com ficção. O fato de ele ter pedido sua mão ajudou a diminuir os seus temores, mas foi um grande passo para ela. Parecia maravilhoso, concordavam elas, cautelosamente, mas ela não sentiria falta de Londres?

Lyddie sorriu com a lembrança, enquanto examinava o calendário em seu quadro de avisos, marcando com caneta azul a data de chegada do material. Havia sido difícil descrever seu amor por Liam e explicar sua disposição de deixar Londres e ir para Truro, a velha cidade da catedral. Quando conheceram Liam, claro, essas colegas entenderam melhor. Sabendo que podiam confiar nela, também se dispuseram de imediato a lhe oferecer trabalho.

"Eu odiaria desistir de tudo por completo", dissera ela a Liam, "e o dinheiro vai ser alto."

Liam nem podia se dar ao luxo de negar: o aluguel do Aconchego não era barato e ele optara por redecorá-lo com elegância, sem nada cafona. Joe concordara com o sócio, ciente de que ele conhecia o mercado e sabia exatamente qual era a demanda; tanto foi assim que havia acertado em cheio. O Aconchego estava atraindo clientes, preenchendo um nicho específico, de bom poder aquisitivo. O empréstimo tomado no banco, entretanto, fora alto.

Ao destacar no calendário, com caneta vermelha, a data de entrega do manuscrito à editora, Lyddie se perguntava se deveria oferecer o dinheiro que receberia da casa em Iffley, quando o negócio fosse fechado. Liam não mencionara nada, e, por incrível que pareça, ela sentia certa hesitação em tocar no assunto. Ele era bastante possessivo no que dizia respeito ao seu estabelecimento — encarava-o como seu filho, seu universo, e, embora a encorajasse a ir jantar ou almoçar ali, nunca fez com que se sentisse de fato parte do negócio. Joe e ele eram sócios e o Aconchego lhes pertencia. Nenhum dos dois pedia sua opinião ou seu conselho, mas continuavam a tratá-la como se fosse uma cliente muito especial e estimada. De certa forma, ela gostava disso: não havia pressões nem expectativas. No recanto, após ter passado o dia fazendo revisões, Lyddie podia simplesmente relaxar, divagar, esfriar a cabeça. Ela nunca tinha de abandonar correndo a xícara de café, como Rosie fazia quando um cliente a estava esperando no bar, e, além disso, traziam-lhe suas refeições com a cortesia dedicada a qualquer um dos clientes. Contudo, seu relacionamento peculiar *de fato* a tornava mais especial, o que era bastante divertido. Será que realmente queria mudar essa situação? Poderia aplicar uma grande soma em um negócio que não a incluía, sem com isso querer se envolver mais? Após investir seu dinheiro no Aconchego, será que continuaria desinteressada? E por que faria diferença ela exercer ou não controle? Afinal de contas, já dependia do negócio: era seu meio de vida, bem como de Liam e Joe. O lucro provia, em parte, não de todo, a subsistência dela — pagava a hipoteca da casinha geminada. Ela tinha seu próprio trabalho, que lhe permitia dividir com Liam suas despesas pessoais, e ele se orgulhava muito dela. Quando ele via alguma resenha de um dos romances que ela revisara, ou ouvia menções a eles no rádio, ficava muito satisfeito.

Por um lado, Lyddie estava com medo de mudar essa situação e, por outro, não lhe agradava a idéia de não contribuir mais se tivesse condições. Talvez devesse conversar com as tias a respeito disso, antes de sugerir qualquer coisa a Liam. Como não iria trabalhar no dia seguinte, já que planejara ir a Exmoor, animou-se com a perspectiva. Sentou-se à escrivaninha e, vestindo um casaco de lã, mergulhou no trabalho.

CAPÍTULO SEIS

Os três cachorros estavam sentados juntos no final da varanda, ouvidos atentos. Podiam escutar vozes, de tons diferentes, vindas do interior da casa, porém sua atenção estava concentrada em Grumete, que, por sua vez, estava pouco à vontade, com metade do corpo para dentro e a outra metade para fora da janela de batente. Era um cão bonito, com o pêlo preto-azeviche sedoso, o peito branco e manchas avermelhadas, mas os Sealyhams terriers não estavam nem um pouco interessados em sua beleza ou em sua natureza dócil, desdenhada — ao menos por Capitão Gato — como fraqueza.

Grumete deu alguns passos cautelosos, aparecendo quase de todo na varanda, abanando o rabo com suavidade, de um modo ligeiramente diferente. Capitão Gato rosnou, com uma das orelhas levantadas em direção à sala de visitas, e Dom Arisco, que vinha pensando em uma aproximação mais harmônica, sentou-se de novo, abaixando as orelhas. Lady Polly, velha demais para levar adiante mais do que uma demonstração simbólica de agressão territorial, deu um longo bocejo, encolheu-se como se fosse um novelo de lã e se acomodou para cochilar ao sol. Grumete, vendo a oportunidade de negociação, apareceu por inteiro na varanda. Uma vez do lado de fora, deitou-se rápido, indicando que sua aproximação era totalmente amigável, com receio de que os dois cachorros dessem início a uma série de latidos em defesa de seu território invadido. Grumete apoiou a cabeça nas patas, mantendo as orelhas erguidas e alertas, o rabo abanando e batendo com suavidade no piso morno.

Capitão Gato estava agitado e irritado. Seu temperamento forte e impetuoso exigia que ele expulsasse o intruso, que aquele estranho fosse atacado e enxotado de seu lugar favorito; no entanto, sabia por experiência que essa resposta natural e perfeitamente razoável provocaria gritos e repreensões, e talvez até a privação de certas guloseimas. Com as pernas rígidas e os pêlos das costas eriçados, deixou escapar um rosnado frustrado, vindo do fundo da garganta, encarando com insolência o oponente gentil, bonito e imenso, que poderia fazer picadinho dos três, se tivesse o mínimo de orgulho canino que fosse.

Dom Arisco ganiu um pouco. Gostava de uma boa briga tanto quanto seu companheiro — mas seu instinto o levou a se aproximar de Grumete com amistosa cautela. Capitão Gato sentiu que estava perdendo o controle da situação, mas, antes que ela se tornasse perigosa, as três mulheres foram para a varanda, mudando o equilíbrio de poder e fazendo com que a tensão se esvaísse.

Grumete levantou-se, com o rabo abanando bastante, e foi sentar-se, apressado, ao lado da cadeira de Lyddie; Dom Arisco, com as hostilidades esquecidas, examinou o conteúdo da bandeja colocada na mesa de bambu; Capitão Gato latiu um pouco, para que Grumete se desse conta — e se sentisse devidamente envergonhado — de que sua pele fora salva pelo grupo de mulheres, e sentou-se ao lado de Nest. Só Lady Polly continuou deitada, sonhando sob o sol, pois já não tinha sentimentos de cobiça que ansiassem por sangue, amor ou até mesmo comida; havia esgotado toda a paixão.

Mina colocou a mão no bolso de seu casaco branco grosso, sorrindo para si mesma, lembrando-se de outros anos, e, em seguida, começou a servir o café.

— Já está tudo pronto — contou a Lyddie, alegre. — O quarto dela ficou ótimo, só precisamos colocar flores. Espero que ela goste. Eu e ela o dividíamos quando éramos crianças, durante a guerra. Sabe, faz muito tempo que não vemos Georgie. Oh, pelo menos um ano. Será divertido, não, Nest?

Os olhos de Nest deram uma piscadela quando Lyddie a fitou e ela sorriu ao pegar a xícara.

— Tenho certeza de que será — respondeu. — Vamos fazer com que sejam verdadeiras férias.

Lyddie circundou o pescoço de Grumete com um braço quando ele se sentou, forte e reconfortante, ao seu lado.

— Mas vocês vão avisar, não vão?... Se as coisas ficarem meio... bem, meio fora de controle?

— Coitada de Georgie — disse Mina, docilmente. — Ela não é uma lunática, sabem? Só está ficando velha e esquecida. Bem, não é o que acontece com todas nós? Não acho que vamos precisar controlá-la fisicamente.

— Se precisarmos — acrescentou Nest, com suavidade, sorvendo o café —, vamos nocauteá-la com uma dose tripla do meu cloridrato de tramadol e amarrá-la na cama.

Lyddie riu, tal como Nest quis que fizesse.

— Acho que seriam mesmo capazes de fazer isso! — disse ela. — Vocês são duas mulheres muito inescrupulosas!

Mina arqueou a sobrancelha.

— Você faz com que pareçamos muito excitantes. E então, como está Liam?

A ligeira pausa levou as tias a olharem-na de relance, embora as duas evitassem se entreolhar. Lyddie acariciou a cabeça aquecida pelo sol de Grumete e esfarelou um pouco de bolo com a mão livre.

— Ele está bem — respondeu finalmente. — Ótimo. Está tudo muito bom. Mas, na verdade, eu queria conversar com vocês sobre uma coisa...

Ela hesitou de novo, e Mina e Nest se esforçaram para controlar a impaciência.

— Não é nada muito sério, é? — sugeriu Mina, por fim, incapaz de controlar a tensão por mais tempo. — Nada... — Não conseguiu expressar seus temores e olhou rápido, desamparada, para Nest, que meneou a cabeça em sinal de advertência.

— Não, não — respondeu Lyddie, de imediato. — Claro que não. É que não sei bem o que vou fazer com o meu dinheiro quando o Roger resolver a questão da hipoteca. Devo receber cento e cinqüenta mil. O Liam nunca disse nada, mas sei que contraiu um empréstimo substancial para abrir o Aconchego. Acham que devo oferecer o dinheiro para ele, a fim de ajudá-lo a saldar a dívida?

— Não — retorquiu Nest de forma categórica, de imediato. E tanto Mina como Lyddie a fitaram, surpresas.

Lyddie deu uma risadinha sem graça.

— Bem, está sendo sincera, de qualquer forma — comentou, mas parecia preocupada.

— Sinto muito — desculpou-se Nest, rápido. — Essa reação foi bastante impensada, mas é o que eu acho. Lamento...

— Fui eu quem perguntou — afirmou Lyddie depressa. — Não precisa se desculpar. Mas por que diz isso? Afinal de contas, é o meu meio de vida também, não é? E o Liam é o meu marido. Isso tudo não deveria ser uma parceria? Financeira, e também emocional e... — Ela deu de ombros. — Bem, vocês sabem aonde quero chegar.

— Talvez o dinheiro possa ser investido — começou a dizer Mina, com tato —, uma poupança para tempos difíceis. O Aconchego está fazendo um enorme sucesso, qualquer um pode ver isso, mas as coisas podem dar errado e talvez seja mais prudente...

— Mas não se trata só disso — interrompeu Nest. — Sinto muito, Mina, mas acho que isso tem de ser dito, já que Lyddie nos perguntou. Acho que o Aconchego só está relacionado a Liam. Bem, a ele e a Joe. A meu ver, você não está de fato incluída, em hipótese alguma. Acha que é uma observação pertinente?

— Muito pertinente. — Lyddie sentou-se ereta, com os cabelos negros sedosos brilhando sob os raios de sol.

Seu rosto pequeno parecia triste, os olhos grandes, de tom verde-acinzentado, pensativos, e as duas mulheres mais velhas sentiram uma ponta de medo. Mina queria abraçá-la, tal como fazia quando Lyddie era pequena, e Nest sentiu uma enorme e injustificável aversão pelo ausente Liam. Lyddie soltou um leve suspiro e deu um pedaço de bolo para

Grumete. Dom Arisco veio correndo dar uma conferida, e o cachorrão observou, afável, o cachorrinho oportunista, que estava lambendo com habilidade o espaço ao redor de suas patas. Encorajado, Dom Arisco abanou o rabo e se acomodou debaixo da mesa, observando Capitão Gato, que olhava propositalmente para outra direção.

— Você realmente pôs o dedo na ferida — disse Lyddie a Nest, após alguns instantes. — Não estou incluída sob nenhum aspecto. Ele nunca discute nada relacionado ao Aconchego comigo. É um pouco estranho, mas dá para entender. O Liam é bastante possessivo. Talvez fosse diferente se ele não tivesse um sócio.

— Mas a questão é essa, não? — Nest percebeu isso rapidamente. — Ele tem um sócio. Você não estaria só apoiando Liam, mas Joe também.

— Deve haver alguma forma legal de dividir tudo em três, ou em ações — Mina estava disposta a considerar todos os aspectos —, de modo que se Joe se retirasse ou quisesse vender sua parte... — Fez uma pausa, franzindo o cenho, sem saber bem que rumo seu pensamento estava tomando.

— É arriscado. — Nest continuava a seguir a própria intuição. — E, além do mais, se Liam não pediu nada, para que oferecer? É um homem muito independente, que, pelo visto, prefere manter os negócios separados de sua vida familiar. É uma decisão inteligente. Joe e ele podem se engalfinhar, mas dois contra um não dá certo. Sou obrigada a pensar que seria quase impossível você injetar dinheiro no Aconchego e conseguir manter-se afastada, especialmente se as coisas começassem a dar errado. Agora o problema é de Liam, cabe a ele tomar as decisões, e você pode ficar livre disso. Não precisa questionar, nem discutir, nem ter um troço por causa do investimento. Você pode complicar a situação dele, se lhe fizer a oferta.

— Tenho certeza — acrescentou Mina, de imediato — de que, se ele estivesse esperando por alguma ajuda financeira, já teria dito algo a essa altura.

— Acho que têm razão. — Lyddie estava um pouco mais animada. — Vou pensar mais no assunto, mas vocês desanuviaram a minha mente. Sinto muito falar sobre isso e preocupá-las.

— Ah, não seja boba! — exclamou Mina, com firmeza. — Estamos aqui para isso! Pegue mais bolo e, desta vez, coma um pouco. Eu o fiz especialmente para você, não para Grumete ou Dom Arisco. Isso, pegue uma fatia caprichada e conte-nos em que está trabalhando no momento. É um romance sobre a classe média ou um incrível suspense?

Lyddie percebeu que o assunto estava encerrado, aceitou o pedaço de bolo e acomodou-se na cadeira para falar sobre livros.

Muito mais tarde, quando Nest já estava deitada, Mina sentou-se diante do computador. O sobrinho Jack, filho de Timmie, é que a introduzira ao mundo da internet, tal como uma vez a apresentara à revista satírica britânica *Private Eye*. Durante os primeiros meses após o acidente, com Nest praticamente aniquilada em virtude da dor, da tristeza e do pesar, Jack mostrara a Mina como se comunicar com outras pessoas em situação similar à sua: indivíduos que se anularam a fim de oferecer calor humano, ânimo e amor paciente.

"Você precisa ter seu próprio espaço", dissera-lhe ele; "caso contrário, investirá tudo na tia Nest e isso é perigoso. Navegue na internet. Converse com outros na mesma situação. Troque piadas e desabafe. Mas não se torne de novo uma escrava, como fez com a vovó. Ah, eu sei que a amava, e que cuidava dela com satisfação, só que nos últimos dez anos eu já vi você fazendo coisas só suas: foi aos Estados Unidos visitar a tia Josie e os rapazes, a Oxford, para comprar filhotes de cachorros... Não quero que você abdique de tudo!". Deu um sorriso forçado e um selinho nos lábios.

Era estranho ele sempre fazer isso: não a beijar na bochecha, nem lhe dar um abraço, mas sim um beijo breve na boca sem viço. Mais tarde, quando o sobrinho já se fora, ela levou os dedos aos lábios e os pressionou com suavidade, como se estivesse segurando o beijo no lugar. Querido Jack! Alto e louro, tal qual o pai, Timmie.

Ambrose, cheio de orgulho, insiste que Timothy deve ser o padrinho do filho recém-nascido.

— Seu nome será Timothy — diz ele a Lydia. — O que acha? Tinha pensado em chamá-lo de Ernest, em homenagem a meu pai. Mas vamos chamá-lo de Timothy, para homenagear o meu velho amigo, está bem, querida?

Lydia concorda, grata, ninando seu novo bebê, deleitando-se com seus cabelos claros, após ter tido quatro meninas de cabelos negros. Ambrose volta a Londres, animadíssimo, e Lydia e as filhas se adaptam a um novo ritmo de vida. A felicidade de Ambrose contagia toda a família; ele se mostra mais generoso, amando todas, e até Georgie, por enquanto, não vê motivo para ter ciúmes. Timmie — apelido de Timothy dado rapidamente por Josie — é um bebê alegre e satisfeito, e as irmãs disputam a responsabilidade de cuidar dele e apresentá-lo aos esparsos vizinhos.

— Que estranho — sussurra Enid Goodenough, observando-o no berço. — Tão louro. Não é como as irmãs, certo?

Ela lança um olhar brilhante e maldoso para o irmão, Claude, que se balança para lá e para cá, ora apoiando-se nos calcanhares, ora na base dos pés, ao lado da janela de batente, acariciando o bigode.

Claude deixa escapar uma leve risada nervosa, piscando o olho para Enid.

— É bem possível que tenha sido trocado pelas fadas.

Lydia serve o chá calmamente.

— Ele puxou meu pai, que era muito alto e louro — explica ela.

— *Muito* conveniente — murmura Enid Goodenough, tão baixo que Lydia não consegue discernir as palavras.

Mas Mina, que nunca se afasta do irmãozinho, escuta o que ela diz e fica intrigada.

— Eu não gosto dos Goodenough — diz a Georgie, quando eles vão embora. — São traiçoeiros. — Entretanto, Georgie está por demais ocupada com seu papel de mais velha, de "mãezinha apropriada", como um vizinho mais gentil a chamara, para se importar com Enid e Claude.

Georgie vai, alvoroçada, cuidar de uma tarefa, e Mina fica só, tentando analisar a atmosfera pesada provocada pelos Goodenough, que deixam todos com os nervos à flor da pele. Lydia fica agitada após sua visita, preocupada ao tirar o bebê do berço e abraçá-lo, apoiando a bochecha em sua cabecinha loura. Mina observa, ansiando por restabelecer a harmonia quebrada pelos Goodenough.

— Está na hora de você ler para a gente, mãe — diz ela, sabendo que a hora das crianças cria um mundo especial à parte. — Você acha que a Sofia vai pensar numa nova história para contar para o ladrão Baron? Eu estou louca para saber o que vai acontecer. Posso chamar as meninas?

A mãe sorri, tocando os cabelos de Mina, e assente com a cabeça, suavizando as rugas de preocupação de seu rosto, e a filha solta um suspiro inconsciente de alívio ao correr para chamar as irmãs. Aos nove anos, os livros são seu maior prazer, sua maior fonte de satisfação. Os mundos criados nas histórias são sua realidade e ela povoa o penhasco e a praia com esses personagens que lhe são tão familiares, repetindo sem dificuldade suas falas. "Sofia, a Sapeca" é sempre utilizada nas reencenações feitas nos cenários de Mina, que considera a hora das crianças o momento mais mágico do dia. Logo estão prontas: Georgie e Mina compartilham o sofá, com Timmie acomodado cuidadosamente entre as duas, Josie está deitada no chão, com seu quebra-cabeça de madeira, e Henrietta está sentada no banco, de onde pode ver as ilustrações. Pelas janelas abertas entram os perfumes, se escutam os cantos de pássaros do jardim estival e o cenário é sereno. Mina apóia-se nas almofadas, relaxada, esperando ouvir a voz da mãe. Lydia abre o livro e começa a ler:

— Capítulo Dezessete. Os Ladrões Escutam uma História de Fantasmas.

Mina, cantarolando para si mesma ao clicar na tela e rolar os textos, estava imaginando o quanto sua vida fora definida e influenciada por livros. Às vezes, receava nunca ter deixado as paredes protetoras da fantasia, por ter passado quase toda a sua vida naquele fim de mundo lindo e tranqüilo; e então lembrava-se de seu próprio caso de amor destruído, daqueles anos durante a guerra em Londres e de seu casamento, seguido do falecimento de seu jovem marido em Jerusalém, após a guerra. Que contrastes vivera! Após aqueles poucos anos, com sua atmosfera peculiar, que combinava tragédias diárias e temores com o desejo ardente e insaciável de viver, seguiu-se o mundo calmo e rotineiro dos convalescentes. Seu amor pelos livros a salvara da frustração e do tédio e, uma vez de volta a Ottercombe, fora capaz de mergulhar em outros mundos e vidas, de forma que, com freqüência, tinha dificuldade de separá-los de seu próprio universo. Fora por causa de sua paixão pela literatura que conhecera Elyot. Sua esposa estava doente e ele também recorria à internet para manter contato com o mundo para fugir de suas vidas corriqueiras e limitadas. Mina e ele haviam entrado em uma sala de bate-papo utilizada como fórum literário, e, como ambos gostavam de um livro específico, começaram a trocar opiniões e sugestões de forma mais direta. Ele era simplesmente "Elyot". Pouco a pouco sua correspondência passou a tratar de outros assuntos, além do conteúdo de livros, até que, com cuidado, começaram a descrever seus temores e frustrações, um encorajando o outro, sendo compassivo e levantando mutuamente o estado de ânimo.

Foi difícil evitar que se tornassem mais íntimos; sem dúvida, Mina ansiava saber mais sobre aquele homem perspicaz e inteligente, embora tivesse plena consciência de que acabaria se decepcionando, caso se aproximasse demais. Nesse ínterim, eles desfrutavam de uma intimidade peculiar, relacionada a personagens fictícios, certas frases e pilhérias moderadas. Como ele não tinha irmãos, ficava fascinado quando ela contava histórias de sua família e, sobretudo, da visita aguardada de Georgie. Seu último e-mail estava repleto de admiração:

De: Elyot
Para: Mina

Como você é corajosa! Terei de resistir à tentação de utilizar referências literárias relacionadas a três irmãs... Brincadeiras à parte, espero que consiga

> dar conta de tudo. Espero também, querida amiga, que não fique ocupada demais, a ponto de não poder mais me enviar e-mails.

Sentira um calor tolo no coração ao ler as palavras "querida amiga", e, esperando fazê-lo sorrir com sua breve referência a "sombrias bruxas da meia-noite", assegurou-lhe que manteria contato. Esta noite, disposta a se abstrair dos problemas mais urgentes e da chegada iminente de Georgie, começou a abrir sua correspondência.

CAPÍTULO SETE

— Chá — disse Liam, colocando a xícara com cuidado entre os papéis da escrivaninha de Lyddie. — Como está indo?

Lyddie, que estava checando um anacronismo em seu exemplar do "Dicionário Oxford de Palavras do Século Vinte", colocou o livro de lado e ergueu os braços sobre a cabeça, espreguiçando-se e sorrindo para ele.

— Temos uma Jenny, uma Janie e uma Julie — comentou ela —, o que confunde bastante. Acho que o autor vai ter que rebatizar ao menos uma delas, talvez duas.

Liam observou com aprovação a organização primorosa da escrivaninha dela, bem diferente da bagunça da sua. O manuscrito sobre a saga histórica, no qual Lyddie vinha trabalhando, estava cheio de correções a lápis e dúvidas haviam sido anotadas em uma folha A4 ao lado. A edição antiga e estimada do "Dicionário de Inglês Collins" ficava sempre à mão, juntamente com outros livros de referência. Lyddie usava um casaco verde-escuro de malha, longo e macio. Liam olhou-o de relance e franziu um pouco o cenho.

— Meu Deus do céu, está um gelo aqui! — exclamou ele. — Você vai congelar, sentada aqui por horas a fio, com o inverno chegando.

Lyddie deu de ombros, pegando a xícara com ambas as mãos.

— É adorável e aconchegante quando bate o sol — afirmou. — De qualquer forma, o ambiente é pequeno demais para colocar um aquecedor elétrico com Grumete aqui. Ia acabar queimando o pêlo dele.

Ao escutar seu nome, Grumete, que estava deitado no único espaço disponível, abriu um olho e abanou um pouco o rabo.

— Mas você não preferiria ter um aquecedor? — Liam cutucou Grumete provocadoramente com o pé.

— Não — respondeu Lyddie, indignada. — Ele me faz companhia. É por isso que você o comprou. Lembra?

— Claro. — Ele apoiou as mãos na escrivaninha e se inclinou para beijá-la. — Claro que me lembro. Você está linda, eu já disse isso? Seus olhos estão verdes hoje, sem nenhum tom acinzentado. Um verde-escuro maravilhoso! Incrível! — Inclinou-se para trás, a fim de admirá-la, beijou-a de novo e endireitou-se. — Tenho que dar um pulo na cidade. A gente se vê mais tarde. Vou te esperar no Aconchego.

— Oh! — Ela ficou desapontada. — Como vou terminar daqui a uma hora mais ou menos, estava planejando ir caminhar com você, agora que parece que não vai chover mais.

Ele contornou Grumete.

— Sinto muito, querida. Esta tarde não vai dar. Quem sabe amanhã.

— Você vai passar no mercado atacadista? — Sentiu-se tolamente abandonada, tendo ansiado por essas poucas horas com Liam quando terminasse de trabalhar às cinco; ele só iria para o restaurante às sete. No entanto, como sempre, o instinto a impediu de fazer exigências, expressando suas necessidades. — Vai de carro?

— Não. — Ele meneou a cabeça. — Não preciso do carro. Se quiser, pode ir passear no campo com ele.

— Se eu tiver disposição... Como está escurecendo mais cedo, acho que também vou ter que antecipar as minhas caminhadas com Grumete. E então, aonde é que você vai?

— Ah, alguns lugares. Devo me encontrar com um sujeito para tratar de uma propaganda que quero colocar numa revista local nova.

Também tenho que passar no banco. — A forma como deu de ombros e os gestos deram a entender que eram tarefas necessárias e tediosas. — Um monte de coisas. Até mais.

Escutou-o descer apressado as escadas e, em seguida, ouviu a porta da frente sendo fechada. Lyddie deu um gole no chá; perdera a concentração em virtude dessa breve visita dele e, além disso, seu beijo a desconcertara. Liam havia ido diversas vezes ao banco ultimamente, mas nunca discutia o resultado com ela; parecia estar um pouco preocupado. Embora ele fosse afetuoso e carinhoso com ela, e continuasse a se dedicar com afinco ao trabalho, ela captava uma certa reserva, que nem mesmo a experiência dele conseguia ocultar. Fazia amor de uma forma ansiosa e premente, que a excitava e deleitava, mas Lyddie odiava pensar que ele não confiava nela. Uma das coisas que a tinham atraído foi sua maturidade. Era atraente, forte e independente, e foi ótimo para o ego de Lyddie ele tê-la escolhido entre tantas outras.

Fechando os olhos, ela se lembrou do momento em que ele parara ao lado da mesa dela durante o almoço no Aconchego, fitando-a com uma intensidade lisonjeira.

— Você é feliz? — perguntara ele, como se realmente quisesse saber e se importasse.

Ela começara a rir da abordagem inusitada.

— Quase — respondera com surpreendente tranqüilidade, pois costumava ser bastante tímida diante de estranhos —, sou quase, mas não totalmente.

O semblante dele se iluminou com um sorriso cativante e o novo brilho dos olhos castanhos fez seu coração disparar.

— Bem, então, o que podemos fazer para mudar essa situação? — indagara ele. — Quer mais café? Um conhaque? É terrível ser quase feliz, mas não totalmente. É melhor ser completamente infeliz.

Ela fingira meditar sobre a resposta, querendo ser espirituosa e original, mas sabendo que não teria sucesso. Lyddie o observara circular, parando em cada uma das mesas, fazendo os homens rirem e as mulheres se empertigarem, e ela queria ser diferente, imprevisível.

— Ah, pois eu discordo de você — respondera ela, com calma. — E, na minha opinião, depois dessa refeição deliciosa, uma caminhada cairia muito bem.

Lyddie dera um sorriso quase indiferente, embora tivesse tido de se esforçar muito para desviar o olhar dele, pegar a bolsa e procurar a carteira com naturalidade.

— E eu diria que tem toda razão. — Ele a estava observando, de modo pensativo. — Sei exatamente o lugar para onde eu iria numa tarde adorável; fica bem perto daqui. Eu estou indo para lá e seria um prazer mostrá-lo para você. Depois, quem sabe não gostaria de voltar aqui para tomar um cafezinho antes de ir embora?

Fora um momento mágico, de pura loucura. Fez-se silêncio nas mesas quando ele acenou para Joe e saiu com Lyddie para caminhar às margens do rio.

— Por que você o chama de Aconchego? — perguntou-lhe ela.

— Porque é um lugar envolvente, superacolhedor, onde todos querem estar e ser vistos, e tudo acontece. Por que outro motivo? — respondera ele, encolhendo os ombros, e ela rira.

— E agora você está totalmente feliz? — indagara Liam mais tarde, quando fizeram uma breve pausa à sombra da catedral.

— Totalmente — afirmara ela, de forma impulsiva; e, assim, tudo começara.

— Nunca vi o Liam desse jeito — dissera Joe a Lyddie. — Você realmente mexeu com ele. E quem pode culpá-lo?

Seu olhar era de aprovação e inveja, e ela sentiu que outra mulher se apossara de seu corpo: segura, corajosa, sensual, esperta. Liam a amava e queria casar-se com ela; ah, com certeza, ela estava totalmente feliz. Mais tarde, observando-o circular pelas mesas, vendo as expressões sonhadoras e lânguidas das mulheres que o desejavam, um calafrio percorreu seu corpo e ela se sentiu vulnerável. Ainda assim, pareceu-lhe que a verdadeira força motriz da vida de Liam era o Aconchego, que se situava em um mundo à parte de sua vida amorosa e era absolutamente vital para ele. Ele se dedicaria e faria das tripas coração por aquele lugar que era sua razão de ser. Será que o futuro do restaurante estava ameaçado?

Após ter visitado as tias, Lyddie chegou à conclusão de que não investiria seu dinheiro no Aconchego, a menos que Liam pedisse. Se ele o fizesse, ela teria de reavaliar sua própria posição. Era horrível, entretanto, vê-lo preocupar-se com o empréstimo, quando tinha condições de ajudá-lo; porém, de qualquer forma, até Roger conseguir acertar a questão da hipoteca da casa em Iffley, ela não teria dinheiro mesmo. Toda a questão era, por enquanto, teórica.

Lyddie acabou o chá, pegou o lápis e voltou a mergulhar no século dezoito.

Mina estava juntando as folhas do gramado quando escutou o carro se aproximando. Foi chegando devagar, aos solavancos, parando na rampa de cascalho na lateral da casa, e ela largou o ancinho e atravessou, apressada, o gramado, com os cachorros correndo na sua frente. Georgie estava no banco da frente, ao lado da filha, que veio dirigindo, e por um momento as duas irmãs fitaram-se pela janela, enquanto Helena desligava o carro e começava a descer. Georgie estava bastante imóvel, com uma expressão obstinada, rancorosa e muito reservada. Vestida de forma impecável, com um suéter marrom bordado à mão, o colarinho branco da blusa aparecendo no pescoço e um *kilt* xadrez de tons amarronzados, parecia uma criança de idade avançada, furiosíssima.

Mina pensou: *Sua roupa é igual à da época em que estudávamos em Londres. Nosso uniforme era dessa cor, suéter marrom e* kilt. *Oh, céus! Está parecendo tão* velha.

Ela sentiu amor e compaixão ao ver a vulnerabilidade da irmã mais velha e abriu a porta rápido.

— Georgie — disse de forma calorosa —, que maravilha, é tão bom vê-la!

Helena contornou apressada a parte de trás do carro, abraçando Mina e inclinando-se com o braço esticado para ajudar a mãe a sair.

— Vamos — exclamou Helena, com alegria. — Não é lindo isto aqui? Nossa viagem pela charneca foi *muito* agradável, tia Mina. Não foi, mãe?

Georgie aceitou a ajuda para sair do carro, olhando de relance o rosto de Mina, observando sua reação. Mina, que sabia que Helena podia ser condescendente demais, deu um largo e breve sorriso para a irmã e piscou o olho, e, por um momento, os anos recuaram, unindo-as naquele inexplicável sectarismo entre irmãs, de história compartilhada. Georgie levantou-se, afastou o braço da filha e olhou ao redor.

— Onde está Nest? — perguntou.

Mina refreou um sorriso: típico de Georgie requerer um comitê completo de boas-vindas.

— Provavelmente está cochilando — respondeu Mina. — Como a pobre Nest não tem dormido bem, compensa as noites maldormidas tirando uma soneca após o almoço.

Georgie deixou escapar um suspiro de desdém.

— Nunca em minha vida dormi durante o dia — disse ela. — Sinal de velhice.

— Você não ficou aleijada após um acidente de carro! — retorquiu Mina, em tom ríspido.

— Se ela não dormisse a tarde toda, provavelmente conseguiria dormir melhor à noite. — Georgie ignorou os cachorros, que lutavam entre si para receber atenção na rampa, e virou-se em direção à casa.

— Nest não sofre de simples insônia, sente dor. — O sentimento de comiseração de Mina estava rapidamente se dissipando, transformando-se em irritação. — Tente usar a cabeça.

— O que é isso? Não vamos discutir! — protestou Helena com bom humor, tirando várias malas do carro. — É claro que mamãe é extremamente teimosa. Ela vai esgotá-la, você vai ver.

Georgie desviou o rosto rápido, e Mina lançou-lhe um olhar curioso. Era evidente que ela se sentia humilhada; velha e desamparada, estava sendo passada como um pacote e seu orgulho irascível era dolorosamente remoldado e transformado em aceitação resignada. Mina sentiu um aperto no coração. Por quanto tempo ela e Nest conseguiriam viver sem depender de ninguém? E quem cuidaria delas, então?

— Vamos entrar e tomar chá — propôs Mina.

Ela percebeu, naquele momento, que a dignidade de Georgie — ou o que restava dela — não toleraria comiseração por parte da irmã e se esforçou para usar um tom de voz bastante neutro. Georgie foi caminhando na frente, recusando-se a aceitar o papel de convidada e determinada a reivindicar igualdade.

— Nada muda — afirmou Georgie, olhando com satisfação o corredor à sua volta. — Onde eu vou ficar?

— No nosso antigo quarto, aquele que dividimos durante a guerra. — Mina observou-a, em busca de uma reação negativa. — Achei que gostaria de ficar nele de novo.

— Hum. — Georgie foi evasiva, negando-se a dar sua aprovação. — Preciso ir ao banheiro.

Ela atravessou o corredor e sumiu no andar de cima, desprezando o lavabo do térreo.

Mina olhou para Helena com as sobrancelhas arqueadas.

— É impressão minha ou ela está mesmo em muito boa forma?

Foi uma pergunta e Helena respondeu de forma defensiva:

— Ela está ótima. Concordo plenamente. E parece bastante lúcida. Mas — ela meneou a cabeça, séria, com o queixo contraído e os lábios franzidos — espere só para ver. Vai haver uma mudança gradativa. Perda de memória, confusões com palavras, esse tipo de coisas.

— É mesmo? — a voz de Mina soou cética.

— É, é mesmo! — Helena, começando a perder a paciência, lembrou-se de repente que seria insensato demais dramatizar os problemas de Georgie.

Mina a observou, entretida com seu dilema, e percebeu que a sobrinha estava tentando controlar a irritação.

— Escute, tia Mina, prometo para você que estamos fazendo o melhor por ela, ao menos a nosso ver. E o clínico geral concorda conosco, se é que isso serve de consolo. O asilo é muito agradável e ela será muito mais feliz lá do que enfurnada num anexo, com algum tipo de acompanhante, pois eu e Rupert trabalhamos o dia todo. Além disso — o semblante de Helena, de repente, ficou pateticamente desanimado —, ela nunca gostou do Rupert...

— Eu sei. — Ao se dar conta dessa mágoa genuína, Mina sentiu uma súbita compaixão. — Entendo suas dificuldades.

— *É* complicado. — A expressão de Helena dava a entender que ela estava a ponto de chorar, fazendo desabar sua pose confiante e controlada. — Para ser sincera, nós passamos grande parte do nosso tempo com ela, raramente ficamos sozinhos, e ela é *muito* mal-agradecida. É grosseira com Rupert e acha que tudo o que eu faço está errado. Ao mesmo tempo, eu me sinto terrivelmente culpada por colocá-la num asilo. Tenho consciência do que vocês estão pensando, mas não sei o que mais poderia fazer. Nunca encontraríamos alguém que a agüentasse em tempo integral, e não vejo por que deveria abandonar o meu emprego, já que ela nunca demonstra *a menor* afeição por mim.

Uma porta bateu no andar de cima e Helena se calou, mordendo o lábio. Mina tocou de leve o braço da sobrinha, chocada com o seu desabafo, pois ela era sempre muito controlada.

— Tenho certeza de que está fazendo o que é certo — disse ela, com suavidade. — Não a estamos julgando. Lembre-se de que conheço Georgie melhor que você.

Helena a encarou.

— Claro — concordou ela —, claro que sim. E não será por muito tempo, sério.

— Não se preocupe com isso — pediu Mina. — De alguma forma, vamos dar um jeito.

Georgie desceu a escada e juntou-se a elas, com um sorriso dissimulado nos lábios.

— Está muito bonito — disse ela a Mina. — Bastante confortável. Você mencionou algo sobre um chá?

— Um chazinho cairia muito bem agora — disse Helena, recuperando a compostura —, e depois vou partir. Tenho uma longa jornada pela frente.

— Bem, não queremos atrasá-la — comentou Georgie, rispidamente. — Você ainda toma chá na sala de visitas, Mina?

— Tomo — confirmou ela —, mas como Helena precisa ir embora, vamos facilitar as coisas e tomá-lo na cozinha. Quando Nest acordar, podemos servi-lo do jeito tradicional, lá na sala. É o que costumamos fazer.

Mais tarde, quando as irmãs estavam acenando para Helena, Mina sentiu-se tomada pelo pânico. Georgie a estava observando, com uma expressão estranha no rosto à medida que o ronco do motor do carro se dissipava, e Mina ficou sem saber o que dizer à irmã mais velha. Deveria dizer "Bem-vinda?" ou: "Que bom que vai ficar aqui conosco!"? Em vez disso, surpreendendo a si mesma, disse algo bem diferente:

— Você se lembra — perguntou — de como costumávamos ir até o alto da rampa para esperar papai ou Timothy e descer apoiadas no estribo do carro? — Em meio ao silêncio, o jardim iluminado pelo sol encheu-se de repente de lembranças e ela notou que Georgie engoliu em seco, contorcendo o rosto. — Venha — chamou Mina, pegando-a pelo braço —, vamos dar uma volta na praia.

Após o nascimento de Nest, é Timothy, e não Ambrose, o visitante mais freqüente do casarão em Exmoor.

"Outra menina", diz Ambrose, quase indiferente. A novidade de ter um filho está esmorecendo um pouco diante de sua crescente afeição pela viúva no Bosque de St. John. De boa família, com posição de destaque na sociedade, ela não tem filhos para distraí-lo de suas necessidades e age de forma inteligente ao escolher as companhias certas para entretê-lo e desenvolver sua ambição. Lydia e as crianças são encorajadas a passar cada vez mais tempo em Ottercombe, e o nascimento de Nest dá a Ambrose a desculpa perfeita para mantê-la longe de Londres durante as longas férias de verão, insistindo na necessidade de tranqüilidade e descanso em prol da saúde dela.

"Vamos chamá-la de Ernestina, como meu pai", diz ele. E é Timmie que, com menos de dois anos, não consegue pronunciar o longo nome e a chama de Nest. De cabelos negros e tez pálida como as irmãs, Nest cresce à sombra de Timmie: são os caçulinhas. Lydia permite, com satisfação, que Mina exerça um papel bastante grande na criação dos dois mais novos; aos seis anos, até Josie se considera crescida em comparação com Timmie e Nest.

Timothy costuma visitá-los, trazendo brinquedos estranhos e guloseimas deliciosas, tratando as crianças com o carinho nunca demonstrado pelo pai. Essas visitas são aguardadas com ansiedade, e assim que escutam o som familiar da buzina do carro dele ecoar da estrada costeira, as crianças vão até a rampa para saudá-lo. Pendurando-se como macaquinhas nas portas, equilibram-se no estribo, gritando de excitação ao subir, sacolejando, rumo à casa. Timothy é arrastado do carro, com cada criança importunando-o, querendo lhe mostrar seu último feito ou levá-lo depressa à praia. O mar é a recompensa natural para qualquer um que tenha ido ao casarão de Ottercombe, e as crianças gostam de compartilhar da alegria e do deleite do visitante quando ele desfruta da praia. Mas Timothy insiste em dizer "mamãe primeiro", e elas esperam com impaciência enquanto ele vai cumprimentar Lydia na ante-sala. Conferem a Timothy, instintivamente, os privilégios do pai, e ele a vê a sós enquanto as crianças altercam no corredor tentando decidir qual será a primeira diversão do dia.

Todas sabem, entretanto, que o dia transcorrerá da mesma forma reconfortante de sempre: primeiro, a longa e sinuosa caminhada até a praia, depois, a volta para casa, a fim de tomar chá na sala de visitas e, por fim, a leitura do capítulo mais recente do atual livro. Esse é o momento de tranqüilidade e espairecimento de todas as preocupações do longo dia; é a hora das crianças.

CAPÍTULO OITO

— Alô. Desculpe, quem...? Ah, oi, *Jack*! Desculpe, acabei de chegar de uma caminhada. Tudo bom? — Segurando o receptor do telefone, Lyddie pendurou o casaco na cadeira da cozinha e cruzou o longo recinto, a fim de se sentar à extremidade da mesa. — E como vai a minha afilhada?

— Sua afilhada é uma menina muito danada — respondeu o primo —, e se ela quiser viver até os dois anos vai ter que tomar jeito. Como estão as coisas por aí?

— Bem. — Lyddie deu uma risada. — Coitada da Flora. O que ela anda aprontando?

— Coitada da *Flora*? — repetiu Jack, de forma indignada. — E a gente? Eu e Hannah estamos uns cacos, Tobes é intimidado e aterrorizado e você ainda tem a coragem de dizer "Coitada da Flora"! E aí? Quando é que vem nos visitar?

— Oh, Jack, seria uma boa mesmo ver vocês — respondeu Lyddie, com saudades.

Ela visualizou a antiga casa de alvenaria em Dorset, construída na área arborizada ao redor da escola, e os oito garotos que viviam com Hannah e Jack durante o primeiro ano de seus estudos no colégio particular. A esposa de seu primo era ágil, competente e bondosa, o contraste ideal para a força imperturbável e sólida de Jack, e os garotos gostavam dos dois. Toby, de quatro anos, tinha uma família já formada de irmãos mais velhos que mimavam Flora terrivelmente. Alguns dias com Jack e Hannah funcionavam como um tônico que revigorava Lyddie sempre que estava para baixo: um santuário onde podia ser ela mesma.

— Temos um feriado escolar na semana que vem — informou Jack, tentando-a. — Os garotos não estarão aqui, graças a Deus, e sua afilhada adoraria vê-la.

— Ah, seria maravilhoso! — Lyddie fez um rápido cálculo. — Talvez só por uma noite. Vou conversar com o Liam. Seria ótimo ver vocês. Muito legal de sua parte me convidar, pois sei que você e Hannah devem estar esgotados!

— Bem — disse ele em tom provocador —, para ser sincero, é o Grumete que realmente queremos ver, só que sabemos que ele não pode vir sem você. Mas, falando sério, como estão as nossas tias? Esteve com elas?

— Não, desde a chegada de tia Georgie. — Lyddie decidiu ignorar o insulto. — Mas falei com elas e tia Mina parecia estar bem. Era óbvio que ela tinha uma platéia e não podia dar muitos detalhes; de qualquer forma, pela voz, me pareceu bastante animada. Estou planejando passar algumas horas lá no domingo.

— Estamos querendo ir visitá-las durante o feriado — ele falou com cautela. — Você acha que elas gostariam?

— Acho que adorariam! Ah, dá um tempo, né, Jack? Sabe muito bem que iam amar! Você, Hannah e as crianças são os favoritos delas!

— Você está se subestimando — afirmou ele, com amabilidade —, mas, obrigado. Eu sei que tia Mina e tia Nest sempre ficam felizes em ver a gente, mas não tenho tanta certeza quanto a tia Georgie. Se ela está um pouco... bem, com alguns parafusos a menos, poderia ser meio complicado. Não quero causar problemas para a tia Mina. São quatro pessoas extras para entreter, e Flora, que Deus a abençoe, está muito danada agora.

— Elas vão dar um jeito — prometeu Lyddie, confiantemente. — Então, quando estão pensando em ir?

— Bem, é por isso que liguei. Se você puder vir, vamos organizar nossa viagem de acordo com a sua. Sei que tem prazos a cumprir.

— Tenho, tenho sim — disse Lyddie, com gratidão. — Olhe, vou dar uma olhada na minha agenda e falar com Liam e te ligo mais tarde. Está bem assim?

— Perfeito. Vamos aguardar sua ligação. A Hannah vai adorar a idéia de ter outra companhia feminina além de Flora.

— Diga que eu mandei um abraço — pediu Lyddie — e, obrigada, Jack. Seria ótimo.

— A gente se fala mais tarde, então — despediu-se ele.

Lyddie colocou o receptor no gancho devagar. Era estranho — e um tanto preocupante: aquela imagem efêmera da antiga casa de alvenaria e a lembrança tentadora e libertadora de que, lá, podia ser ela mesma. Dava a entender que havia uma falta de honestidade e de solidez em sua vida com Liam em Truro. Ela pegou o casaco, com o olhar pensativo, admitindo que estava um pouco temerosa. Oh, não era o temor de uma agressão física, de jeito nenhum, mas de perder o marido se o confrontasse abertamente para tratar de suas próprias necessidades e deixar claro que ela queria participar de sua vida como um todo e ter um filho dele. Cada tentativa hesitante era recebida astutamente com um sorriso, uma encolhida de ombros, uma carícia, enquanto Lyddie lutava para encontrar uma brecha ou fraqueza em sua discreta resistência aos avanços cautelosos dela. E por que ela deveria ser cautelosa? Por que não podia falar abertamente? O que a impedia de expressar esses desejos ponderados e naturais? Ela sabia a resposta, embora instintivamente se recusasse a encará-la: Liam não queria que ela fizesse parte de sua vida como um todo, nem tinha vontade de iniciar uma família. O vigor dele era similar ao dos que costumam resguardar uma parte vital de si mesmos, deixando de amar a bel-prazer, e algum instinto primitivo dizia a Lyddie que evitasse fazer exigências.

Ela sentiu um calafrio ao pensar em perdê-lo, lembrando-se de como James a deixara porque não queria um relacionamento sério. Liam, ao menos, quisera se casar com ela — o restante certamente viria depois. Era preciso ter paciência.

A chegada de Georgie não abrandou os temores de Nest; muito pelo contrário, contribuiu para aumentar sua ansiedade. Ficou claro, após alguns dias, que Georgie estava oscilando entre a normalidade e a instabilidade. Ela recusou o papel de convidada com uma confiança quase ofensiva, comportando-se como se todas ainda fossem jovens e ela, na condição de mais velha, tivesse mais autoridade. As refeições foram modificadas: "Não acredito que só comem cereal no café da manhã!". Suas noites tranqüilas foram perturbadas: "Está na hora da novela. Não posso perder nem um capítulo, senão depois não entendo mais nada. Não se importam se eu ligar a televisão, não é mesmo?", e os planos diários eram ditados pelas necessidades específicas dela:

— Hoje vamos a Barnstaple — dizia ela durante o café da manhã, servindo-se de mingau e checando se Mina já terminara de preparar os ovos mexidos. — Preciso de lã e de um novo livro. A torrada não está queimando? Sabe que eu detesto torrada queimada!

— Vou matá-la! — jurou Nest, após um dia bastante difícil. Georgie fora dormir mais cedo, com dor de cabeça, e ela e Mina estavam arrumando tudo após o jantar. — Devo dizer que agora entendo perfeitamente Helena e Rupert. Escute o que estou dizendo, acho que o asilo não vai querer ficar com ela nem por duas semanas. Decerto vão expulsá-la... Alguém *pode* ser expulso de um asilo?

— Não a esse preço — respondeu Mina, com cinismo. — Quanto mais caros são, maior a tolerância, é o que tenho visto.

— Então vão ter de cobrar muito mesmo — disse Nest, séria. — Obviamente, ela sempre foi mandona, não foi? Mas ainda assim...

— Ela não tolera ser menosprezada — explicou Mina. — Imagine o quanto é humilhante para ela ser despachada às pressas para ficar conosco, enquanto Helena vende o apartamento dela e prepara sua ida para um asilo. A sensação de impotência, para alguém tão controladora como Georgie, deve ser terrível.

— Considerando que ela está tratando você praticamente como uma criada, acho muito nobre de sua parte. — Nest estava quase irritada com a compaixão de Mina. — Afinal de contas, esta é a *sua* casa, mamãe a deixou para você. Georgie está se comportando como se tivéssemos retrocedido cinqüenta anos.

— Acho que é exatamente o que ela está fazendo. Tomara que...

A porta abriu, vagarosa e silenciosamente, e Georgie ficou parada, olhando-as. Nest e Mina a fitaram, imóveis por causa do choque, cada uma se perguntando há quanto tempo ela estaria ali e tentando se lembrar do que haviam dito. Até mesmo os cachorros permaneceram em suas camas, com as orelhas erguidas e alertas. Georgie foi a primeira a falar:

— Vim pegar um copo d'água — explicou.

Ela franziu um pouco o cenho, como se estivesse tentando se orientar, e entrou mais na cozinha. Seus cabelos brancos, de tom prateado, estavam assanhados, parecendo uma coroa fofa, e seu olhar era vago e distante. O longo penhoar e a camisola de gola alta contribuíam para a estranha sensação de terror — não havia nada aconchegante na cena —, e Nest engoliu em seco, nervosa.

— Pensei que já tinha lhe dado água. — A voz de Mina era calma. — Não importa. Volte para a cama que eu levo para você. Quer tomar alguma coisa quente?

Os olhos de Georgie ficaram marejados, ela fez uma careta e pareceu ficar extremamente triste; porém, antes que as irmãs dissessem algo, a expressão mudou de novo, transformando-se em um semblante estranho e atento, distante e misterioso, como se ela pudesse ouvir uma conversa que nenhuma das duas podia escutar.

— Cadê a mamãe? — perguntou, melancólica. Seu olhar se alternava entre as irmãs, intrigado, e Mina a segurou pelo braço.

— Não está aqui — disse ela. — Não neste momento. Tem de voltar para a cama. Vou com você.

Afastaram-se juntas, com Georgie deixando-se levar como se fosse criança. Nest permaneceu imóvel, chocada, quase assustada, até Mina voltar e os cachorros correrem para saudá-la.

— Ela está bem? — perguntou Nest, temerosa.

— Acho que sim. — Mina parecia abalada, inclinando-se para acariciar seus adorados bichinhos, mais para buscar conforto do que para reconfortá-los. — Acho que não sabe bem onde está. Por um momento pensou que eu fosse a mamãe.

— Você se parece com ela — disse Nest. — É impressionante como todas nós somos parecidas com a mamãe, mas acho que você é a que mais se parece. Oh, Mina, imaginei logo que ela estivesse tendo uma crise de sonambulismo. Ela deu a impressão de estar quase louca.

Mina tocou seu braço, a fim de encorajá-la, mas aparentava estar preocupada.

— Bem, Helena me avisou que ela tinha esses momentos — comentou —, mas não imaginei que fossem assim.

— Foi assustador. — Nest estremeceu. — Não acha que ela pode se levantar de novo e ficar perambulando por aí?

— Espero que não — respondeu Mina, ansiosa. — Não ousaria trancá-la, mesmo se eu tivesse uma chave. Se ela voltasse ao normal em cinco minutos, imagine como seria constrangedor.

— E, além do mais, ela pode precisar ir ao banheiro.

Elas se fitaram, nervosas, cada qual repentinamente a ponto de dar uma risada histérica, e Mina respirou fundo.

— Vá dormir — disse ela. — Vou prestar atenção nela enquanto me troco. E não fique deitada acordada, preocupando-se. Tome um comprimido para dormir. Você tem fisioterapia amanhã e precisa estar o mais descansada possível.

— Talvez faça isso.

Elas se abraçaram e Nest empurrou a cadeira de rodas rumo ao seu quarto. Sozinha, preparando-se para dormir, ela se viu prestando atenção nos sons dentro da casa; o medo a deixou desastrada e lenta. Na cama, esperando o comprimido surtir efeito, sonhos e lembranças mesclaram-se em padrões confusos e desordenados, até que, por fim, adormeceu.

— Sei de um segredo — diz Georgie, com ar de importância. A tarde está quente, mas faias altas rodeiam o gramado, oferecendo abrigo não só contra as tempestades, como também contra o sol, e está fresco e agradável no lugar retirado onde Timmie e Nest estão fazendo um piquenique com seus bonecos.

— Aposto como não tem nenhum. — Josie, agora com onze anos, faz estrelas na grama musgosa e a saia de seu vestido de algodão listrado cai sobre sua cabeça.

Os caçulinhas se unem mais, vingando a indiferença de Josie. Às vezes os segredos de Georgie são tenebrosos — e eles se lembram da vez em que ela lhes mostrou os cadáveres de três filhotes de passarinho em um ninho.

— É uma lição — disse Georgie para eles, apreciando seu terror —, para que aprendam a não perturbar os passarinhos subindo nas árvores na primavera. Foi o que o papai disse. Mas, se ficarem de boca fechada, não vão ficar de castigo. É um segredo.

Agora os lábios de Timmie estremecem, mas ele dá um sorriso forçado e segura a mão de Nest, pois ela é a mais nova. Os bonecos, um coelho de tricô marrom e dois ursinhos de pelúcia, escorados ao redor da mesa de piquenique, são esquecidos quando todos se aproximam, com o olhar grudado em Georgie à medida que ela se inclina em sua direção.

— Vai ter uma guerra — afirmou ela.

Eles a fitam de forma inexpressiva, sem compreender, quase aliviados.

— O que é guerra? — pergunta Timmie, que agora está com seis anos. — O que quer dizer isso?

Antes que ela possa responder, Mina sai da casa e chama as crianças para irem tomar chá.

— Bico calado — ordena Georgie rapidamente. — É um segredo. O papai vai ficar bravo.

Mas Timmie está começando a se dar conta de que Georgie trapaceia, reprimindo-os com ameaças sem fundamento, e sente, por instinto, necessidade de proteger Nest de horrores tais como os cadáveres horripilantes dos filhotes de passarinho.

— Mas o que que é isso? — pergunta ele, um pouco mais alto, enchendo-se de mais coragem agora que Mina estava ao alcance da voz. — O que é guerra?

Georgie se vira em direção a Mina, tentando parecer desinteressada, esperando que ela não tivesse escutado a pergunta de Timmie, mas o tom agudo, infantil e ansioso dele soa alto e claro e ecoa no jardim silencioso. Mina fica brava — o que, estranhamente, assusta ainda mais Timmie — e ela e Georgie se encaram em meio aos restos patéticos do piquenique.

— A mamãe disse pra você não contar pra eles — lembra Mina. — Pediu pra todas nós. — Sua voz estava baixa e furiosa.

Georgie dá de ombros, fingindo indiferença, mas parece pouco à vontade. Nest, nervosa com a raiva pouco característica de Mina, começa a chorar, de modo que Mina se distrai e Georgie consegue escapulir dali depressa.

— Mas o que é guerra? — Timmie está de fato assustado agora, percebendo que está havendo algo sério, muito pior, talvez, do que filhotes de passarinho mortos.

— Não vai acontecer aqui. — Mina está animando Nest, fingindo dar leite ao coelhinho de tricô marrom, distraindo-a. As lágrimas de Nest secam em suas bochechas quando ela começa a sorrir, pegando a xícara para alimentar ela mesma o coelho, e Mina olha para Timmie. — Não tem nada a ver com Ottercombe, mas com países que estão lutando por algo que os dois querem. Como os governantes desses lugares estão se desentendendo por causa de terras, a luta começou e todo mundo escolheu um lado pra apoiar, deu pra entender?

— Acho que sim. — Ele franze o cenho. — Como a Josi, a Henrietta e o tênis. As duas querem o tênis, mas não sabem bem de quem é.

Mina sorri para ele.

— É assim mesmo, só que numa proporção bem maior. Mas nada vai acontecer neste lugar; a única coisa é que a gente já não vai ver muito o papai. A gente vai ficar aqui pra ver no que vai dar, mas o papai vai ter que ficar em Londres. Precisam dele lá. Ele não vai correr perigo, mas numa guerra muita gente acaba se envolvendo, mesmo quando não está lutando.

Timmie reflete um pouco sobre isso.

— Mas a gente já não vê muito o papai, de qualquer forma — assinala ele, por fim, bastante alegre. Outro pensamento passa por sua cabeça. — A gente vai ver o Timothy? Ele vai ter que lutar? — pergunta, ansioso.

— Eu não sei. Vamos ter que esperar pra ver. Mas você e a Nest estão bastante seguros. Agora venha, vamos tomar chá. — Ela hesita. — Talvez seja melhor não mencionar isso, Timmie. A Nest está muito contente agora — eles olham para a irmã mais nova, que está vestindo de novo o ursinho e cantarolando em voz baixa —, e a mamãe está... cansada.

Ele assente, desfrutando de uma agradável sensação de cumplicidade entre adultos, e, junto com Nest, atravessa o jardim atrás de Mina, entrando na casa pela janela de batente, enquanto os bonecos continuam sentados à mesa, esquecidos e abandonados, e o crepúsculo se esvai e as sombras se espalham pelo gramado.

CAPÍTULO NOVE

Outras lembranças ocorreram a Mina enquanto ela acomodava os cachorros, deixando a porta do quarto entreaberta, para que pudesse escutar Georgie, caso ela se levantasse. O ambiente familiar e adorado a acalmava, e, quando já estava envolta em seu longo roupão felpudo — um presente de aniversário de Lyddie —, sentiu-se pronta para sua sessão noturna na internet. Leu um e-mail de Josie, cheio de perguntas sobre Georgie, e lhe enviou um relato cuidadosamente editado. Não havia motivo para preocupá-la, ela estava longe demais para ajudar e acabaria se sentindo frustrada. Com Elyot, entretanto, ela foi muito mais honesta.

De: Elyot
Para: Mina

Como vão as coisas por aí? Tive um dia terrível com Lavinia. Ela não me reconhece e chora de medo quando me aproximo dela. Já tinha me confundido em outras ocasiões com outras pessoas, mas o que aconteceu hoje foi extremamente aflitivo. Ela está deitada agora, mas vou ficar acordado um pouco mais; espero poder conversar com você, se estiver por aí esta noite.

Ao se dar conta de que ele também estava ansioso, em situação semelhante à sua, Mina sentiu uma espécie de alívio agradecido, e foi então bem menos cuidadosa do que de costume ao descrever os acontecimentos da tarde. Ele respondeu rápido:

De: Elyot
Para: Mina

É a mistura de impotência e medo, não é? Eu me sinto assim. Às vezes simplesmente quero gritar com Lavinia, pois me parece impossível ela não me reconhecer ou acreditar que eu pudesse machucá-la. Sinto-me magoado e terrivelmente, terrivelmente só.

Mina fitou aquelas palavras com o coração a um só tempo apertado com o desejo de consolá-lo e acalentado com o sentimento de amizade.

De: Mina
Para: Elyot

Querido Elyot, se ao menos eu pudesse realmente ajudá-lo... Você tem amigos com quem compartilhar esse ônus de vez em quando ou Lavinia se sente ameaçada por eles também? Notei que você descreveu certas cenas — "peculiares", por assim dizer —, e o fez de uma forma tão branda que provavelmente me levou a subestimar o quão difícil deve ter sido de fato. Georgie não é nada comparada a isso. Tivemos um relacionamento bastante instável durante a infância e nos vimos muito pouco nos últimos quarenta anos. Você e Lavinia viveram juntos todo esse tempo e deve ser terrível para você não só se sentir tão rejeitado como observar alguém que ama se deteriorar. Após ter tido uma pequena amostra desse tipo de situação hoje à noite, só me resta admirar sua coragem.

A resposta veio em seguida:

De: Elyot
Para: Mina

Embora sua vivência seja diferente, minha querida amiga, é igualmente difícil. Já viu uma irmã adorada ficar paralítica e sentiu a agonia da frustração e do remorso. Foi imersa em um desastre chocante e obrigada a fazer das tripas coração para lidar com Nest e com os vários membros da família que se apoiaram tanto em você. A sua experiência se deu de uma forma violenta, o que não ocorreu conosco. Percebo agora que aos poucos fomos penetrando, de forma sutil, em uma névoa ora de desnorteamento: "Eu deveria ter voltado para o almoço? Bem, todos nós nos confundimos às vezes, deixe para lá", ora de esquecimento: "Não consigo lembrar por que entrei nesta loja", ora de confusão: "Esqueci o que ia dizer. Deu-me um branco total", frases que, por si sós, são inocentes o bastante, até nos darmos conta de que a cerração foi se espessando de forma traiçoeira, transformando-se em um nevoeiro denso no qual ninguém consegue se orientar. Tenho que me manter animado ou ela fica ansiosa.

Essa última frase fez Mina ficar morrendo de pena e lembrou-a, com um choque quase físico, da mãe durante os anos de guerra, em Ottercombe. Mina continuou ali por algum tempo, tentando se decidir; por fim, digitou outra mensagem para Elyot:

De: Mina
Para: Elyot

Não me lembro de você ter tido férias longe de Lavinia durante todo esse tempo em que trocamos e-mails. Não seria bom espairecer? Há alguém com quem você possa deixá-la sem se preocupar ou se sentir culpado? Embora possa parecer, no momento, mera troca de ambientes, já que há aqui uma situação similar à sua, se você quiser, poderia vir passar alguns dias em Ottercombe. Não me dê a resposta agora. Pense nisso. Conversamos amanhã. Boa-noite, Elyot.

Ela desligou o computador com o coração batendo acelerado, tolamente, no peito. Será que ele aceitaria o convite? Será que por fim conheceria o homem que tem sido sua fonte de consolo?

"Você é uma velha boba", murmurou ela, apurando os ouvidos mais uma vez para tentar escutar algum movimento no quarto de Georgie, antes de fechar a porta. Os cachorros se mexeram, gemendo um pouco, e Mina parou ao lado da mesinha de pau-rosa, a fim de observar os pequenos enfeites que lhe eram tão familiares quando criança. No final da vida de sua mãe, esses objetos haviam sido utilizados no criado-mudo dela: um delicado rosário de madeira entalhada, uma linda compoteira florida Wedgwood, para quitutes especiais, um vaso longo e estreito, cinzelado, ideal para uma ou duas flores delicadas, e, por fim, um pequeno estojo de prata contendo uma garrafinha de vidro verde.

Mina retirou a tampa de prata e cheirou a garrafinha. Mesmo agora, vinte anos após o falecimento da mãe, o leve odor de sais aromáticos tinha o poder de transportá-la de novo aos últimos anos de vida da mãe e até mesmo a um período anterior: os primórdios da guerra.

— Eu quero ir para Londres com o papai — diz Georgie, certa manhã de julho de 1940. — Não quero ficar enfurnada aqui com essa guerra acontecendo. Deve haver alguma coisa que eu possa fazer, então vou cuidando do papai até descobrir em que ajudar.

Lydia põe as folhas de delicado papel azul da carta no envelope e olha para a filha mais velha. Como está bonita, com os cabelos negros sedosos cortados em estilo pajem e a pele branca límpida; como está adorável... e determinada.

— Você ainda não concluiu o ensino médio — responde ela, paciente, mas com firmeza — e mal fez dezessete anos...

Os caçulinhas observam com ansiedade, as colheres suspensas, à medida que outra discussão tempestiva se desenrola à mesa do café da manhã.

— Não faz mais *sentido* ir para a escola — grita Georgie, aborrecida com a recusa da mãe de encarar a crua realidade da guerra. — Se eu esperar outro ano, de repente vou ficar sem opções. O papai me disse que pode conseguir um emprego de motorista para mim no Ministério de Guerra.

Lydia pega a xícara de café e depois a recoloca no pires, os dedos acariciando com ansiedade a carta dobrada ao lado de seu prato vazio.

— Pode ser que acabe daqui a um ano — diz para as filhas.

— Ah, francamente! — Georgie revira os olhos, desgostosa. — É o que disseram da última vez: "No Natal, já vai ter terminado." Mas não terminou, certo?

Só Mina capta o tom praticamente de súplica na voz da mãe e a vê hesitar ante a resposta de Georgie. Ela observa os dedos inquietos e nota as olheiras.

— Acho que seria uma boa idéia Georgie ir para Londres — diz e Georgie lhe dá uma olhadela, agradecida. — Ela vai ter que fazer alguma coisa em breve, e será bom para o papai tê-la por lá. Eles podem cuidar um do outro. Entendo por que ela quer contribuir. Todas nós queremos...

Lydia a fitou.

— Não me diga que você também quer?

— Não, eu não. — Mina sorri para ela, tranqüilizando-a. — Não assim, dessa forma. Vou ficar aqui, cuidando de vocês. Mas Georgie tem razão. Não faz sentido voltar para a escola, e você não pode lidar com tudo sozinha, mãe. Não agora, com Jean e Sarah e os bebês, e também os caçulinhas.

As jovens primas de Lydia, juntamente com seus filhos, haviam ido para Ottercombe, a fim de fugirem da guerra, o que explica em parte a vontade de Georgie de partir. Ela não tem instinto maternal, e ter que dividir o quarto com Mina a irrita. As duas jovens mães, com seus dois bebês e uma criança pequena, ocupam um espaço bastante grande, e, como as crianças mais novas ainda não têm idade para ir à escola, é preciso haver muita organização.

— Que sorte a sua — afirma Enid Goodenough, que ainda vem visitá-los com o irmão, embora com menos freqüência, devido à escassez de gasolina —, ter família grande o bastante para encher a casa — àquela altura alguns habitantes de Bristol e Croydon tinham ido se refugiar em Exmoor —, assim não tem de aturar estranhos.

— Temos sorte, sim — concorda Lydia com amabilidade, alheia, como sempre, a qualquer duplo sentido —, apesar de nove crianças consumirem bastante os recursos disponíveis.

— A gente só tem um banheiro — Henrietta, agora com doze anos, diz, com seriedade —, mas muitos penicos, felizmente. Só que os bebês...

— E Ambrose? — pergunta Enid, mudando de assunto depressa; não está interessada em penicos e bebês. — Como está se saindo, totalmente só?

Ela consegue acrescentar um leve tom de insinuação às duas últimas palavras, que alerta Mina e faz até mesmo Lydia franzir o cenho.

— Está se saindo muito bem — responde ela, com calma. — E a sra. Ponting vai todos os dias, agora que estamos ficando direto aqui. Ela está conosco há anos e tenho certeza de que Ambrose tem tudo de que precisa.

— Oh, *disso* você pode ter certeza...

Agora, lembrando-se dessas palavras e do riso de escárnio que as acompanhou, Lydia se dá conta, de repente, de que pode mesmo ser uma boa idéia enviar Georgie.

— Muito bem — diz ela. — Vou conversar com seu pai. Entendo que é frustrante para você ficar aqui, agora que está ficando adulta. Não há festas, nem bailes, tampouco gente de sua idade para conhecer; além disso, não tem como dar sua contribuição, por menor que seja, para ajudar nosso país neste período terrível. Vou falar com ele. Prometo.

— Obrigada — agradece Georgie a Mina mais tarde, no quarto, antes do almoço — por me apoiar. Parece meio egoísta, sabe, deixar você com tudo isso aqui.

Ela examina o guarda-roupa, selecionando e rejeitando roupas e olhando-se no longo espelho.

— Ah, eu não me importo nem um pouco — responde Mina, com honestidade. — Tampouco devo ir para a escola no próximo semestre. Vou dar aulas para Henrietta, Josie e os caçulinhas. Uma boa forma de praticar, caso eu queira me tornar professora depois da guerra. E mamãe não pode tomar conta de tudo sozinha. De qualquer forma, vai ser bom para o papai, se ele concordar. Você não tem medo dos ataques aéreos?

— Bem, não está acontecendo nada, está? — Georgie dá de ombros ao virar as costas para o espelho e se deitar na cama. — Vai ser bacana. Sally Hunter diz que está se divertindo muito. Um monte de oficiais jovens e bonitos, festas e coisa e tal. Ela trabalha como motorista de um velho general, foi por isso que pensei nessa possibilidade. Mais tarde, posso me alistar na tropa feminina do Exército.

— E o papai disse mesmo que conseguiria um emprego para você de motorista?

Georgie assente, com as mãos apoiando a cabeça.

— Se quer saber, acho que está cansado de ficar tanto tempo sozinho. Ele me levou junto para vários lugares quando fui para Londres da última vez, para me exibir. Sabe, coisas do tipo: "E esta é a minha filha mais velha, que veio cuidar do velho pai." Eu gostei muito. Ele ainda é bastante bonitão, né? E bem conservado. Eu não tinha percebido o quão importante ele é, e todos me trataram muito bem. Tinha uma mulher que aparecia em praticamente tudo quanto é lugar que a gente ia; acho que ela não gostou muito de mim, pois foi bastante grosseira. Uma vez eu a vi chorando, e o papai ficou conversando com ela, mas ele parecia estar bastante constrangido. — Georgie franze o cenho ao se lembrar de sua própria reação: desgosto ao ver seu distinto pai se rebaixar daquela forma, perdendo a dignidade. — Foi meio estranho.

As irmãs se entreolham, intrigadas, um pouco temerosas; prestes a expor algum segredo de adultos. Por instinto, evitam prosseguir no assunto.

— Bem, então acho que vai ser bom mesmo você ir — diz Mina. — Pode me dizer quando vai haver festas e vou tentar ir a uma.

— Claro que vou contar. — Georgie está cheia de boa vontade. — Mas você vai precisar de umas roupas mais arrumadas. Vai ser divertido.

Mina observa a irmã mais velha pular da cama e repara na saia plissada de seda que adere às suas longas pernas brancas.

— Essa saia não é da mamãe?

— Hum. — Georgie dá uma volta. — É daquele estilista Fortuny. Eu a encontrei no guarda-roupa da mamãe, em Londres. Ela a comprou anos atrás, em Veneza, e nunca usa, então eu pedi emprestada. Afinal de contas, ela não é de muita serventia aqui, não é mesmo? Mamãe tem um bocado de roupa que não usa mais. Olhe só este casaco. É de pele de vicunha. — Georgie rodopia de novo. — O que você acha?

Mina, olhando de relance sua própria túnica de algodão, sente uma pontada de inveja.

— É meio simplório — afirma, em tom casual.

Georgie lança um olhar penetrante para a irmã. "Simplório" passara a ser uma palavra favorita desde que redescobriram "Os Jovens Visitantes, ou o Plano do sr. Salteena", de Daisy Ashford, na estante do quarto das crianças. É um código entre elas, que o utilizam para se referir a pessoas, lugares e eventos, e quase sempre acabam caindo na gargalhada. De repente, Georgie sente um enorme carinho por Mina, esquecendo-se de suas divergências em meio àquela inusitada experiência de genuíno amor fraternal.

— Você vai me visitar em Londres, não vai? — pergunta Georgie. — Sally está travando amizade com um monte de rapazes bonitos.

— Claro que vou — responde Mina. — Mas, de qualquer forma, você pode me escrever e contar todos os detalhes. Troca de roupa logo, anda, o almoço já vai ser servido.

Quando está descendo, Mina vê alguém se movendo na sala de visitas e cruza o corredor, perguntando-se se poderia ser um dos caçulinhas; mas era Lydia, que, de cócoras diante da caixa de costura, guardava algo. A mãe dá uma olhadela por sobre o ombro quando Mina entra; ouve-se um repentino amarfanhado de papel e o barulho forte de uma gaveta se fechando.

— Eu achei que era Nest ou Timmie — explica-lhe Mina. — Eles adoram se esconder antes do almoço... Está indisposta, mãe?

Lydia se levanta, apoiando-se no encosto do sofá.

— Não estou não. Bem, talvez um pouco cansada. Os bebês choraram de madrugada, mas, coitadinhos, não é culpa deles.

Sua face está abatida e seus olhos transmitem tanta dor que Mina fica chocada: ali há mais do que noites maldormidas e bebês chorões. Ela nunca questionou a mãe antes, porém, sente uma mudança em sua relação que talvez permita um novo tipo de intimidade.

— A sua carta...? — começa a perguntar Mina. — Eu vi quando a leu durante o café da manhã. Recebeu más notícias?

Os olhos de Mina estão no mesmo nível dos da mãe, seu semblante está sério e compassivo, e Lydia anseia desesperadamente poder se dar ao luxo de se abrir. Precisa confiar em alguém; por que não nela, sua filha mais querida?

— Era de Timothy — sussurra. — Vai participar de uma missão secreta. Não pôde falar dela... Só avisou que ficará longe por algum tempo.

Seus olhos se enchem de lágrimas, os lábios estremecem, e Mina, por instinto, abraça-a, tal como faria com Timmie ou Nest.

— Ah, pobre mamãe. Vamos sentir muita falta dele, né? A gente vai poder se despedir?

A aceitação inocente de Mina apazigua o sentimento de culpa de Lydia e a encoraja. É um alívio simplesmente poder pronunciar o nome dele em voz alta.

— Não, não — responde ela. — Ele não vai poder vir, mas estou feliz por poder compartilhar isso com você, Mina. Eu já imaginava que algo assim ia acontecer. Ele trata do assunto como se não fosse importante, claro, mas é perigoso. Sei que é... — Ela hesita, fitando com ansiedade os olhos límpidos e tranqüilos de Mina. — Não lhe parece melhor não mencionarmos nada aos outros?

— Oh, sim — concorda Mina, de imediato. — Eles não entenderiam, e os caçulinhas ficariam amedrontados.

— Exatamente — confirma Lydia, aliviada. — Foi o que pensei. Esse segredo ficará entre nós duas, minha querida.

Mina, sentindo-se orgulhosa e muito amadurecida, beija a mãe com suavidade no rosto.

— Está na hora do almoço — diz a filha. — Vá se arrumar, enquanto eu organizo as crianças.

A jovem se retira depressa, para interceptar as crianças que vêm do jardim, e Lydia sobe, mais confortada.

CAPÍTULO DEZ

Na casa geminada em Truro algo fora do normal estava acontecendo. Grumete encontrava-se no sopé da escada, deitado no corredor estreito, com o focinho apoiado nas patas, bastante atento. Ele observava com ansiedade os donos andarem de um lado para o outro da comprida sala — que ia da frente da casa até os fundos — e escutava com apreensão suas vozes. Podia ser um cachorro, mas sabia muito bem que não havia ali uma entonação importante, a que transmitia felicidade e confirmava que tudo estava bem. Cada vez que um deles se aproximava da porta aberta, seu rabo começava a bater de forma humilde no chão e suas orelhas se erguiam, com esperança; chegou a sentar-se uma ou duas vezes para chamar atenção, mas nenhum deles percebeu. Seus pés iam para lá e para cá, as passadas pesadas fazendo marcas no tapete, e o ar pesado e desagradável deixou Grumete arrasado. Com um leve ganido, acomodou-se de novo, o focinho novamente sobre as patas, esperando, ouvindo.

— Está bom, então sou eu que estou totalmente errado. Sou culpado por desaprovar o fato de você ter aberto uma carta endereçada a mim Não é assim?

— Ah, pelo *amor* de Deus! — Lyddie estava tremendo de raiva, pasma: a reação de Liam fora inesperadamente violenta. — Eu errei, está legal? Eu não prestei atenção no destinatário. Grande coisa, hein? A gente *tem* uma conta conjunta nesse banco, está lembrado? E, de qualquer forma, por que tanto segredo? Afinal de contas, nós somos casados. É realmente o fim do mundo eu abrir sem querer uma das suas correspondências?

Ele parou de caminhar para poder fitá-la, e ela ficou chocada ao se dar conta de que ele parecia um total estranho; a química que os ligava e unia, tornando-os uma só pessoa, desaparecera. Lyddie sentiu uma estranha combinação de medo e solidão.

— Então está certo — disse ele —, só tem um probleminha: eu não acho que foi sem querer.

Lyddie engoliu em seco e virou o rosto, evitando seu olhar penetrante e bastante hostil. Infelizmente, a suspeita dele tinha fundamento. A crescente ansiedade de Liam começara a deixá-la preocupada, e, quando a carta chegou com o envelope entreaberto, ela não resistiu à tentação de ver o que estava acontecendo no banco. Tinha vergonha da forma como agira, mas, ainda assim, o ataque de raiva de Liam a pegara desprevenida.

— A carta *não* foi fechada como deveria — retrucou, atendo-se ao que dissera, sentando-se à mesa e cruzando os braços sob o peito — e eu nem cheguei a virar o envelope para ver a qual de nós dois estava endereçada, pois tinha chegado um monte de correspondência, entende? Mas, admito, está bem, que, quando me dei conta de que tinha a ver com o Aconchego e não com a gente, eu a li assim mesmo. Venho me preocupando com você e pensei que poderia estar tentando me proteger de... seja lá o que for.

Ele sorriu com ironia.

— Ah, quer dizer então que está preocupada comigo. Que esposa mais dedicada você é, imagine só!

Lyddie mordeu os lábios, as bochechas queimando.

— É muito difícil — disse-lhe — manter-me totalmente afastada do seu restaurante, que você tanto ama e que nos sustenta. É... bem, é estranho, será que não entende? Você sabe tudo sobre o *meu* trabalho, quanto eu ganho...

— E você sabe tudo sobre o Aconchego. Pelo amor de Deus, você vai lá todos os dias e é tratada como a Rainha de Sabá! Como pode afirmar que se sente completamente excluída dele?

Ela descruzou os braços e cruzou os dedos, tentando organizar seus pensamentos.

— Sou tratada como se fosse uma convidada de honra — admitiu por fim. — Tenho consciência disso e reconheço que é legal. Todo mundo gosta de se sentir especial e eu não sou exceção, mas, por outro lado, sei bem menos sobre o restaurante que... que a Rosie!

— E por acaso a Rosie sabe de alguma coisa? — indagou ele, com rispidez.

Ela o encarou, intrigada.

— Você sabe muito bem o que quero dizer. Ela está... *envolvida*. Pode ser até que de uma forma superficial, mas participa mais do que eu.

— Pensei que, por ser minha esposa, você não se preocuparia com o que as garçonetes pensam que sabem — retrucou sarcasticamente.

— E não me preocupo. Não é *isso*. Não quero trabalhar atrás do balcão ou... Escute, não podemos parar por aqui?

Ele arqueou as sobrancelhas, observando-a.

— Não sei. Podemos?

— Oh, Liam, sinto muito mesmo. — Ela controlou a vontade de se aproximar dele: sua linguagem corporal lhe dizia para se manter afastada. — Foi muito errado bisbilhotar a sua correspondência, mas você nunca me conta nada. O que faria se sentisse que algo estava me preocupando, mas eu não dissesse nada para você?

— Deduziria que você é madura o bastante para ter direito à sua privacidade e respeitaria esse seu direito.

Lyddie teve a sensação de ter levado uma bofetada.

— Está bem — disse ela, soltando um suspiro profundo. — Bom, não há resposta para isso.

— E agora que tomou conhecimento dos meus problemas, como pretende tirar o peso dos meus ombros?

Ela ficou quieta, sentida, em virtude do constrangimento.

— Sabe — prosseguiu ele, após alguns minutos —, não sou só eu. Tem o Joe também. Pode ser que não goste da idéia de você estar a par de todos os segredos dele.

— Só que esta carta não era para o Joe, era? — defendeu-se com tristeza, mas disposta a aclarar as coisas. — Suponho que a correspondência do Aconchego vá para lá. Esta estava apenas no seu nome.

— Exatamente. Mas você a leu assim mesmo.

— Li — anuiu ela, cansada. — Eu a li assim mesmo e sei que você vai renegociar a hipoteca desta casa.

Silêncio. Ela olhou para ele, sombrio, sardônico e elegante, e ansiou aproximar-se; era imperativo romper essa barreira de sua relação.

— Por quê? — quis saber ela. — Por que, Liam, quando sabe muito bem que vou receber a grana da casa de Iffley? — A conversa com as tias e a decisão subseqüente haviam ido por água abaixo agora, diante da rejeição hostil dele. — Por que não me deixa ajudar você?

— Eu não quero ser "ajudado", está legal? — Ele pronunciou a palavra com desprezo. — Fui eu que comecei este negócio, e se ele der certo ou fracassar será um problema meu. Será que não consegue entender isso?

— Entendo, entendo sim, claro. Mas eu não tenho um pingo de participação nisso? Esta casa é sua, mas nós a compartilhamos agora. E se você a colocar em perigo ao renegociar a hipoteca? A casa é minha também.

— É verdade. Mas não vou decepcioná-la. Vai ter que aprender a confiar em mim. — Fez uma rápida pausa; os músculos retesados relaxaram ligeiramente. — Acha que isso é impossível?

— Não, claro que não. — Lyddie se sentiu arrasada demais para continuar a protestar; só queria que a harmonia de sempre voltasse a reinar entre eles. — É óbvio que o Aconchego está fazendo o maior sucesso... — Ela hesitou, com medo de pôr em risco o ligeiro aquecimento da atmosfera glacial que surgira entre os dois. — Sinto muito, Liam.

— Eu também. — Não ficou claro se ele estava se referindo à má conduta dela ou pedindo desculpas, mas tocou-a de leve na cabeça antes de dirigir-se apressado à porta. — Tenho um compromisso na cidade e depois vou direto para o Aconchego. Espero te ver no jantar.

A porta fechou atrás dele: Lyddie ficou sentada imóvel. Era terrível estar tão apaixonada a ponto de quase mais nada fazer diferença, exceto o beijo de seu amado. Torceu as mãos, humilhada pela profundidade de sua necessidade física dele, desejando que retornasse; entretanto, só Grumete apareceu, caminhando com suavidade, sentando-se ao seu lado, oferecendo-lhe o benefício terno e agradecido de seu amor.

Naquela tarde, quando Jack e a família estavam se reunindo para tomar chá, o telefone tocou. Com um gesto resignado ele foi apressado ao escritório, enquanto Hannah soltava um suspiro, irritada. Sua vivacidade a mantinha tão magra aos trinta e três anos como quando tinha vinte, e ela era bonita e elegante, optando por usar roupas práticas e modernas. Era tão fácil imaginá-la em um restaurante badalado da cidade quanto vê-la totalmente satisfeita na cozinha tumultuada daquele misto de casa e colégio na região campestre de Dorsetshire. Apesar de cuidar de Jack e seus filhos, bem como de oito garotos durante o período escolar, Hannah ainda conseguia administrar e manter em atividade seu próprio serviço de bufê — embora, naquele momento, ele consistisse principalmente no oferecimento de almoços em eventos e ocasiões muito especiais. Ela se dedicava aos filhos e adorava Jack, que, apesar de irritá-la e enlouquecê-la com sua desorganização, temia, no fundo, que algo acontecesse com as três pessoas especiais de sua vida. Hannah tinha consciência desse temor bastante real e da vontade dele de proteger a família de qualquer perigo, mas tentava chegar a um meio-termo que abarcasse tanto a prudência quanto o processo natural de desenvolvimento.

Quando ele voltou para a cozinha, parecia estar preocupado, mas sorriu para Toby, do outro lado da mesa, e sentou-se ao lado da cadeira de bebê da filha.

— Quem era? — perguntou Hannah. — E *por que* o telefone tem que tocar justamente quando estamos todos sentados à mesa? Até parece um complô!

— Mel — disse Flora. — Geléia *não*. Não, não, não...

— Será que a palavra "não" tem algum tipo de ressonância que inspira a imaginação infantil? — refletiu o pai, afastando o pote de mel, com um movimento ágil, das mãos pegajosas de Flora. — Por que não "sim" ou "por favor"? "Não" foi a primeira palavra que nossa querida filha disse, não foi? Nada de "mã-mã" ou "pa-pa", que eu imaginei que seriam as primeiras. Quem diria que seria "não"?

— Na verdade — comentou Hannah, colocando tiras de torrada com Marmite, uma geléia inglesa feita com levedura e vegetais, no prato de Toby — foi "sai!", por cortesia do pequeno Jackson.

Toby arregalou os olhos e disse "sai!" para o pai, que piscou o olho para ele.

— Que menino adorável ele era — disse Jack, suspirando ao se lembrar. — Quando foi embora, muitas coisas tinham acontecido graças a ele.

— É mesmo — concordou Hannah, séria. — O vocabulário do Tobes melhorou sensivelmente. Olha aqui, Flora, se você não comer, vou dar para o Calígula.

Flora fitou o gato tigrado, enorme e voraz, que eles haviam herdado do ex-professor de história, e fungou de maneira patética, os olhos cheios de lágrimas frustradas. Toby observou com simpatia, intuindo que a orgulhosa Flora não daria o braço a torcer sem algum incentivo.

—É uma geléia diferente — disse a ela, encorajando-a. — Não é como a outra. Hum, é muito gostosa!

Flora parou de fazer beicinho e os braços e pernas retesados relaxaram um pouco. Ela deixou, relutante, que um diminuto pedaço de torrada com geléia fosse colocado em sua boca. Ao ver que nada havia sido cuspido, os pais respiraram fundo e trocaram sorrisos, como se uma grande meta tivesse sido atingida.

— Tobes nasceu para trabalhar no corpo diplomático — observou Jack. — Se ainda tivermos um daqui a vinte anos.

— É bem possível — concordou Hannah. — Mas quem foi que ligou?

— Ah, sim! — Ao se lembrar, a expressão de Jack entristeceu. — Foi Lyddie. Ela não vai mais poder vir.

— Essa não! — Hannah pôs a xícara de chá na mesa e encarou-o, desapontada. — E por que não?

Ele hesitou.

— Não tenho muita certeza. Achei que ela estava meio triste, mas me assegurou que estava bem. Só disse que tinha muita coisa para resolver e que não ia poder sair.

— Que droga! — exclamou Hannah, com irritação. — Eu estava louca para vê-la. Todos nós estávamos.

— Eu queria mostrar para ela que já sei andar com a minha bicicleta nova — lamentou Toby, triste. — E eu também tinha feito um desenho.

— E Flora queria dizer para ela sua palavra nova — comentou Jack, tentando animá-los um pouco. — Não queria, princesa?

Flora fez uma careta para ele, com as bochechas estufadas, cheias de torrada com geléia, e Jack deu um largo sorriso para ela.

— Que palavra nova? — quis saber Toby, curioso.

— Jack! — exclamou Hannah. — Já chega! Não é do feitio da Lyddie deixar a gente na mão. Tem certeza de que ela está bem?

— Na verdade, não — admitiu Jack. — Não consegui fazer com que ela se abrisse. Mas a boa notícia é que concordou em ir até Ottercombe no sábado, quando nós formos até lá. Lyddie quer visitar as tias, mas, de qualquer forma, fiz com que prometesse que ia e lhe disse que, se não mantivesse a palavra, mandaríamos Flora buscá-la.

— Bem, já é alguma coisa — disse Hannah, com relutância. — Mas não vamos poder fofocar direito.

— Ela vai levar o Grumete? — perguntou Toby, ansioso. — Eu adoro aquele cachorro! E a Flora também, não é, Flora? Eu queria tanto *ter* um cachorro...

— Sei que tem vontade — afirmou Hannah. — Na verdade, você já disse isso para a gente antes. Várias vezes.

— Pontualmente, de hora em hora. Mas, respondendo à sua pergunta, Lyddie vai levar o Grumete sim, e você vai poder passear na praia com ele.

— No mar! — O semblante de Toby se iluminou com a excitação. — Flora, a gente vai pro mar!

— Bicoito — exigiu Flora de forma ameaçadora, batendo na mesinha de sua cadeira de bebê. — Bicoito!

— A gente vai levar Flora para nadar — afirmou Jack, com um brilho malicioso no olhar. — Os cientistas não descobriram que as criancinhas não podem se afogar? Vamos testar isso?

— Não me tente! — exclamou Hannah, ansiosa, passando à filha um pedacinho de biscoito amanteigado e começando a descascar uma maçã. — Não faça isso, está bem? — Deu um pedaço da fruta ao filho. — Coma logo, Tobes, para a gente ir caminhar. *Todos nós* — repetiu, de forma enfática, enquanto Jack tomava rapidamente o resto do chá e olhava de maneira resoluta para o relógio. — Vai fazer bem para a gente.

Jack fez várias caretas, que levaram Toby a ter um ataque de riso, e Hannah acabou sorrindo, a contragosto.

— Você não tem jeito mesmo! — exclamou ela. — Garotos de oito anos são melhores exemplos que você. Não, Flora, já chega de biscoito. Agora, maçã. Assim que terminarem, vamos até o rio. Você pode ir de bicicleta, Tobes. Seu pai vai levá-la nos ombros, Flora. Você gosta disso, não gosta?

Flora, que achava que era mesmo apropriado ficar bem acima da cabeça dos demais, começou a saborear os pedaços de maçã com entusiasmo. Jack olhou para a esposa.

— Obrigado — disse ele. — Não há nada que eu aprecie mais do que ter as orelhas torcidas com violência, enquanto dois calcanhares pequeninos e implacáveis golpeiam de forma sistemática meu esterno.

— Perfeito, então — respondeu ela, serenamente. — Gosto de ver todo mundo feliz. Vou buscar os casacos. E não pegue os últimos biscoitos de chocolate, Jack. Sei exatamente quantos restam.

Ela saiu da cozinha; o silêncio só foi interrompido por Flora, que mastigava a maçã. Toby terminou de comer a sua e olhou, radiante, para o pai. Jack lhe piscou o olho, com cumplicidade.

— Conte para mim, Tobes — perguntou, pensativamente —; você já conhece a palavra "bruxa"?

CAPÍTULO ONZE

Nest acordou de repente, com a pulsação irregular, lutando para recobrar a consciência e ver as horas. No entanto, já sabia que era dia antes mesmo de olhar para o mostrador iluminado. As pesadas cortinas não conseguiam bloquear totalmente a luz da manhã, que penetrava por uma brecha entre as pregas grossas, dando vida ao quarto com seus tons rosados e iluminando aos poucos o mogno e o espelho, nos quais refletia, bruxuleante. Na casa reinava absoluto silêncio. Nessas manhãs, uma névoa rasteira envolvia o penhasco íngreme, permitindo que se vislumbrassem apenas as copas das árvores mais altas sobre a bruma, enquanto o mar, que jazia tranqüilo sob seu manto frio e úmido, aguardava a chegada daquele calor radiante que agora abria caminho no quarto escuro de Nest.

Nos primeiros meses após o acidente, a sensação de impotência a levara a ter pesadelos até mesmo acordada. E se a casa pegasse fogo? E se entrasse um ladrão? Sua incapacidade de se mover rápido e de se defender manifestava-se em aterradora sudorese, que Jack e Mina tentaram apaziguar de forma prática: instalaram um excelente sistema de alarme contra fogo e colocaram grades nas janelas do seu quarto. A enorme ante-sala, que mal fora usada desde o falecimento de Lydia, foi a escolha óbvia para acomodar Nest. Como ficava ao lado da cozinha, não fora complicado acrescentar um pequeno banheiro e equipá-lo de acordo com as suas necessidades. Porém, se por um lado o fato de ficar no térreo facilitara sua locomoção, por outro aumentara seus temores à noite. Mina se recusou a permitir que ela se trancasse, mas a colocação das grades acabou ajudando.

— É tão *ridículo* — queixava-se Nest, aborrecida, a ponto de chorar de frustração —, fico bem até ir para a cama. É a escuridão... — E Mina se lembrou da vez em que Nest, bem mais jovem, acordou gritando na noite em que leram *Os Patins de Prata* na hora das crianças: o capítulo "O Leão Vermelho se Torna Perigoso" conta como os garotos holandeses espantam um invasor. A imagem do intruso, movendo-se em silêncio e devagar pelo piso enluarado, segurando uma faca, permaneceu na cabecinha de Nest muito tempo depois de as luzes serem apagadas, e, após o pesadelo, ela recebeu permissão para dormir na cama de Mina durante o resto da noite. Desde o acidente, ela foi se adaptando pouco a pouco a esse aspecto de sua condição, mas ainda sofria de insônia e tinha pesadelos horríveis.

Agora, ao olhar para o relógio, Nest retesou-se, imóvel. Alguém estava no quarto. Seus ouvidos zumbiram e ela ficou tensa e alerta, tentando enxergar o vulto escuro e denso próximo à porta. A figura esperou, sem se mover; ainda assim, no tenso silêncio, os sentidos aguçados de Nest detectaram confusão por parte do intruso. Por um breve momento, ela se perguntou, esperançosa, se não estava sonhando; contudo, antes que ela pudesse rejeitar a idéia, houve um movimento: uma girada de maçaneta furtiva, uma faixa de luz espalhando-se pelo chão antes de a porta se fechar de novo com um ruído suave, porém audível. No mesmo instante Nest ficou banhada de suor, aliviada, e seus músculos contraídos relaxaram dolorosamente. Engoliu em seco diversas vezes, de olhos fechados, e começou, de propósito, a respirar fundo, devagar. Então, afastou as cobertas e deu início ao lento processo de se vestir para, em seguida, dirigir-se com sua cadeira de rodas à cozinha, a fim de tomar café.

O ambiente estava reconfortantemente bem-iluminado e Dom Arisco veio saudá-la. Ela se inclinou na cadeira de rodas para afagá-lo e desejou um bom dia às irmãs.

Georgie estava concentrada em um catálogo, mas Mina dobrou o *Spectator*, colocando-o de lado, e sorriu para Nest — nunca fazia comentários sobre o sofrimento noturno da irmã, optando por enfatizar, com otimismo, os prazeres do dia que começava — e se serviu de mais café.

— Jack enviou um e-mail ontem à noite — informou a Nest. — Eles estão vindo no sábado, vão passar o dia aqui. Lyddie vem também. Não é ótimo?

Nest colocou a chaleira no fogão e respondeu com a mesma empolgação de Mina:

— Que maravilha! — exclamou, alegre. — Não é mesmo, Georgie? Quanto tempo faz que viu Toby e Flora? Foi no batizado dela, não?

— Foi um dia *especial* — lembrou-se Mina. — Aquela adorável capela. Uma excelente idéia decidirem batizá-la na escola.

— Você se lembra, Georgie? — insistiu Nest, quando Georgie virou uma página um tanto desajeitada, franzindo o cenho. — Recorda-se de Flora?

— Claro que sim — respondeu Mina, com ansiedade, desanimando-se com a estranha insistência de Nest. — E do querido Toby.

— Quando estão vindo? — perguntou Georgie. — Quando...?

Ela fez uma pose estranha, como se estivesse ouvindo alguém, com o olhar vago e a cabeça ligeiramente erguida. Mina olhou para Nest, consternada. Nest foi até Georgie e colocou a mão em seu pulso; notou que havia manchas de ovo recentes no suéter marrom e que o cabelo da irmã estava embaraçado e assanhado.

— Georgie — disse ela, com suavidade, sacudindo o pulso mole —, Jack e Hannah estão vindo no sábado. Não é uma boa notícia?

O olhar de Georgie foi lentamente de seu pulso ao rosto de Nest.

— Sei de um segredo — afirmou ela, dando um sorriso matreiro e furtivo. — Sei de um segredo.

A voz estava mais forte agora, com a costumeira entonação monótona, e Nest sentiu uma ponta de medo. Olhou para Mina, que estava observando Georgie com uma expressão que espelhava sua própria ansiedade repentina, e soltou de forma abrupta o pulso da irmã.

Mina empurrou sua cadeira para trás.

— É uma boa notícia sim — disse, com alegria forçada. — Eles chegam sábado. Vai ser muito divertido. — E, chamando os cachorros, foi para o jardim. Após um momento, Georgie voltou a se concentrar no catálogo, como se nada tivesse acontecido; Nest empurrou a cadeira de rodas em direção ao fogão e, bastante pensativa, começou a preparar seu café.

— Foi Georgie — disse a Mina, algum tempo depois, quando estavam a sós na sala de visitas. — Você nunca entra no meu quarto sem bater. Já tinha amanhecido. Quem mais poderia ter sido?

— Ela se confunde — afirmou Mina. — Você sabe disso. Oh, céus!

— Mas por que ficar lá, no escuro, sem dizer nada? Fiquei apavorada. — O medo de Nest estava se transformando em raiva. — Se ela começar a se esgueirar no meu quarto, vou ter de trancar a porta. Ela pode fazer isso no meio da noite, na próxima vez. Faz idéia do quanto é assustador acordar e se dar conta de que há alguém no quarto com você?

— Sim, bem, não, mas posso imaginar — respondeu Mina, aflita. — Oh, lamento muito.

— Não é sua culpa. — A consternação de Mina fez Nest se sentir culpada. — Claro que não é. Mas não consigo enfrentar isso. — Silêncio. — Mina. Você acha que Georgie sabe... de algo?

O verdadeiro temor fora exposto. As duas se entreolharam rapidamente, e Mina desviou os olhos.

— Eu... não sei.

— Mas ninguém mais sabia — afirmou Nest, de imediato. Deu uma olhadela para a porta fechada e, por instinto, baixou a voz: — Só eu, você e mamãe.

— Eu certamente nunca contei a Georgie — disse Mina, com firmeza.

Nest a fitou.

— Acha que mamãe pode ter contado a ela?

— Não acredito que tenha feito isso, mas acontece que Georgie pode ter... escutado algo.

— Oh, meu Deus!

— Olhe — disse Mina, rapidamente —, não vamos entrar em pânico. É óbvio que ela está tendo algum tipo de delírio. Demência... Sei lá, mas é bobagem tirar conclusões precipitadas. Provavelmente é algo que ela pensa que sabe. Afinal de contas, há outros segredos.

— Outros segredos?

— Bem, não exatamente segredos — corrigiu-se Mina, de imediato. — Não segredos de verdade. Georgie só está sendo... Georgie.

Nest virou o rosto e fitou o jardim.

— Espero que tenha razão.

— E, por favor, não tranque a porta — pediu Mina. — Eu ficaria preocupada. Se ouvir algo, toque a sua campainha. Afinal, é para isso que está ali. Sei que desta vez foi totalmente surpreendida, mas na próxima...

— Tomara que não haja uma próxima — disse Nest, com severidade.

Empurrando a cadeira de rodas através da porta dupla, Nest foi até a varanda, deixando Mina sozinha. Esta permaneceu imóvel, exceto pela mão que, de uma forma suave e totalmente inconsciente, continuava a acariciar a caixa de costura de pau-rosa, que pertencera à mãe, e ficava sempre ao lado de sua poltrona.

Timothy ainda consegue visitar Ottercombe mais uma vez antes de sumir de vista na Europa. Enquanto isso, Ambrose e Georgie estão bem acomodados em Londres, um manipulando o outro para obter o que cada um quer. O racionamento de gasolina e as restrições a viagens lhes dão desculpas perfeitas para evitar a longa jornada a Exmoor; no entanto, de alguma forma, Timothy dá um jeito: vai de trem até Barnstaple, pega a última conexão para Parracombe e anda o restante do caminho, mais de seis quilômetros, através da charneca. Ele chega tarde, em uma noite tempestuosa de março, e somente Lydia e Mina estão acordadas para recebê-lo. O sol impiedoso de terras longínquas lhe bronzeou fortemente a pele, os cabelos estavam agora cor de palha, de modo que, para Mina, ele parece tão excitante e romântico quanto antes.

Lydia não consegue conter o alívio e a alegria e atravessa rápido o corredor, jogando-se em seus braços e abraçando-o com força. Timothy, mais reservado, sorri para Mina e, ainda amparando Lydia, estende a mão para a filha dela.

— Ficou nervosa? — pergunta-lhe, os olhos enrugando-se com o sorriso. — Temeu por mim, que cruzei a charneca à noite, perguntando-se se eu ia me deparar com personagens como Carver Doone ou Tom Faggus?

Mina ri, encantada com a habilidade dele de se conectar tão rápido, comovida ao vê-lo lembrar-se de como sua vida gira em torno de personagens fictícios.

— Fiquei preocupada — admite ela — quando você ligou de Barnstaple, sua voz sumiu e a ligação caiu. Nós duas ficamos. Sabíamos que você ia ter que andar de Parracombe até aqui, mas eu disse para a mamãe que isso não era nada comparado ao que está acostumado. — Ela sorri satisfeita para a mãe, que está mais calma agora, embora seus olhos estejam peculiarmente brilhantes e suas bochechas, coradas. — Mas a gente não contou para os caçulinhas, né, mãe? Ou eles nunca teriam ido dormir!

— Imagino que queira comer alguma coisa. — Lydia consegue controlar a voz e falar com uma calma que não sente; ele sorri para ela. Eles se entreolham, sem conseguir desviar os olhos; a mão dela aperta com mais força a manga dele, mas Mina já está indo para a cozinha.

— Nós temos muita sorte — grita-lhes ela — de ter uma fazenda tão perto. Eles nos dão creme de leite, ovos e queijo. E a Jenna, você se lembra dela? Traz de vez em quando uma galinha ou uns coelhos que o Seth pega. Acho melhor estar no interior durante a guerra, mas a Georgie, por exemplo, acha isto aqui muito maçante. Você se encontrou com papai e ela em Londres?

— Não. — A essa altura os dois tinham se juntado a ela na cozinha. — Não, só tive tempo de pegar o trem. Eles estão bem?

— Ah, sim. — Enquanto a água ferve no fogão, Mina prepara um lanche leve e conversa alegremente. — Pelo menos sobreviveram aos ataques aéreos alemães, embora a mamãe tenha tentado convencer Georgie a voltar para casa. Só que Georgie achou que era uma grande aventura e insistiu em ficar com o papai. Ela está querendo que eu vá para Londres, só que mamãe precisa de mim, sou eu que dou aula para as crianças. Mas Henrietta e Josie estão tão grandes, que devem ir para a escola no outono. Timmie vai até Trentishoe para ter aulas com o vigário. Papai diz que ele deve ir para a escola logo, logo também...

Mina se cala quando percebe o silêncio atrás dela. Ambos lhe sorriem quando ela dá uma olhadela por sobre o ombro, mas a jovem sente uma tensão no ar.

— Você deve estar muito cansado — diz a Timothy. — A gente buscou lenha a tarde toda no penhasco, então a lareira da sala de visitas está acesa. Por que não leva seu lanche até lá numa bandeja? Já está pronto.

— Ótima idéia. Está frio demais aqui, mesmo com o fogão ligado. — Lydia está, de fato, tremendo, ao abraçar Mina. — Boa-noite, minha querida. Já está tarde e amanhã terá um dia cheio. Vá dormir agora.

— A casa está cheia. — Mina dá um beijo em Timothy também. — Nossas primas estão aqui, com os filhos. Vai ter que ficar no quarto de vestir do papai, perto da mamãe. É bem pequeno, mas a gente deu um jeito para que ficasse confortável, né, mãe?

— Muito confortável — diz Lydia, sorrindo. — Não se preocupe. Ele vai dormir bem hoje à noite.

Ela lança um olhar quase malicioso a Timothy, mas o semblante dele tem uma expressão taciturna, um pouco impaciente. Apesar de ter participado das boas-vindas, Mina se sente repentinamente excluída ao observá-los; já não é uma participante. Lydia pega a bandeja e Timothy a segue pelo corredor; nenhum dos dois olha para cima quando Mina sobe a escada e passa pela galeria, sussurrando um último "boa-noite".

As crianças ficam loucas de alegria quando ele aparece para tomar o café da manhã. Até mesmo Henrietta e Josie, que competem entre si, tentando apresentar-se como mocinhas sofisticadas, deixam de lado suas diferenças e retomam com prazer sua relação familiar com ele. Ele presenteia cada uma delas com um lindo lenço de seda florida; só as cores são diferentes: o de Henrietta é azul e o de Josie, verde. Satisfeitas por ele não as ter colocado no mesmo patamar dos caçulinhas, admiradas com a beleza delicada da seda, saem correndo, a fim de procurar um traje que combinasse com tamanho esplendor.

— Muita esperteza sua — comenta Mina, aliviada — dar a elas a mesma coisa; de outro modo, brigariam.

Ela não nota os olhares carinhosos trocados por Lydia e Timothy, nem percebe que havia ocorrido certo conluio com relação aos presentes. Timmie ganha uma miniatura de um Spitfire, avião inglês de combate, o que o deixa mudo de excitação, e Nest, uma linda boneca de pano, com toda uma coleção de roupas para vestir.

— Impressionante tudo isso ter cabido naquela malinha — admira-se Mina. Nem lhe passa pela cabeça que ela, agora adulta, ganharia um presente. Tampouco sabe que a mãe recebera um, em segredo. Ela observa os caçulinhas com sincero prazer enquanto eles examinam seus brinquedos. Timothy espera Mina ficar só e aproveita a oportunidade.

— Tenho uma coisa para você — diz, enquanto ela está descascando batatas na copa. Jean e Sarah haviam levado as crianças menores para a praia e o silêncio predominava na casa. Ele lhe entrega o presente e observa seu rosto quando ela enxuga as mãos com rapidez antes de desembrulhar o livro. O simples fato de ser um livro, duplamente valioso naqueles tempos, faz com que perca o fôlego de tanta alegria, mas, quando lê o título, dá um gritinho:

— Oh, *não* me diga que é da M. J. Farrell! Este é o melhor presente que você poderia ter me dado. Eu adorei "Correndo Riscos" e "Jovens Dedicadas", e já os reli tantas vezes que estão caindo aos pedaços. Este deve ser o último dela. Oh, obrigada! — Ela então lhe dá um abraço apertado. — Você fez uma dedicatória, não fez? — Ela procura com ansiedade, e então sorri para ele de novo. — Mal posso esperar para começar a ler!

— Vai ter de esperar um pouco mais — diz ele, sorrindo, comovido, como sempre, com o entusiasmo dela e sua semelhança com Lydia. — Quero que você tire umas fotos para mim.

— Eu? — pergunta ela, surpresa, porém lisonjeada. — Não sou muito boa nisso — avisa. — Costumo cortar a cabeça e os pés das pessoas, mas vou tentar.

— Boa menina — elogia ele. — Quase todas as crianças estão na praia, mas Nest e sua mãe ficaram aqui. Pode praticar com elas e, quando todos voltarem, já será uma fotógrafa experiente.

Ela olha de novo para o livro, imaginando os tesouros que contém, e o recoloca no embrulho.

— Vamos lá — convida ele —, antes que percamos a luz do sol. — E Mina o segue pelo corredor, rumo ao jardim.

É Ambrose quem dá a notícia, quatro meses depois; telefona de Londres, em uma tarde abafada de julho, quando as crianças estão na praia. Sem suspeitar de nada, sente ser *ele* que precisa de comiseração, pois, afinal, acabara de perder um amigo do peito.

— Um dos melhores — diz ele, repetidas vezes, até Lydia sentir vontade de bater o telefone no gancho. — Coitado de Timothy, sempre achei que era indestrutível. Sentirei muita falta dele. Já não fazem mais homens assim. Um dos melhores...

Quando Mina chega, Lydia está sentada na sala de visitas, de olhos secos, as mãos alisando e acariciando a última carta, que chegara havia uma semana. Ela encara Mina, franzindo ligeiramente o cenho, o olhar estupefato.

— Mamãe...?

— Ele morreu — afirma ela, de forma quase trivial. — Morreu.

Mina entende de imediato que ela está falando de Timothy, não de seu pai, e vai rapidamente da sala para o corredor, onde as crianças estão reunidas, tagarelando e desembaraçando redes de pescar camarões dos baldes.

— Leve-as para a ante-sala — pede a Henrietta — e depois procure Jean e Sarah e pergunte se poderiam preparar chá para todos. Faça o possível para que fiquem quietas, Henrietta. Mamãe não está bem.

Lydia ainda está sentada imóvel em sua poltrona, na sala de visitas, ao lado da caixa de costura. Mina pega um banco e se acomoda perto dela, pegando a carta e colocando-a com cuidado em cima da caixa de costura, a fim de segurar suas mãos. As duas ficam ali em silêncio, Mina acariciando com suavidade as mãos geladas da mãe, enquanto o sol se põe devagar por trás do despenhadeiro e o jardim se enche de sombras.

Nenhuma palavra é dita: as lágrimas vêm depois.

CAPÍTULO DOZE

— Sinto muito — disse Nest mais tarde, quando estavam lavando a louça após o almoço. — Não tive nem um pouco de senso de humor. Estou certa de que você tem razão; ela provavelmente só está desnorteada. De qualquer forma, não há motivo para descontar tudo em você.

— Venho me perguntando se não deveria dizer a Helena que simplesmente não agüentamos mais. — Mina esvaziou a pia de água com detergente e limpou-a. — Se for um processo degenerativo, talvez ocorra em estágios. Hoje podemos lidar com ele, amanhã é possível que não consigamos. Eu não deveria ter concordado, de forma alguma.

— *Nós* concordamos — frisou Nest. — Foi uma decisão conjunta. Foi só quando ela entrou no meu quarto...

— Eu sei — disse Mina rapidamente. — Tenho certeza de que ela não agiu assim por mal. E você sempre teve uma imaginação fértil.

Nest começou a rir.

— E você também! Todos aqueles livros que lemos. Já perdi a conta dos personagens pelos quais me apaixonei. Edward Rochester, de Charlote Brontë, e James Steerforth, de Charles Dickens. E Ralph Hingston também; lembra-se de quando mamãe lia "Retrato de Clare", de F. B. Young, para nós? Ah, eu era louca pelo Ralph.

— E como eu poderia esquecer? — Mina guardou o último prato e parou, recordando. — Albert Campion, de Margery Allingham. Berry. Richard Hannay, de John Buchan, e Peter Wimsey, de Dorothy Sayers...

— Não concordo. — Nest meneou a cabeça, enrugando o nariz. — Que Wimsey que nada! Ele era "simplório" demais.

Mina deu um largo sorriso e citou uma frase de "Os Jovens Visitantes, ou o Plano do sr. Salteena", escrito por Daisy Ashford aos nove anos: — "Eu mesma tenho uma certa 'comizeração' por gente simplória" — e as duas riram, com todas aquelas lembranças em comum fluindo ricamente entre elas.

— Do que é que estão rindo? — Georgie as estava observando da entrada.

— Ah, nada de mais. — Nest lutou contra um impulso vil, lembrando-se das mesquinhas e amargas lutas por poder que travavam durante a infância, resistindo à tentação de excluir a irmã mais velha. — Estávamos conversando sobre todas as pessoas pelas quais já nos apaixonamos. Pura bobagem.

— Engraçado você dizer isso. — Georgie adentrou na cozinha, rindo para elas; um sorriso malicioso e sagaz. — Eu estava pensando, mais cedo, em Tony Luttrell. Você se lembra dele, Mina?

— Sim — respondeu Mina, após um momento —, é claro que me lembro dele.

— Acho que me lembro dele também. — Nest franziu o cenho, pensativa. — Embora eu devesse ser bem novinha. Que estranho! Recordo-me dele com mamãe; estava totalmente desnorteado... — Tarde demais viu a expressão sombria e magoada de Mina e, surpresa, Nest tentou, de imediato, corrigir a gafe: — Estávamos pensando em sair para dar uma volta, Georgie, e ir até o Vale Rochoso. Será que o salão de chá Mother Meldrum ainda está aberto? — Podia ouvir seu próprio tagarelar, ciente do olhar atento, quase divertido, de Georgie se alternando entre as duas.

— Tenho certeza de que estará. — Mina pareceu ter recobrado a calma. — Com esse tempo deve ficar aberto pelo menos até depois do próximo feriado. Como devemos caminhar, leve um casaco grosso,

Georgie. Vou procurar os cachorros, Nest, e depois podemos colocar sua cadeira de rodas na van.

Mina conduziu a van em marcha lenta pela estrada íngreme, dobrando à esquerda, no sentido leste, para Lynton; passou pela estrada da colina, que despencava de forma abrupta na direção do Canal de Bristol. Naquela tarde, a água brilhava sob os raios de sol outonais; o mar reluzente batia contra os rochedos íngremes acinzentados, formando uma suave espuma cremosa na rebentação. Na charneca, as samambaias secas formavam camadas de tons ora avermelhados, ora amarelados, camuflando os tímidos cervos castanho-avermelhados; pôneis toscos e peludos coiceavam e pastavam na relva densa. Mais abaixo, perto do litoral, algumas gaivotas boiavam na água, alvas como a neve contra as ondas de cor azul-safira, enquanto outras grasniam com irreverência dos precários abrigos nas saliências do rochedo.

Mina entrou à esquerda no cruzamento de Holdstone Down, pegando a viela que dava acesso à igreja de Trentishoe; nesse ínterim, a expressão de Mina não saía da cabeça de Nest. Contemplando os ramos altos dos tojos espinhentos, cobertos de chamativas flores amarelas, observando um bando de tentilhões esvoaçando sobre os frutos da faia, Nest ainda estava com a sensação de ter se metido, sem querer, em algo muito secreto.

Pensou: *Tony Luttrell. Eu me lembro dele, de fato.*

Ela se segurou no encosto do banco de Georgie, sussurrando palavras tranqüilizadoras para os cachorros, enquanto a van continuava a descer a colina, aos solavancos, transpondo a igreja, passando debaixo dos muros em ruínas de uma cabana encarapitada no morro e por uma antiga casa de fazenda recém-reformada, até chegar à estrada íngreme, de mão única, do penhasco. Imagens lhe vinham à mente: um jovem de pé na varanda, rindo com Mina e sua mãe, segurando um cigarro com uma das mãos, enquanto com a outra gesticulava, dramatizando a cena que lhes contava; um rosto fino com uma boca longa e expressiva. Tony Luttrell: que estranho Georgie se lembrar dele após todos esses anos.

— Eu tinha me esquecido... — comentou Georgie devagar, quando a van tomou as vielas arborizadas de Heddon Valley —, eu tinha me esquecido da beleza desta região.

As outras duas sorriram e sua admiração as uniu por alguns instantes, de modo que viajaram por um tempo em um silêncio tranqüilo e harmonioso, passando pelos declives rochosos ladeados de cercas vivas de faias caprichosamente aparadas, com sua folhagem envergada de tom acobreado.

Desenrolando-se como um filme mudo, as imagens continuaram a se projetar na mente de Nest: a jovem Mina e Tony Luttrell em um tipo de uniforme, sentados juntos no sofá da sala de visitas, e, em certa ocasião, ele, muito elegante, trajando um smoking, enquanto Mina, usando um vestido de *chiffon* rosa opaco, segurava seu braço. Nest franziu o cenho, forçando a memória, percebendo que um sentimento de afeição estava ligado a essas lembranças, conscientizando-se de que ela também gostara dele. Ele havia sido gentil, jogara cartas com ela e Timmie e — ah, sim! — viera com seu pequeno conversível, tão arrojado e romântico. Eles costumavam se revezar ao volante, fingindo dirigi-lo. Timmie usara as luvas de Tony, de linha amarelo-clara e couro desbotado, grandes demais para suas mãozinhas.

Nest sorriu para si mesma quando a van diminuiu a velocidade, a fim de esperar passar o burburinho na frente do Hunter's Inn, onde havia um ônibus de turistas; alguns olhavam com esperança para a loja da National Trust, uma organização que trabalha em prol da preservação de pontos históricos, e outros, já de botas, estavam preparados para fazer longas caminhadas.

— Poderíamos tomar chá aqui na volta — sugeriu Mina. — Jan sempre nos recebe muito bem, e Georgie iria gostar de Charlie, o pavão, não acha, Nest?

— Hein? Ah, sim, provavelmente. Vamos ver a que horas chegaremos ao salão de chá, está bem? Você se lembra dos pavões selvagens, Georgie?

— Claro que sim. — A voz de Georgie soou mal-humorada, irritada como sempre quando era tratada como visitante e não como habitante local. — É claro que me lembro deles.

A frágil harmonia corria o risco de ser quebrada, e Nest começou a sentir, como de hábito, um misto de consciência pesada e inquietude.

— Sinto muito — sussurrou ela. — Lamento. Bobagem minha... — E se curvou para acariciar Lady Polly, que estava enrolada aos seus pés.

— Estamos quase chegando — informou Mina calmamente, à medida que seguiam, com o motor roncando, pelos despenhadeiros cobertos de campos de Woody Bay; Nest esticou o pescoço para trás, agitada, a fim de observar um navio-tanque, procedente de Avonmouth, que cruzava lentamente o Canal de Bristol; na costa mais afastada, as colinas do País de Gales, longínquas e misteriosas, transmitiam paz.

Georgie contemplava a paisagem pela janela, outra vez reconfortada pela beleza e quietude, sua mente temporária e alegremente concentrada no presente. Ficou um pouco tensa no banco, quando Mina diminuiu a velocidade da van na ponte coberta de musgos para que pudessem admirar a cachoeira que caía de um despenhadeiro. Ali se debruçavam amieiros e aveleiras, e escolopêndrios e umbigos-de-vênus brotavam das fissuras.

— Lá está o pedágio — disse Georgie, de imediato, apontando excitada para a Duty Point Tower, que ficava na parte mais alta de Cuddycleave Wood.

Ficou quieta de novo, mas continuou alerta quando Mina se esticou para pagar o pedágio e a van prosseguiu devagar, passando por Lee Abbey e seguindo pela ruela do vale, entre as rochas sobrepostas e escarpadas. Vozes de sua infância sussurravam em seus ouvidos; lembranças de outros passeios de carro com os irmãos irrequietos e a mãe, que sempre tentava evitar que o pai se irritasse com as crianças propondo passatempos infantis do tipo "Quem vê primeiro?", "Quem será o primeiro a ver um pônei?" ou "Um chocolate para quem achar um gavião!", e Georgie, sentada e com o nariz encostado na janela, examinava a paisagem, determinada a ser a primeira.

— Castle Rock — gritou ela naquele momento, triunfante, satisfeita por ser a primeira de novo, decidida a provar seu conhecimento da região. — Olhe, Mina. Está vendo os bodes? Lá em cima, em Rugged Jack?

Mina, grata demais com essa exibição de sanidade para negar a Georgie a vitória, deu uma ordem a Capitão Gato — que costumava implicar com os bodes — e deixou que Georgie também avistasse White Lady, recuperando por completo, assim, o bom humor da irmã.

Observando os bodes selvagens, com seus chifres e barbas, brincando entre os seixos dos declives cobertos de tojos, as lembranças de Nest ainda oscilavam lentamente nos idos de quase sessenta anos atrás: Tony implorando a Lydia, com o semblante transfigurado pelo desespero, e, mais tarde, Mina chorando. *Por quê? Será que mamãe se recusara a aprovar a união? E por que teria agido assim?*

O passado, entretanto, recusou-se a desvendar seus segredos. Agora, ao verem que o salão de chá ainda estava aberto, elas pararam para fazer um lanche.

Naquela tarde, com Georgie deitada, exausta em virtude do passeio diurno, e Nest finalmente acomodada, Mina pôde ir satisfeita ao seu quarto, com os cachorros movendo-se com estardalhaço aos seus pés. Não recebera nenhuma mensagem de Elyot na noite anterior e estava começando a temer ter sido ousada demais ao sugerir que ele visitasse Ottercombe. Talvez ele estivesse tendo dificuldade para dar uma desculpa que fosse ao mesmo tempo amável e convincente.

"Puf-puf-puf", o ar escapou de seus lábios quando ela o expirou ao se despir com lentidão. Dirigir a van pela região campestre íngreme estava começando a ser um estorvo para ela, e seu pescoço e os seus braços doíam de forma assustadora. Ainda assim, ela tinha receio do momento em que já não pudesse mais dirigir. Como elas iriam fazer quando isso ocorresse, estando tão longe das lojas e tão isoladas.

Mina afugentou esses temores, confortada como sempre por seus objetos pessoais, sussurrando palavras carinhosas para os cachorros quando eles se mexiam e bocejavam nas camas. O desespero — inimigo interior — sempre estava à espreita, pronto para se intrometer em um momento de felicidade, para combater uma satisfação frágil. Com os músculos doloridos, ela continuou a se despir devagar, sentindo-se grata pelo calor do aquecedor. O aquecimento central, tal como a energia elétrica, havia chegado tarde a Ottercombe, e Mina ainda se lembrava dos quartos gelados, de como costumavam se vestir debaixo das cobertas e se reunir em torno da lareira na sala de visitas. Somente a cozinha, com o fogão, mais tarde substituído por outro a gás, era de fato quente.

Agora, ao tirar a roupa e buscar o longo roupão felpudo, sentiu um ligeiro estremecimento de excitação percorrer sua espinha. Ela amarrou o roupão, aumentando de forma deliberada a expectativa, fazendo o mágico-marionete dançar e rodopiar em seu gancho e indo, em seguida, para a alcova. Ansiosa, ligou o computador, movendo o mouse, os olhos fixos na tela: cinco mensagens não-lidas — e uma de Elyot. Tolamente fraca de alívio, abriu-a, passando rapidamente os olhos pelo texto, em busca de sinais de mudança; em seguida, leu com calma, reanimada:

De: Elyot
Para: Mina

As coisas não andam bem por aqui. Ontem, a acompanhante veio ficar com Lavinia para que eu pudesse passear e relaxar no campo, durante algumas horas. Está fazendo um tempo mais típico de maio do que de outubro, não acha? A caminhada nas montanhas foi maravilhosa, revigorante e edificante, mas, por azar, ao dirigir de volta para casa, bati de raspão em um carro estacionado e ainda me sinto abalado pelo incidente, por incrível que pareça. O proprietário, um rapazote, foi indelicado ao dizer que "velhinhos" não deviam ter permissão de dirigir, e eu me senti estranhamente humilhado. Para completar, quando cheguei em casa, descobri que Lavinia se comportara muito mal. A acompanhante, bastante preocupada, disse-me que achava que ela havia piorado e que eu provavelmente não conseguiria lidar com ela por muito mais tempo.

Vou lhe dizer uma coisa, minha querida amiga: assim que ela saiu, eu caí na mais profunda depressão. Essa notícia e o meu ridículo acidente conseguiram acabar com toda a reposição de energia que o exercício me proporcionara. O que farei quando já não puder dirigir? Não poderia colocar Lavinia em um asilo e abandoná-la! Eu estava deprimido demais para conversar com você ontem à noite — não que esteja muito melhor agora, certo? —, mas precisava entrar em contato. Nestes momentos, as únicas pessoas que podem de fato ajudar são aquelas em posição semelhante, e seu oferecimento de alguns dias de férias foi como um pequeno raio de luz no final de um túnel muito longo e escuro. Que Deus a abençoe por isso. Mesmo que isso não venha a acontecer, essa idéia está me mantendo são — ou quase.

Espero que as coisas estejam razoavelmente bem por aí.

Mina ficou imóvel por alguns momentos, perdida em pensamentos. Então, começou a digitar com seu jeito cuidadoso, usando apenas dois dedos.

De: Mina
Para: Elyot

Que estranho, Elyot, nossas vivências serem tão parecidas ultimamente. É evidente que Georgie e Lavinia estão sofrendo do mesmo tipo de problemas mentais; Georgie está começando a causar problemas — bem, ela sempre os causou! Mas são as oscilações do passado ao presente que me incomodam. Georgie aborreceu Nest hoje de manhã, pois entrou no quarto dela sem mais nem menos e não abriu a boca; simplesmente ficou parada, muda, no escuro. A coitada da Nest, que sempre foi muito nervosa, quase morreu de medo e ficou muito transtornada. O problema é que parece ser quase impossível confrontar Georgie, porque, no final, não sei como ela vai reagir. Mentalmente, não restam dúvidas de que é instável. Mas a situação aqui não é tão ruim quanto a sua, e, além do mais, Georgie não é minha responsabilidade. Se eu insistisse, Helena viria e a levaria; entretanto, ela é minha irmã. A questão é que ela está deixando Nest preocupada ao dizer que tem um segredo. Bem, todos nós temos um, não é mesmo? Porém, há algo bastante sério nesse caso. Eu só gostaria de saber que segredo Georgie pensa que sabe. Oh, céus! Isso tudo parece tão estranho, mas é um alívio tão grande desabafar com você.

E quanto a dirigir, sim, passou a ser uma fonte de preocupação para mim também! Eu me senti tão cansada após nosso passeio esta tarde e, tal como você, fiquei apavorada ao pensar em quanto tempo ainda poderei dirigir. Mas não podemos deixar que isso nos deprima. Sei que você já leu *Cartas de um Diabo a seu Aprendiz*, de C. S. Lewis, mas me pergunto se conhece "A Solução É Ter Esperança?", de Bernhard Häring? O diabo do livro de Lewis, o tio Fitafuso, é, na história de Häring, o Superdesalmado, que preside um Congresso Universal de Desalmados, cujo plano é transformar seu inimigo, a Igreja, em um local de consagração do pessimismo. Ele sabe que os cristãos — e isso vale para quase todas as pessoas também — não podem sobreviver regidos pelo pessimismo e sem o mínimo de esperança. Não podemos nos dar ao luxo de entrar em desespero, meu amigo. Um dia você virá a Ottercombe, tenho certeza disso, e, enquanto isso, temos o privilégio de nos comunicar desta forma.

Você não comentou comigo que seu filho deve vir do exterior no final deste ano? Isso é algo em que se apoiar, não? E nós temos Jack e sua família, e Lyddie, que vêm nos visitar no sábado. Sem dúvida irão nos alegrar. Perdoe-me se estou começando a parecer perigosamente repetitiva, mas sei o quanto estamos perto de nosso limite.

Mantenha contato, Elyot. Você está sempre em meus pensamentos.

A resposta dele veio rápido:

De: Elyot
Para: Mina

Minha querida Mina, você me revigorou. Ainda não li "A Solução É Ter Esperança?", mas agora faço questão de lê-lo. Acho que preciso!

Boa-noite e que Deus a abençoe.

Mina respirou fundo, aliviada, sentindo uma leve e acalentadora felicidade. Esboçando um sorriso, começou a abrir as demais mensagens.

CAPÍTULO TREZE

Mais cedo, naquela mesma tarde, Lyddie andara apressadamente pelas vielas, esperando chegar ao Aconchego antes que começasse a chover forte. Uma neblina tênue e cinzenta, proveniente do oeste, havia criado uma cortina transparente diante do ocaso, dissipando seu esplendor candente e multicolorido, obscurecendo e misturando as cores, fazendo com que o dourado, o escarlate e o violeta formassem matizes suaves no crepúsculo delicado e nacarado. Havia uma passagem na estrada que separava o campo da parte alta da cidade; desse local, Lyddie o contemplara, enquanto Grumete perambulava pelas redondezas. Ela esperou até o último tom róseo desaparecer, antes de voltar para casa, a fim de se trocar e pôr uma roupa que lhe levantasse a auto-estima, para jantar no Aconchego. Durante os últimos dois dias, desde a briga por causa da carta, uma espécie de trégua tinha se estabelecido entre eles, porém Lyddie estava achando difícil continuar a se comportar como uma estranha educada. Ela ficara bastante chocada — e depois assustada — ao constatar que Liam parecia quase indiferente à perda de sua relação feliz. Naquela tarde, após a discussão, pareceu a Lyddie impossível ir até o Aconchego como se nada tivesse acontecido. Como poderia vê-lo assim, em público, depois do que acontecera entre eles?

Liam regressara de madrugada e ficara surpreso ao vê-la esperando por ele.

— Por que não está deitada? — perguntara, quase irritado, e quando ela tentou se aproximar dele, esperando acalmá-lo e explicar-lhe por que ela não conseguira ir ao Aconchego, ele dissera que estava tarde demais para cenas emotivas e que era melhor irem dormir. Silenciada e humilhada, ela subira a escada atrás dele, perguntando-se se ele cederia um pouco quando se deitassem juntos. Liam se deitara logo, no seu lado da cama, de costas para ela, e caíra no sono em questão de segundos. Ela ficara deitada, rígida e infeliz, com os olhos bem abertos no escuro, ouvindo a respiração regular e tranqüila dele. Lyddie, então, saíra da cama, descera para fazer chá e enquanto o tomava abraçara Grumete pelo pescoço. O cachorro ficara feliz ao vê-la, encantado com essa mudança de rotina, lamentando bastante quando ela subiu de novo, afastando-se dele em meio à escuridão. Ela finalmente conseguiu dormir pesado de madrugada e, quando acordou, Liam já tinha saído.

Ele deixara um bilhete em sua escrivaninha: "Vamos ter um dia cheio hoje; um fiscal do ICMS vai passar no escritório. Te vejo na hora do jantar, como sempre."

Lyddie tomara isso como um gesto de boa vontade e, ansiosa para fortalecer até mesmo essa pequena proposta de paz, fora, como sempre, jantar. Liam, entretanto, ficou no escritório quase toda a noite, e até mesmo Joe estava com uma expressão preocupada, que não encorajava nenhum tipo de aproximação. Quando caminhavam de volta para casa, ela teve um pouco de medo de fazer muitas perguntas a Liam sobre a visita do fiscal, receando que ele interpretasse seu interesse como curiosidade injustificada; no entanto, conseguira insinuar que desejava que os dois pudessem voltar, de alguma forma, à naturalidade de sempre. Era óbvio que Liam bebera, algo que raramente fazia quando estava trabalhando, e, embora estivesse mais acessível do que na noite anterior, havia uma estranha indiferença, uma certa rispidez em sua atitude que a desanimou. Desta vez, ele fez amor com Lyddie com um furor que não incluía nenhuma ternura, e, ainda assim, ela se agarrou a ele, decidida a quebrar a barreira criada por aquele desconhecido, a fim de chegar ao verdadeiro Liam, que ela amava.

Mais uma vez, ele dormiu de imediato, porém, ao menos desta vez, houve um pseudo-abraço, e, confortada por seu corpo quente e relaxado, Lyddie conseguira dormir. Ele lhe trouxe uma xícara de chá de manhã, mas a barreira ainda estava ali, embora ela tivesse tentado sorrir para ele, querendo demonstrar seu amor.

— Então, a que horas você vai visitar o seu primo Jack? — perguntara ele, e, quando ela lhe disse que havia cancelado a visita, ele pareceu ter ficado bastante aborrecido.

— Como eu poderia ir quando estamos nessa situação? — argumentara ela. — Não vê que teria sido impossível?

— Meu Deus do céu! — exclamara ele. — Como você é imatura! — Mas, em seguida, retrocedera e esticara a mão para ela.

— Eu ia tirar o dia de folga para ir a Dorset — informara ela, segurando a mão dele com força. — Então, não poderíamos passar algum tempo juntos? Levar Grumete para passear em um lugar qualquer? Parece que vai fazer um dia lindo.

— Não vai dar mesmo — dissera ele, desviando o olhar de sua expressão desapontada e soltando a sua mão. — Infelizmente, o fiscal do ICMS ainda não concluiu a inspeção. Vou ficar enfurnado no escritório com ele no mínimo até a hora do almoço, talvez mais.

— Mas vem para casa à tarde?

— Espero que sim. Se não conseguir vir, provavelmente vou poder jantar com você à noite. Fica combinado, então?

— Fica — concordara ela, agradecida por ter ao menos isso e respondendo ao seu tom mais suave: — Estarei lá.

Então aqui estava ela, com Grumete ao seu lado, apressando-se para estar em um recinto fechado antes que a chuva aumentasse. Ela estava indo mais cedo do que de costume, mas agira assim de propósito. Esperava sentar em seu lugar de sempre no recanto, antes que o restaurante enchesse. Sabia que estava sendo tola, mas fraquejara diante da perspectiva de enfrentar os olhares dos clientes agora familiares, de passar pelas mesas ocupadas, acreditando que os que a conheciam pudessem adivinhar, por sua expressão, que as coisas não andavam muito bem entre Liam e ela. A constatação de que ela ainda se considerava uma intrusa veio como um pequeno choque inoportuno. Percebeu que ali não havia nem um pouco de calor humano, nem amizade verdadeira, apenas cumprimentos educados e a certeza de que qualquer passo em falso deliciaria uma ou duas clientes. Claro, havia Joe...

Ela parou logo após a porta, atrapalhando-se com a coleira de Grumete, feliz ao ver que o Aconchego estava praticamente vazio. Havia dois homens sentados nos bancos do bar, junto à porta, conversando em voz baixa, com a música ambiente, um CD de Aretha Franklin, oferecendo-lhes privacidade. Lyddie se endireitou e examinou o ambiente como se estivesse ali pela primeira vez, aprovando o piso de cerâmica preta e branca, as paredes caiadas, de pedra rústica, e os enormes espelhos de molduras douradas. Confortáveis cadeiras de junco almofadadas circundavam mesas redondas de faia com veios negros, sobre as quais haviam sido colocados buquês de flores frescas e velas em castiçais de ferro fundido. Um bar comprido, de bancos altos, acompanhava toda a extensão de uma das paredes, e o recanto ficava nos fundos, perto da porta da cozinha. Em um canto, havia uma escada estreita e redonda que dava acesso ao segundo andar, onde ficavam os escritórios, as despensas e os banheiros. Discretas luminárias de parede davam um ar aconchegante ao ambiente, que era estimulante, leve e convidativo. Através do vidro facetado da porta da cozinha, Lyddie podia ver o lado de dentro, onde os funcionários trabalhavam em equipe de forma cordial, como se estivessem em um filme mudo, isolados do pequeno mundo do lado de fora da porta à prova de som.

Lyddie contornou as mesas e estava quase na entrada do recanto quando escutou uma conversa, em tom baixo, mas tenso. As palavras não eram claras, porém conseguiu reconhecer as vozes de Joe e Rosie — e eles estavam discutindo. A música ambiente a impossibilitava de escutar com nitidez, ou de fazer com que se dessem conta de que estava chegando, e Lyddie parou, ansiosa, sem saber direito o que fazer. Grumete, contudo, não tinha esses sentimentos refinados. Forçou o caminho por ela e dirigiu-se, alegre, abanando o rabo, até o recanto, certo de que seria bem recebido. As vozes cessaram abruptamente, e, quando Rosie saiu de lá, Lyddie já havia voltado para a parte central do restaurante e estava ocupada tirando sua longa capa de chuva.

— Ah, oi! — Ela sorriu para Rosie como se estivesse surpresa ao vê-la. — Está começando a chover. Quase não deu tempo de chegarmos. Pensei que não havia ninguém aqui.

Rosie a observou por alguns instantes, sem dizer nada, até Joe sair do recanto, atrás dela; Lyddie conseguiu esboçar um sorriso para ele também, o mais natural possível.

— Cheguei um pouco cedo — começou a dizer Lyddie, e então, para seu alívio, um casal entrou, reclamando do tempo, e Rosie foi para trás do bar.

— Venha se sentar — convidou Joe, devolvendo o sorriso a Lyddie. — Você *realmente* chegou mais cedo do que de costume, e Liam ainda está no escritório. Vou pegar uma bebida para você e depois aviso para ele que está aqui. Sei que quer jantar com você hoje. Já recebi instruções.

Ela ficou feliz ao ouvir essas palavras e receber suas boas-vindas, e voltou a se sentir animada. Sentou-se numa cadeira do recanto, e Grumete se acomodou à entrada; Lyddie aguardou a bebida.

— E aí? — Ele colocou uma taça de vinho diante dela e sentou-se no banco à sua frente. — Tudo bem? Não consegui falar com você ontem à noite, estávamos preocupados com o sujeito do ICMS, mas acho que ele já viu o que tinha de ver e nós passamos em todos os testes numa boa!

Apesar de ele estar sendo simpático e agradável, Lyddie ainda podia sentir certa inquietude por trás do semblante brincalhão.

— Estou preocupada com Liam — disse Lyddie, sem parar para pensar primeiro em suas palavras; elas pareceram jorrar de sua boca e ela observou a expressão de Joe mudar.

— Preocupada? — Joe nunca bebia quando estava trabalhando; então, sem ter nada para ocupar as mãos e sorver, enquanto pensava em uma resposta neutra, cruzou os braços à altura do peito e franziu um pouco o cenho. — Preocupada com o quê? Eu acho que o Liam está bem. — No entanto, em vez de olhar para ela, mudou de posição, ficando de lado, apoiando uma das pernas no banco, de modo a fitar a entrada do recanto.

— Sei lá. — Lyddie apoiou os braços na mesa. — Pensei que você poderia me dizer. Ele não fala uma palavra sobre os negócios, mas alguma coisa o está perturbando.

Ela percebeu que Joe ficou aliviado e observou-o relaxar um pouco.

— Ah, isso é típico do Liam — disse ele. — Nem mesmo eu sei o que está acontecendo quando se trata dos negócios. O Aconchego é como um filho para ele, sempre foi. Não vale a pena esquentar a cabeça por causa disso.

— Não é bem isso. — Ela se perguntou até onde poderia confiar em Joe. — Acontece o seguinte: eu venho querendo saber se o restaurante precisa de dinheiro. Se... ah, caramba, não sei como dizer isso. É que, na verdade, a gente já se desentendeu por causa dessa história.

Ela parecia estar tão triste que Joe tirou a perna do banco e a encarou.

— Está bom — disse ele. — Estou sabendo que você leu uma carta. Liam chegou a mencionar algo sobre isso, e, se você quer saber, acho que ele exagerou. Poxa, você é a esposa dele, e, na minha opinião, ele é muito obcecado, sabe, talvez possessivo demais, quando se trata do Aconchego. É o mundo dele e você vai ter que aceitar isso. Mas não precisa se preocupar com o aspecto financeiro. Sério. Numa sociedade, a hipoteca é muito utilizada. Dessa forma, as obrigações vão ser divididas. Temos que modernizar a cozinha, sabe? Enfim, é isso aí. Eu também hipotequei meu apartamento e, vou te contar, a Rosie não gostou muito da idéia.

— É por isso que estavam discutindo? — perguntou Lyddie, encorajada por seu tom prosaico.

Ele enrubesceu, claramente constrangido, e ela se amaldiçoou por, em meio a seu alívio, ter sido tão indelicada.

— Seja como for — disse Lyddie rápido, disfarçando o fora —, a questão é a seguinte: eu devo receber uma grana, e queria saber se poderia ajudar o Liam. — Ela deu de ombros. — Entende? Evitar que ele faça empréstimos.

— O Liam é um cara controlador — afirmou Joe. — Faz questão de participar de tudo. É uma loucura você ter uma grana, querer ajudá-lo e ele não aceitar, mas o Liam é assim mesmo.

— Quem está dizendo meu nome em vão? — Liam apareceu na entrada, sorrindo ao vê-los embaraçados, acariciando a cabeça de Grumete. — Que mentiras sobre mim ele está contando para você?

Era evidente que, entre Aretha Franklin e os clientes que haviam chegado ao restaurante, Liam só escutara as últimas palavras. Lyddie engoliu em seco e tomou um gole rápido e angustiado de vinho.

— Eu só estava dizendo para ela que você é um babaca arrogante e desprezível. — Joe se levantou, sorrindo abertamente, de forma irônica. — Mas tenho certeza que, a esta altura, a coitada já sabe disso.

— Já sabe mesmo. — Liam se sentou no lugar de Joe, levando uma das mãos de Lyddie aos lábios. — Eu não a mereço, mas você já sabia disso, não é?

Joe se virou, rindo.

— Vou pegar uma cerveja para você — disse ele —, e aí podem dizer o que vão querer para o jantar.

— É a mais pura verdade — Liam concordou, ainda segurando sua mão. — Sou um babaca arrogante e desprezível. Você me perdoa?

— Oh, Liam. — Ela ficou tão feliz ao vê-lo afável e encantador, tão adorável ao fitá-la, que sabia que perdoaria qualquer coisa. — Sinto muito mesmo sobre a carta. Eu realmente agi errado...

— Vamos esquecer essa carta? O cara do ICMS já se mandou, graças a Deus, e eu me sinto aliviado. Você quer outra taça?

— Quero sim — aceitou ela, agradecida. — Com certeza!

Ele se inclinou para beijá-la, rápido no início e depois longamente, até que Joe, ao voltar com o cardápio, teve de bater na mesa para chamar a atenção deles, levando os três a rirem; a harmonia fora restabelecida.

CAPÍTULO CATORZE

A reconciliação com Liam havia proporcionado a Lyddie um misto de alívio e felicidade, sensação que ela ainda saboreava a caminho de Ottercombe, na manhã de sábado. Em suas relações, não gostava de meios-termos: era incapaz de viver brigada e ignorar atitudes mal-humoradas e silêncios hostis. Gostava de discutir tudo abertamente, por mais doloroso que fosse, preferindo o diálogo à hipocrisia. Mal-entendidos podiam, com facilidade, transformar-se em total indignação, hostilidade podia resultar em intolerância, e ela acreditava que toda relação digna de ser cultivada merecia atenção aos detalhes. Descobrira bastante cedo que nem todos agiam da mesma forma, e, com satisfação, deixou de lado aqueles que discordavam de sua postura, já que, até agora, não conseguira abrir mão de seus princípios.

Naquele momento, apesar do misto de alívio e felicidade, estava sentindo os primeiros sinais de ansiedade. Fora obrigada a reconhecer que havia todo um lado da vida de Liam ao qual não tinha acesso: uma área proibida que estava fechada para ela. Isso estivera claro desde o início ou ela tinha se deixado enganar de propósito, porque o queria muito? Até mesmo agora, embora Liam estivesse arrependido de sua explosão e a paixão estivesse fluindo mais uma vez entre eles, Lyddie era obrigada a encarar o fato de que ele não dera o braço a torcer no que dizia respeito à sua posição inicial. O Aconchego lhe pertencia, e ela não só não fazia parte dele como também não tinha o direito de se intrometer. A questão da hipoteca da casa e sua própria oferta haviam sido despachadas diretamente para a área proibida; era como se esse assunto nunca tivesse sido levantado, e, apesar de sua política de negociação a todo custo, Lyddie se deu conta de que não podia reavivá-lo. Sabia por quê: a retomada de seu estilo de vida afetuoso, cálido e despreocupado havia sido preciosa demais para ser posta em risco. Liam lhe mostrara suas armas — silêncio, frieza e nenhuma demonstração de amor —, e ela se rendera.

Tentou se convencer de que estavam no início do relacionamento e de que o fato de Liam ser viciado em trabalho era algo que não mudaria da noite para o dia. Afinal de contas, ela sabia como era adorar o emprego, já trabalhara com profissionais que faziam de tudo para conciliar trabalho e família, sabia que era preciso haver uma certa divisão e muita autodisciplina. Cinco anos da vida de Liam haviam sido dedicados ao restaurante, em torno do qual girava seu mundo. Cabia a ela fazer concessões, dar a ele espaço para se adaptar. Parte do motivo da briga, disse Lyddie a si mesma, havia sido a visita do fiscal do ICMS; o momento fora o mais inoportuno possível e era óbvio agora que, até a auditoria ser concluída sem problemas, Liam ficara bastante nervoso. Assim que o assunto se resolveu, ele se retratara, reconhecendo seus erros e dispensando seus pedidos de desculpas por ter aberto a carta dele. Entretanto, ficou também evidente que aquele episódio específico estava encerrado, tornando-se inacessível, e que a submissão silenciosa de Lyddie, a gratidão e o medo de perder seu amor de novo significaram uma renúncia aos seus próprios princípios.

Ao dirigir velozmente pela A39, deixando Hartland Point e Bude a oeste, circundando Barnstaple e acelerando de novo rumo ao desvio em Kentisbury Ford, Lyddie tentava se convencer de que estava exagerando, de que ambos estavam se recuperando de sua primeira briga séria e Liam relaxaria aos poucos seu controle dos negócios, permitindo que ela participasse também. Tinha de ser paciente. Entretanto, o temor permaneceu, maculando sua felicidade.

Tanto Mina quanto Nest perceberam essa mágoa ao observarem Lyddie brincando com Toby e Flora ou rindo e conversando com Jack e Hannah. Havia um certo toque febril em sua alegria que deixou as duas preocupadas; no entanto, como estavam muito apreensivas com Georgie, não deram muita importância a isso. Supuseram que devia ser algo relacionado com Liam, e, embora ambas se sentissem impotentes por terem de recuar e assistir ao sofrimento de um ente querido, também tinham consciência de que um casamento com alguém como Liam estava fadado a ter dificuldades. Elas, tal como as amigas de Lyddie em Londres, podiam ver além do charme e da sensualidade, da fascinação e do desafio, captando a inquietação, a compulsão e determinação que predominavam na alma de Liam; mas acontece que não estavam apaixonadas por ele.

Depois do almoço, contudo, Georgie começou a se comportar de forma estranha o bastante para colocar as duas em estado de alerta. Ela havia começado o dia bem, aparentando um domínio razoável de sua conduta. Nest conseguiu poupá-la de irritações, evitando ceder à tentação de perguntar à irmã se ela se lembrava de Hannah e das crianças, conversando, em vez disso, com Mina sobre a pequena família, enquanto as três tomavam o café da manhã. Georgie não participara da conversa, mas pareceu escutar e absorver o que se dizia.

— Afinal de contas — disse Mina filosoficamente, quando ela e Nest tiravam a mesa após o café —, Jack e Hannah estão por dentro de tudo. Duvido que fiquem ofendidos se Georgie os confundir com alguém, e as crianças, de qualquer forma, não vão entender mesmo.

— Desde que ela não... — Nest hesitou —, sabe, deixe escapar alguma coisa.

A ansiedade deixou o estômago de Mina embrulhado.

— A questão é que não temos a menor idéia do que ela pode deixar escapar.

Quando se entreolharam, temerosas, ouviu-se um bochicho do lado de fora; Jack e a família tinham chegado. As irmãs cruzaram o corredor apressadas, com os cachorros correndo na frente, e foram até o jardim. Jack já tinha tirado Toby do banco, e o menino deu a volta rápido pela frente do carro para saudar os cachorros; enquanto isso, era possível ouvir Flora lutando com Hannah e gritando: "Não! Não!", e a mãe dizendo: "Calma! *Espere*!", enquanto desafivelava o cinto de segurança de sua cadeirinha.

Jack beijou as tias e olhou com tolerância para a própria família. Flora conseguira sair à força do carro, escapar do controle restritivo da mãe e ficou de pé, oscilante, no cascalho, sem desgrudar os olhos dos cachorros.

— Qual deles é o Dom Arisco? — perguntou Toby, ajoelhando-se entre os três. O nome lhe pareceu incrivelmente engraçado. — Por que ele tem esse nome? Não é bonzinho?

— Porque ele é muito invocado — explicou Mina —, e é galês.

— O que é galês? — quis saber Toby, intrigado, passando a mão na cabeça de Dom Arisco e permitindo que ele lhe lambesse o rosto. — Por que ele é galês?

— Tia, por favor — murmurou Jack —, deixe estar, está bem? É sempre assim, começa com um "não" e mais umas palavras novas e, em seguida, vêm as perguntas "por quê", "como" e "o quê". Eu garanto que a questão não vai parar com a definição de "galês". O próximo passo vai ser falar do poeta galês Dylan Thomas, de sua vida e trabalho, e depois de dez minutos vai ter que dissertar sobre a peça *Sob o Bosque de Leite,* na qual você se inspirou para escolher os nomes dos cachorros, e daí será obrigada a explicar o nome da Lady Polly.

Mina pegou o sobrinho pelo braço, rindo.

— Sempre me disseram que se deve responder às perguntas das crianças — disse ela —, mas devo admitir que seu pai e Nest me fizeram passar por uns maus bocados quando eram pequenos. — Então, dirigiu-se a Toby: — Dom Arisco é um Sealyham terrier. Essa é a raça dele, que vem do País de Gales.

— Os cachorros têm raças diferentes, Tobes — explicou Hannah. — Você sabe disso. O Grumete não tem a mesma aparência destes aqui, certo? É porque ele vem da Suíça, entende?

— E o macete, agora — informou Jack, sorrindo com alegria para as tias —, é fazer de conta que não o ouvimos quando ele disser "não". Bem, quem foi que mencionou algo sobre um café?

— Venham — chamou Nest; fazia semanas que ela não se sentia tão feliz. — Você não toma jeito mesmo, Jack. Deve ser por causa de Hannah que as crianças são tão boazinhas.

— Minha alma gêmea é um poço de paciência — afirmou ele, esquivando-se de um golpe da esposa com uma destreza oriunda de muita prática. — Mas ensinar garotos o dia todo faz com que o nosso instinto de preservação fique bastante aguçado. Ah, aqui está você, tia Georgie. Bom-dia, tia, como está?

Georgie se deixou beijar, fitou Hannah por alguns instantes e continuou imóvel, observando a movimentação da casa: Flora foi levada depressa para o andar de cima para que lhe trocassem a fralda; Toby refletia sobre os diferentes benefícios do leite e do suco de laranja, tentando decidir qual dos dois era seu preferido; Nest e Mina conversavam e brincavam com Jack. Como sempre, elas sentiram o bem-estar proporcionado pela atmosfera alegre e despreocupada criada por Jack; nesse ínterim, Lyddie e Grumete chegaram. Georgie se mostrou naturalmente interessada pelas conversas, e até mesmo Flora, quando lhe deixaram tomar suco no chão, sentada ao lado de Grumete, reagiu com uma afabilidade que encantou suas parentes idosas.

O almoço transcorreu sem maiores problemas; no entanto, quando estavam tomando café na sala de visitas, com as portas abertas dando para a varanda, Mina começou a notar uma mudança no comportamento de Georgie. Ela fizera algumas observações bastante perspicazes durante o almoço — que fora servido como bufê, por falta de espaço, com as crianças acomodadas à mesa da cozinha —, mas agora aquela expressão estranha, que Mina vinha aprendendo a recear, estava transformando o seu semblante. Georgie aparentava estar confusa, até mesmo angustiada, ao observar os parentes. Na sala de visitas, local de tantas reuniões familiares, pareceu estar perdida no tempo, encarando primeiro Toby, depois Flora, intrigada. Seu olhar se dirigiu a Jack, mas foi Timmie que ela viu, sentado, conversando — *mas com quem?* Era Nest que estava ao seu lado, inclinando-se em sua direção, ouvindo-o atentamente? Os dois tinham se sentado juntos, tal como sempre faziam no passado? Mas Nest estava do outro lado, empurrando a cadeira de rodas para junto do círculo, inclinando-se para pegar seu café...

Uma criança parou para fitar Georgie — um garotinho louro, que tinha os olhos de Timmie — surpreso com sua estranha imobilidade. Ela retribuiu esse olhar, recordando-se: *Claro, essas duas criancinhas são Timmie e Nest, e os outros dois, os adultos, devem ser Timothy e mamãe.* Ela riu para si mesma...

— Sei de um segredo — disse Georgie ao garotinho.

No entanto, antes que o interesse de Toby fosse despertado, Mina se virou depressa, agradecida por o fluxo da conversa ter encoberto as palavras de Georgie, e disse:

— Toby, leve esta xícara para sua mãe, querido. Com cuidado, está bem? Não deixe derramar.

Distraído, Toby levou o café para Hannah e depois se jogou ao lado de Grumete, acariciando sua cabeça macia e beijando-o no focinho.

— Eu queria tanto ter um cachorro! — sussurrou ele, queixoso, e os pais se entreolharam com desespero, revirando os olhos.

Iniciou-se uma discussão sobre os prós e contras de educar crianças com cachorros à volta e ligeiros "puf-puf-puf" de alívio escaparam dos lábios de Mina; porém, ela continuava a se sentir tensa e receosa, como se temesse alguma desgraça. Nest, percebendo seu olhar, ergueu as sobrancelhas de forma inquisitiva, mas Mina não conseguiu responder, temendo que alguém a visse. Ela se limitou a sorrir, tranqüilizando Nest, e a olhar de relance, mais uma vez, para Georgie. A irmã mais velha, ao que tudo indicava, sentia-se injustiçada; seus lábios estavam comprimidos e os ombros, arqueados, como se estivesse aborrecida. Não obstante, transmitia um ar quase vitorioso, de quem tinha um trunfo secreto e o apreciava.

Lyddie estava explicando, agora, que não trabalhava no computador, que o utilizava para digitar e arquivar, mas não para fazer revisões.

— É um jeito diferente de trabalhar — dizia ela a Jack — e eu já cheguei a recusar trabalho por estar em CD-Rom. Teria que aprender, e, por algum motivo, nunca me deu vontade.

— Você deveria ser mais flexível — aconselhou ele, brincando. — Deveria estar pronta para adotar novas tecnologias. Veja tia Mina e seus e-mails.

— Ah, mas é diferente. — Lyddie sorriu com carinho para a tia. — Acontece que a tia Mina sempre foi inovadora. É uma pessoa acessível.

— Tem toda razão — declarou Jack. — É uma descrição perfeita dela. Uma mulher acessível.

— Não. — Georgie estivera se remexendo em seu canto, escutando atentamente, à espera de uma oportunidade. — Nem sempre foi assim, não é mesmo, Mina?

Mina apertou as mãos.

— Não sei se estou entendendo o que vocês querem dizer — objetou ela, com delicadeza, rezando para que algo interrompesse a conversa.

— Nem sempre — insistiu Georgie com ansiedade. — Você não disse "sim" para Tony Luttrell, disse? — Ela começou a sorrir, observando os rostos de todos, vendo a surpresa se esvair e se transformar em inquietude e curiosidade, desfrutando do silêncio repentino e constrangedor.

— Isso aconteceu há tanto tempo que já não faz diferença. — Nest usou a voz que outrora usara para acalmar seus jovens alunos. — Você não vai levar estas crianças até a praia, Jack? O pobre Grumete está esperando por aquela caminhada que você prometeu!

— Praia! Praia! — cantarolou Toby, levantando-se de imediato, enquanto Flora, que estivera cochilando no colo de Hannah, acordou de repente e começou a chorar. As pessoas se retiraram e Georgie ficou só, sentada no sofá, sorrindo.

— Sei de um segredo — sussurrou ela; no entanto, já não havia mais ninguém ali para ouvi-la.

CAPÍTULO QUINZE

À tardinha, depois que os membros mais jovens da família tinham ido embora, foi a vez de Mina ir passear com os cachorros na praia.

— Você ficará bem? — perguntou ela a Nest. — É que estou precisando ficar sozinha por um tempo. Georgie está dormindo, então acho que você não tem que se preocupar, pode relaxar.

— Vou ficar bem. — Nest a observou com ansiedade. — É com você que estou preocupada.

Mina conseguiu sorrir.

— Não se preocupe. Não vou demorar.

Ela colocou o casaco de lã azul, pegou a bengala no balde de latão à porta da frente e saiu, atravessando a varanda e, mais adiante, o postigo que dava acesso ao caminho para a praia. O trajeto era pedregoso, com as raízes das árvores dos declives acentuados do vale formando degraus e Mina caminhava com cuidado. Os cachorros estavam bastante adiantados à sua frente — a princípio, tentando pegar um esquilo, que pulou e buscou proteção nos galhos de uma faia alta e, depois, deslocando-se com velocidade pelo simples prazer de correr, com milhares de aromas atuando de chamariz e levando-os a seguir adiante. O riacho corria ao lado deles, bastante cheio após a chuva recente, caindo em forma de cascata sobre os seixos arredondados e polidos, contornando as margens repletas de samambaias. Os latidos ruidosos e excitados dos cachorros eram abafados pelo ruído do afluxo das águas; Lady Polly retrocedeu para encorajar a dona a se dirigir à praia. Mina mal se deu conta dela: estava voltando no tempo, lembrando-se de uma primavera cinqüenta e cinco anos atrás.

Pareceu a Mina uma verdadeira ironia conhecer Tony Luttrell em uma festa oferecida justamente pelos Goodenough, aquela gente da estirpe Benferina que ela tanto desprezava.

— Venha sim, Mina — pede Enid, que viera visitá-los à tardinha, no início da primavera de 1943, acompanhada do fiel Claude. — Não será um evento muito formal. Apenas uma reunião com alguns oficiais do BCS. Suponho que já tenha ouvido falar do Batalhão de Combatentes de Somerset? — pergunta gentilmente a Lydia, que ela considera quase deficiente mental, enterrada em Ottercombe. — Eles têm estado ocupados defendendo o litoral de Somerset e, pelo que sei, devem partir em breve para uma missão mais perigosa.

Ela gosta de insinuar que está por dentro do assunto, e Lydia, que recebera uma visita de um dos oficiais, relacionada à praia em Ottercombe, fica feliz em permitir que Enid mantenha seu senso de superioridade.

— Precisamos de mocinhas bonitas — diz Claude, com seu sorriso irônico. — Vocês sabem que há uma escassez terrível delas, não sabem? Precisamos de Mina para aumentar o contingente.

— E Henrietta e Josie? — pergunta Enid. — Henrietta já tem idade para ir a festas, não tem? Elas vão passar as férias aqui ou ficarão na escola?

— Céus! — Lydia fez uma leve careta. — Infelizmente, no caso delas, ou vão as duas ou nenhuma. Há apenas um ano de diferença entre elas, e eu simplesmente não agüentaria a briga se Henrietta fosse e Josie não.

— E Mina não se importará com a concorrência? — Enid ergue as sobrancelhas, zombeteira.

Lydia olha para a filha, ciente de sua aversão aos Goodenough, sem querer vê-la aborrecida ou coagida.

— É claro que não — responde Mina, quase aliviada, sentindo que quanto mais moças, mais segurança terá. — Parece que vai ser muito divertido. Mas Josie só tem quinze anos, e ela e Henrietta às vezes são meio bobinhas. Tomara que se comportem!

— São como as irmãs Bennet — diz Claude, abafando o riso. — E você, está mais para Elizabeth ou para Jane?

— Mary Quilter vai — informa Enid, tentando encorajá-la, sentindo que Claude já tinha ido longe demais e ansiando que sua festa fosse um sucesso; três moças bonitas, apesar de duas delas serem imaturas e bobinhas, eram melhor que nenhuma. — Você conhece Mary, não? O irmão dela é oficial do BCS. Vai ser divertido, eu prometo!

Mina sente uma ponta de excitação. — Mas como a gente vai chegar à sua casa? — pergunta ela. — Acho que podemos ir de bicicleta até Parracombe e pegar o trem até Lynton. Ou de repente Seth poderia nos dar uma carona...?

— Não se preocupe com o transporte — afirma Enid com amabilidade. — Estamos todos juntando nossos cupons de gasolina para que uma pessoa possa fazer a viagem de ida e volta. O carro vai ficar um pouco apertado, mas isso faz parte da diversão, não é mesmo? Chegamos à conclusão de que merecemos nos distrair um pouco. Está resolvido, então.

Quando eles se retiram, Mina fita, apreensiva, a mãe.

— Vai ser divertido — diz a mãe, tranqüilizando-a. — E você quase não se diverte, Mina. Só lamento que você tenha que ficar de olho em Henrietta e Josie. Já faz isso o bastante por aqui, embora neste momento esteja tudo mais sossegado, agora que Jean, Sarah e os bebês se foram.

— A ida delas não faz diferença para mim. Na verdade, acho até bom. Eu me sentiria terrivelmente acanhada sozinha. Lembre-se de que eu não conheço bem as pessoas que vão estar lá.

— Você nem terá tempo de se sentir acanhada com Henrietta por perto — prediz a mãe. — E agora temos que pensar no que você vai vestir. Podemos pegar umas roupas bonitas no meu guarda-roupa. Tem aquele lindo vestido de xantungue verde, que combina muito bem com o nosso tom de pele. Vai ficar comprido demais, claro, mas podemos dar um jeito nisso. Vamos ligar para a Georgie e perguntar o que está em voga em Londres. Será que ainda se fala em moda, durante a guerra?

— Mas aquele é um dos seus melhores vestidos, mamãe — argumenta Mina, espantada. — Seria uma pena cortá-lo.

— Bobagem! — Lydia a toca de leve na bochecha. — Acho que nunca mais vou usá-lo. Vamos contar para os caçulinhas que você foi convidada para uma festa. Eles ficarão entusiasmados.

— E Henrietta e Josie?

— Elas devem usar o vestido de festa da escola — responde a mãe, com firmeza. — Muito apropriado para garotas da idade delas. E, por favor, não mencione isso quando escrever para elas. Não precisam saber até virem para casa.

Mina acha uma pena — as irmãs vão perder toda a emoção da expectativa —, mas sabe que é uma decisão sábia. Não haverá tempo para elas brigarem por causa de adereços ou discutirem por considerar uma roupa mais bonita que a outra.

Os caçulinhas ficam, de fato, animados com a festa vindoura. "O Povo da Meia-Noite", de John Masefield, está sendo lido durante a hora das crianças e eles encenam a história entre si. Tendo presenteado o jovem herói, Kay Harker, com uma irmã, Gerda — uma homenagem inconsciente a *A Rainha da Neve*, de Hans Christian Andersen —, os caçulinhas passam o tempo procurando o tesouro de Harker. A coruja na floresta é Zoião, e a raposa que eles vêem nos declives cobertos de tojos do penhasco é a srta. Traquinas Mordisco Ligeiro. No entanto, não sabem ao certo quem poderia ser o diabólico Abner Marrom e a assustadora Irmã Garras.

— A gente podia usar os Benferinos, se eles viessem com mais freqüência — diz Nest, triste —; acho que não é justo utilizarmos a mamãe e a Mina.

— Mas é o que a gente vai ter que fazer — responde Timmie, com firmeza. — Não dá pra evitar, e, de qualquer forma, elas não precisam saber. A gente pode usar Henrietta e Josie quando elas vierem passar a Páscoa aqui.

— Se ao menos a gente tivesse alguns gatos — lamenta Nest — para fazerem os papéis de Tição, Chumbinho e Xamã, os bichanos das bruxas. A Jenna disse que o Tiddles já teve filhotes, mas a mamãe não quis ficar com eles por causa da asma.

A festa os distrai um pouco. Timmie quer saber tudo sobre o BCS, e Nest fica fascinada com o lindo vestido que está sendo adaptado para Mina. "As ombreiras estão na moda", informa-lhes Georgie, assertivamente. "Vou enviar algumas amostras e um molde." E Mina reserva algum tempo para fazer uma saia curta e vistosa com os pedaços extras de xantungue para a irmã menor. Nest tira o inevitável guingão, herdado das irmãs mais velhas, e rodopia, alegre, com a saia diante do espelho longo da mãe.

Duas semanas depois, espremida entre os ocupantes do espaçoso Rover 16 verde-escuro de Claude, Mina mal pode conter a excitação. Seus cabelos negros, longos e brilhantes, estão presos para cima, com fivelas de tartaruga, embora algumas mechas soltas caiam ao redor de seu pescoço. O roçar do xantungue macio e sedoso em sua pele fria lhe proporciona uma sensação agradável de prazer. A felicidade e a expectativa fazem com que ela ignore a briga das irmãs mais novas, que ainda discutem por que só uma das duas pôde colocar sapatos de festa. Elas só se calam quando Claude pára na igreja do século onze, de Martinhoe, para pegar mais dois convidados da festa; dali para a frente prosseguem em um silêncio amistoso e bastante acanhado, até chegarem à casa dos Goodenough, na parte alta do vilarejo de Lynton.

Todas vão colocar os casacos no quarto de visitas, e, quando Henrietta e Josie brigam para ver quem ficará na frente do espelho, Mina se vê de relance entre as duas. A maquiagem leve que Lydia lhe permitiu usar deixa seu rostinho ovalado corado, realçando-lhe os olhos grandes, que a fitam do espelho; o cabelo preso faz com que pareça alta e sofisticada e o caimento suave das pregas do tecido acentua seu corpo esbelto. As irmãs dão a volta, levando-a com elas, e todas se dirigem apressadas ao corredor amplo e bem iluminado.

— Bem que eu queria que *a gente* tivesse luz elétrica — afirma Henrietta, com desgosto.

Elas entram na sala de visitas, onde alguns dos demais convidados já estão reunidos.

— Ah, aqui estão, por fim! — exclama Enid Goodenough, com uma demonstração de afeto que surpreende as três moças. — Agora, venham conhecer esses jovens que as estavam esperando.

Aturdida com tantos nomes e rostos estranhos, Mina sorri, dando inúmeros apertos de mãos, até o jovem oficial, que conversava com um pequeno grupo de pessoas no canto, virar-se para ela. Os olhos azuis dele se iluminam, como se ela fosse, de fato, a jovem por quem ele estivera esperando, e seus dedos quentes tocam a mão de Mina.

— Oi — cumprimenta ele. — Sou Tony Luttrell e você deve ser uma das lindas senhoritas Shaw. Não está divertida esta festa?

Durante todo o mês de abril, e parte de maio, a praia, o penhasco e as colinas voltadas para o Canal de Bristol se tornam o santuário particular de Mina e Tony. Ali caminham, de braços dados, em meio às longas samambaias-de-metro, observando as ondas se formarem, impulsionadas pelo vento do oeste, e arrebentarem nos despenhadeiros altos e acinzentados. Nas tardes quentes, contemplam juntos, sentados em uma das rochas planas à beira da praia, as lontras reluzentes pescando e brincando na rebentação, salpicando brilhantes pingos d'água sob a luz do sol. Nas tardes tranqüilas e silenciosas, acomodam-se debaixo das árvores, sentindo o perfume das campânulas, perdidos em abraços longos e atordoantes, que afetam os dois e os levam a ansiar por mais. As necessidades urgentes e frenéticas dos namorados em tempos de guerra, e o mundo que se modifica fora desta pequena região de Exmoor, levam Tony, na inexperiência de seus vinte e um anos e, por enquanto, ainda fora de perigo, a considerar um procedimento natural abordar Lydia, a fim de perdir formalmente a mão da ainda intacta Mina em casamento.

O pedido tem lugar numa tarde de maio, na sala de visitas iluminada por uma lamparina. As janelas de batente estão abertas, permitindo que o ar agradável e quente entre; um tordo está cantando no jardim silvestre.

Lydia escuta, séria, tomando cuidado para não rir da aparência sisuda de Tony, enquanto ele declara, titubeante, seu amor. Nas últimas quatro semanas sua simpatia por ele havia aumentado; seu instinto maternal, compreendendo o verdor dele, fora acalentado pela forma carinhosa com que ele tratava sua filha adorada. Ele traz pequenos presentes para os caçulinhas e participa de suas brincadeiras, e o afeto com que trata Lydia ajuda-a a sanar seu coração infeliz e angustiado.

— Terei de conversar com meu marido — informa-lhe —, mas, no que diz respeito a mim, meu caro rapaz, acho que sabe o quanto essa notícia me alegra.

— A unidade do Exército deve partir em breve — conta-lhe ele, ansioso — e nós gostaríamos de ficar noivos antes da minha partida. Será que a senhora pode falar logo com o sr. Shaw?

— O mais rápido possível — promete ela —, mas Ambrose vai querer conhecê-lo, Tony, e é difícil para ele sair de Londres. O noivado formal terá de esperar um pouco mais.

— Mas contamos com a sua bênção?

Ela se levanta, deixando o bordado de lado, e caminha até ele, abraçando-o como se fosse um de seus filhos.

— Vocês têm a minha bênção — diz Lydia. — Desde que você continue a amá-la como a ama agora.

Lydia os deixa sozinhos, sentados juntos perto da lareira, conversando sobre seus sonhos para o futuro, até que Tony se retira, a contragosto, tendo as poucas horas de licença expirado. Mina sai com ele, como sempre, para se despedir e acompanhar a partida do pequeno carro esporte, ouvindo seu ronco desde a rampa até a estrada costeira.

Agora, cinqüenta e cinco anos depois, na praia, Mina estava sentada em uma rocha, observando os cachorros brincarem à beira do mar, pensando naquela paixão e lembrando-se de como havia transformado sua vida tranqüila e sossegada. Mais devastador e comovente do que ela podia imaginar, o amor de Tony fora tudo o que sonhara: o ápice de todos os romances que havia lido. Ela o adorava e depositara em seu cavalheirismo viçoso e adorável cada milímetro do seu amor e confiança. Só muito mais tarde ela conseguiu imaginar a atmosfera irresistível que contaminara o jovem do recém-formado 9º Batalhão; a excitação e a premência quando treinavam para invadir a Normandia. Os jovens eram obrigados a amadurecer rápido, e, agora, ela conseguia entender como seu comportamento impróprio fora simplesmente parte de toda a mentalidade da guerra, na linha do "vivamos agora, pois amanhã podemos morrer", que ela mesma havia experimentado quando, por fim, fora a Londres ficar com Georgie.

Mina permaneceu sentada, apesar de já estar escurecendo; lágrimas rolavam por sua face envelhecida e seu coração ficou apertado em virtude do pesar e da dor. *Como ele poderia corresponder às expectativas de tamanha adoração e veneração? E por que, oh, por que, quando a unidade voltou em novembro, a caminho da defesa costeira em Berwick-upon-Tweed, ele tinha sido idiota o bastante para lhe contar o breve caso que tivera com uma mulher mais velha, que enviuvara recentemente, na Cornualha*?

"Não significou nada", gritara ele, a voz entrecortada ao ver sua expressão ferida e chocada. "Nada mesmo. Eu estava morrendo de saudades de você, e ela tinha acabado de perder o marido... Meu Deus do céu! Não vê que estou contando isso para você justamente porque não quero que nada se interponha entre nós? Não significou nada. Já acabou. Por favor, Mina..."

Incapaz de entender, com seu amor destruído, arruinado e despedaçado, ela o mandara embora com o semblante frio e orgulhoso, que mal conseguia ocultar sua angústia.

Ao caminhar para casa no crepúsculo, sem prestar atenção nas mariposas dançando, fantasmagóricas, sob os galhos, e nos morcegos que faziam vôos rasantes sobre sua cabeça, Mina recordou-se daquele último encontro: a timidez dos dois após seis meses de separação, a expectativa e o terror. Apesar de ela estar nervosa, a jactância tola do jovem poderia ter sido perdoada se ela tivesse mais experiência e fosse mais generosa;

porém, a imagem da viúva na Cornualha se interpôs, sarcástica e triunfantemente, entre eles, destruindo a confiança.

Mina estranhou o fato de ainda sofrer com essas lembranças.

De repente, em meio ao ocaso cada vez mais escuro, um rugido profundo reverberou de forma intermitente, um lamento incansável e sobrenatural, tema de mitos e lendas. Tratava-se do inquietante "bramido" do cervo nobre, cujo frêmito retumbante fora desafiado por outro rugido alto perto dali. Ao abrir o postigo que dava acesso ao jardim, Mina esforçou-se para escutar o estrepitar de chifres, estranhamente afetada pelo bramido vibrante e assustador, porém só ouviu o arrulhar vibrante da coruja ecoando no penhasco escuro. Ela parou por alguns instantes, a mão ainda no ferrolho, e então seguiu os cachorros, que corriam à sua frente, ansiando pelo calor e o aconchego da cozinha e por uma refeição.

CAPÍTULO DEZESSEIS

Lyddie estacionou na única vaga que restava na viela, tirou o exausto Grumete do carro e entrou em casa para se trocar. As noites de sábado no Aconchego costumavam ser muito especiais: era preciso fazer reserva e usar roupas mais formais, embora não houvesse uma regra específica. A clientela, em uma espécie de acordo tácito, parecia considerar as noites de sábado diferentes e gostar de se arrumar mais nessas ocasiões. Lyddie gostava da oportunidade de se vestir com elegância, e, naquela tarde, escolheu um vestido macio, de veludo, que aderia ao seu corpo; o tom de azul da roupa era tão escuro que parecia preto. A barra do vestido se abria em torno de suas pernas delgadas e a borda irregular do decote em V era debruada por uma fita de cetim azul-marinho. Ela tomou um banho rápido, penteou os cabelos negros, deixando-os soltos, e colocou umas lindas pulseiras de prata, valorizadas pela manga três-quartos. Meias-calças cinza e sandálias de camurça azul-marinho deram o toque final à roupa. Parando para se olhar no espelho, sentiu-se confiante com a sorridente imagem refletida. Pegou o sobretudo longo e surrado de lã e caxemira — o que usava em Londres — e desceu correndo a escada.

Grumete, que estava dormindo de novo no corredor, ergueu a cabeça e a fitou incrédulo quando ela fez com que levantasse. Ele passara o dia defendendo-se de três cachorrinhos e duas crianças, sendo arrastado de um lado para outro e encorajado a nadar na água gelada e, agora, depois da longa viagem de carro, iam incomodá-lo de novo? Caramba, ainda nem tinha jantado! Sentou-se com esforço e assim permaneceu por alguns instantes, morrendo de pena de si mesmo, até escutar o som familiar de ração sendo despejada em uma tigela e o ruído de um abridor de latas. Animando-se um pouco, levantou-se e foi até a cozinha. Ah, sim! Seu jantar estava sendo preparado! Abanou o rabo ligeiramente e lambeu um pouco o focinho. Sentia que, depois de tudo o que lhe haviam exigido nas últimas horas, merecia algum tipo de alimento. Comeu com avidez, enquanto sua tigela d'água estava sendo enchida, e, em seguida, tomou água fresca e gelada, ansiando por retomar o sono longo e agradável. Entretanto, antes que pudesse assumir sua posição preferida, estirado no corredor, a coleira foi colocada em seu pescoço e ele foi obrigado a andar apressado pelas ruas sinuosas.

— Sabe que vai gostar quando chegar lá — disse-lhe Lyddie, encorajando-o à medida que ele andava, fatigado, ao seu lado. — Você adora quando as pessoas lhe dizem que é maravilhoso. Está se tornando uma espécie de mascote.

Era verdade. Os clientes habituais saudavam-no com alegria quando os dois entravam, satisfeitos por mostrar aos poucos fregueses novos que eles eram "conhecidos", uma impressão que esperavam confirmar mais tarde, quando Liam caminhasse pelas mesas para conversar. No verão, o Aconchego fora tema de uma reportagem elogiosa no jornal *The Independent*, e agora circulava o boato de que o crítico de gastronomia Jonathan Meades passaria ali; os habitantes da região estavam agitados, desejando estar presentes quando isso acontecesse.

Lyddie passou por entre as mesas a caminho do recanto, surpresa por estar bastante nervosa diante da perspectiva de ver Liam de novo. Apesar da reconciliação, ela sentia o coração palpitar de uma forma não muito agradável: ocorrera uma mudança quase imperceptível. Joe estava atrás do bar e sorriu para ela ao servir um chope, embora sua saudação tivesse se perdido em meio ao burburinho e à música ambiente. Lyddie levou Grumete junto com ela para o recanto, parando por alguns instantes em algumas mesas para que ele fosse acariciado e admirado, sem permitir, no entanto, que incomodasse; quando chegaram, deixou-o fora do caminho da cozinha e do bar. O cachorro se deitou bruscamente, feliz, apoiando o focinho nas patas, erguendo a cabeça com educação para saudar seus admiradores mais ardentes, mas pronto para tirar uma soneca. Lyddie tirou o sobretudo. Sabia que Joe ia lhe trazer uma taça de vinho quando tivesse tempo; nesse ínterim, ela se sentou na extremidade do banco, de onde podia ver o bar e algumas mesas.

Linda estava trabalhando naquela noite, ajudando Joe no bar, e Mickey vinha animado da cozinha, segurando dois pratos à altura dos ombros; quando passou, piscou para ela. Lyddie queria saber onde estava Liam, mas não teve coragem de ir ao escritório no andar de cima ou de entrar na cozinha para ver se ele estava discutindo o cardápio com Angelo, o chef, e se perguntou se algum dia se veria como mais do que uma convidada privilegiada. Durante uma breve calmaria, Joe deixou Linda encarregada do bar e levou um drinque para Lyddie, apoiando-se ao seu lado, atento para as mesas que estavam sendo rapidamente ocupadas.

— Obrigada. — Ela ergueu a taça para ele. — Está tudo bem? Você parece um pouco preocupado.

— Ah, eu estou bem. — Ele não retribuiu o sorriso. — O Liam vai descer daqui a pouco. Está terminando algo no escritório.

Lyddie sorveu o vinho, sentindo uma estranha inquietação.

— Está bem cheio hoje, não é mesmo? A Rosie está aqui? Não a vi em parte alguma.

— Não, ela não está. — Pausa. — Não trabalha mais aqui. O Liam não lhe contou?

— Não. — Lyddie o fitou, chocada. — Mas por quê? Ela conseguiu um trabalho melhor noutro lugar?

— Sei lá. A gente terminou. Não sei quais são os planos dela. Ela está ficando com uma amiga, por enquanto.

— Mas isso é terrível! Sinto muito, Joe! — Lyddie se lembrou da conversa baixa e tempestuosa, do olhar de Rosie quando ela saiu do recanto, seguida por Joe; estendeu a mão para tocar os braços cruzados dele, sem saber o que dizer.

— Já faz algum tempo, mas parece até que foi mau-olhado. — Ele continuou ali, de pé, distante e inacessível. — Lá vem o Liam.

Antes que ela pudesse lhe dizer algo, Joe voltou para a parte de trás do bar. Liam passou pelas mesas, acenou para um dos clientes, inclinou a cabeça para outro, mas só parou quando chegou ao recanto.

— Aqui está você. Voltou em segurança. E como vão as tias? E o Jack? — Ele se inclinou para beijá-la e, em seguida, endireitou-se de novo, a fim de examiná-la. — Seus olhos estão azuis hoje, sabia? Nunca conheci uma mulher que combinasse a cor dos olhos com a da roupa.

Lyddie ficou tolamente satisfeita com essa rara demonstração de afeto em público, ciente dos olhares de várias das clientes, e tentou pensar em algo sensato para dizer.

— Lamentei saber do que aconteceu com a Rosie — foi só o que conseguiu dizer. — É um tremendo choque. Coitado do Joe.

— Bom, a vida é assim, não é mesmo? Não se pode ganhar sempre.

Ele pareceu filosófico, até mesmo indiferente, em face do infortúnio de Joe, e ela se surpreendeu. Ele notou o ar de desaprovação em seu rosto e se inclinou para beijá-la de novo.

— Se quer saber — sussurrou ele em seu ouvido —, foi melhor para ele. Sempre achei que o Joe merecia uma mulher mais legal.

— É bem possível. — Lyddie, que acreditava nisso também, não podia discutir com ele. — Mas isso não significa que ele não esteja arrasado por causa do que aconteceu.

— Claro. — Liam assentiu, endireitando-se e olhando ao redor como se já estivesse farto daquele assunto; examinou o ambiente, sem deixar escapar nada, e, em seguida, fitou Lyddie de novo. — Você está a fim de jantar?

— Estou. Estou sim. — Lyddie ficou um pouco aborrecida com a indiferença dele com relação ao que estava ocorrendo com Joe. — A menos, é claro, que esteja na hora do passeio majestoso.

Ele semicerrou os olhos, divertido, dando-se conta de sua alfinetada.

— Que esperem! — exclamou ele, sentando-se à sua frente. — Conta para mim como foi o seu dia, enquanto decidimos o que vamos pedir.

Mais tarde, naquela noite, Nest estava sentada na cama, recostada em travesseiros, com o livro virado para baixo, apoiado nos joelhos. Não conseguira se concentrar nele, vendo a face de Mina em suas páginas, ouvindo sua voz.

— Nós estávamos tão isoladas aqui, sabe — dissera ela, sentada à mesa da cozinha, segurando a xícara de chá quente. — Apartadas como estávamos, a guerra foi simplesmente uma época triste e enfadonha de eterna escassez. Passamos fome e frio, mas nunca tivemos, de fato, medo. Mamãe era tão solitária, quase nunca ouvia o rádio e sempre tomava cuidado para não assustar as crianças. Ottercombe era um mundo à parte. Só quando fui para Londres, em 1944, é que me deparei com a ânsia de viver: o ímpeto de aproveitar ao máximo cada segundo. Georgie e eu conversamos sobre Tony. Na verdade, ela foi muito boa comigo. Estava em seu ambiente: era a rata da cidade aconselhando e orientando a recém-chegada rata do campo, tal como na fábula de Esopo.

— Ela achou que você deveria tê-lo perdoado?

— Por um lado, sim. — Mina estava tentando se lembrar. — Ela compreendeu como deve ter sido para ele. Os amigos instigando-o, a pressão e aquele comando genético que interpretamos como "não quero morrer sem antes fazer amor", sentimento que é tão predominante em épocas de perigo real. Mas, por outro lado, não, pois ela não queria que eu fosse a primeira a casar. Georgie sempre queria ser a primeira em tudo; mas, para ser sincera, ela também desejava que eu me divertisse. Pensava que eu tinha sido enterrada viva em Ottercombe e queria, de fato, que eu aproveitasse a vida. Achava que eu merecia.

— Deve ter sido um tremendo choque chegar a Londres em época de guerra, logo antes da invasão.

— Ah, e foi mesmo. Mas também foi um alívio não ter tempo para pensar. Aproveitei para não pensar em Tony. Ele começou a aparecer em

Ottercombe sempre que tinha um passe ou licença, e a tensão foi tremenda. Eu tive que sair daqui.

— Eu me lembro desses momentos — afirmou Nest —, dele implorando à mamãe.

— Eu não fui compreensiva, sabe. Ainda estava vivendo nos anos trinta. A guerra abriu um enorme abismo no nosso mundo, mas só vim a descobrir isso tarde demais. E, de qualquer forma, eu tinha acabado de fazer dezenove anos. Os únicos homens que conhecia eram os de papel, dos livros; os de carne e osso estavam fora do meu alcance. Eu não tinha a menor noção, naquela época, da complexidade da natureza humana. Como devo ter sido pedante!

— Você nunca foi pedante — protestou Nest. — É *claro* que levou um choque. Mas foi uma pena ter reagido de forma tão drástica.

— Ah, sim. Está se referindo a Richard? — Mina meneou a cabeça, sacudindo o restinho de chá que ainda estava na xícara. — É, eu fui boba. Você foi muito mais inteligente quando chegou a sua vez.

— Nós duas fomos bobas. Mas, voltando a Richard Bryce, Mina, você realmente acha que estava apaixonada por ele?

— Oh, "puf-puf-puf..." — Ela se recostou na cadeira, pensando nisso. — Acho que pensei que não fazia diferença naquelas circunstâncias. Richard foi amável e levantou minha auto-estima, e, além disso, não tinha pais para impedir a relação. Apaixonou-se perdidamente por mim, e seus colegas militares ficaram felizes com isso. Foi como se eu estivesse me casando com todos eles, não apenas com Richard. O casamento e tudo o mais foram, de fato, maravilhosos, parecendo uma grande produção teatral. Louco, romântico e extravagante, atitudes típicas dos tempos de guerra. Foi só então que comecei a ter uma noção do que Tony tinha sentido quando estava na Cornualha. Essa situação fora do comum faz com que as pessoas se comportem de forma bastante inusitada; é uma conjuntura que não tem nada a ver com a vida real.

— E, então — Nest continuou a história, enquanto Mina ouvia —, Richard morreu quando explodiram o King David Hotel, em Jerusalém. Sempre pareceu tão estranho o fato de ter sido em um hotel. Evidentemente, eu só tinha doze anos, mas escutei mamãe falando ao telefone e pude ver o local com clareza em minha mente. Uma grande construção branca com pilares, palmeiras e camelos. Só que nunca entendi bem por que Richard estava hospedado em um hotel em Jerusalém.

— Era o quartel-general britânico — explicou Mina. — A Jordânia conquistara a independência. A guerra havia terminado. Como a vida é cruel.

— E você voltou para Ottercombe — afirmou Nest, após um silêncio prolongado —, e, no outono, eu fui para a escola. Mas você parecia estar tão conformada com tudo aquilo. Bem diferente da forma como ficou no caso de Tony.

— Tenho vergonha de admitir que me senti quase aliviada com a morte de Richard. — Mina colocou a xícara em cima da mesa. — Quando ele voltou para o Oriente Médio, eu me dei conta de como havia sido tola. Ele era um estranho, bom e gentil, mas não deixava de ser um estranho, e a idéia de passar o resto da vida com Richard era aterradora. Quando faleceu, fui libertada, e, por causa disso, tenho a consciência pesada até hoje. Uma estupidez, não?

— Você chegou a pensar na possibilidade de entrar em contato com Tony de novo?

Uma expressão quase jocosa suavizou o semblante envergonhado de Mina.

— Os Benferinos fizeram questão de me informar que ele estava casado e feliz — disse ela. — Era tarde demais.

— Oh, Mestre! — exclamou Nest, por fim, citando Shakespeare. — Como são loucos os mortais! De senso há poucos!

— Já está tarde. — Mina olhou para o relógio e empurrou a cadeira para trás. — Bastante tarde para um dia extenuante. Vá dormir. Vou ajeitar tudo por aqui, enquanto os cachorros dão uma última volta. — Ela se inclinou para beijar Nest, os olhos ainda melancólicos em virtude das lembranças. — Que Deus a abençoe.

Então Nest atravessou o corredor em sua cadeira de rodas e foi até o quarto, dando início aos longos preparativos para se deitar. Por fim, querendo dormir e ainda sem conseguir se concentrar no livro, ela se posicionou para ficar mais confortável, apagou a luz, colocando o livro no criado-mudo, e cerrou os olhos para as imagens que insistiam em dançar diante deles.

O pequeno carro esporte de Tony está estacionado na entrada e Lydia encontra-se sentada na sala de visitas, observando-o com angústia enquanto ele caminha de um lado a outro à sua frente, o punho cerrado batendo várias vezes na palma da mão, o rosto desolado. Não há sinal de Mina. No outro lado, no corredor, Nest escuta a voz dele:

— *Por favor*, sra. Shaw, preciso ver a Mina. Tenho que tentar explicar para ela. Não significou nada, sabe. Nada que fizesse diferença.

— Meu caro rapaz, tentei conversar com ela. Posso lhe garantir que *realmente* entendo.

— Entende? — Ansioso, ele pára de caminhar e se senta ao lado dela, virando-se um pouco para poder ver o rosto de Lydia. — A senhora entende mesmo? Então, não poderia explicar para a Mina? Todos nós estávamos nos comportando de um jeito meio tolo, sabe. O treinamento foi muito intenso e começamos a ter uma noção do que teríamos que enfrentar. A tal mulher perdeu o marido, em Dunquerque, e estava se sentindo só. — Ele deu uma olhadela para ela, ansioso, receando ofendê-la, desejando que o entendesse. — A nossa turma estava bebendo e as coisas fugiram um pouco do controle. A viúva começou a chorar, e daí... bem, os outros ficaram me instigando. Sabe como é?

Lydia cobre a mão inquieta dele com a dela. Seu semblante está triste ao contemplá-lo, o mesmo olhar que usaria com qualquer um de seus filhos.

— Sabe, Tony, o problema é que Mina não consegue entender. Ela é romântica e este é seu primeiro amor. Para ela era a coisa mais preciosa do mundo...

— E para mim também! — brada ele, com veemência. — Aquilo... foi algo à parte de tudo isso. Eu preciso fazer com que ela compreenda o meu ponto de vista...

— Acho que ela não é capaz de separar as coisas. — Lydia segura a mão dele, com firmeza. — Oh, não porque seja cruel, mas porque está além de sua experiência. Nada do que Mina leu ou aprendeu poderia tê-la preparado para isso. Eu conversei com ela. Já tentei explicar que, em tempos de guerra, outras energias e necessidades podem prevalecer e as regras usuais que governam a vida comum são quebradas; no entanto, ela não consegue entender isso. Essa paixão era frágil e linda, e agora foi destruída.

Ele se inclina sobre suas mãos dadas, chorando tanto que, do lado de fora da porta, Nest fica assustada. Os olhos dela estão marejados de lágrimas, por Tony e pela pobre Mina também. Algo terrível deve ter acontecido para Mina permitir que Tony se sentisse tão infeliz.

— Por que você contou para ela? — A voz de Lydia está cheia de compaixão. — Meu caro rapaz! O que o levou a fazer isso?

Tony engole em seco, enxugando os olhos com as costas das mãos, sem, no entanto, deixar de segurar as de Lydia com força, fazendo com que ela sinta as lágrimas.

— A perspectiva de ver Mina de novo me deixou acanhado. Sei que parece bobagem, mas foi o que senti: timidez, nervosismo e insegurança também. E tem mais. Sabia que já não era o mesmo, após o treinamento na Cornualha. Comecei a sentir que realmente fazia parte da guerra, e me orgulhei disso. Nunca tinha feito aquela outra coisa antes, sabe; então, quando vim para Ottercombe e vi Mina de novo, levei um choque, tudo me pareceu meio irreal... Tive a impressão de que existiam dois mundos: o meu e o dela, e por alguns momentos não consegui conectá-los. Era importante que ela soubesse que eu tinha mudado, amadurecido, e que já não era mais um garoto. Queria que ela se desse conta de que eu já era um homem, e aí, antes que a gente entrasse em sintonia, aquelas palavras grosseiras saíram da minha boca. Foi só quando vi a expressão dela que percebi o que eu tinha feito. Tudo ficou claro, mas já era tarde demais.

— Meu pobre rapaz. Não vê que Mina não vai acreditar que você a amava, se foi capaz de se comportar assim com outra mulher? Seria necessário uma jovem muito mais cosmopolita que minha filha para aceitar isso. A viúva da Cornualha se apossou de algo fundamental, que Mina julgava pertencer a ela e que você, pelo visto, concedeu à mulher de bom grado. O orgulho e a confiança de Mina foram por água abaixo.

— Ah, meu Deus... — Ele começa a chorar de novo, e Lydia o reconforta. Nest sai dali com a intenção de procurar a irmã.

Mina está encolhida no canto do sofá da ante-sala, chorando em silêncio. Nest a observa pela fresta da porta entreaberta, desejando que o tempo voltasse atrás, aos anos felizes de outrora.

Naquele outono, Timmie é enviado para a escola e Nest sente muita falta dele; ela entra em seu quarto para admirar suas construções feitas com o jogo de montar Meccano, observar seus aeromodelos pendurados no teto, sempre em movimento, e tocar com suavidade o velho soldadinho de pano apoiado no travesseiro. Nas semanas anteriores à chegada de Tony, Mina fizera o possível para manter Nest ocupada: escreveram cartas para Timmie, pensaram em jogos para as férias e no presente de Natal do irmão. No entanto, de súbito, Mina perde o interesse por essas distrações. Seus olhos ficam inchados, de tanto chorar, e não consegue se concentrar.

— É melhor deixá-la sozinha — pede Lydia. — Ela recebeu más notícias. Não, *claro* que não tem nada a ver com Timmie, sua bobinha. É alguém com quem você não precisa se preocupar.

Agora, espiando pela porta entreaberta, Nest chega à conclusão de que ao menos pode tentar reconfortar a irmã mais velha. Entrando na ante-sala, ela se senta encolhida ao seu lado, apoiando a cabeça em seu ombro, sem dizer nada. Então Mina levanta o braço para abraçá-la, puxando-a para mais perto, de modo que as duas se unem e se consolam, sem dizer uma só palavra.

CAPÍTULO DEZESSETE

— Não é a sua vez de preparar o café da manhã de domingo? — pergunta Jack com esperança, a voz abafada pelo travesseiro.

Ouve-se um gemido baixo e longo, vindo do lado mais afastado da cama, e Jack se deita de costas para escutar melhor.

— Acho que isso foi um "sim" — disse ele em voz alta, mas como se estivesse falando sozinho. — Ah, ótimo.

Ele se acomodou mais; porém, antes que Hannah se esforçasse para sair de seu casulo acolchoado para corrigir sua suposição equivocada, escuta-se um ruído constante e ritmado e, a seguir, pezinhos correndo. Jack se prepara instintivamente quando a porta se escancara.

— A Flora acordou — anunciou Toby — e está cheirando mal. Um fedor danado, eca!

— Tobes está começando a desenvolver um talento nato para os comentários óbvios — sussurrou Jack para a esposa. — Já notou? Mas não se prenda por mim. Pode ir. Ah, e não se esqueça de ligar a chaleira elétrica antes de "desfedorizar" nossa filha.

— É a sua vez. — Hannah manteve-se sob a colcha. — Sabe muito bem disso, né, Jack? Vá e faça alguma coisa, pelo amor de Deus, antes que ela exploda.

— É a *sua* vez sim, papai — assegurou Toby. — A mamãe foi no domingo passado "por causa que" eu passei mal de noite no aniversário do Hamish, aí ninguém foi pra igreja "por causa que" você não quis levar a Flora sozinho.

Jack sentou-se com esforço e fitou Toby, indignado.

— Cadê a solidariedade masculina? — disse ele. — Valeu, cara. Ah, e não pense que vou ser solidário com você na próxima vez em que vier com aquela história: "Ah, eu queria tanto ter um cachorro".

— Jack, fecha a matraca e vai logo ver a Flora — gemeu Hannah, insistindo, afundando mais na colcha de penas. — Você pode discutir com Tobes no quarto dela. Anda.

Jack pôs um longo roupão atoalhado e seguiu Toby pelo corredor. Flora, com o rostinho todo marrom-arroxeado, mas sem lágrimas, estava pendurada na grade do berço, gemendo alto. Ao ver Jack, fez uma pausa, deu um suspiro entrecortado e começou a soluçar.

— Chi! — exclamou Toby, com espantosa satisfação. — Ela vai ficar com soluço um tempão. Às vezes até passa mal por causa dele.

Antes que Jack pudesse pensar em uma resposta razoável, ficou estupefato com o forte odor e os soluços que vinham do berço. Fechou os olhos, estremecendo.

— Meu Deus do céu! — exclamou. — Como é que vou tomar café da manhã depois disso? Vamos lá, Tobes, você conhece o esquema, pode me ajudar. Cadê aquele negócio do colchão? Ah, ninguém merece! Isso, deixa aí. Agora, vem aqui, princesa.

Mais tarde, Jack já tinha preparado café, enquanto Flora estava sentada, satisfeita, em sua cadeira de bebê, saboreando um biscoito de chocolate.

— A mamãe *nunca* deixa a gente comer esses biscoitos antes do café. Ela vai ficar *muito* zangada — afirma Toby.

— Mas se você não disser nada, ela não vai ficar brava, né?

O soluço de Flora já havia diminuído, e Toby, tendo terminado seu biscoito, examinava um novo dinossauro de plástico que viera na caixa de cereal.

— Eu já tenho três iguais a este aqui — disse ele, com tristeza, examinando a parte de trás da caixa. — Estou tentando fazer a coleção, mas só ganho os mesmos. Por que é que a gente nunca ganha outros?

— Isso se chama lei de Murphy, meu caro — explicou Jack, com o bom humor recuperado após tomar o café preto e quente. — É a mesma lei que diz que era a minha vez de acordar hoje e explica por que você vestiu o calção do lado errado. As coisas são assim mesmo, Tobes. Agora, seja um bom menino e cuide da sua irmã enquanto eu levo café para a sua mãe, está bem? Só um minutinho.

Ele saiu da cozinha e fez-se silêncio por alguns instantes.

— O seu rosto tá todo melado de chocolate, Flora — diz Toby.

Ela o observou com tranqüilidade enquanto lambia com cuidado o recheio de chocolate do biscoito e deixava cair no chão, ao lado da cadeira, uns farelos umedecidos. Calígula cheirou-os, exigente, e, em seguida, desapareceu no jardim, atravessando a portinhola para gatos. Toby ficou observando durante algum tempo, imaginando a expressão da mãe quando ela visse a bagunça mais tarde.

— Você *não* ajudou muito, querido — disse ele alto, para si mesmo, imitando a voz de Hannah, e pôs os dinossauros para brigarem na mesa, reproduzindo seus rosnados. Flora riu ao observá-lo, esticando os dedinhos lambuzados na direção deles.

Já no andar de cima, Jack colocou o café no criado-mudo e olhou para a pequena parte visível de Hannah.

— Não estou dormindo — disse ela, com a voz abafada. — Eles estão bem?

— Muito bem. O café está aqui, se quiser.

— Obrigada. — Ela saiu com dificuldade debaixo da colcha e pegou a caneca.

— Está tudo sob controle — disse ele. — Pode dormir mais, se estiver a fim.

— Talvez — disse ela, dobrando a perna e arrumando os cabelos atrás das orelhas. — Jack, estive pensando na possibilidade de comprarmos um cachorrinho. Não quis dizer nada no carro ontem, quando a gente estava voltando de Ottercombe, por causa do Toby, mas foi ou não foi divertido ver as crianças brincando com os cachorros?

— Foi. — Jack estava sorrindo. — Por mim, tudo bem, Hannah, mas vai acabar sobrando para você. Não será demais? Sabe que não vou poder ajudar muito com o filhote durante o período letivo.

— Pensei que a gente poderia esperar até o Natal — disse ela. — Vamos ter três semanas de folga antes do início das aulas. Acho que seria bom para os garotos também; iria ajudá-los a se adaptar e esquecer as saudades de casa.

Jack se inclinou para beijar sua cabeça.

— Acho que é uma excelente idéia. Tobes vai adorar!

— Vamos ter que decidir qual será a melhor raça para uma casa cheia de crianças — disse Hannah, sorvendo o café, pensativa.

Jack sorriu para ela.

— Ouvi dizer que os Dobermanns têm uma queda *especial* por criancinhas — afirmou ele. — Ou são os Rottweilers? Você conhece aquela piada, né? Qual cachorro tem quatro pernas e um braço? Mas, de repente, foi só propaganda enganosa.

— Vai lá, está bom? — pediu ela. — Vai lá cuidar dos pequerruchos. Vou descer daqui a pouco. E não diga nada sobre o filhote ainda. Quero ver a cara do Toby quando a gente contar para ele.

Mais tarde, naquela mesma manhã, Nest saiu do pátio ensolarado, movimentando a cadeira de rodas devagar, rumo ao caminho musgoso e sinuoso que atravessava o jardim silvestre, e cruzou a pequena ponte de pedra, sob a qual fluía o riacho, passando debaixo das folhas longas e sedosas de capim-dos-pampas, que Mina ainda não havia aparado com sua tesoura de poda. Durante o verão, naquele abrigo oferecido pelo despenhadeiro, a barba-de-cabra e o astilbe, com suas flores em tons rosa e marfim, emaranhavam-se com as longas samambaias verde-escuras e lisimáquias púrpura enquanto os hipéricos brotavam entre suas raízes, cobrindo o solo úmido com folhinhas redondas e aveludadas e flores amarelas. No início do ano, fura-neves e prímulas cresciam em meio às raízes das faias altas, e, no final da primavera, lírios-do-vale e fritilárias floresciam em meio ao capim grosso que margeava o riacho.

Ali, onde o canal levava água fresca para o vale, a sombrinha chinesa espalhava suas folhas serrilhadas em tons vermelhos e marrons pelo solo, vicejando junto com os ruibarbos e as saxifragáceas entre os troncos espectrais e delicados dos vidoeiros-brancos, e numa fenda do despenhadeiro, protegida por um salgueiro e um arbusto de hamamélis, a alvéloa sarapintada construíra um ninho. Fazendo uma pausa, virando um pouco a cadeira de rodas sob os raios de sol do outono, Nest observou uma revoada de pintassilgos dando rasantes e adejando, com seus vôos oscilantes, sobre moitas de cardos; de súbito, mais abaixo no vale, um pato-real soltou seu grasnado rouco e cômico: "Rarb-rarb." À medida que empurrava a cadeira adiante, Nest ia se lembrando das brincadeiras que ela e Timmie faziam naquele jardim encantado, com seus lugares secretos e cenário silvestre e empolgante. Haveria um lugar mais maravilhoso no mundo para duas crianças criativas? Poucos livros iam além de seu alcance na hora de serem reencenados, embora, logicamente, algumas decepções tenham ocorrido, em virtude da falta de visão por parte dos adultos.

É no Natal de 1943 que Timmie ganha seu primeiro livro de Arthur Ransome, "Andorinhas e Amazonas", e após a primeira leitura a praia é transformada, com facilidade, na Ilha do Gato Selvagem, embora Lydia se recusasse a deixá-los ter um barco a vela. Eles imploraram em vão: as correntes daquele litoral, ao norte de Somerset, são perigosas demais para que duas criancinhas levem ao extremo suas histórias fantasiosas, e eles precisam se contentar com o baixio, no qual nadam, e com os despenhadeiros, que escalam. Após o Natal, quando Mina vai para Londres e Timmie e as outras irmãs voltam para a escola, Nest fica com Lydia. Agora, sozinha por horas a fio, ela mergulha quase completamente no mundo do faz-de-conta, com a imaginação fértil estimulada pelas histórias que a mãe lê para ela durante a hora das crianças. Incomodada com sua própria solidão e ansiedade, Lydia começa a ler outras coisas além de seus adorados livros de contos. Encolhida ao lado da mãe no sofá, na frente da lareira, Nest escuta "A Criança do Campo", de Alison Uttley, com o coração acelerado ao acompanhar mentalmente a pequena Susan Garland, que voltava da escola pela Floresta Sombria. Ela espia, temerosa, as ilustrações de Rackham, quando Lydia lê o poema de Christina Rosseti, *O Mercado do Duende* — embora adore a imagem das crianças sendo chamadas para ouvir a mãe contar a história —, e sempre, em sua imaginação, vê Mina como a corajosa Lizzie, que salva a irmã dos malvados duendes. Sente um misto de inquietação e saudade, um formigamento no corpo, quando ouve pela primeira vez a poesia de Thomas Edward Brown e "A Melodia e o Luar", de O'Shaughnessy, e ainda a prosa lírica de Richard Jefferies.

Durante o final do inverno e início da primavera, ela perambula por Ottercombe como um pequeno fantasma, com frases e versos ressoando em seus ouvidos, imagens povoando-lhe a mente, deslumbrada com as maravilhas do idioma, andando às cegas em meio a idéias que ela, aos nove anos, não podia esperar entender. Sente falta de Mina e de Timmie, inexplicavelmente afetada pela leve melancolia de Lydia, mas, ao mesmo tempo, sua alma arde com uma mistura enigmática de saudade intensa e inexplicável e grande empolgação. Quando as delicadas flores vergadas das fura-neves desabrocham sob as faias desfolhadas no jardim silvestre e as flores amarelo-claras dos acônitos se esparramam sobre a grama, Lydia começa a ler *Jane Eyre,* e Nest se apaixona por Edward Rochester, cuja imagem trágica e romântica se torna o receptáculo de toda a sua paixão imatura. E quando as ventanias de março lançam com força a maré cheia contra os despenhadeiros altos e acinzentados, e nevascas vindas do Canal de Bristol caem sobre a charneca, Nest contempla a paisagem da janela de seu quarto, ouvindo com ansiedade o movimento incansável das ondas, como se, a qualquer momento, pudesse se atirar para se tornar parte de toda aquela magia indomável dos elementos.

A Páscoa lhe traz companhia de novo com a chegada de Timmie, e, mais uma vez, eles encenam suas pequenas peças teatrais, embora dessa vez sejam interpretadas tendo como pano de fundo a eterna batalha entre Henrietta e Josie. As duas estão encerradas em uma rivalidade que desespera Lydia e fascina os caçulinhas. Apesar de Henrietta ser apenas um ano mais velha que Josie, era bem mais madura e esperta que ela. Por outro lado, Josie era bem menos complicada e mais direta. As duas são convidadas para algumas festas, e Henrietta recebe permissão para ir a um chá-dançante — com uma colega da escola e o irmão dela —, o que deixa Josie de mau humor por vários dias. O irmão, um rapazote de dezessete anos, meigo e ingênuo, que iria servir ao Exército no outono, cai como um patinho nas artimanhas de Henrietta, mas é educado demais para ignorar Josie.

A loquaz e esperta Henrietta atormenta Josie com sua conquista, mas a irmã mais nova, experimentando a agonia e o êxtase do primeiro amor, recusa-se dessa vez a ser relegada a segundo plano.

Um torneio de tênis prepara o terreno para uma luta desenfreada: Henrietta só conta para Josie que ela tinha sido convidada no último minuto, supondo que então seria tarde demais para ela ir.

— Não é justo, mãe — grita Josie, a ponto de chorar. — Minha roupa de tênis está suja e eu não tenho nada para pôr. Ela fez isso de propósito, porque queria ficar sozinha com o Lionel.

— Ora, francamente! — Henrietta olha para Lydia, boquiaberta com a aparente insensatez da irmã, buscando o apoio da mãe. — E eu lá posso ficar sozinha com *alguém* nesse torneio? Além do mais, é constrangedor, mãe, ver a Josie lançar olhares apaixonados para ele o tempo todo. Afinal, ela é apenas uma pirralha. Para ele não passa de uma piada!

— Não senhora! Ele gosta de mim sim, viu? É você que fica bajulando o Lionel, dando em cima dele...

— Já chega! — Lydia, dessa vez, fica brava e as jovens se calam, mordendo os lábios, esperando ouvir a decisão dela. — Henrietta errou muito ao não falar a verdade sobre o convite, e me sinto tentada a não deixar nenhuma das duas ir... — Josie mostra a língua, triunfante, e Henrietta fica vermelha de raiva. — A questão é que Lionel já deve estar a caminho para buscá-la. Se isso acontecer de novo, Henrietta, vou proibi-la de sair, e, Josie, talvez isso ensine você a manter suas roupas organizadas. Desta vez, sinto muito, mas você vai ter de ficar em casa.

Henrietta sai, impaciente, mas feliz, no fundo, com seu sucesso, e Josie, frustrada e muito desapontada, joga o par de tênis limpinho da irmã no fundo viscoso da tina de recolher água de chuva. Na continuidade da briga, até Timmie se assusta, e Nest começa a chorar. Por fim, Lydia diz a Henrietta e Josie que, se não se comportassem, ela contaria a Lionel toda a verdade sobre seu comportamento chocante; então as duas jovens se vêem obrigadas, embora de má vontade, a chegar a um acordo e tentam resolver a situação da melhor forma possível. Intrigado com suas explicações confusas, Lionel insiste que, claro, as duas o acompanhem ao torneio. Diz que a irmã pode emprestar os tênis e a saia esportiva. Além disso, acrescenta — como se isso encerrasse o assunto — que a mãe dele está esperando por elas. Nem Henrietta nem Josie querem perder o prestígio com aquele jovem ingênuo, tão encantador com Lydia e Nest quanto com as duas adversárias, que disputam seu afeto; depois disso, a briga na presença dele é travada com golpes e beliscões silenciosos, intercalados com olhares furiosos, que viram sorrisos amáveis quando ele as fita.

Ainda assim, o desentendimento avança, ganhando força, e os caçulinhas ficam horrorizados quando, no auge de sua raiva, Henrietta joga o conteúdo de um bule quase cheio de borra de chá frio no cabelo recém-penteado de Josie e, em represália, Josie retalha a bainha do melhor vestido de festa de Henrietta. Lágrimas e gritos ecoam no penhasco tranqüilo, enquanto Lydia faz apelos e as repreende. Embora sinta muita falta de Timmie, Nest fica quase aliviada quando as aulas começam, no verão, e ela volta a ficar só com a mãe.

— Sentimos falta de Mina — afirma Lydia. — Ela tem um certo *dom* de transmitir *harmonia*.

Cinqüenta e cinco anos mais tarde, Nest sorriu para si mesma ao conduzir a cadeira de rodas sobre o gramado e depois pelo cascalho. Sim, por trás da ternura de Mina e de sua aparente atemporalidade, havia uma serenidade imutável mesmo quando esse sentimento era posto em xeque por pesar e desespero. Toda a família, em um momento ou outro, tinha se apoiado nela, recobrando forças com a sua ajuda. Assim que esse pensamento veio à mente de Nest, Mina apareceu no vão da porta, seguida por Georgie.

— Ótima notícia! — gritou ela, fazendo uma careta assustada para prevenir Nest de que a notícia não era tão boa assim, levando-a a sorrir por dentro.

— Helena e Rupert estão vindo nos visitar. Não vai ser divertido?

CAPÍTULO DEZOITO

Lyddie telefonou para o serviço de coleta do correio local que costumava utilizar, pedindo que fossem buscar sua encomenda; em seguida, colocou no envelope da editora o manuscrito, as observações, a folha de estilo e a carta ao editor, acondicionando tudo no invólucro de plástico especial do correio. Preencheu o formulário que haviam deixado com ela e levou a encomenda ao andar de baixo. Desde que um manuscrito seu extraviara, ela já não confiava na agência de correio, e agora se via obrigada a esperar pelo furgão de entregas. Ao colocar uma chaleira no fogo para preparar chá, Grumete a olhou, esperançoso, mas ela meneou a cabeça negativamente.

— Você vai ter que esperar até eles passarem para pegar isto — disse ela, mostrando-lhe a encomenda, e ele deixou escapar um suspiro e se acomodou diante da porta do corredor.

Lyddie encolheu-se um pouco em seu longo casaco verde de malha, enquanto esperava a água ferver. À medida que se aproximava o inverno, fazia cada vez mais frio em seu diminuto estúdio — especialmente nos dias sem sol. Talvez, no fim das contas, algum tipo de calefação devesse ser instalada; um aquecedor portátil estava fora de questão, por causa de Grumete; no entanto, um sistema de aquecimento central poderia solucionar o problema. Na verdade, toda a casa estava precisando de aquecimento central. Havia uma estufa à lenha na longa sala do andar de baixo, que era mantida acesa durante quase todo o inverno e ajudava a aquecer aquela casa pequena; não obstante, o quarto deles, que ficava ao lado do estúdio de Lyddie, era bastante frio.

Ao preparar o chá, Lyddie teve uma idéia. Talvez pudesse usar o dinheiro da casa em Iffley para instalar um sistema de aquecimento central. Isso valorizaria a casa e aumentaria o conforto dos dois; seguramente, Liam não se oporia a isso. A cozinha ficava numa pequena ampliação nos fundos da casa, formando um L no final da longa sala, e a porta de trás dava para um minúsculo quintal, que Lyddie encheu de vasos e potes de flores. Naquele momento, ela levou o chá para a outra sala, a fim de sentar-se à mesa e contemplar aquela pequena área. A parede dos fundos e o depósito de madeira tinham sido pintados com o mesmo tom de rosa suave da área ampliada, e, com os crisântemos e as hebes oferecendo um espetáculo de cores tardio, a vista ficava adorável. No verão, roseiras e madressilvas trepavam pelo muro e pelo telhado do depósito de madeira; contudo, naquela época, com a aproximação do mês de novembro, já não restava quase nada de seu antigo esplendor.

Observando o pisco-de-peito-ruivo catar migalhas de pão, Lyddie se perguntou por que sentia tanta necessidade de contribuir com mais do que seu próprio salário. O que havia de errado em colocar o dinheiro em um lugar seguro, quando o recebesse, e guardá-lo para uma emergência? Fechando mais seu longo casaco verde, segurando a caneca com ambas as mãos, Lyddie tentou avaliar a situação de forma imparcial. A verdade era que, mesmo após dois anos em Truro, ela ainda sentia uma certa estranheza. De vez em quando se flagrava pensando: *O que estou fazendo aqui?* ou tinha a incômoda sensação de estar esperando por algo. Na maior parte do tempo ela se envolvia demais com o trabalho para pensar em outra coisa que não fosse o manuscrito do momento. Apesar das listas que fazia, muito tinha de ser memorizado à medida que trabalhava; era preciso checar a pontuação e a ortografia de cada linha do texto e prestar atenção em cada detalhe; assim, não lhe restava muito tempo para pensar na situação de seu casamento. Como em um ano ela podia revisar trinta e cinco manuscritos — o prazo de entrega era curto —, sabia muito bem que não podia desperdiçar o seu tempo exagerando e distorcendo seus sentimentos. Ainda assim, perdurava uma estranha sensação de que aquilo era temporário e de que algo diferente aconteceria em breve.

Lyddie colocou a caneca na mesa, envolvendo-se ainda mais no tecido longo e macio, e se ajoelhou diante da estufa. Abriu a portinhola de vidro e começou a acender o fogo com umas achas, usando um dos acendedores de fogo que ficavam na caixa ao lado da cesta de lenha. Logo surgiu uma pequena chama e ela fechou a portinhola para que o fogo pegasse bem. Acocorada, ficou observando as labaredas consumirem as achas, hipnotizada, por alguns instantes, pelo fogo voraz e encrespado, e depois se levantou para lavar as mãos na pia da cozinha. Secou-as na toalha rolante atrás da porta e, em seguida, pegou a caneca na mesa, franzindo o cenho ao tentar analisar essa sensação de que tudo aquilo era passageiro.

Talvez o sentimento de estranheza resultasse da vida incomum que levava com Liam. Com o Aconchego era impossível viver como os demais casais jovens: preparar uma refeição juntos, sair para jantar ou ir ao pub, reservar entradas para o teatro ou ir ao cinema à noite. Ela começava a se dar conta de que ainda estava muito longe o bendito dia em que Liam e Joe poderiam contratar um gerente em tempo integral para o restaurante, de modo a aliviar seu ritmo pesado de trabalho. Começava a perceber que Liam, ao menos, não tinha a menor intenção de se liberar do trabalho, que adorava e era tudo em sua vida. Por causa da disposição inicial de Lyddie de se adaptar, de se contentar em passar as noites no recanto, ela acabou permitindo que essa rotina se cristalizasse em seu casamento. Porém, que alternativa restava a Liam? *Não* havia um gerente no restaurante para que pudessem ter as noites livres, e, no fim das contas, se ela tivesse se queixado muito, o resultado provavelmente teria sido negativo.

Lyddie suspirou. A grande verdade era que ela estava se divertindo muito. Ir para o Aconchego após um longo dia de isolamento e concentração, ficar no recanto, desfrutando da companhia de Joe, saborear comidas deliciosas sem ter tido que comprá-las, prepará-las e cozinhá-las, era um contraste maravilhoso com aquele ano infeliz em Londres, depois que James fora para Nova York. Lembrou-se de como era comum chegar ao minúsculo apartamento, após um longo dia e um trajeto extenuante, e descobrir que não havia comida e que estava cansada demais para sair de novo e fazer compras, de modo que acabava comendo torradas e assistindo à televisão brevemente, sem prestar atenção, antes de cair na cama. Era seu trabalho de revisora e o relacionamento que mantinha com as amigas na editora que a estimulavam a seguir adiante. Agora, ela ainda tinha seu trabalho, porém era difícil fazer novos amigos quando só lhe restava a escolha de recebê-los sozinha ou levá-los para o Aconchego, onde Liam poderia ou não estar disponível para se sentar e conversar com eles.

Nesse momento, entretanto, Lyddie meneou a cabeça. A bem da verdade, não era exatamente a falta de amigos que a estava incomodando — ela mantinha estreito contato com algumas amigas especiais e, de vez em quando, ia a Londres visitá-las —, mas sim sua incapacidade de se aproximar de Liam. Era como se o eu interior de Liam se mantivesse inviolável e misterioso e ele não estivesse preparado para fazer concessões, nem mesmo para ela. O charme agradável, a língua ferina e o olhar astuto encobriam uma personalidade secreta, um abismo no qual nem mesmo Lyddie conseguia penetrar.

"Tem certeza", perguntara sua melhor amiga, Caroline, "de que realmente quer fazer isso? Ah, eu sei que ele é o maior gato, engraçadíssimo e, ainda por cima, bem-sucedido... mas ele não deixa você se aproximar muito, deixa?" E Lyddie, tolamente lisonjeada por achar que somente *ela* tinha acesso ao íntimo de Liam, tinha assegurado a Caroline que sabia o que estava fazendo.

Agora, tentando ser bastante justa, ela lembrou a si mesma que a briga por causa da carta a tinha aborrecido e que essa sensação de estranheza — *Eu me sinto como se estivesse de férias*, pensou ela — podia simplesmente resultar do fato de esse modo de vida diferir por completo do anterior. Milhares de pessoas — hoteleiros, donos de restaurantes e os que lidam com turismo — viviam dessa forma fragmentada e peculiar e eram perfeitamente felizes; ainda assim, essa constatação não a fazia se sentir melhor. Permanecia a questão de que Liam pretendia continuar agindo como sempre e não tinha a menor intenção de permitir que ela participasse mais de sua vida. A necessidade de Lyddie de contribuir era, no fundo, um desejo de ser incluída, de participar, de romper esse escudo protetor e forçá-lo a vê-la como igual em toda essa parceria. A briga tinha evidenciado as necessidades dela e era difícil voltar àquela ingenuidade anterior, à crença de que, em breve, as coisas iriam mudar, que eles iriam contratar um gerente, ela se envolveria financeiramente e os dois se tornariam parceiros de verdade, conversando aberta e livremente, compartilhando suas emoções e temores.

O assunto da carta estava encerrado e Liam não guardava rancor. Já não havia ressentimento nem frieza; entretanto, tampouco houvera progresso. Estavam de novo na estaca zero. E as coisas tinham mudado de forma sutil: o período de lua-de-mel acabara, mas parecia não haver um caminho livre adiante; em todas as vias estava escrito "Trânsito Impedido". A dificuldade era que Lyddie tinha cada vez menos vontade e disposição de continuar passiva. Sua reação instintiva de considerar o ponto de vista de Liam e de pesar com cuidado suas atitudes estava começando a se esvair diante de suas próprias necessidades. Essa insegurança — resultado da deserção de James — não era uma parte inerente de sua personalidade; o medo que sentia de perder Liam mesclava-se agora com seu renovado ideal de transparência. E, além disso, a vontade de ter um filho dele estava começando a dominá-la, levando-a a trabalhar distraída; afinal, não seria essa a solução natural para seu impasse? Talvez a indiferença de Liam com relação às crianças e sua relutância em considerar a possibilidade de formar uma família resultassem de sua obsessão pelo Aconchego. Uma nova mentalidade se fazia necessária, mas como poderia chegar a ela...?

O toque da campainha a assustou e acordou Grumete, que se levantou cambaleante e latiu, confuso, para a longa capa de chuva, pendurada em um gancho no corredor, antes de se dar conta de seu erro. Após um momento, ele se aproximou e fitou a dona de modo repreensivo, desacostumado a ter o sono perturbado tão rudemente; Lyddie pegou a encomenda e foi abrir a porta depressa.

— Quando Helena vem? — perguntou Georgie, pela quarta ou quinta vez desde o telefonema, e Mina lhe respondeu com paciência:

— No fim de semana, daqui a pouco tempo.

— E não se esqueça de Rupert — sussurrou Nest, com malícia. — Nosso querido Rupert está vindo também.

Em um canto do sofá, Georgie tivera uma recaída, como ocorria com freqüência: batia os pés incansavelmente no chão, dava de ombros e contorcia o rosto — ora franzindo o cenho, ora fazendo biquinhos —, como se estivesse ouvindo uma melodia em sua mente ou como se estivesse tendo uma longa conversa com um oponente invisível.

— Por que oponente? — perguntou Mina, quando Nest aventara essa idéia.

— Porque ela parece ficar tão mal-humorada — respondeu Nest, após um momento. — Não dá a impressão de estar se divertindo, mas de participar de uma espécie de debate.

Mina havia pensado nisso.

— Acho que é isso mesmo — disse por fim.

Enquanto Georgie continuava absorta em seu próprio mundo, Nest preparava os brinquedos e tricotava as roupinhas que enviava para o estande de caridade do Instituto Feminino, e Mina fazia palavras cruzadas. A lenha se transformara em cinzas esbranquiçadas e finas, e o vento, uivando no penhasco, fazia as janelas chacoalharem e ecoava de forma assustadora na chaminé.

— Isso mesmo, Rupert está vindo também — concordou Mina, distraída. — Quem escreveu *Ratos e Homens*? Nove letras, entre elas um B.

— Steinbeck — respondeu Nest. — O fato é que é mesmo fácil esquecer nosso querido Rupert, não é mesmo?

— Fácil demais — concordou Mina, ainda distraída, concentrada nas palavras cruzadas; e então, dando-se conta do que havia dito, fitou Georgie, com a consciência pesada, e Nest, de modo repreensivo. Nest lhe deu um sorriso.

— Foi de propósito — afirmou. — Você estava no mundo da lua!

— Mas não fico assim sempre — avisou Mina.

— Não, nem sempre. — Nest pôs de lado as agulhas de tricô e bocejou. — Hora de dormir. Quer uma bebida quente, Mina?

— Quero sim. — Mina tirou os óculos e dobrou o *The Times*. — Nossa, já está tarde assim? Vou deixar os cachorros saírem. — Ela falou um pouco mais alto: — Você quer chocolate quente, Georgie?

Tirada de seu mundo interior, Georgie olhou para Mina com certo discernimento, mas Nest notou que, até mesmo agora, ela instintivamente ponderava a resposta. Era raro Georgie dar uma resposta afetuosa ou espontânea.

— Desde que tenha mais chocolate que o de ontem à noite — respondeu ela. Estava com a expressão ligeiramente irritada e carrancuda, que indicava que Mina deixara a desejar.

— Minha nossa! — exclamou Mina, em tom alegremente arrependido. — Quer dizer que não estava muito bom? Então não acha melhor você ir prepará-lo?

Isso era um tanto arriscado para as três. Na última vez em que Georgie preparara uma bebida quente, quando Nest chegou à cozinha o leite estava derramando no fogão, não havia sinal de Georgie e a panela de leite favorita de Mina tinha sido arruinada.

— Bem, se você não consegue preparar uma xícara de chocolate quente... — Georgie teve de se esforçar para sair de seu cantinho aconchegante e confortável, resmungando algo inaudível; enquanto isso, Nest foi dar um jeito na cozinha. Mina colocou o protetor na lareira, pegou os óculos e o livro, verificou se Georgie tinha levado seus pertences e fechou a porta. Os cachorros a seguiram pelo corredor, ansiando pelo último passeio no jardim, e, quando ela chegou à cozinha, Nest já estava preparando as bebidas quentes, observada de perto por Georgie.

Mina passou por elas e expôs-se ao vento frio da noite, observando os cachorros desaparecerem no jardim. Entre nuvens pesadas, separadas por rajadas de vento, ela vislumbrou estrelas brilhantes; dali podia ouvir a cascata fluindo pelo riacho, o farfalhar das árvores agitadas pela ventania no alto do penhasco íngreme e a rebentação contínua e estrondosa do mar lá embaixo.

Revigorada e reanimada, ela chamou os cachorros, que vieram, um de cada vez, e todos voltaram para a súbita quietude da cozinha. Georgie já tinha se retirado, levando o chocolate quente. Nest estava colocando a panela de molho, após ter posto o chocolate de Mina no fogão, para mantê-lo quente.

— Achei desnecessário, sabe? — comentou ela, inclinando-se para dar um beijo de boa-noite em Nest. — Você falar daquele jeito de Rupert. Arriscado demais.

— Eu sei — respondeu Nest, sem se mostrar arrependida —, mas, sabe, Mina, às vezes me *dá vontade* de fazer algo ultrajante. Sair um pouco desta maldita prisão, dançar e correr...

Ela virou o rosto, mordendo os lábios, a emoção se esvaindo de sua face ruborizada; Mina a observou impotente, sabendo, pelas experiências anteriores, que nada do que dissesse aliviaria sua dor.

— Por outro lado — disse Nest, puxando a cadeira de rodas em direção à porta —, acho que é melhor ser incapacitada fisicamente do que mentalmente. Não estou querendo ridicularizar Georgie, sabe, é só uma forma de desabafar. Ah meu Deus, quanta frustração! E agora, ainda por cima, o medo. Às vezes, eu acho que vou explodir com isso tudo. Bem, deixe para lá, nada disso é culpa sua. Lamento, Mina. Boa-noite.

Angustiada, Mina subiu a escada, seguida pelos cachorros, segurando a caneca com uma das mãos e os óculos e o livro com a outra. Porém, assim que fechou a porta atrás de si, a tensão se esvaiu e ela entrou em seu pequeno santuário com muito entusiasmo. Um chocolate quente, uma conversa com Elyot, um capítulo do livro: eram prazeres a serem desfrutados, juntamente com as boas-vindas calorosas que os objetos familiares lhe davam e, mais tarde, o conforto de sua cama, luxuriosamente aconchegante com seu cobertor elétrico, um presente de Jack e Hannah.

"Puf-puf-puf" — cada suspiro reduzia aos poucos sua ansiedade, enquanto colocava a caneca com cuidado ao lado do computador e os cachorros se acomodavam e se enroscavam em suas camas. Ela se despiu, lembrando-se das noites à luz de vela e dos lençóis gelados, e colocou rápido o roupão felpudo, rezando, baixinho, para agradecer o conforto do qual desfrutava. Esta noite, decidiu Mina, ao se dirigir à alcova, sorvendo o chocolate quente e doce, Elyot não ficaria relegado a segundo plano. Não, esta noite seria o primeiro: precisava dele. A tensão de seus ombros delicados cedeu quando viu que havia uma mensagem dele, e ela a abriu com ansiedade:

De: Elyot
Para: Mina

Minha querida amiga,
Como vai? Não está frustrada, está? Hoje o dia foi melhor...

CAPÍTULO DEZENOVE

Nest, entretanto, não conseguiu dormir. Os pensamentos ruins, que ela combatia com razoável sucesso durante o dia, voltaram à noite para atormentá-la. Frustração, ressentimento, culpa e desespero: eram seus companheiros noturnos. Sentada na cama, apoiada em travesseiros, perguntou a si mesma se a presença de Georgie fazia bem a qualquer uma delas, incluindo a própria Georgie. Parecia a Nest que, ali em Ottercombe, no casarão onde passara a infância, a confusão de Georgie aumentara. No final de semana retrasado ela havia observado Jack e os filhos dele com uma espécie de intensidade dolorosa que fora bastante difícil de ver. Era evidente — ao menos para Nest — que ela estava indo do presente ao passado, tentando, sem sucesso, fazer com que as coisas tivessem sentido. Às vezes confundia Mina com a mãe, apesar de passar quase todo o tempo bastante lúcida e alerta. No entanto, ela era perigosa. Já havia desenterrado a paixão de Mina por Tony Luttrell; o que mais iria revelar? Era óbvio que Mina estava nervosa, embora ainda negasse que Georgie sabia tanto quanto fingia saber.

— Ela sempre gostou dessa sensação de poder — dissera ela, encorajadora —, de dar pistas e nos deixar nervosas. Mas na hora H não passavam de coisas que ela tinha imaginado ou entreouvido.

— O problema — argumentara Nest — é que, se a pessoa tem um segredo que deseja esconder, essa situação a deixa claramente nervosa. Tem gente que já foi assassinada por se comportar como Georgie.

A revelação do segredo de Mina aborrecera muito Nest. Não só ficara furiosa por Mina — deve ter sido muito constrangedor e doloroso para ela — como também por temer por si mesma. Em sua opinião, não se podia confiar em Georgie, e havia uma solução para isso.

— Mas o que podemos fazer? — perguntara Mina, sem esperança.

— Se você está de fato temerosa, vou pedir para Helena levá-la embora.

— Mas a questão é que ela pode dizer algo a Helena ou a Rupert. Ou a qualquer um! — Nest mostrava-se bastante infeliz. — Acho que nunca mais vou me sentir segura de novo.

— Se é assim que se sente, então acho que vou conversar com Helena no fim de semana — dissera Mina, com firmeza. — Afinal, na minha idade há limites para o que posso fazer. Ela e Rupert vão entender isso. Minha primeira responsabilidade é você e estou vendo que essa situação está começando a estressá-la.

Nest meneara a cabeça, dividida entre seu próprio temor e a compaixão por Georgie.

— Vamos esperar para ver — disse.

Sentada na cama, ela ainda se sentia aborrecida com a inconstância da irmã; no entanto, sempre que via a expressão vazia e perdida de Georgie, ficava com o coração apertado de compaixão e sabia que deveria controlar sua própria ansiedade por um pouco mais de tempo. Ciente de que tinha uma longa noite pela frente, Nest resolveu deixar de lado o esforço heróico e tomou um remédio para dormir. Acomodando-se da forma mais confortável possível, deixou seus pensamentos vagarem, permitindo que viessem à tona lembranças havia muito enterradas.

Inúmeras mudanças ocorrem após a guerra. Georgie está casada agora, com um jovem do Ministério da Fazenda; Henrietta e Josie, embora ainda briguem, vão a Londres e começam a trabalhar: Josie como secretária em um departamento da Universidade de Londres e Henrietta em um pequeno antiquário, de uma mulher muito rica e nobre. No início, o primeiro andar da casa de Londres é transformado em um apartamento para todas elas; porém, quando Ambrose morre, de câncer de pulmão, logo após ter feito cinqüenta e quatro anos, a casa é dividida formalmente e o restante é alugado. Georgie promete ficar de olho nas duas irmãs menores, e, quando Mina volta a Ottercombe, após o falecimento de Richard, a propensão de Lydia a mergulhar em um estado de semi-invalidez torna-se óbvia. Seu mundo havia mudado: Ambrose e Timothy tinham falecido, uma filha estava casada e a outra enviuvara. Parece que ela já não tem mais vontade ou energia para controlar a vida das duas filhas solteiras e resolutas e permite que partam para abrir seus caminhos naquele mundo novo e estranho.

Mina consola a mãe.

— Georgie vai ficar de olho nelas — diz a ela — e meus amigos podem ajudá-las, se precisarem.

Lydia acredita nela, satisfeita; Josie e Henrietta a cansaram muito nos últimos anos da guerra e ela está feliz por ter Mina em casa de novo. Elas passam longos períodos juntas, em paz, momentos que são avivados quando Nest e Timmie vêm para casa nas férias escolares. Para os caçulinhas, os velhos tempos felizes voltaram. Logo eles abandonam as brincadeiras de faz-de-conta e começam a explorar espaços mais distantes de seu adorado penhasco: caminham pela charneca, andam de bicicleta ao longo da estrada costeira até Countisbury, gritando de excitação ao descerem com os pés fora dos pedais as ladeiras íngremes, queixando-se ao subirem penosamente as montanhas, curvados sobre seus guidons. Vão até o vilarejo de Oare e exploram a igreja em que a personagem Lorna Doone se casou com John Ridd, e ficam juntos no altar no qual Lorna levou o tiro do abominável Carver Doone. Nest e Timmie descem da estrada costeira ventosa e silvestre rumo à paz repentina e protetora dos vales arborizados e saboreiam seu piquenique nas margens do rio East Lyn ou nos urzais de uma colina ensolarada, observando os cartachos comuns e nortenhos esvoaçando sobre os rochedos acinzentados e arredondados. O único lugar proibido para eles é o Chains, um pântano selvagem e turfoso onde, devido à alta concentração de ferro logo abaixo da superfície, a água é perene até mesmo no auge do verão e andarilhos desavisados podem afundar até os joelhos em meio às grossas moitas de capim.

Timmie, ao que parece, está destinado a servir no Exército; ele herda o espírito desbravador e a avidez por explorações do padrinho, e Nest, observando-o ficar alto e forte, enche-se, por sua vez, de orgulho e temor.

— Mas ele tem que se tornar soldado? — pergunta à mãe certa manhã, logo antes de um novo período escolar. Mina havia levado Timmie ao barbeiro em Combe Martin. "Vamos a Sweedlepipe", dissera ela, "cortar essa juba!", e Nest e Lydia estão sozinhas. — E se houver outra guerra?

Os olhos de Lydia olham através de Nest, como têm feito com freqüência ultimamente, dirigindo-se a uma longínqua tarde de verão, quando ela estava parada no corredor, sorrindo para Timothy, segurando sua mão quando ele disse: "Lamento chegar de forma inesperada..."

— Mãe? — chama Nest, inquisitivamente, e Lydia volta ao presente, respirando fundo e acariciando com delicadeza o rosto da filha.

— Não há nada que possamos fazer, minha querida — responde ela, com suavidade. — Qualquer outra coisa o deixaria infeliz.

Mina entende como Nest está sofrendo e tenta consolá-la, mas a jovem volta para a escola ciente de que agora ela e Timmie passarão pouquíssimos feriados juntos.

No outono de 1951, Timmie vai para Sandhurst, e Nest, para seu último ano de colégio. Agora que Nest está com dezessete anos e Mina com vinte e oito, as duas estão mais unidas do que nunca. Lydia parece ter ficado perdida nos idos anos da década de trinta, deixando-se levar, quase alienada, satisfazendo-se com a jardinagem e a leitura, sempre disposta a passear, com Mina ao volante do diminuto Austin. De vez em quando, Georgie vem visitá-las com a pequena Helena, ou Josie e Henrietta vêm passar uns dias. Josie está noiva de um jovem cientista nuclear, e já que deixou de ser uma ameaça, Henrietta e ela ficaram mais próximas. Henrietta continua namoradeira. Glamorosa, divertida e confiante, tem muitos admiradores, mas nenhum em especial. Apesar de seu ar de sofisticação elegante, ela revela muitas vezes seu lado sarcástico e gozador, fazendo Nest e Mina chorarem de tanto rir com suas imitações maldosas do marido de Georgie, Tom, e do noivo de Josie, Alec.

— Com eles a gente só tem vontade de bocejar — diz Henrietta, franzindo o nariz depois de sua representação. — Tom só se interessa pelo déficit público, e Alec se aborrece com qualquer coisa que não esteja em um tubo de ensaio. Ele faz questão de desprezar as pessoas normais. Só fica feliz num laboratório. Coitada da Josie. Estão sabendo que eles talvez se mudem para os Estados Unidos?

Nest fica fascinada com essa sua irmã mais velha, linda e moderna, e começa a pensar que será divertido, quando sair da escola, ir tentar a sorte em Londres. Mas Henrietta não transmite tanta segurança quanto Mina, nem é apaixonada por livros e pelo idioma como ela; assim sendo, ainda é junto de Mina que Nest se sente mais feliz. Henrietta tem uma personalidade volúvel, uma falta de tolerância que significa que todos os que caem em seu feitiço têm de estar sempre alertas para se manterem populares aos seus olhos. Durante as férias natalinas, com bastante tempo para passar com sua irmã mais nova, Henrietta sente que ela poderá ser uma concorrente no futuro e estabelece rápido a base de uma futura relação.

"Acha mesmo que esse cabelão escorrido nas suas costas fica bem para você? *Acho* que dá uma aparência doentia. Na minha opinião, um permanente ia dar um toque especial" e "Meu Deus, esqueci como vocês estão atrasadas aqui. Espero que não vista estas roupas antiquadas quando for para Londres. Sei que o racionamento tem sido rigoroso e os serviços públicos, horríveis, mas mesmo assim..."

Quando Henrietta vai embora, Nest fica meio ofegante e se sente bastante inadequada. Inspeciona com ansiedade seu guarda-roupa escasso e ergue o cabelo ao lado da cabeça, olhando-se no espelho.

— Você acha que eu deveria cortar o cabelo? — pergunta a Mina, que entra com roupas lavadas e quaradas.

Mina retribui o olhar ansioso de Nest pelo espelho, observa a saia de *tweed* surrada, mas ainda boa, estirada na cama, e percebe que a estratégia de humilhação de Henrietta fora colocada em prática.

— Não, não acho — responde, com firmeza. — Está lindo, longo e sedoso. Bem mais bonito do que se estivesse com permanente, que resseca o cabelo. Eu reparei que Henrietta usa o dela comprido, embora o prenda muito ultimamente. Sabe, esse *tweed* é *muito* bonito. Tem caimento perfeito. Deixa você magra.

Nest se sente encorajada, mas chega à conclusão de que Londres pode esperar até a Semana Santa. Ela e Mina começam a ler com avidez os livros de Nancy Mitford; novas palavras e frases passam a fazer parte de seu vocabulário, e Lydia sorri ao vê-las tão felizes juntas.

Porém, quando a Semana Santa chega, a possibilidade de ir para Londres é adiada de novo. Lydia volta a ter crises de asma e Mina se dedica a ela, deixando Nest encarregada de lidar com a cozinha e os serviços corriqueiros da casa. Nest está feliz e, em uma tarde quente e agradável, no início de abril, caminha até a praia. No penhasco, paisagens familiares a saúdam — um ramalhete de flores brancas que germina na pereira silvestre, as flores arroxeadas e vergadas das violetas-bravas, os amentilhos verde-claros pendurados nos vidoeiros-brancos —, enquanto ela ouve o chilreio distante do pica-pau-verde e, mais perto, o canto de duas notas, seguido de um piado estridente, da felosa comum.

Ao chegar à praia ela pára, surpresa com a visão da figura de um homem, deitado em uma rocha, o rosto voltado para o sol. Na baía, um barquinho oscila, com as velas recolhidas de forma casual no convés, e um bote de madeira está encostado no cascalho. Algumas vezes barquinhos já usaram a enseada como abrigo de tempestades rápidas, mas nunca antes, que Nest soubesse, um navegador pisara em terra firme. A jovem prossegue com cautela, para olhar de perto, mas assusta uma gaivota que estava pescando no baixio e que alça vôo com um grasnido rouco. O homem ergue a cabeça, protegendo os olhos do sol, vê Nest e se vira na rocha, encarando-a.

Ela fica imóvel, observando-o: sua calça de tecido canelado está enrolada acima dos tornozelos, usa um casaco grosso e oleado de pescador e velhos sapatos de lona.

— Olá! — saúda ele, sem se mover da rocha. — Como está batendo um sol de verão aqui nesta enseada, não pude resistir à tentação. Você veio para me dizer que estou invadindo propriedade alheia ou é simplesmente uma dríade que está passando por aqui?

Ela fica atônita com seu suave sotaque irlandês e grande beleza, tão selvagem e casual deitado na rocha.

— Não — ela responde por fim, tolamente.

— Não para que pergunta? — indaga ele, zombeteiro. — Para a da dríade ou da invasão? Ou para as duas?

Nest sorri, sentindo uma inesperada leveza de espírito.

— Você *está* invadindo, sim — responde ela, atravessando a praia em sua direção. — Mas não vou dedurá-lo.

Ele ri, sem se levantar, e fica esperando até ela chegar à rocha. Está abraçando displicentemente as pernas agora, enquanto Nest se aproxima. Seus olhos são azul-escuros e brilhantes, e seus cabelos, de tom castanho-avermelhado, brilham sob os raios do sol.

— E eu esperando que você fosse uma dríade — afirma ele, pesaroso. — Não seria uma baita sorte? Quer dizer então que você é a dona deste lugar mágico?

— Bem, eu não — explica ela, olhando-o, desnorteada, respirando rápido. Em pensamentos, já se imagina tocando seus cabelos ondulados e acariciando as dobras macias de seu suéter. — A minha família é a dona.

— É mesmo? — Sua voz é calorosamente amigável, seu olhar, entusiasmado. — E você vai compartilhar este lugar mágico comigo esta tarde, mocinha?

— Ah, sim! — responde Nest com tanta simplicidade e doçura que ele dá um salto e faz uma antiga reverência para ela.

— Meu nome é Connor Lachlin.

— E o meu, Nest — apresenta-se ela, estendendo a mão.

Quando ele pega sua mão e a leva por alguns instantes até seus lábios, ela sente uma felicidade arrebatadora e, quando se sentam juntos na rocha, de mãos dadas, ela finalmente entende como o mundo, de uma hora para outra, pode mudar de maneira irremediável.

CAPÍTULO VINTE

Nest se mexeu, os sonhos interrompidos. Ainda sob o efeito da medicação, sem querer acordar, ela sentiu que alguém estava de pé, perto dela. Suas pálpebras, pesadas de sono, abriram-se, agitadas, porém estava escuro demais para que pudesse distinguir qualquer coisa, e as imagens do passado ainda lhe ocupavam a mente. Uma figura mais densa saiu das sombras e se inclinou sobre Nest, que sentiu uma respiração sobre o rosto, sem, no entanto, poder discernir se estava sonhando ou não. Seu corpo, pesado e relaxado, não se moveu; porém, ela sentiu medo e tentou falar.

A figura ainda pairou sobre Nest, que percebeu que mãos se moviam com suavidade sobre ela. Sentiu a pele se engelhar e encolher àquele toque e os músculos se contraírem de medo, mas não conseguiu erguer os braços ou emitir qualquer som, além do gemido que escapava de sua garganta seca.

— Mamãe. — A palavra não passava de um sussurro. — Por que é que está tão escuro aqui, mãe? Por que você está deitada na ante-sala?

Tentando acordar, Nest se sentiu paralisada e tentou dizer "Não, eu não sou a mamãe...", mas não conseguiu formar as palavras.

— Eu sei de um segredo, mãe. Do *seu* segredo. — A voz que sussurrava em tom de cumplicidade e sigilo era horripilante. — Por que você não está falando comigo? Quer que eu conte o seu segredo, mãe?

Com enorme força de vontade, Nest ergueu os braços — *Oh! Como estavam pesados* — e segurou debilmente os pulsos de Georgie.

— Sou eu! — murmurou. — Sou eu, Nest. Não a mamãe. Sou eu, Nest...

Esgotada pelo esforço, ela se deixou cair sobre os travesseiros, vagamente ciente do novo tipo de silêncio, agora surpreso, talvez até confuso.

— Nest? — Georgie parecia estar considerando isso. Deu uma risada. — Nest. Eu também sei de algo sobre você. Sei de um segredo. Quer que eu conte?

— Não! — exclamou Nest, mas o grito que ressoou em sua mente não passou de um sussurro e ela fechou os olhos quando uma grande fadiga tomou conta dela, levando-a de novo para onde queria estar, alheia a Georgie ou à porta se abrindo e fechando com suavidade.

Nest sonhou de novo, os braços ainda jogados sobre o edredom, movimentando os olhos rapidamente sob as pálpebras fechadas à medida que via o passado reencenado.

Durante aquela semana, enquanto Mina está ocupada com Lydia, Connor veleja até a enseada quase todos os dias. Ele está ficando em Porlock, em uma casinha de veraneio pertencente a um amigo, e o barco faz parte da transação.

— É um litoral traiçoeiro — explica Connor —, mas quem já velejou na costa oeste da Irlanda tira o Canal de Bristol de letra!

Ele dá aulas de história em uma das faculdades de Oxford e é pelo menos dez anos mais velho que Nest: um fato que o preocupa um pouco à medida que os dias passam.

— Como se fizesse diferença! — exclama ela. — Lembre-se de Maxim de Winter e da jovem em *Rebeca, a Mulher Inesquecível.* A idade não é importante!

Ela atribui a ele todos os encantos masculinos que, quase dez anos antes, Mina tinha conferido a Tony; porém, Connor não é um jovem facilmente influenciável ou inexperiente: muito pelo contrário, suas férias em Porlock têm o objetivo específico de afastá-lo de uma moça que o está perseguindo. A bem da verdade, não a seduzira de propósito, mas tampouco a havia desestimulado muito. Connor adora ser cortejado. Com Nest, entretanto, ele se dá conta de toda a responsabilidade de encorajar uma moça muito mais jovem e inocente; uma menina que tinha, além do mais, uma família respeitável.

— Acho que devia conhecer as duas — diz Connor —, Mina e sua mãe. Estou me comportando como um ladrão, mocinha, e não me sinto à vontade.

Seus princípios só fazem com que ela o ame ainda mais; não obstante, ela ainda mantém em segredo o encontro, temendo que, de alguma forma, a magia seja destruída. Certa manhã, ela diz a Mina que vai dar um longo passeio e sai em sua bicicleta, encontrando-se com Connor na estrada em Trentishoe Down. Ele não resiste ao sabor de aventura, nem à cumplicidade romântica; após esconderem a bicicleta no tojo, os dois fogem em seu antigo conversível, dirigindo pelas ruas nas quais ela já havia passado com Timmie, rindo e cantando juntos, sentindo a agradável brisa do oeste esvoaçar seus cabelos e deixar suas peles sensíveis a cada toque entre os dois.

Em Brendon, eles decidem tomar cerveja e comer sanduíches no Staghunters, e ela lhe fala sobre a feira de pôneis realizada ali em outubro. Diz que depois deve levá-la à igreja de Oare de novo, para que ela lhe mostre a estreita janela gótica, a oeste do portal, de onde o malvado Carver havia atirado em Lorna, que usava seu vestido "alvo, com leves tons de alfazema". Ele zomba dela por viver em seus livros, ela o chama de "amigo por correspondência, procedente de Porlock", e, quando ele a beija, aquelas cenas de amor ingenuamente sonhadas com Ralph Hingston ou Edward Rochester são apagadas de sua mente para sempre.

Quando Connor volta para Oxford, Nest se arrepende de não o ter apresentado a Mina e Lydia. Entende agora que foi imaturo de sua parte e, o que é mais importante, que, por causa disso, não pode haver cartas ou telefonemas. Até Mina ficaria chocada — ou decerto magoada — ao pensar que Nest as enganara por quase duas semanas. Se ao menos ele as tivesse conhecido, ela teria o consolo de suas cartas e a alegria de ouvir sua voz. Daquela forma, eles tiveram de se separar de uma maneira completamente insatisfatória.

Ainda assim, ao sentar-se na praia, na rocha "dele", observando o sol se pôr no oeste resplandecente, com o contorno negro dos grandes despenhadeiros desenhados contra as faixas sinuosas do lume e o mar brilhando com um dourado suave, ela não se arrepende. Como semelhante mágica poderia ter feito parte do mundo ordinário? É precisamente por ser material de conto de fadas que não tem lugar na mediocridade da vida. Nest revive cada momento de seus encontros. Enfeita cada olhar e palavra dele com seu ardor, recobrindo-o com todas as características típicas dos personagens literários, ao mesmo tempo que se agarra às lembranças do homem em carne e osso. Mais tarde, à janela de seu quarto, observando o luar tomar o penhasco, ouvindo o curiango, seu coração se enche de esperança. Algo há de ocorrer para tornar real essa história; com toda a sua confiança juvenil, ela deseja que isso aconteça. Milagres e finais felizes *realmente* ocorrem, e pessoas como ela e Connor são agraciadas, pois acreditam neles.

Então Nest não fica surpresa, já na escola, quando é convidada por uma amiga para passar com ela o feriado prolongado. Não é a primeira vez que ela e Laura vão à casa uma da outra; contudo, nessa ocasião, Nest está subitamente consciente de outras oportunidades. Mina não se opõe ao seu pedido: Lydia está melhor, mas um pouco deprimida, e precisa descansar. Será bom para Nest ficar com pessoas da sua idade por alguns dias, e, além disso, acrescenta Mina, com medo de que a irmã se sinta desprezada, as férias de verão vão chegar em breve. Nest virá para casa logo.

A escola é rígida: visitantes são checados e as cartas, examinadas. Mesmo se Nest tivesse dito que Connor era um primo, alguém ligaria para Lydia, a fim de averiguar a informação; além disso, se ele quisesse sair com ela à noite, a permissão de sua mãe também seria necessária. A diretora conhece bem as manobras das jovens e não se arrisca, pois, afinal, é *in loco parentis*, ou seja, representa legalmente os pais. Ir para a casa de Laura durante o feriado é bastante aceitável e Nest percebe que, se quiser aproveitar ao máximo essa oportunidade, terá de confiar na amiga.

Laura fica entusiasmada: é simplesmente *tão* romântico. Uma carta é enviada às escondidas para Connor e uma resposta a espera assim que ela chega à casa de Laura, no subúrbio de Gloucester. Os dois marcam um encontro. É fácil para as duas moças irem à cidade, onde Laura fará compras, almoçará, irá ao cinema e se encontrará com Nest mais tarde para voltarem juntas.

— Vamos nos organizar direito. O nome do filme é *Desencanto* — diz Nest, no trem. — Eu já vi. Caso a sua mãe pergunte, sabe. É maravilhoso, e a atuação da Celia Johnson é incrível. Só que é muito triste, você vai chorar à beça. Espero que tenha um monte de lenços.

Laura sente o braço de Nest, pressionado contra o seu, tremer de excitação e a olha com empatia e inveja.

— Mal posso esperar para conhecê-lo — diz.

Nest contempla a paisagem da janela do trem, mordendo o lábio. Essa tinha sido a condição para Laura fazer parte da armação ("A mamãe me mataria se descobrisse"), e Nest espera que Connor não se importe. Ele não ficou muito entusiasmado com o plano, e ora ela fica nervosa, ora tomada por uma forte e frenética excitação. Agora que está de fato acontecendo e ela o verá em alguns minutos, o terror é maior que a alegria, e Nest estremece ao pensar em sua atitude, imaginando a expressão da mãe se ela descobrisse. Contudo, logo volta a sentir ânimo e coragem, pois que mal poderia haver em Laura conhecê-lo? Em breve, Nest terminaria o colégio, e dali a seis semanas faria dezoito anos, tornando-se adulta; então, essa necessidade tola de sigilo seria eliminada. É o que ela diz a si mesma, à medida que o trem vai chegando à cidade, esquecendo-se, no entanto, que sempre achou que ela e Connor nunca poderiam fazer parte do mundo ordinário, que estavam separados e afastados da realidade mundana. Uma realidade que está à sua volta, no vagão: uma mulher cansada, com a sacola pesada de compras; um homem franzindo o cenho ao ler o jornal; uma jovem mãe conversando em voz baixa com o filho, enquanto ele se mexe em seu colo. Pela janela do trem, Nest avista carros, escritórios e fábricas, e, ao seu lado, o corpo quente de Laura se encosta no seu, conforme elas sacolejam e chacoalham. Tudo isso é bastante real.

Elas cruzam a saída, rumo à claridade do lado de fora da estação — e lá está ele; encostado no carro, com as pernas cruzadas nos tornozelos, esperando.

— Meu Deus do céu! — sussurra Laura, admirada com a visão de um homem maduro, já que ele certamente faz os amigos de seu irmão parecerem inexperientes em comparação, e Nest sente uma onda de orgulho.

Ao vê-lo estender a mão em sua direção, entretanto, sua tez pálida enrubesce repentinamente; ele lhe dá um beijo no rosto e aperta a mão de Laura com um misto de cortesia natural e deferência maliciosa que a torna sua escrava para sempre. Laura os observa partir, com um sorriso invejoso pairando nos lábios, e então dá a volta, pensando no dia longo e solitário que tinha pela frente.

Quando ficam sós, a timidez de Nest continua a deixá-la sem fala. Ela lhe dá olhadelas, tentando refixá-lo na memória, enquanto ele dirige com competência. As roupas casuais das férias haviam sido substituídas por uma jaqueta esporte de *tweed* e calça, e os sapatos de lona, por lustrosos calçados de couro. Ele parece mais velho e sério: sem dúvida, muito real. Nest engole em seco e ele a observa de relance, apertando os olhos ao sorrir. No mesmo instante, a sensação de confiança ressurge e ela se acomoda com mais tranqüilidade, disposta a esperar até chegarem ao lugar escolhido por ele para passarem o dia.

No entanto, assim que ele estaciona o carro, em um lugar tranqüilo, na beira de uma montanha com vista para as colinas de terras cultiváveis, e se vira para Nest, a timidez volta e ela contempla a paisagem através do pára-brisa, incapaz de fitá-lo.

— Você acha que isto é meio precipitado? — pergunta ele, com suavidade. — Não que não esteja feliz em vê-la, claro.

Ela o olha de relance, preocupada com a sua pergunta, tão obviamente ansiosa por renovar a confiança, que ele segura seu rosto e a beija até ela sentir a cabeça palpitar e abraçá-lo. Ele segura suas mãos com carinho, unindo-as em silêncio.

— Eu trouxe um piquenique — diz Connor, com a voz deliberadamente suave —, feito com os ingredientes apropriados, pode crer, ou o mais próximo que pude chegar do que você consideraria adequado para esta ocasião. Embora néctar esteja em falta e não tenha encontrado flor de lótus...

Nest ri, apaixonada, mas ele ainda não tinha terminado.

— Vai ser um dia perfeito — afirma ele, mais sério —, mas será o último, mocinha, até eu conhecer sua família. Não faça isso comigo de novo.

Ela promete, aliviada e feliz demais para protestar; entretanto, apesar de o piquenique estar delicioso e a luz do sol os abençoar com seu calor, alguma coisa — que ela não consegue definir bem — está diferente. A tranqüilidade que haviam compartilhado desapareceu, juntamente com a magia das férias, no momento em que a realidade golpeou o amor romântico dos dois. O manto invisível que aparentemente os protegeu e encobriu em Exmoor parece estar desabando, e, quando ela sugere que eles procurem um lugar para tomar chá, Connor não fica muito entusiasmado. Na pequena casa de chá, ele se retrai ainda mais: a intimidade desaparece, seu tom é superficial, divertido, social. Nest se sente como uma colegial que está recebendo um prêmio de um membro mais velho da família, um primo, talvez, e, quando vai ao banheiro, olha-se no diminuto espelho, fita o vestido *chemisier*, pensando consigo mesma se parecia jovem demais ao lado da maturidade elegante e confiante dele. Quando volta, capta também o olhar de cumplicidade que a garçonete lança para ele e se pergunta, com um novo temor apertando-lhe o coração, se em sua ausência Connor estivera flertando com a jovem. Seu manto invisível havia desabado, sem dúvida alguma; *Oh, como pareciam distantes, agora, a praia e a charneca; como seu amor então parecia fácil e natural.*

— E então? — indaga Connor, já no carro, sem se dar conta de seu estômago embrulhado e sua autoconfiança destruída. — Você vai me dar um endereço ou telefone para que eu possa conhecer sua família?

Ela faz que sim, triste, e ele coloca um dedo sob o seu queixo para virar seu rosto para ele.

— Se você ainda quiser — sussurra Nest, e ele ri e a beija.

— Juro — declara ele — que sim. E agora, a quem devo visitar? Você tem irmãs em Londres, não seria a melhor opção?

— Não, acho que você deveria conhecer minha mãe e Mina primeiro. — Ela se sente melhor agora, sentando-se mais reta, afastando seus temores tolos, envergonhada consigo mesma: ele quer que tudo seja feito às claras, e ela não hesitara em julgá-lo mal. — Mas elas estão tão longe.

— Eu vou passar outro fim de semana em Porlock. Posso dar um pulo lá.

— O que vai dizer? — Ela o fita, fascinada com sua despreocupação.

— Ah, isso não vai ser complicado. Vou dizer que a conheci numa festa, por intermédio de sua amiga Laura, e que você me falou para passar em Ottercombe quando fosse a Porlock. O que acha?

— Acho perfeito! — Nest se sente revigorada, muito feliz. — Elas vão adorar você, claro.

Ele sorri secamente.

— Claro. E você podia escrever para elas, contando que conheceu um sujeito que deve fazer uma visita. Pode citar Porlock, mas não dê detalhes; diga que foi uma coincidência e coisa e tal. Mas não vamos manter contato até eu ir lá. Você me promete?

— Prometo sim. Mas como...

— Sem perguntas. Deixe comigo. Você não confia em mim, mocinha?

— Claro que sim. — Ela se derrete toda para ele, ansiando por seu abraço, fraca de desejo.

— Vou levá-la de volta — ele diz, por fim —, e você não faz idéia do quanto isso está me custando. Eu devia receber uma medalha por isso!

Penteie o cabelo e se prepare para encontrar com aquela sua amiga de olhos arregalados. Isso. E me dê um último beijo. Vamos nos despedir aqui, não em público, na estação...

— Eu o amo — sussurra Nest, usando as palavras pela primeira vez, mas ele está ocupado dando ré no carro e não a ouve.

CAPÍTULO VINTE E UM

Foi só na sexta-feira à noite que Lyddie reuniu coragem para conversar com Liam sobre sua idéia de instalar um sistema de aquecimento central. Assim como nas noites de sábado havia uma atmosfera especial no Aconchego, também nas de sexta-feira reinava a descontração, e uma atmosfera festiva, de fim de semana, tomava conta do lugar. Quando ela chegou, o restaurante já estava apinhado, mas Joe acenou com animação para ela e muitos clientes pararam Grumete para lhe dedicar atenção especial, admirados com o seu tamanho e fazendo perguntas sobre sua alimentação e a quantidade de exercício que requeria. Para sua surpresa, Liam já estava sentado no recanto e esticou o braço a fim de puxá-la para que se acomodasse ao seu lado.

— Que barulheira! — exclamou ele. — A clientela da sexta à noite é muito arruaceira. Vou acabar tendo que aumentar os preços!

— Acho legal — disse ela, beijando-o. — Está agradável, embora pareça mais cheio do que o normal. Estava me esperando?

— Estava — respondeu ele. — Alguém está comemorando o aniversário e acho que vou fazer o nosso pedido antes que eles decidam jantar. Assim, depois o Joe pode tirar uma folguinha.

— Por mim, tudo bem. — Ela permitiu que ele a ajudasse a tirar o casaco. — A gente caminhou muito e estou faminta.

— Eu me sinto culpado por ter te dado este bicho — disse Liam, inclinando-se para acariciar Grumete, que se havia acomodado no lugar de sempre, no final da mesa. — Toda essa caminhada que é obrigada a fazer!

— Eu preciso! — Lyddie dobrou o casaco e o colocou no banco oposto, junto com sua bolsa. — Lembre-se de que eu passo o dia todo sentada. Uma longa caminhada pela manhã e outra à noite fazem bem para mim e para o Grumete. Além do mais, se eu não caminhasse, ele ficaria impossível. Ele ainda é muito novinho. Se eu não o deixasse cansado antes de começar a trabalhar, ele ficaria um saco. Por sorte, é muito calmo e grandalhão, daí adora descansar bastante durante o dia.

Ela percebeu que ele estava distraído, olhando para o bar, para onde ela também dirigiu sua atenção. Uma loura bonita estava trabalhando ao lado de Joe, e, enquanto eles ainda estavam olhando, Joe sorriu de maneira tranqüilizadora para Lyddie, que fez uma careta para ele, fingindo estar espantada.

— Quem é ela? — Lyddie se virou para Liam, surpresa.

— É a nossa nova garota, Zoë. Ela já trabalhou nisso antes e está entusiasmada, mas, como é a primeira noite dela, estamos de olho.

— É a substituta de Rosie?

Ele assentiu, observando Zoë atender um cliente.

— Parece que ela é competente, mas ainda é cedo demais para dizer.

Lyddie conteve o impulso de exclamar "Não sabia que já tinha substituído Rosie!" e viu Joe anuir com a cabeça para Zoë. A jovem fez uma pergunta a Joe e ele se inclinou para lhe mostrar algo debaixo do balcão; suas cabeças ficaram próximas.

— Bem — disse Lyddie, pensativamente —, de repente ela vai substituir Rosie em outros aspectos também.

Liam sorriu.

— Sempre romântica. E por que não? E aí, o que vai pedir?

Eles ficaram ali juntos, de forma amistosa, ora conversando, ora observando o ambiente sempre dinâmico diante do recanto. Quando terminaram a refeição, Liam ficou no lugar de Joe, no bar, para que ele pudesse jantar.

— Como está indo a Zoë? — perguntou Lyddie, assim que ele se acomodou no banco à sua frente. — Ela parece ser eficiente.

— É boa. Tem experiência; só vai ter que descobrir onde as coisas estão e se acostumar com o ambiente e tudo o mais.

Lyddie o observou enquanto ele saboreava o fettuccini, ansiando por perguntar como ele realmente estava, querendo saber se tinha alguma notícia de Rosie. Ele levantou os olhos, notou sua expressão e sorriu para ela.

— Tudo bem com você? — Lyddie retribuiu o sorriso. — Parece estar cansado.

Ele arqueou a sobrancelha.

— Grande novidade! Estou cansado *mesmo*! De saco cheio de trabalhar catorze horas por dia!

— Ainda não dá para contratar um gerente?

Ele meneou a cabeça, advertindo-a:

— Não vou enveredar por aí. Não gosto de meter a colher em briga de marido e mulher. Mas acho que um dia vai dar para contratar alguém.

— Tomara. — Ela deu uma olhada para o bar, observando Liam contar uma piada para um dos clientes. Eles riram para valer, felizes e relaxados, e Lyddie soltou um suspiro. — Acontece que o Liam nunca parece se cansar. Muito pelo contrário, acaba adquirindo forças aqui; quanto mais trabalha, mais se enche de energia. Estranho, não?

— Tem muita gente igual ao Liam — respondeu ele. — Acho que é uma coisa genética. Uma força motriz. Se essas pessoas param, têm um troço!

— Nem me fale! — retrucou ela. — Não quero que a gente passe a vida inteira assim. Quero que tenhamos tempo de ficar juntos de vez em quando, tirar férias, formar uma família, esse tipo de coisas. Como as pessoas comuns fazem.

Ele a olhou com comiseração.

— Mas o Liam não é uma pessoa comum — disse, com suavidade. — Algo o impulsiona. Você já devia saber disso a essa altura.

— E sei — disse ela. — Pode ter certeza.

Quando Liam veio se sentar com ela de novo, e Joe desapareceu, levando o prato para a cozinha, o magnetismo de seu marido parecia uma chama, fazendo-se sentir até a ponta de seus cabelos. Ele a beijou, carinhoso e cheio de malícia, colocando um braço em seus ombros, e Joe sorriu ironicamente para eles ao passar pela porta de vaivém da cozinha.

— Vocês deviam colocar uma cortina aí, para algumas ocasiões — sugeriu ele. — É indecente a forma como se comportam em público. — E eles sorriram para ele, enquanto Liam se inclinava para dar outro beijo em Lyddie.

— A atmosfera aqui sobe na sua cabeça! — exclamou ela.

— E não só a atmosfera — respondeu ele. — Eu já disse que você está uma gata esta noite?

Mickey trouxe café para eles e continuaram ali juntos, sorvendo-o de forma amistosa.

— Eu tive uma idéia mais cedo — comentou Lyddie, por fim —, sobre a instalação de um sistema de aquecimento central. Você tem razão sobre a temperatura gelada do meu estúdio. Sei que poderia usar um aquecedor elétrico, mas é supercaro. E se a gente encarasse a situação de frente e instalasse a calefação adequada? Isso acabaria valorizando mais a casa, não?

— Com certeza. — Ele estava olhando para o café, mexendo-o, pensativo. — Mas você tem idéia de quanto vai custar?

— Não — respondeu ela, devagar —, mas podíamos fazer um orçamento. — Pausa. — Eu poderia usar o dinheiro da casa. O que você acha?

Outra pausa. Lyddie o olhou de relance; ele ainda estava mexendo o café, a colher fazia movimentos circulares e constantes, e ela teve a impressão de que Liam não estava prestando atenção nela, de que sua mente estava em outro lugar. Por um lado, ficou aliviada por ele não ter vetado a idéia de imediato ou perdido a cabeça; por outro, ficou intrigada. Porém, antes que pudesse repetir a pergunta, ele disse:

— É uma idéia. — Tomou um gole de café e se recostou, aproveitando para dar uma espreguiçada e esboçando um sorriso. — Com certeza é uma idéia.

Ela respirou fundo, sentindo-se relaxar.

— Bom — disse.

— Tenho que dar atenção aos clientes — informou, deixando escapar uma risada repentina. — Como foi que você chamou isso? Meu passeio majestoso? — Tomou um pouco mais de café e se levantou. Ao passar espremido por Lyddie, ele sorriu para ela, piscando um olho. — Já volto.

Ela se sentou à vontade, mais aliviada agora que o momento havia passado, ainda atônita com a afabilidade dele. Depois de se servir de mais café, continuou ali, observando-o cumprimentar os clientes: um aceno aqui, um tapinha no ombro ali, um elogio a uma mulher bonita, um bate-papo mais longo com os clientes favoritos. Após alguns instantes, sentiu que alguém estava olhando para ela e, ao dar uma olhadela para o bar, percebeu que Joe a contemplava com uma expressão peculiar, ao mesmo tempo afetuosa e compassiva.

Mina organizou com cuidado as peças no tabuleiro de gamão, colocando os dados nos copinhos de couro enquanto esperava que Nest posicionasse sua cadeira de rodas de forma confortável. No canto da sala, o Inspetor Morse e o fiel Lewis estavam resolvendo algum crime em Oxford, e Georgie assistia a tudo, atenta e animada, murmurando algo de vez em quando.

Como Mina jogou um cinco e Nest um dois, a irmã mais velha começou a mover suas peças.

— Georgie entrou no meu quarto de novo ontem à noite. — Nest falou tranqüila e normalmente, sabendo que o barulho da televisão abafaria suas palavras, evitando chamar atenção com um tom de voz conspiratório.

— Essa não! — Mina balançou o copinho ao recolocar os dados, observando Nest com ansiedade. — O que aconteceu?

— Eu ainda não movi nenhuma peça! — Nest jogou os dados. Quatro duplo. — No início, achei que estava sonhando. Sabe como é quando a gente toma um comprimido para dormir, não sabe? A gente se sente entorpecida. — Ela começou a mover suas peças. — Georgie me confundiu com mamãe e achou que estava deitada na ante-sala. Não entendeu por quê.

Agora era a vez de Mina jogar os dados: seis e quatro. Ela franziu o cenho, olhando para o tabuleiro.

— Georgie disse alguma coisa... bem, disse alguma bobagem? — A mão de Mina pairou sobre uma peça.

— Disse que sabia qual era o segredo de mamãe e perguntou se podia contá-lo.

A mão de Mina tremeu ligeiramente; ela moveu a peça, rápido, e, em seguida, colocou ambas as mãos no colo.

— E ela revelou alguma coisa? — indagou, em tom casual. — Revelou esse segredo?

Nest fez sua jogada, capturando uma das peças vulneráveis de Mina.

— Não — respondeu ela. — Consegui evitar. Ela estava inclinada sobre mim, sabe, sussurrando.

Nest reparou que Mina estremeceu um pouco quando jogou os dados.

— Deve ter sido horrível!

— Foi mesmo! Eu a agarrei e, então, expliquei que era eu, Nest!

— Ah, só eu mesma para jogar um duplo seis quando não posso utilizá-lo! Sua vez. E então, o que foi que ela disse?

— Ficou quieta por algum tempo. Depois disse "Eu também sei de um segredo seu" ou algo assim. E me perguntou: "Quer que eu conte?"

Com habilidade, Nest moveu suas peças para salvá-las do perigo iminente e ergueu o olhar para a irmã. Mina parecia velha e cansada; sua fragilidade a encheu de amor e remorso.

— E contou? — Mina quase não conseguiu pronunciar as palavras. — Contou para você o que ela sabe?

— Não. — Nest meneou a cabeça. — Eu dei um grito. Bem, acho que dei. Tudo estava tão confuso, mas talvez tenha sido bobagem minha. Estou começando a achar que seria mais lógico se a confrontássemos e descobríssemos exatamente o que *de fato* sabe. Se é que sabe de algo.

— Não — disse Mina, rápido. — Não acho uma boa idéia.

Elas se entreolharam em meio ao jogo esquecido, e, de súbito, o som ensurdecedor de música alta e de comerciais tomou conta do ambiente. Nest se retraiu e, tão repentinamente como tinha aumentado, o barulho da televisão cessou.

— Sinto muito! — desculpou-se Georgie, animada. — Eu apertei o botão errado! — Ela se levantou e caminhou até as duas. — Eu já vi esse programa antes. O culpado é o professor universitário. Engraçado, não é mesmo? Quem ia imaginar que essas coisas acontecem em Oxford! Sempre achei que os professores dessa universidade fossem pessoas muito *respeitáveis*! — Georgie as perscrutou com os olhos brilhantes. — Devo buscar a bandeja durante os comerciais? O café já está quase pronto, não? É só colocar a água fervendo na cafeteira?

Ela se retirou. Nest mordeu os lábios, e Mina se inclinou para tocar em sua mão.

— Eu estava sonhando com Connor, sabe. — Ela falou rápido. — Recordando-me daqueles anos após a guerra, da ida de Timmie a Sandhurst. Mina, você se lembra do dia em que Connor veio visitá-la aqui pela primeira vez?

Mina suspirou lentamente e seu olhar distanciou-se da face de Nest, voltando para um dia longínquo de junho.

— Lembro sim — respondeu ela, com amabilidade —, claro. Nós tínhamos ido para o jardim, após o almoço. Eu estava colocando plantas no canteiro, e Henrietta conversava comigo. Ela tinha levado uma cadeira de jardim e estava sentada, fumando, conversando, enquanto eu trabalhava. Mamãe havia ido descansar. Henrietta estava aborrecida porque mamãe desaprovara a calça esportiva dela. Sabe como mamãe era antiquada com esse tipo de coisas, não é? Eu achei que era muito bonita, de linho azul-marinho, elegante. Corte impecável, evidentemente, e ela trajava uma blusa amarelo-escura...

— Prossiga — pediu Nest, séria. — Posso imaginar a cena.

— Bem, Connor veio andando pela rampa da entrada, e nós, obviamente, não tínhamos a menor idéia de quem era, mas aí ele se apresentou e explicou que poderia ter dado uma impressão equivocada se tivesse aparecido de repente, de carro e coisa e tal. Pediu desculpas por chegar de forma inesperada, mas disse que estava passando por ali, que havia conhecido você em uma festa e que você o convidara para fazer uma visita. — Ela fez uma pausa, relembrando, esforçando-se para reavivar a memória.

— E aí? — sussurrou Nest, com insistência, tentando ouvir Georgie.

— Henrietta ficou encantada com ele. Levantou-se, disse algo do tipo "Não sabia que minha irmãzinha tinha tamanho bom senso, e se apresentou. Ele pegou sua mão e fez uma reverência, e ficou claro... — A voz de Mina estava se arrastando, hesitante.

— *Continue!* — pediu Nest, com firmeza.

— Ficou claro que ele ficou caído por Henrietta. Devo dizer que ela estava linda. Era o ideal de beleza da mulher britânica. Uma Grace Kelly morena. Foi como se ele tivesse ficado cego de repente. O verdadeiro amor à primeira vista; eu soube reconhecê-lo porque já tinha acontecido comigo uma vez. Connor apertou minha mão completamente atordoado. Eu ofereci chá, e ele aceitou de bom grado. Oh, era encantador, com aquele jeitão irlandês, e Henrietta o levou para que a ajudasse a preparar o chá. Acho que ficou com medo de que eu flertasse com ele. — Mina fez uma pausa. — Lembre-se — ressaltou ela — de que Connor era muito mais da nossa geração que da sua.

— Você não precisa me lembrar disso — disse Nest, com amargura. — Quando ele cravou os olhos em Henrietta, devo ter parecido uma colegial inexperiente e tímida. Foi o que ele afirmou quando escreveu para mim, sabe? Não com essas palavras, mas foi o que quis dizer. Ah, não chegou a dizer que estava namorando Henrietta, de maneira alguma, isso eu vim a descobrir muito mais tarde, mas falou da diferença de idade entre nós. Acho que usou a expressão "papa-anjo". Ele me levou para tomar chá primeiro, está lembrada? Quis fazer tudo como manda o figurino e me dizer diretamente e, depois, me escreveu, para confirmar, por assim dizer. Acho que suspeitou que eu me recusaria a aceitar, que continuaria a ter esperanças, e tinha toda razão. Na carta, voltou a repetir tudo o que tinha dito naquela maldita casa de chá, que havia pensado muito e se dera conta de que seria incorreto da parte dele dar continuidade à nossa amizade. Afirmou que a forma romântica como nos conhecêramos dera uma falsa impressão do relacionamento e que eu logo perceberia que o que sentia por ele não passava de uma paixão passageira, um encantamento de colegial. Foi gentilíssimo. — Ela fitou Mina, do outro lado do relegado tabuleiro de gamão. — Decorei todas as palavras daquela carta — acrescentou, desolada.

— Aqui está! — Georgie tinha voltado, trazendo a bandeja. — Ah, já começou! — Mina e Nest observaram, constrangidas, o gesticular mudo do Inspetor Morse. — Vocês deviam ter me avisado! — Ela lançou um olhar repreensivo para as duas.

— Bem, como já assistiu a esse programa antes, tenho certeza de que não terá dificuldade para acompanhá-lo — disse Mina, com calma. — Acabamos nos empolgando com o jogo.

Georgie colocou a bandeja na mesinha perto da lareira e foi dar uma espiada no tabuleiro.

— Está meio bagunçado — criticou. — Lembra-se daquela vez em que ganhei de você, Mina?

— Ahã — respondeu ela, sorrindo. — Lembro sim. Você foi muito esperta. É melhor ir assistir ao Morse; enquanto isso, vou servir o café e preparar o chá de Nest.

Capitão Gato e Dom Arisco vieram de suas camas, as orelhas erguidas em expectativa, e ela lhes deu um pedaço de biscoito, conversando com carinho com eles e aproveitando para levar um biscoito para Lady Polly, que ainda estava encolhida em sua cama. Quando voltou para a mesa de jogo, com seu café e o chá de ervas de Nest, o momento de troca de confidências havia passado e elas jogaram em silêncio, cada qual perdida em seus pensamentos sobre tempos remotos, até o jogo terminar.

CAPÍTULO VINTE E DOIS

Quando Helena e Rupert chegaram, no final da manhã de sábado, as três irmãs já estavam bastante aflitas. Dependendo de seu humor, Georgie ora criticava impulsivamente a arrumação feita para acomodá-los, ora demonstrava petulante indiferença, como se tivesse se lembrado, de repente, do motivo exato pelo qual estava em Ottercombe. Nest havia dormido mal, revivendo aqueles dias de rejeição de Connor, e, como se recusara a tomar outro comprimido para dormir, parecia exausta. Mina, seguindo em frente com firmeza, ignorando as mudanças de humor de Georgie, mas ansiosa por causa de Nest, ainda tentava decidir se deveria ou não insistir para que levassem Georgie dali.

Na noite anterior, ela enviara um e-mail para Elyot:

De: Mina
Para: Elyot

Meu querido amigo, estou totalmente pasma. Não restam dúvidas de que Georgie abriu a caixa de Pandora e os fantasmas do passado ressurgiram. Ou será que estou exagerando nas metáforas? Primeiro eu e Tony Luttrell, agora Nest e Connor. Não sei bem que atitude deveria tomar agora...

De: Elyot
Para: Mina

Agüente firme e espere o momento certo chegar, antes de tomar uma providência. Cedo ou tarde a situação vai se resolver, portanto é preciso ter paciência para deixar a maré seguir. Oh, céus! Como isso soa simplista — falar é fácil, fazer é que são elas! E eu não sei disso? Não desista, minha querida amiga, e me conte depois como foi o seu dia, se ainda tiver energia quando ele terminar...

Então Mina fora deitar, determinada a seguir o conselho dele, segurando o rosário de madeira entalhada de sua mãe, deixando as contas deslizarem por seus dedos, até sua mente cansada se tranqüilizar mais e ela adormecer. Embora tivesse acordado renovada, surpreendentemente calma, as alterações de humor de Georgie e a expressão de sofrimento resignado de Nest suscitavam uma ansiedade que ela não conseguiu controlar. Foi quase um alívio quando Rupert e Helena chegaram e as três foram saudá-los.

— Mãe! — Helena saiu com entusiasmo do carro e caminhou depressa até Georgie, como se as duas tivessem se mantido afastadas há meses. — *Tudo bem* com você? — Ela a segurou, mantendo certa distância. — Está com a aparência *ótima*!

Sua expressão radiante e carinhosa contrastava com o semblante contrariado e alerta de Georgie, e Nest sentiu uma vontade incontrolável de dar uma gargalhada histérica. O olhar de Nest encontrou-se com o de Mina, mas a irmã mais velha a fitou apática, desafiando-a a rir, apesar de Nest saber que ela também estava contendo o riso. Rupert se aproximou, após ter trancado o carro e acionado o alarme, sorrindo com amabilidade para elas. "Será que ele pensa que há ladrões de carro escondidos no jardim?", perguntou Mina mais tarde, aborrecida. Deu um beijo leve no rosto de cada uma delas e pegou a mão inerte de Georgie.

— E aí, sogrinha? — perguntou, com alegria, com uma condescendência brutal, semelhante à de um professor veterano que se dirige a um aluno jovem e tolo. — A senhora tem se comportado direitinho?

Georgie o fitou: a humilhação levou-a a endireitar os ombros e contrair o maxilar; as maçãs pálidas de seu rosto enrubesceram. Ela soltou a mão, firme mas educadamente, e virou as costas para ele.

Mina e Nest se entreolharam. "Percebi naquele momento", comentou Nest, depois, "que não podíamos pedir que a levassem. Meu Deus! Ele é um bocó presunçoso!" As duas começaram a falar, convidando todos a entrar.

Era evidente que Helena tinha vergonha do comportamento arrogante de Rupert, embora se recusasse a se colocar contra ele. Boa parte dos comentários ríspidos que Georgie fizera no decorrer dos anos havia corroído o amor que Helena sentia por ela, levando-a a manter apenas uma quantidade mínima de amor filial pela mãe, que sempre negara qualquer tratamento diplomático ou generoso no que dizia respeito à filha e ao genro. Helena sabia muito bem que o marido não se esforçava para ser agradável com sua mãe e sua família, e, apesar de se sentir constrangida com essa situação, compreendia que o comportamento antipático de Rupert na presença de Georgie era o resultado das humilhações que ele enfrentara nas mãos da sogra no passado.

Georgie já escutara as palavras "quem semeia vento colhe tempestade", mas nunca lhe havia ocorrido que elas se aplicariam, no fim das contas, diretamente a *ela*; naquele momento, entrou na casa, mortificada, ressentida e impotente. Embora Mina tivesse uma noção da lógica que permeava o comportamento dos três — e uma certa compaixão tanto por Helena como por Rupert —, era vítima da solidariedade entre irmãs, e ficou aliviada ao ver que Nest, pelo mesmo motivo, apoiava Georgie com firmeza.

Pelo visto, Elyot tinha razão: o momento certo havia surgido e a situação fora resolvida antes mesmo de elas pensarem em algo. E nada as fez mudar de idéia. O encontro, que tivera um início desagradável, continuou a se deteriorar. Helena, ao se recusar a censurar a eterna arrogância de Rupert e, ao mesmo tempo, tentar resgatar o orgulho de Georgie, saiu perdendo. Sua ânsia de proteger o marido e atenuar o mal-estar com a mãe foi difícil de presenciar, e, após o almoço, Mina informou que levaria os cachorros para passear na praia. Durante um breve instante, Nest se sentiu tentada a quebrar sua regra auto-imposta e a pedir para acompanhá-la; no entanto, Mina, sem saber disso, informou que aquela era a hora de descanso de Nest.

— Acho que vocês três gostariam de ficar algum tempo a sós — disse animada, e, sem esperar que alguém concordasse com essa afirmação otimista, pegou a cadeira de Nest e a empurrou com firmeza para fora da sala de visitas, levando-a ao seu quarto e fechando a porta.

Por alguns instantes as duas se entreolharam com apreensão, quase como se temessem que um deles viesse correndo atrás delas; por fim, Nest soltou um suspiro de alívio e Mina se jogou na cama da irmã.

— Já se deu conta de que ainda temos quase *vinte e quatro* horas de martírio pela frente? — perguntou Nest.

— Nem me fale! — exclamou Mina. — Nem me fale! Pelo menos você pode dizer que está cansada ou indisposta e se retirar.

— Coitada de Georgie — disse Nest. — Oh, não foi horrível? Ela parecia estar tão humilhada!

— É verdade. — Mina hesitou por alguns instantes, perguntando-se se deveria tentar expor o ponto de vista de Rupert e Helena, mas acabou preferindo não dizer nada. Foi como se sua prece tivesse sido atendida, e, nesse caso, seria errado agora complicar a situação. — Coitadinha! Acho que, no fim das contas, será melhor mesmo para a pobre ir para aquele asilo.

— Eu também acho — concordou Nest, de imediato. — De qualquer forma, você ouviu quando Rupert disse que iam tirar uma semana de férias? Parece que não temos alternativa. Francamente, Mina, Rupert é o *fim da picada*!

Elas conversaram um pouco mais; entretanto, quando Mina foi caminhar, a decisão já havia sido tomada.

De: Mina
Para: Elyot

... e, para ser sincera, não aconteceu nada que nos fizesse mudar de idéia. É muito triste ver que os três não têm uma boa relação; porém, já está tarde demais para mudar a situação, e, além do mais, Georgie só vai ficar conosco mais três semanas. Foi estranho, e muito agradável, ver Nest mudar de opinião em face da humilhação de Georgie. Torço para que nada aconteça agora que a faça se arrepender. Não posso imaginar nada que provocasse tal infortúnio...

Às dez e meia da manhã, na segunda-feira, após uma longa caminhada às margens do córrego de Malpas e em torno do lago artificial, já em casa, Lyddie acomodou Grumete, exausto, no jardim, checou sua tigela de água e lhe deu um biscoito. Ele a olhou de forma patética, com as orelhas abaixadas, mas ela o afagou de leve e lhe deu um beijo rápido no focinho.

— Não vou demorar muito — disse a ele —, mas eu simplesmente *preciso* comprar umas roupas novas e não posso levar você junto. Pode tirar uma soneca longa e relaxante; quando eu voltar, a gente passeia mais. *Bom* garoto!

Ele a observou voltar para a cozinha e escutou a chave girar na fechadura; quando ouviu a porta da frente bater e os passos dela se afastando, deu um longo suspiro e começou a saborear o biscoito. Dez minutos depois, estava dormindo profundamente.

Ao passar pela rua Pydar, Lyddie escutou o sino da catedral bater, indicando as horas: dez e quarenta e cinco. Era uma manhã clara e fria de outubro e ela estava feliz por ter vestido a jaqueta de lã, embora o ar gelado fosse revigorante. Apesar da longa caminhada com Grumete, ela se sentia cheia de energia e estava desfrutando de uma sensação de liberdade. Um autor atrasara a entrega de seu manuscrito, um longo romance, e Lyddie se achava agora na situação inusitada de ter reservado duas semanas e não ter trabalho. Por algum motivo que não podia explicar, não mencionara nada a respeito desse imprevisto a Liam: decidira espairecer, fazer compras e talvez até dar um pulo no Aconchego na hora do almoço, o que raramente fazia.

Passou algum tempo em uma loja de cosméticos e depois em uma de roupas, onde comprou uma linda blusa curta de lã e seda e hesitou na hora de adquirir uma elegante saia verde-escura, de merino macio.

— Vou pensar um pouco mais — disse à vendedora, risonha. — Não, não me tente mais! Pode pendurá-la. Vou tomar café e pensar nisso.

Ela saiu ao ar livre, apressada, de volta à rua Boscawan, perguntando-se se deveria dar uma olhada na loja de departamentos Jaeger, na rua Lemon, antes de tomar uma decisão sobre a saia. Havia uma pequena fila no banco e ela consultou o relógio ao esperar para tirar dinheiro: já eram quase onze e meia. Seria melhor tomar café na confeitaria da rua Lemon ou ir até o Terraço? Lyddie colocou o cartão na máquina, digitou sua senha e esperou. Claro, podia tomar café no Aconchego — porém, quase no mesmo instante, desistiu da idéia. Era muito mais provável que Liam tirasse meia hora para almoçar com ela do que para tomar café. Afinal, ele teria de parar para comer em algum momento — e seria divertido passarem mais tempo juntos.

Nos últimos dias ele estava de muito bom humor: divertido, afetuoso, apaixonado. Ela passou a achar que o sinal de "Trânsito Impedido" entre eles estava começando a perder a força e que, afinal, um novo caminho estava se abrindo à sua frente. Lyddie chegara à conclusão de que já estava quase na hora de conversar com Liam sobre sua vontade de ter um filho, de sugerir que já era tempo de começarem uma família. Ao pôr o dinheiro na bolsa, dar uma espiada na blusa nova e lembrar-se da noite passada, com suas longas e lânguidas horas de paixão sublime e ardente, Lyddie pensou: *Estou* feliz. Ficou parada, consciente apenas de sua pura felicidade, e por alguns instantes nada mais existiu, a não ser essa sensação agradável. O sujeito atrás dela, na fila, mudou de posição e pigarreou, e Lyddie deu um belo sorriso para ele antes de se virar.

Estava passando pela travessa da catedral quando os viu: Liam e Rosie, de frente um para o outro, no lado oposto do acesso. Seu marido estava com as mãos erguidas, numa atitude de rejeição, e Rosie parecia estar protestando. Lyddie continuou a caminhar; foi só quando parou para olhar a vitrine de uma loja de departamentos que a imagem voltou à sua mente e ela se deu conta do que vira. Será que tinha visto aquilo mesmo? Voltou à travessa no momento em que Liam se virou, dirigindo-se ao Aconchego, com Rosie encarando-o. Ela estava com uma expressão derrotada, frustrada e pôs as mãos nos bolsos antes de olhar ao redor e ver Lyddie. Então ficou tensa e hesitou; vendo que não tinham escolha, uma foi ao encontro da outra. Cumprimentaram-se em frente à loja de brinquedos Abacus.

— Rosie — disse Lyddie, calorosa —, que bom ver você! Fiquei triste quando soube que tinha... saído. Tudo bem?

Rosie lhe lançou o tão familiar olhar intenso e calculista, e então deu um sorrisinho irônico.

— Quer saber se *está* tudo bem? — indagou ela. — Boa pergunta!

— Ah, caramba! — Lyddie sentiu a um só tempo empatia e culpa, supondo que Rosie tivesse pedido para voltar a trabalhar e Liam houvesse recusado. Perguntou-se até que ponto a separação de Joe tinha a ver com a saída dela do Aconchego e se a jovem lamentava essa situação. — Olhe, eu ia tomar um café. Você não quer vir junto?

— Por que não? — Rosie parecia estar tão hesitante quanto Lyddie. — Está bom. Vamos para o Terraço.

Decorado com espelhos e móveis de junco pintados de branco e heras penduradas em cestinhos na parede, o Terraço era um local charmoso, mas totalmente diferente do Aconchego.

— Eu sempre me sinto um pouco culpada quando venho aqui — comentou Lyddie, quando já tinham colocado o café diante delas, em uma mesinha redonda. Deu uma risada. — É como se eu estivesse sendo infiel, entende o que quero dizer?

— Bem, mas você não tem que se preocupar com isso, tem? — perguntou ela, petulante.

Lyddie ficou intrigada, sentindo uma leve provocação por trás da pergunta feita de modo casual.

— O que quer dizer? — indagou.

— Quis dizer o seguinte: por que *você* deveria se preocupar por estar sendo infiel? — Rosie a observou, séria, e então deu de ombros, impaciente. — Quis *dizer* — ela enfatizou a palavra, tentando indicar que Lyddie estaria sendo idiota sem necessidade — que você é casada com o especialista.

— Não estou entendendo — Lyddie tentou falar com delicadeza. — Sinto muito. Olha, parece que está meio perturbada...

— Não, quem tem que olhar é *você*! — Rosie se inclinou para a frente, bloqueando a visão de Lyddie dos outros clientes. — Abra os olhos um pouco, pra variar! Poxa, já está na hora! Sempre achei que você devia saber... — Recostou-se de novo, estreitando os olhos, avaliando-a. — Talvez você *já* saiba que o Liam está te traindo.

Lyddie sorriu, incrédula.

— Traindo...?

— Ah, pelo amor de Deus! — Rosie desviou o olhar por um momento, entrelaçando as mãos com um movimento peculiar, e então a fitou. — Joe sempre dizia que você não sabia de nada, mas eu não acreditava nele. Caramba, Lyddie! Você vê como ele trata as clientes, as mulheres!

— Vejo sim — concordou Lyddie, com cuidado —, e *realmente* me perguntei se ele tinha ficado com uma ou outra antes do nosso casamento...

— Uma ou outra? — Rosie deu uma risada curta e explosiva. — Deus do céu! E as outras?

— Não acredito em você. — Lyddie se mostrava bastante calma, embora sentisse o estômago totalmente revirado. — Ah, não no que diz respeito a Liam sair com outras mulheres antes. Era um cara livre; então, por que não? Mas acho que só está dizendo isso porque ele não quis contratar você de novo...

— Nós somos *amantes*, Lyddie. Eu e o Liam. Já éramos amantes muito antes de você aparecer no Aconchego naquele *maldito* verão e virar a cabeça dele com esse seu jeitinho classudo...

— Mais um motivo para estar...

— Ah, por favor — interrompeu Rosie, enfastiada. — *Por favor*, não vamos fingir que estou fazendo o papel da mulher desprezada, está legal? Deixei o Aconchego por livre e espontânea vontade. Admito que eu e o Liam não ficamos juntos no ano passado; a gente deu um tempo depois que ele se casou com você, mas, agora, tem sangue novo no pedaço. Ah, ele não me despediu, o Liam não é assim. Para ele, quanto mais, melhor. É chegado a um harém. Dá um toque especial, um pouco de competição. Caramba! Lyddie, não faça essa cara. Onde acha que ele estava quando dizia que ia para o banco ou para o mercado atacadista?

— E o Joe?

— O Joe? — Rosie ficou surpresa com a pergunta e meneou a cabeça. — Você realmente precisa ser convencida, não é mesmo? A minha relação com o Joe nunca foi muito séria, a não ser por um curto período, logo depois que você e o Liam se casaram. Quando voltei a transar com o Liam, o Joe continuou a fingir, porque não queria que você se magoasse. Ficou furioso, mas não podia fazer nada. Eles são sócios e pronto. O Aconchego é mais importante para eles do que qualquer pessoa. Você já se deu conta disso, não? Eu disse para o Joe que ia contar para você antes que uma das outras galinhas que saem com o Liam abrisse a boca, mas ele ficou puto da vida comigo. Era por isso que a gente estava discutindo naquela noite chuvosa em que você apareceu. — Ela desviou o rosto da face pálida de Lyddie. — *Não* é despeito — disse de imediato. — É que... Você precisava saber antes que algo mais acontecesse e alguém decidisse meter o Liam numa fria. Ele é muito carismático, mas tem muita transa espalhada por aí, e uma delas podia pôr as manguinhas de fora e resolver se vingar. Você não é muito popular, sabe, por ter entrado na parada e fisgado o cara bem debaixo do nosso nariz.

Lyddie ficou calada; chegou até a tomar um pouco de café, embora a mão tremesse e a xícara trepidasse quando a colocou no pires. Rosie a observou com consideração e admiração.

— Não sei se acredita em mim, mesmo agora — prosseguiu ela, inclinando-se para a frente de novo. — Mas me diz uma coisa: — pediu, casualmente — você concordaria comigo se eu dissesse que nestes últimos dias, desde, digamos, quinta-feira, o Liam tem andado todo satisfeito, nas alturas, se entende o que quero dizer? — Sorriu. — É, pelo visto concordaria. Sabe por quê? O motivo está perto de casa e se chama Zoë. Dá pra notar quando tem sangue novo no pedaço. Sobe na cabeça dele como champanhe e ele quer que todos transbordem de alegria também. O Liam estava no Aconchego ontem à tarde, não estava? Concorda? E não podia ir para casa. Certo? Aposto que você não viu a arrumação de uma das despensas lá de cima, viu? Caso alguém caísse doente ou tivesse que passar a noite? Não? Bem, na verdade, é superútil. E é lá que o Liam estava ontem de tarde, e eu tenho certeza que você passou uma noite incrível com ele.

Mais uma vez ela desviou o olhar do semblante chocado e vulnerável de Lyddie, mordendo os lábios de frustração.

— Olha — disse ela, por fim —, não precisa acreditar no que estou dizendo. Vá até lá agora e veja por si mesma. Ele não está esperando por você. Sinto muito, Lyddie. Sinto mesmo, pois você é uma pessoa legal; ele não devia ter se metido com você. Mas eu amo o Liam também, e ele foi meu muito antes de ser seu. — Levantou-se depressa, pondo a bolsa no ombro, olhando para Lyddie. — E agora — disse ela, com frieza —, você nunca vai ter certeza, né? Vai ver todas com outros olhos. Tanto as que sorriem para o Liam como, o que é pior ainda, as que ele praticamente ignora, e nunca vai saber ao certo. — Deu uma risadinha amarga. — Bom, bem-vinda ao clube.

Ela deu a volta, rumo à rua Boscawan, e Lyddie continuou ali, com as mãos tremendo e o estômago embrulhado. Terminou o café de forma mecânica e, em seguida, percebeu que podia se levantar, pagar a conta e caminhar até a claridade. Com a mente cuidadosamente vazia, atravessou a rua e passou apressada pela travessa da catedral, rumo ao Aconchego. Fez uma pausa assim que entrou. Estava bastante silencioso, só havia alguns clientes do finalzinho da manhã tomando café, e não tinha ninguém atrás do bar. Zoë estava em pé, à entrada do recanto, sorrindo para uma pessoa que estava lá dentro, fora do alcance da visão de Lyddie. Ao observá-la, Lyddie viu a mão que surgiu e que, com um dedo, traçou um caminho lenta e sensualmente pelo espaço exposto entre a calça jeans e a camiseta curta e apertada de Zoë. A garçonete se inclinou na direção daquela pessoa, rindo, e Lyddie retrocedeu depressa quando viu Liam aparecer. Seu marido, após acariciar a jovem de novo, de leve, porém com mais intimidade ainda, puxou-a firme, mas carinhosamente, e os dois desapareceram na cozinha.

Alguns clientes que entravam para almoçar encobriram a retirada de Lyddie, que, por sua vez, saiu apressada, com o rosto afogueado e o coração acelerado. Caminhando rápido, tropeçou de vez em quando ao correr em disparada, até chegar à segurança de sua casa e fechar a porta.

CAPÍTULO VINTE E TRÊS

Durante a noite, os impetuosos ventos do oeste se aliaram à maré alta e atingiram o litoral, jogando o mar de encontro à costa rochosa, redesenhando a praia e inundando os baixios. Algas marinhas haviam sido levadas bem além da faixa costumeira de maré alta, e os cachorros corriam excitados entre essas plantas marrons e brilhantes, examinando os despojos. Atrás deles, Mina se movia com mais lentidão, recolhendo pedaços torcidos e lisos de madeira salgada e esbranquiçada, que mais tarde, quando ela acendesse a lareira da sala, chamuscariam, formando labaredas vermelhas, verdes e azuis. Mais adiante, na praia, Georgie curvou-se sobre um seixo e, ao pegá-lo, manuseou-o com cuidado antes de colocá-lo no bolso. Estava começando a desenvolver uma predileção por objetos inanimados: uma pedra, um pedaço curto de barbante, um toco de lápis. Esses eram colocados juntos, formando padrões estranhos e inexpressivos, de natureza-morta, que ela costumava tocar de vez em quando ou reexaminar de perto com uma espécie de apreço possessivo.

Agora, quando Mina observava Georgie, algo parcialmente enterrado na areia molhada atraiu a atenção da irmã. Ela se agachou para cavar mais fundo, desenterrando o objeto, do qual tirou o xisto arenoso.

— Olhe! — Ela se endireitou, o vento abafando a sua voz quando se virou, a fim de procurar a irmã. — Olhe só o que eu encontrei!

Mina caminhou apressada pela praia, curiosa.

— O que é?

— Um carrinho de brinquedo. — Georgie estava encantada. — Está vendo? As rodas de plástico já se foram, bem como a pintura, mas dá para ver bem que é um carrinho.

Mina deu uma espiada, sem tocá-lo, sentindo que Georgie ainda não estava preparada para soltá-lo.

— É mesmo — disse Mina, sorrindo, sem poder acreditar. — Deve ser de Timmie, não acha? Que coisa encontrá-lo tanto tempo depois. Por quanto tempo você acha que ficou enterrado? Ah, é claro, deve ser de Toby!

— Não. — Georgie meneou a cabeça de imediato. — É velho demais. Não, é de Timmie, sim. Eu o reconheço. Timothy o enviou pelo correio para o aniversário de nosso irmão quando ele tinha uns sete anos, no início da guerra. Timmie ficou louco de alegria. E mamãe também. Lembra? Todos ficaram tão animados quando a encomenda chegou. E veio uma carta para *ela*, claro.

Súbito, Mina sentiu uma estranha sensação de tranqüilidade. O grasnido rouco das gaivotas no alto, a rebentação ritmada e estrondosa da maré insaciável na orla, o latido selvagem dos cachorros em busca de alimento, todos esses sons pareceram retroceder quando ela olhou para Georgie. A expressão de sua irmã ao examinar o carrinho era um misto de puro prazer e desdém intencional e divertido. O silêncio se prolongou entre elas.

— Você leu as cartas dela? — perguntou Mina, por fim. — As cartas que ela recebia de Timothy. Diga, Georgie!

No mesmo instante, a expressão de Georgie mudou; ela pôs-se a dar de ombros, fazendo diversas caretas, como se estivesse conversando com um acusador invisível e se justificando.

— Leu ou não leu, Georgie? — insistiu Mina.

— As cartas? — Georgie desviou o olhar do brinquedo, cuja superfície prateada e polida pela areia brilhava de forma tênue sob os raios do sol de inverno. Seu olhar estava cauteloso, porém bastante lúcido. — Ela as guardava na caixa de costura, em uma gavetinha secreta, pouco profunda.

Mina se virou para contemplar a paisagem.

— Estranho os vitorianos adorarem gavetas secretas, não? — continuou Georgie. — Eu a peguei, sem querer, guardando uma carta. Pensei que os caçulinhas estavam brincando na sala de visitas. Lembra que eles costumavam se esconder antes do almoço e uma de nós tinha que ir procurá-los? — Ela deu uma risada. — Posso até vê-los agora, de pé e sem fôlego detrás das longas cortinas, com as sandalinhas aparecendo por baixo. *Nunca* entenderam como eu conseguia encontrá-los tão rápido. Você também viu a mamãe guardando as cartas? Pois bem, certo dia ouvi um barulho diferente. — Georgie se deixou levar pelo jogo da lembrança. — Um ruído brusco e breve. Eu estava deitada no sofá e mamãe não percebeu minha presença. Eu tinha vindo de Londres passar um fim de semana ou feriado em casa. Foi no comecinho da guerra, se bem me lembro. Mas depois dos ataques aéreos alemães.

— E você escutou quando ela fechou a gavetinha? — Mina a fez voltar ao ponto principal.

— Escutei. Dei uma olhada por cima do encosto do sofá, mas ela já estava saindo da sala. — Georgie fez uma pausa, pensando naquele momento. — Fiquei curiosa — admitiu após uns instantes. — Aquilo pareceu ter sido feito de forma *furtiva*, ela não estava agindo como de costume, sabe? Mamãe era muito tranqüila, não? Mas estava tão estranha e reservada, e ao mesmo tempo tão emocionada, que tive a sensação... bem, de que havia alguma coisa esquisita ali.

— Então você foi dar uma espiada? — Mina perguntou em tom de intimidade.

— Fui sim. Não foi difícil encontrar a fechadura. Céus, não consegui acreditar quando vi aquela pilha de cartas. Havia inúmeras delas, não?

— Havia muitas, sim. — concordou Mina. — A maior parte delas vinha de fora, claro... Você as leu também?

— Algumas. — O olhar de Georgie cruzou com o de Mina e foi além. — O suficiente para descobrir que havia algo entre os dois.

— Mas não contou para ninguém?

— Não. — Georgie falou de forma defensiva, quase como se Mina a estivesse acusando de não cumprir uma obrigação. — É claro que fiquei menos chocada do que ficaria se não tivesse ido para Londres, pois aquele romance bastante antiquado estava em consonância com a época. Timothy locado em postos longínquos do império, fazendo a sua parte, enquanto mamãe o esperava em casa.

Uma pausa.

— Não sentiu que deveria contar a papai?

— Não, não senti! — respondeu Georgie de imediato, quase indignada. — Não levei muito tempo para descobrir o que vinha acontecendo durante todos aqueles anos com aquela viúva medonha, depois que mamãe e todos nós fomos despachados para Ottercombe. Ele preferiu a viúva a *nós*, sua própria família. Para ser sincera, senti certa *satisfação* por mamãe estar lhe dando o troco. — Ela olhou com malícia para Mina. — *Você* contou a ele?

— Só vim a ler as cartas de mamãe depois que ela morreu — explicou Mina, com suavidade. — E papai também já tinha morrido havia muito tempo àquela altura. Como ele teria feito um escândalo, com ou sem viúva, supus que, se você já sabia, não tinha falado nada. E, de qualquer forma — deixou escapar uma risadinha —, você gosta de ter segredos, não?

Georgie olhou para o brinquedo de novo, dissimulando um sorriso.

— Às vezes — confessou, de um jeito alegre, quase pueril. — Timmie adorava este carrinho, sabe? Ele o levava para toda parte. Eu o escondi uma vez, só para me vingar. — O sorriso diminuiu um pouco. — Timmie era o favorito de mamãe. E de papai. Embora *eu* fosse a mais velha, como ele era menino, eles o amavam mais. De vez em quando, precisava de umas lições.

— Eu não acho que ele era o favorito deles. — Mina ficou desalentada com essa recaída. — Creio que amavam todos nós de forma diferente.

Falou em tom reconfortante, tentando ocultar a ligeira sensação de desgosto que a revelação de Georgie lhe causava — uma jovem de dezessete ou dezoito anos escondendo o brinquedo de uma criança, por vingança —, e a irmã a fitou de novo, com os olhos brilhantes.

— Que coisa, não? Timmie ter ficado tão alto e louro, nem um pouco parecido com a gente, e o papai ter sentido tanto orgulho de seu único e bem-apessoado filho. — Ela começou a rir. — Todos faziam comentários sobre como ele era *diferente*. Mas, na verdade... — sua gargalhada estava ficando descontrolada — mas, na verdade...

— Eu sei — disse Mina rapidamente. — Lembre-se de que li as cartas também.

Georgie a fitou, ainda deixando escapar umas risadinhas, com os olhos agora confusos.

— É um segredo — murmurou vagamente.

— Isso mesmo — concordou Mina depressa. — *Nosso* segredo. Ninguém mais deve saber disso.

Georgie se virou, acariciando o carrinho, sussurrando algo para si mesma.

— Quero voltar para casa — pediu.

Começou a andar, com passadas pesadas na areia, e, suspirando de frustração e ansiedade, Mina pegou a sacola de lenha, chamou os cachorros e a seguiu até a trilha.

Já havia quase anoitecido quando Lyddie se deu conta de que a casa estava ficando gelada. Tinha levado Grumete mais cedo do que o normal para passear, andando a passos largos, de forma resoluta, pelas ruas, como se com o esforço físico extenuante ela pudesse dominar o tremendo horror que invadira sua mente. Mesmo se não tivesse testemunhado a pequena cena significativa no Aconchego, teria aceitado a verdade mostrada por Rosie. Tudo ficou óbvio quando ela relatou os fatos. Passando pelas ruelas, com as mãos enfiadas no bolso e Grumete ao seu lado, sentiu-se totalmente humilhada. Lembrou-se, mortificada, dos olhares das outras mulheres, os quais interpretava agora de maneira bem diferente. Como fora cega e idiota!

Naquele momento, ao acender a estufa, agachando-se diante dela para colocar achas e, em seguida, pedaços maiores de lenha, tentou avaliar quanto de sua mágoa era fruto de orgulho ferido e quanto de coração partido. Mulheres — *oh! quantas?* — da estirpe de Rosie entraram em conluio com Liam para enganá-la, e Lyddie tocara sua vidinha para a frente, feliz, segura de seu amor, apesar das pontadas de ciúme, enquanto elas riam nas suas costas. A breve cena com Liam e Zoë estava gravada como uma pirogravura em sua mente: para onde quer que olhasse, ela a via, sobreposta. Era a manifestação do cenário retratado por Rosie. Deu-se conta de que não conseguiria entrar no Aconchego de novo e se perguntou, em um momento de desespero, aonde poderia ir e o que deveria fazer.

Preparou chá, buscando o consolo de fazer algo rotineiro e normal, e o sorveu sentada à mesa. Grumete acordou, levantou-se e a olhou com esperança; então, Lyddie lhe deu comida, conversando com ele como sempre fazia, e em seguida o cachorro deitou-se de novo, esparramando-se no chão ao seu lado. Quando o telefone tocou, ela não atendeu, limitando-se a observá-lo quase fora do ar. A secretária eletrônica e o fax estavam em seu estúdio, mas ela não fez tentativa alguma de ouvir a mensagem; permaneceu onde estava, à mesa. Quando tocou de novo, uma hora depois, ela continuou a ignorá-lo; no entanto, àquela altura, uma terrível inquietação se apossava dela: a necessidade de tomar uma decisão, acompanhada de uma incapacidade atordoante de pensar direito.

Ao se agachar ao lado de Grumete, consolando-se com sua grande ternura, ouviu o ruído da chave na fechadura e, após alguns instantes, Liam entrou na sala. Ela o fitou, subitamente tirada de seu estado de torpor por sua presença. De modo vívido, ela se deu conta, magoada, de tudo que havia perdido, percebendo com clareza que nada seria como antes. Levantou-se depressa, ainda a fitá-lo, e viu que ele também estava furioso. Seu sofrimento não a impediu de notar que a raiva não era dirigida a ela, porém Lyddie sentiu-a fluir, vindo dele em ondas de energia negativa, fazendo os seus olhos brilharem de um jeito antinatural e levando-o a cerrar os punhos.

— Por que você não atendeu o telefone? — perguntou ele, de forma abrupta, e ela franziu um pouco o cenho, surpresa, como um aluno que se depara com uma pergunta totalmente inesperada em um teste.

Como falar parecia impossível — não havia palavras naquela situação —, ela continuou a encará-lo, como se o estivesse vendo pela primeira vez.

Liam suspirou, olhando de soslaio para a sala, considerando o que ia dizer.

— Quando você não foi jantar e depois não atendeu o telefone, comecei a ficar preocupado. — Liam decidiu ir direto ao assunto: — Foi Joe que me contou. Você foi tomar um café com a Rosie?

— Foi mais do que um café. — Ficou feliz por sua voz soar bastante normal. — Ela chegou à conclusão de que estava na hora de eu saber que vivia uma ilusão.

— Eu te amo. Isso não é uma ilusão. Somos casados. É um fato.

— É. — Ela não podia negar. — Minha ilusão foi supor que você era fiel.

— Ah, pelo amor de Deus! — exclamou ele, impaciente e enfadado, com sua raiva transformando-se em irritação. — Você precisa entender que elas não significam nada para mim. É você que eu amo. Não vê? Poderia ter me casado com qualquer uma delas, mas escolhi você... Qual é a graça?

— É que eu pensei que você seria mais original. Mas não estou achando graça. Não há nada engraçado em ser avisada pela amante principal do seu marido que ele é um maldito galinha.

— Mas você acreditou nela logo de cara?

A breve atitude de inocência magoada não caía bem nele e Lyddie esboçou um sorriso.

— Não — assegurou-lhe ela. — Foi muito difícil. Era fácil acreditar que você e Rosie tinham tido um caso antes do nosso casamento... afinal de contas, o que havia de mal nisso? Mas achei que ela estava se vingando, sabe, por ter sido demitida. Não imaginei que era ela que tinha pedido as contas!

— Rosie é uma oportunista, sempre foi.

— Ah, nisso eu acredito. Mas não significa que ela seja mentirosa. — Fez-se silêncio. — Quer dizer então que está negando?

No silêncio ainda mais prolongado que se seguiu à pergunta, Lyddie sentiu sua autoconfiança e segurança começarem a ruir.

— Não — respondeu ele, por fim. — Não há motivo para negar. O que estou dizendo é que não importa. Não precisaria afetar o nosso relacionamento.

— Mas afeta! — gritou ela. — Você por acaso acha que eu posso voltar para o Aconchego? Que posso me sentar lá, com toda a tranqüilidade, e jantar, enquanto você circula pelas mesas fodendo mentalmente tudo quanto é cliente que o atrai e babando, no íntimo, por causa da garçonete com quem transou mais cedo na despensa?

O marido fez uma expressão de desdém, e Lyddie notou que, por incrível que parecesse, uma veia puritana, no fundo, levava-o a odiar sua franqueza. Uma onda de raiva, sem nenhuma autocomiseração, eliminou qualquer emoção falsa.

— Eu vi você mais cedo — contou-lhe. — Fui até o Aconchego na hora do almoço e vi seu comportamento com a Zoë. E a forma como ela correspondeu. Está sugerindo que eu vá e me sente no recanto enquanto ela ri pelas minhas costas, como a Rosie fez no ano passado? Acha mesmo que sou forte a esse ponto, Liam? Ou que sou capaz de levar adiante esses atos heróicos de humilhação por você? Acha mesmo que merece?

O marido ficou mudo. Ela notou que a informação de que fora ao Aconchego na hora do almoço o abalara e que, por trás de sua expressão triste, ele estava pensando no que fazer a seguir.

— Você tem alguma sugestão? — perguntou ele, por fim.

— Isso quer dizer que você não tem intenção de mudar sua atitude? — ela quis saber, com suavidade.

— Ah, eu poderia até tentar — afirmou ele, com sinceridade —, mas não duraria muito. Bem que eu tentei, por algum tempo, depois que a gente se casou, mas... bom, não deu certo. — Ele ergueu as mãos, deixando as palmas aparentes. — Não vejo motivo para fazer promessas que não vou poder cumprir.

— Bem, nota dez pela honestidade.

Por um momento pareceu que ele tentaria persuadi-la mais; no entanto, mudou de idéia.

— Tenho que voltar — disse ele. — Você me surpreende! — exclamou, sarcástico. — Prefere que eu passe a noite no Aconchego para que possa decidir que atitude vai tomar?

— Por que não? — Ela deu de ombros, em parte aliviada, em parte estranhamente desapontada. — Soube que você tem acomodações muito confortáveis.

— Volto de manhã — afirmou Liam, impassível. — Lá pelas dez. — E antes que ela pudesse responder, saiu rápido, fechando a porta com suavidade.

CAPÍTULO VINTE E QUATRO

— Você se lembrava do carrinho, Nest? — perguntou Mina, depois que Georgie fora se deitar. — Tão estranho encontrá-lo após todos esses anos!

— Lembrava sim. — Nest, empurrando a cadeira de rodas pela cozinha, fez uma pausa para olhá-lo, no local do aparador onde havia sido guardado. — Qualquer coisa vinda de Timothy era uma alegria, não? Os cartões que ele mandava e os presentes incomuns. Ainda tenho uma linda boneca peruana que ele me deu de aniversário. Acho que todas nós sentíamos inveja de Timmie por ele ser o afilhado de Timothy. Eu provavelmente sou a que menos se lembra dele, já que era a mais nova, mas é isso que sinto com relação a ele. A sensação de que era uma pessoa especial e carismática, amada por todos. Ou o estou idolatrando por causa de minha fantasia infantil?

— Não — respondeu Mina. — De jeito nenhum! Timothy era mesmo muito especial. Fico feliz em saber que se lembra dele. Afinal, você devia ter uns sete anos quando ele morreu.

— Eu me lembro dele mais com o coração do que com imagens nítidas. — Nest fechou os olhos com força, como se tentasse trazer Timothy do passado. — Parecia ser tão alto, mais do que papai, e louro. Mas acho que todos dão a impressão de serem altos quando você tem sete anos. Ah, e eu me recordo de que mamãe escrevia para ele, enviando-lhe detalhes sobre o desenvolvimento de Timmie.

— É — disse Mina, após um momento. — Ela sempre escreveu para ele, sobretudo durante a guerra. As cartas iam para uma agência de correio das Forças Armadas da Coroa. De qualquer forma, eu só estava querendo saber... sobre o carrinho.

— Não me lembro de Timmie tê-lo perdido. — Nest franziu o cenho. — Ele deve ter brincado com ele durante algum tempo antes de perdê-lo, caso contrário haveria uma briga horrível. Logo depois de tê-lo ganhado, Timmie não sabia onde o havia posto e ficou bastante consternado. Por sorte, ele o encontrou.

Mina, recordando-se da confissão de Georgie, não disse nada. Nest, com uma bandeja equilibrada sobre as pernas com o necessário para a noite vindoura, levantou o rosto para receber um beijo de boa-noite e girou a cadeira no corredor. Mina apagou as luzes e subiu a escada; quando ia chegando ao quarto, o telefone começou a tocar. Entrou apressada e atendeu-o.

— Tia Mina? É Lyddie. Só agora me dei conta de que já está bastante tarde aí. Sinto muito. Acordei você?

— Não, imagine, querida — respondeu Mina, com alegria. — Eu ia checar meus e-mails. Só vou me deitar daqui a algumas horas. Tudo bem com você?

— Hum... Estou bem, mas houve um probleminha por aqui. — Uma pausa. — Será que eu poderia passar alguns dias aí?

— É claro que pode, minha querida — respondeu Mina, calorosamente. — Quer conversar agora ou prefere esperar até chegar aqui?

— É que eu tive um certo choque.

Mina percebeu que ela estava quase chorando e sentiu o coração acelerar, de ansiedade.

— Ah, querida, você está bem? Não precisa dizer nada. Não queremos nos intrometer, mas se pudermos ajudá-la é só falar. Você sabe disso.

— Sei sim. — Outra pausa. — Parece que Liam tem sido promíscuo. Você conheceu Rosie quando veio aqui, não? Pois é, ela me contou muita coisa. Eles já foram amantes, e há outras. Foi ela que me disse...

— Mas você já conversou com Liam? — perguntou Mina, rapidamente. — Pode ser que ela esteja...

— Conversei — respondeu Lyddie, arrasada. — A gente discutiu, e ele não negou nada; seja como for, eu... eu o vi com uma pessoa.

— Ah, minha querida. — Mina estava horrorizada. — *Lamento* muito mesmo. Uma grande decepção para você! Quando deve chegar?

— Vou tentar dormir um pouco, para sair daqui de manhã. Devo chegar aí lá pelas dez; é cedo demais para vocês?

— Claro que não! Venha na hora que quiser. Estaremos esperando.

— Tia Mina? — perguntou, com cuidado.

— Sim, minha querida? — respondeu, com suavidade.

E Lyddie pediu, hesitante:

— Pode contar para a tia Nest, se quiser, mas, por favor, não diga nada para...

— Entendo perfeitamente. Não se preocupe! — Tranqüilizou-a, com firmeza.

— Que Deus a abençoe. Até amanhã.

— Dirija com cuidado, Lyddie!

Mina desligou o telefone e ficou algum tempo parada, sem olhar para nada em particular, com o semblante aflito. Dom Arisco arrastou seu brinquedo de plástico até seus pés, rosnando para ele com ferocidade prazenteira, enquanto Capitão Gato observava com certo desdém. "Pode me dar um rato de verdade, ágil, quando quiser", insinuava seu olhar depreciativo. "A gente não tinha brinquedinho bobo no *meu* tempo..." Lady Polly já estava dando voltas em sua cama, espreguiçando-se voluptuosamente antes de se enrodilhar, formando uma bola.

— Já para a cama — ordenou Mina. — Vamos lá, rapazes. Hora de dormir.

Eles obedeceram, relutantes; Capitão Gato indicando que já estava indo, de qualquer forma, por livre e espontânea vontade; Dom Arisco levando o brinquedo junto, ainda a sacudi-lo freneticamente. Capitão Gato deu as costas ao seu rebento de forma taxativa, mas Dom Arisco estava entretido demais para notar.

Já na alcova, Mina abriu os e-mails: um de Helena, agradecendo o adorável fim de semana, o que levou Mina a fazer uma careta, e um de Jack, que a fez rir. Por fim, abriu o de Elyot, acomodando-se ainda mais, preparada para mais uma sessão.

De: Elyot
Para: Mina

Sua descrição do fim de semana foi muito divertida. E emocionante. Nunca tive de lidar com amizade ou rivalidade entre irmãos, mas a forma como você e Nest decidiram apoiar Georgie me comoveu, apesar da ameaça que ela pode representar. Ao menos já não será por muito tempo.

Após um período de tranqüilidade por aqui, tivemos outro contratempo. Lavinia começou a implicar, de forma inexplicável, com nosso clínico geral, um sujeito muito bom, e estou desesperado. Parece que ele faz parte dos delírios dela, e, embora eu compreenda a angústia que sente em virtude disso, tento dissipá-la explicando-lhe que está imaginando coisas. Isso a deixa ainda mais transtornada, e então me acusa de ficar contra ela etc. Bem, além disso, fiz um exame de vista. Desde aquele acidente, eu vinha ficando muito nervoso ao dirigir, e, agora, a abominável palavra "catarata" entrou na história. O mais incrível é que, ao perder a autoconfiança, tenho mais possibilidade que nunca de provocar outro acidente. No entanto, como Lavinia detesta ficar sozinha por muito tempo, até mesmo com amigos, a utilização de transporte público não é uma opção. Temo que esteja chegando o dia em que teremos de desistir desta casa e nos mudar para a cidade, ou mesmo para algum tipo de asilo. Mas essa incerteza é estressante. E, considerando que a desorientação e a desconfiança de Lavinia têm aumentado, conto cada vez menos com ajuda externa. Hoje posso deixá-la satisfeita na companhia de um amigo, porém sei que, cinco minutos após a minha partida ela já não o reconhecerá. Quando voltar, encontrarei um cenário dramático: Lavinia chorando, zangada comigo, assustada, e o amigo ofendido, indignado e até mesmo furioso.

É interessante ver como a amizade se desintegra diante da rejeição — mesmo quando a pessoa que rejeita não está lúcida. Sem dúvida alguma, a solidariedade, a compaixão e as tentativas de entender desaparecem muito rápido. Tudo é considerado algo pessoal e não há amor suficiente para que concessões sejam feitas. Uma verdadeira condenação! E eu não sou melhor do que os outros. Quero gritar com ela e, nos piores momentos, até mesmo agredi-la, simplesmente para obrigá-la a me ouvir. Lavinia sempre foi decidida, inflexível no que diz respeito a suas opiniões e temperamental, e é como se todas as outras qualidades mais nobres estivessem sendo acachapadas por esses aspectos dominantes, que crescem e se multiplicam agora que já não existe a camada superficial de comportamento civilizado para reprimi-los.

Minha querida amiga, eu não deveria estar dizendo isso, nem mesmo a você. Passo muito tempo sozinho, tentando compreender e analisar essa nossa situação dramática, com o intuito de lidar com ela da melhor forma possível. Nem tenho palavras para dizer como me estimula a consciência de que você está agüentando firme em Ottercombe. Sinto, por suas descrições da casa e do penhasco, sem falar das relacionadas a Nest e Georgie, que conheço todas vocês, que são amigas com quem posso contar nos momentos de desespero. Mas o Superdesalmado ainda não me dominou, portanto não há o que temer! William virá daqui a uma semana mais ou menos — nossa, como esse pensamento me consola! —, apesar de ele ter suas próprias preocupações.

Bem, já chega de falar de nós! Conte-me como está. Espero que já tenha se recuperado por completo do fim de semana!

Mina releu o e-mail várias vezes, ressentindo-se cada vez mais, irracionalmente, de Lavinia. Pensou em sua reação por algum tempo. Era evidente que sentia compaixão por Elyot, que ela, por assim dizer, "conhecia", e não por sua esposa enervante. Era muito mais *fácil* ficar do lado dele, que sempre transmitia uma imagem de pessoa sã, racional e alegre, diante da adversidade, do que do lado dela, que, a bem da verdade, mesmo em seus tempos áureos, não parecia muito atraente, a menos, é claro, que se tivesse um fraco por lunáticos teimosos, tacanhos e intolerantes...

Mina repreendeu a si mesma, com firmeza. Era uma grande estupidez ter sentimentos possessivos por um homem que nunca tinha visto e, possivelmente, nunca veria. É *evidente* que ele mostraria seu lado melhor para ela, é *evidente* que tentaria conquistar seu apoio, sempre que pudesse. Contudo — sussurrou uma vozinha —, ele falou em gritar com Lavinia e até mesmo na vontade de agredi-la. Só que essa era uma reação natural, sobre a qual ele escrevera abertamente, sem malícia.

"Um bom tapa na cara decerto ia lhe fazer muito bem", sussurrou Mina, brava, para então ter um ataque de riso. Pelo amor de Deus! Aqui estava ela, com setenta e quatro anos, comportando-se como uma adolescente ciumenta.

"E não se esqueça", disse a si mesma, "de que você nunca o viu. Ah, eu sei que você já fez uma imagem mental dele: postura de militar, cabelos brancos grossos, distinto. Olhos brilhantes e muito sensuais. Bem, como diria Jack, continue a sonhar! Na certa tem um metro e trinta e é totalmente careca, 'sem dentes, sem olhos, sem paladar, sem coisa alguma'." Mina recuperou o autocontrole e pôs-se a escrever sua resposta:

De: Mina
Para: Elyot

Olá, Elyot,

Minha nossa, as coisas andam meio tristes aí para você. Não tanto pelas cataratas — incômodas, mas que podem ser tratadas quase de modo indolor, pelo que eu saiba —, porém mais por causa da pobre Lavinia. É uma situação difícil para vocês dois, porém eu me pergunto se vale a pena tentar fazê-la encarar a verdade sobre o clínico geral e outras coisas mais. Pode ir contra a sua natureza estimular as fantasias de Lavinia; contudo, ao contrariá-la, pode ser que esteja, por um lado, contribuindo para torná-la ainda mais alienada e, por outro, fazendo-a perder a confiança em você. É importante que sua esposa sinta o seu apoio, e, no fim das contas, que mal faria você fingir um pouco? Seu clínico geral com certeza entenderia — imagino que ele veja e escute todo tipo de coisas ultrajantes —, e me pergunto se você não deveria conversar com ele sobre isso. Não precisa entrar em detalhes, mas duvido que o médico fique chocado. Uma situação — que pode muito bem piorar — na qual vocês dois se coloquem em lados opostos não lhes fará bem. Creio que você já está em um beco sem saída, e o importante é manter o amor e a confiança entre vocês dois.

Céus, Elyot! Acabei de reler isso e me sinto uma mistura de segunda categoria de Madre Teresa com a moralista Mary Whitehouse. Já notou como é fácil dar lições de moral sobre os dilemas dos outros? Bem, essa situação pode reverter em breve. Acabei de receber um telefonema de Lyddie, que está vindo passar alguns dias conosco. Parece que o marido dela estava tendo vários casos, e é óbvio que ela está precisando de apoio. O momento não poderia ser pior e a coitada da Nest ficará arrasada. É a imprevisibilidade da situação. Tudo o que posso dizer é: continue a me acompanhar!

CAPÍTULO VINTE E CINCO

— O momento não poderia ser pior — disse Nest, com o semblante tenso e cansado. — E, para completar, Helena e Rupert estão prestes a tirar uma semana de férias.

— Tente não pensar no pior — pediu Mina, com delicadeza. — Lyddie só vai passar três dias aqui. Apenas o suficiente para espairecer.

— Aquele sujeitinho *desgraçado*! — exclamou Nest. — Eu nunca gostei dele. É tão lisonjeiro e charmoso. E está sempre sorrindo. Não se deve confiar em quem sorri o tempo todo.

— Ah, Nest. — Mina não conseguiu conter o riso. — Acho que é tarde demais para vir com essa de "aquele olhar velhaco nunca me convenceu".

Nest a fitou por alguns instantes e depois caiu na gargalhada.

— Mamãe costumava dizer algo do gênero — lembrou ela —, você se recorda? — E as duas riram de novo, até Georgie chegar, querendo tomar o café da manhã.

— O que é tão engraçado? — perguntou ela, amigavelmente.

Mais uma vez, Nest se controlou para não excluir a irmã com uma resposta do tipo "nada não". Em vez disso, perguntou:

— Você se lembra que mamãe costumava dizer que não se pode confiar em pessoas de olhar velhaco? Uma bobagem, né?

— Mas deve ser verdade — comentou Georgie. — Há sempre um fundo de verdade nas máximas antigas. Vai fazer mingau hoje, Mina?

Nest e Mina trocaram uma olhadela aliviada em face dessa abordagem aparentemente sã, torcendo que tal atitude perdurasse.

— Se você quiser — disse Mina, alegre. — Ah, e Lyddie chegará daqui a pouco. Vai passar alguns dias aqui. Está tirando uma folga do trabalho.

— Oh! — Georgie parecia um pouco aborrecida. — Mas eu queria ir a Lynton agora de manhã para pegar outro livro na biblioteca. — Ela franziu o cenho. — Cheguei a comentar que minha encomenda já chegou lá?

— Comentou sim — respondeu Nest, depressa. — Com certeza; a bibliotecária, inclusive, telefonou ontem à tarde. Mas não há motivo para deixar de ir a Lynton buscá-lo.

— Claro que não — concordou Mina. — Vou com você mais tarde.

E seus olhos se encontraram com os de Nest, transmitindo secretamente a mensagem "e vou mantê-la afastada o maior tempo possível", o que tranqüilizou a irmã. Enquanto tomavam café, Nest se perguntava se conseguiriam manter Georgie e Lyddie afastadas o máximo possível, embora fosse uma tarefa difícil. Contudo, quando estava estudando formas de fazer isso, os cachorros começaram a latir e elas escutaram a voz de Lyddie no corredor.

Mina foi cumprimentá-la primeiro, dando-lhe um abraço apertado e mantendo-a próxima.

— Que bom para nós — disse ela. — Minha querida sobrinha... — Mina olhou Lyddie nos olhos e abraçou-a de novo, sussurrando palavras carinhosas, tal como fazia com os cachorros.

Atrás dela, impulsionando a cadeira de rodas devagar, Nest mal podia suportar ver a dor estampada no rosto de Lyddie. Pegou a mão estendida e a apertou com força até a sobrinha se inclinar para beijá-la.

— Não estou muito bem — sussurrou Lyddie, com os olhos cheios de lágrimas de novo, e Nest controlou a raiva e a dor por causa de Lyddie e apertou de leve sua mão mais uma vez.

— Vamos conversar logo, logo — disse Nest —, se você quiser. Pode agüentar firme na frente de Georgie?

Lyddie assentiu, endireitando-se, tentando sorrir, e as duas mulheres mais velhas a olharam com carinho, encorajando-a e envolvendo-a com seu amor, transmitindo sua força.

— O Grumete ainda está lá no carro. — Lyddie tentou usar um tom mais despreocupado. — Posso soltá-lo? Sabem que ele morre de medo do Capitão Gato e já está bastante ansioso, pois percebe que as coisas não estão... do jeito que deviam estar.

— Claro que pode soltá-lo — disse Mina —, e se Capitão Gato não se comportar, eu vou prendê-lo no depósito. Vá buscá-lo, e depois venha tomar um cafezinho. Daqui a pouco vou com Georgie até Lynton, e você e Nest vão poder conversar. Vou levar os cachorros lá para fora e, enquanto isso, você pode trazer Grumete, para que ele se acostume. Eles vão ficar bem. Dê um grito quando já estiver com ele no corredor e vou soltar os cachorros pela porta da cozinha. Isso os distrairá.

Grumete adorou quando foi solto e correu pelo gramado, indo até o jardim, para em seguida voltar, com o rabo abanando e a língua de fora. Parecia aliviado por estar em Ottercombe, apesar da ansiedade causada por uma possível altercação com Capitão Gato, pois sentia a segurança que faltara nas últimas vinte e quatro horas, em Truro. Os dois entraram, e Lyddie avisou Mina, que então abriu a porta da cozinha com alívio; os três cachorros, que estavam latindo de frustração e curiosidade, lançaram-se como flechas brancas e peludas em direção ao pátio, contornando a casa até a entrada principal, a fim de procurar o intruso.

— Vou levá-los comigo quando sairmos — afirmou Mina, inclinando-se para afagar a cabeça de Grumete. — Não se preocupe, já vão se acalmar. Pobrezinho, deve estar exausto!

Grumete abaixou as orelhas, em resposta ao tom amável, conseguindo transmitir uma expressão ao mesmo tempo patética e corajosa. Ele *estava* mesmo esgotado: fora obrigado a acordar cedo, a caminhar de madrugada e depois a entrar rápido no carro para uma viagem de duas horas. Seu rabo bateu esperançosamente contra a cadeira de Georgie e ela o olhou, pensativa, enquanto Mina lhe dava alguns biscoitos como recompensa por seu sofrimento. Ele os saboreou com alegria, e Georgie fez-lhe carinho na cabeça.

— Você *é* um bom rapaz! — disse ela, com admiração. — Ele vai gostar de ir até a praia, não vai?

— Tenho certeza que sim! — concordou Mina. — Mas Lyddie precisa tomar um cafezinho, e você e eu temos de ir a Lynton. Precisa de alguma outra coisa além do livro?

— Não sei. — Georgie parecia distraída. — Não consigo me lembrar...

— Não importa. — Mina estava muito calma. — Temos a manhã toda para perambular. Vá lá se arrumar enquanto eu faço uma lista de compras.

Depois que ela saiu, houve certo constrangimento entre as três, encoberto pela necessidade de preparar café para Lyddie e para Nest, que também queria mais, de modo que ocorreu um ligeiro alvoroço e as três evitaram trocar olhares entre si. A atmosfera ficou mais leve quando os cachorros apareceram na porta da cozinha, diante da qual se colocaram lado a lado, encarando com indignação Grumete através do vidro, vendo-o deitado e esparramado no chão, dormindo profundamente.

— Já se sentiram traídas alguma vez? — Mina observou, para ninguém em particular, e até mesmo Lyddie riu. Georgie chegou com o casaco, o chapéu e uma sacola grande; Mina pegou suas coisas e saiu apressada com a irmã. Houve a costumeira agitação quando os cachorros foram incitados a entrar na van e o carro foi ligado; por fim, fez-se silêncio na casa.

Lyddie sorveu o café, assoou o nariz e olhou fixamente para a mesa. Nest a observou com compreensão.

— Se não quiser conversar, não há problema algum — disse-lhe Nest. — Não precisa, sabe. Pode ser que só queira refletir sobre as coisas em território neutro e ter espaço para pensar. Sinta-se à vontade para fazer o que quiser. — Ela virou a cadeira de rodas, ficando de costas para a mesa, de modo que pudesse ver o jardim ornamental de Lydia, e tomou mais café.

— É isso que é legal de vocês duas — afirmou Lyddie. — São muito modernas. Na verdade, é estranho. Não me ocorreu ir a nenhum outro lugar. Eu e Roger nunca fomos muito unidos, e mal conheço Teresa. Pensei em Jack e Hannah, mas achei que não seria justo, com a casa cheia de crianças. Em Truro não há espaço para momentos como estes, sabe. Nenhum quarto de hóspedes para ficar, nenhuma outra sala. E eu simplesmente não fazia idéia de como lidar com isso. Mina contou para você?

— Disse que Liam a traiu com Rosie e outras. — Nest continuou a contemplar o jardim. — Tivemos a impressão de que ele não negou.

— E não negou mesmo — confirmou Lyddie, com amargura —, nem quis considerar a possibilidade de mudar de atitude.

— O que cria um verdadeiro impasse — sussurrou Nest.

— Eu pensei nisso durante toda a noite e também na viagem até aqui. — Lyddie afastou a xícara e cobriu o rosto com as mãos. — Acontece que o nosso estilo de vida é tão estranho. Não posso voltar àquela rotina. Rosie tinha razão quando disse que agora nunca vou saber com quais daquelas mulheres ele já esteve. E me sinto tão humilhada. Como poderia entrar no Aconchego de novo, sabendo do que sei?

— Como Rosie é esperta, não? Aquelas palavras foram um golpe mortal para a sua relação.

— Ele nem se deu ao trabalho de tentar protestar. Parece achar que, por estar casado comigo, eu não deveria dar bola para isso. Disse exatamente assim: "Elas não significam nada para mim."

— E, de acordo com o ponto de vista dele, isso provavelmente é verdade. As outras na certa têm o mesmo significado que um chope ou uma longa caminhada. São necessárias naquele momento, gratificantes por um curto período, mas facilmente substituíveis.

A cadeira de Lyddie fez um ruído na ardósia.

— Mas não acha que eu deveria concordar com isso, acha? — Ela mostrou-se ansiosa. — Como *você* se sentiria se o amor de sua vida estivesse transando com outra?

Houve silêncio. Grumete gemeu enquanto dormia, espreguiçando-se, e do outro lado da porta de vidro um tordo dava bicadas em algumas migalhas de pão.

— Eu ficaria arrasada — disse Nest, por fim. — E me sentiria traída, morta de ciúme e extremamente desapontada. Não ia querer que ninguém me visse, ia me sentir incapaz e desamparada, e o pior de tudo seria saber que ainda o amava e desejava mais do que tudo no mundo.

— Isso não parece ser bem uma suposição — afirmou Lyddie, após algum tempo. — Então, o que fez quando aconteceu com você?

— Não tive muita escolha — respondeu Nest — e não éramos casados. Era uma situação diferente, mas se está querendo saber se eu lutei por ele, a resposta é não. Eu me senti extremamente humilhada e não quis que ninguém soubesse.

— Bem, não posso me dar a esse luxo — disse Lyddie, soturna. — Eu me sinto mal só de pensar em todas as noites em que entrei naquele maldito restaurante e todos ficavam pensando "Pobre coitada, se ela soubesse", enquanto aquelas mulheres... — Engoliu em seco. — Como ele pôde fazer isso comigo?

Nest meneou a cabeça.

— É de supor que ele pensa de modo diferente dos demais mortais, não é mesmo? — perguntou. — Tal como ocorre com os casos de crueldade com crianças indefesas. Eles nos levam a questionar o modo de pensar das pessoas. É como se uma parte estivesse faltando em algum lugar e elas se achassem no direito de transgredir as regras usuais, que regem a vida da maior parte das pessoas. Dá para notar que Liam é motivado por um impulso incansável de sucesso, o que coincide com sua compulsão sexual. Explica sua adoração pelo Aconchego e seu desejo de que tudo funcione às mil maravilhas. Na melhor das hipóteses é amoral, não imoral. Trata-se, no fundo, de uma mentalidade limitada, segundo a qual tudo e todos podem ser sacrificados em prol do objetivo principal.

— Nest olhou de esguelha para Lyddie e ficou chocada com sua face pálida e seu olhar melancólico. — Você parece exausta — afirmou. — Coitadinha, não gostaria de ir descansar um pouco?

— Não consegui pregar o olho ontem à noite — admitiu Lyddie — e estou completamente exausta. A sensação que eu tenho é de que minha cabeça vai explodir a qualquer momento.

— Tome um analgésico e vá se deitar — sugeriu Nest. — Se não der certo, levante-se de novo, que pensaremos em outra coisa.

— Acho que é isso mesmo que vou fazer. Agora que estou aqui, e desabafei, acho que vou conseguir dar uma cochilada. Não, não se preocupe. Eu tenho analgésico. Vou ficar no quarto de sempre? Ótimo! A gente se vê mais tarde, então. E, obrigada, Nest. — Ela se inclinou e beijou-a no rosto. — Você foi incrível.

Foi só depois que ela saiu que Nest notou que, pela primeira vez, Lyddie não tinha usado a palavra "tia". Sorriu de leve; talvez tenha sido um cumprimento. Permaneceu ali, contemplando a paisagem, ouvindo a respiração regular de Grumete e pensando em Connor.

CAPÍTULO VINTE E SEIS

É Mina que, alheia à verdadeira situação, faz planos para que Connor leve Nest para tomar chá um pouco antes do final do período letivo. A carta dele a Mina, agradecendo-lhe pela tarde em Ottercombe, sugere o encontro — de maneira bastante informal —, já que ele estará nas cercanias da escola no fim de semana seguinte. "Se sua mãe estiver de acordo", acrescenta ele, "e a diretora da escola de Nest permitir."

Nest fica aliviada ao descobrir que Connor havia ido a Ottercombe, porém Mina, sem se dar conta, faz um comentário na carta que a deixa inquieta: "Ele é muito divertido e nos fez rir. Mamãe gostou muito dele, mas, na verdade, Connor prestou mais atenção em Henrietta, que veio passar o fim de semana. Seja como for, ele mandou um bilhete de agradecimento e perguntou se você não gostaria de sair para tomar chá."

— Parece que você fez sucesso com a minha família — comenta Nest com suavidade, quando se acomodam na casa de chá num vilarejo das redondezas. Há outras famílias com suas filhas em mesas próximas, então ela é obrigada a se comportar com um decoro que não sente. — Mina disse que mamãe ficou muito impressionada com você.

— Ela é uma mulher adorável. — Connor parece calmo, bastante à vontade, mas Nest percebe sua tensão. O medo toma conta dela e suas mãos amassam e rasgam o guardanapo de papel em seu colo. — Posso ver com quem você e suas irmãs se parecem.

— Somos todas muito parecidas. — Ela quer pegar sua mão, tocá-lo, fazer com que a olhe da forma apropriada, mas, pelo canto dos olhos, vê a mãe da pequena Lettice Crowe, elegante com um lenço azul-marinho, observando-os, tentando ser notada. — O que você achou de Mina?

— Ah, Mina! — Ele dá aquele sorriso familiar que faz seu coração disparar. — Ela é um amor de pessoa. Eu a teria reconhecido em qualquer lugar, por causa de tudo o que você me contou sobre ela. É uma alma especial.

— E Henrietta? Também acha que ela é uma alma especial? Você a conheceu, não?

A chegada do chá deu a Connor alguns momentos para se recuperar, porém Nest, examinando seu rosto, sabe que sua intuição é verdadeira. Ele dá um breve sorriso para a garçonete e se inclina para a frente em sua cadeira, fingindo rearrumar as xícaras, checando a água quente. Por fim, olha para Nest, e a verdade pode ser lida em seus olhos.

— Sim — responde Connor. — Eu conheci Henrietta.

Quando ele pega o coador de chá e o bule e enche as duas xícaras, Nest se dá conta de que nunca poderia ter feito isso sem que suas mãos tremessem. Naquele momento, a grande diferença de idade entre os dois se torna evidente: ele está controlado e seguro, e ela, prestes a cair no choro. A jovem pensa em Henrietta, em sua beleza, presença de espírito e elevada auto-estima e se sente miseravelmente consciente de sua própria imaturidade. Connor coloca o leite e o açúcar ao seu alcance e empurra o chá em sua direção.

— Tome.

A ordem seca e tranqüila levou-a a encará-lo. Com um leve movimento da cabeça, ele dirige a atenção dela para as outras famílias, que se mostravam interessadas no que ocorria nas demais mesas, e ela responde de forma intuitiva, sorvendo o chá obedientemente, erguendo a xícara com a mão trêmula e recolocando-a no pires apenas com um leve ruído. Ele enche o bule com a água fervente do jarro e oferece a bandeja redonda, de dois andares, repleta de fatias de bolo, girando-a devagar, de um jeito quase provocador, como se estivesse estimulando seu apetite. Ela os observa: bolo inglês enfeitado com cerejas em conserva, uma comprida bomba de chocolate com creme artificial derramado sobre o papel celofane decorado, várias fatias de torta com glacê cobertas com pedaços de laranja cristalizada. Ao pensar em todo aquele melaço, Nest engole em seco e seu estômago fica embrulhado. Connor continua a girar a bandeja, observando-a. Nest pega um bolo inglês, o menos repulsivo, e o coloca em seu prato.

— Eu queria vê-la — diz ele, com delicadeza — porque precisava conversar com você pessoalmente, não por carta. E não tem só a ver com Henrietta. Sou velho demais para você, Nest, e sabe que isso foi algo que me preocupou desde o início. Quando conheci sua família, isso ficou ainda mais evidente. Tenho a mesma idade que Mina, sou mais velho até que Henrietta. Nunca ocorreu a elas, nem por um instante, que poderia haver qualquer coisa entre nós além de uma relação casual, motivada pelo fato de eu ter amigos em Porlock. Elas ainda a vêem como uma criança; ah, eu sei, você já tem quase dezoito anos, mas, de repente, vi tudo com os olhos delas e caí em mim.

Connor se inclina para a frente, com um leve sorriso nos lábios, como se estivesse contando uma história para Nest, disfarçando de forma deliberada a tensão que existia entre eles, em virtude dos olhares de suas amigas de escola e seus pais. É uma imitação grotesca da intimidade tão ansiada por ela e explica por que ele tivera o cuidado de escolher um lugar que a protegia parcialmente do interesse dessas pessoas. A sra. Crowe continua tentando captar o olhar de Connor.

— Não quero ser rotulado de papa-anjo. — Sua voz cálida e dócil faz com que isso soe quase divertido. — Não posso fazer isso, Nest. Foi um daqueles interlúdios mágicos que acontecem longe do mundo real, mas que esmaecem quando expostos à dura realidade. Isso ficou claro para mim quando conheci sua família.

Nest toma mais um gole de chá e parte um pedaço do bolo de frutas. Sua vida protegida em Ottercombe e na escola não a preparara para enfrentar aquele tipo de situação. Se estivessem sozinhos, ela contra-argumentaria, tentaria fazê-lo mudar de idéia, mas o que mais poderia fazer ali, naquele ambiente floreado e requintado, rodeada por suas colegas curiosas?

— Tente não ser muito dura comigo. Eu juro para você, Nest, que não está sendo nada fácil deixá-la ir.

Estranhamente, é o pedido de compreensão que faz com que suas costas se enrijeçam. Ela empurra o prato para o lado, jogando nele o que restava do guardanapo.

— Estou com uma dor de cabeça terrível — confessa ela, com bastante clareza, para que outros pudessem ouvir, se estivessem escutando. — Sinto muito, Connor, mas não vou conseguir comer doces. Será que podemos voltar agora?

Ao sair, ela sorri para as amigas ao passar por elas, ignorando o exagerado gesto de consternação da sra. Crowe, e os dois não falam nada no carro, enquanto percorrem o curto caminho até a escola. Ele é inteligente demais para se arriscar a prolongar a conversa, o que poderia resultar em choro, apelos ou recriminações: esconde sua própria tristeza, sabendo que Nest precisa de todo o orgulho e coragem para voltar para a escola com a dignidade intacta.

Alguns dias depois, Nest recebe dele uma carta breve, uma repetição do que já havia sido dito — amável, porém firmemente —, mas, ainda assim, não consegue absorver tudo aquilo: ama-o demais. Na verdade, é apenas em Ottercombe, mais de um mês depois, que Nest acredita, de fato, que tudo havia terminado, que ele não telefonaria nem apareceria de repente, dizendo-lhe que tudo não passara de um terrível engano. Ela fantasia situações em que ele volta para ela, corre para atender o telefone e pegar a correspondência, ansiando contar toda a verdade a Mina, mas incapaz de admiti-la até para si mesma. Então, na manhã do dia 15 de agosto, Mina recebe uma carta de Henrietta.

Assim que a irmã lê a carta de Henrietta em voz alta para Lydia — editando-a com cuidado —, quando tomam café na ante-sala, Nest percebe, por fim, que tudo estava terminado.

— "Eu e o Connor estamos nos vendo bastante. Você se lembra dele, mãe? Ele foi nos visitar aí e vem a Londres com muita freqüência. Descobrimos que tínhamos alguns amigos em comum e ele me convidou para ir a uma festa em Oxford no fim de semana que vem, o que vai ser divertido..."

Nest é tomada por um ciúme tão agonizante que o resto da carta passa despercebido. Ela os imagina juntos, sabendo que agora não tem a menor chance de reconquistar o amado. Depois de ele conviver com a mais glamorosa de suas irmãs, como ela poderia ter esperanças de competir?

Mina termina a carta, dobrando as folhas e colocando o envelope ao lado de seu prato, e Nest fita o vazio sombrio; um futuro que já não inclui Connor. A chuva, batendo contra as janelas, faz com que se sinta ainda mais deprimida.

— Não me lembro de um verão mais chuvoso — comenta Lydia. — O gramado parece uma esponja.

— Muitos rios estão inundando — diz Mina —, mas com certeza isso não vai continuar por muito tempo. Até o nosso riacho está transbordando.

Nest sente certa satisfação melancólica ao caminhar até a praia, embora observe com ansiedade quando uma pata e seus patinhos são levados rapidamente pela correnteza. Jogados contra os seixos e galhos salientes, os filhotes lutam de forma quase cômica para alcançar a mãe, que procura um abrigo tranqüilo em um remanso. Ao segui-los, Nest fica tão preocupada e entretida que demora a se dar conta da verdadeira força das águas que descem do alto da charneca. Pequenas nascentes jorram da parede rochosa, como se — tal qual dizem os nativos — as rochas estivessem sendo espremidas, enchendo o riacho à medida que ele cascateia rumo à praia. A princípio, a cena dramática, o bramido incessante das águas e o grasnido das gaivotas vão ao encontro do estado de espírito de Nest. Não obstante, a jovem tem um estranho presságio, como se, naquele momento, a força da natureza fosse grande demais para ela. Sua magnitude implacável e poder costumam ser uma fonte de consolo, levando-a a compreender melhor seus temores insignificantes;

porém, naquele dia, até os ruídos gerados pelos elementos são estrondosos: a água tombando dos despenhadeiros, as ondas quebrando com força na praia, a chuva cada vez mais grossa batendo nos rochedos.

Quando ela chega a casa, sente alívio ao ver que Mina já acendeu a lareira da sala de visitas.

— Mamãe está inquieta — diz Mina a Nest. — É este tempo horrível. Parece loucura acender a lareira em agosto, mas acho que precisamos. Vou preparar chá, então tire essa capa de chuva ensopada e vá conversar com ela. Tente parecer alegre ou mamãe vai ficar ansiosa. Não é por nada, ela é assim mesmo. Se ao menos esta terrível chuva parasse!

No entanto, a chuva não cessa, aumenta no final da tarde, até que, por volta de oito e meia da noite, cai um aguaceiro — doze centímetros de chuva em uma hora. No alto, no pântano Chains, as torrentes de água transbordam, incapazes de penetrar no solo denso, formando uma só cascata ao lançarem-se na direção do mar; penedos e árvores brutalmente arrancadas pela raiz vão de encontro às pontes e as levam consigo, de maneira que, no final, o entulho fica parecendo um imenso aríete. Casas e construções são destruídas como se fossem de papelão; o rio West Lyn, que mudara o percurso, destruindo estradas, uma capela, lojas e casinhas, move-se com ímpeto para se juntar ao East Lyn. Juntos, os dois formam um torvelinho de seis metros, conduzindo cem mil toneladas de pedregulhos, formando uma represa de quase oito metros de altura, até que a pressão se torna excessiva e o gigantesco fluxo cede, com um poderoso estrondo, levando casas, carros e animais para o oceano.

Em Ottercombe, utilizando velhos sacos de areia para manter a água fora da cozinha, observando o rio cheio passar pelo gramado e chegar até a extremidade inferior da varanda, Mina e Nest estão preocupadas demais com sua própria segurança para pensar no que poderia estar acontecendo nas outras partes do litoral. Só de manhã a devastação se torna evidente — na rua Lynmouth, totalmente coberta de lodo e pedregulhos dispersos, hotéis e casas desapareceram sem deixar rastros; além disso, por uma extensão de um quilômetro, contando a partir da rebentação, centenas de árvores imponentes haviam sido arrancadas do solo, estando a prumo, apoiadas em suas gigantescas raízes expostas — e os atos de heroísmo começam a ser contados, juntamente com as histórias trágicas.

As mulheres de Ottercombe escutam, chocadas, as notícias no rádio, lêem, horrorizadas, o jornal e se sentem agradecidas por sua própria segurança. Para Nest, sua tristeza se torna parte de um pesar maior, e dali para a frente os dois desastres, a inundação de Lynmouth e a perda de Connor, estarão inextricavelmente conectados.

CAPÍTULO VINTE E SETE

De: Mina
Para: Elyot

Querido Elyot,

Que família a nossa! Lyddie chegou logo após o café da manhã, com a aparência péssima. Meu Deus! A situação é tão grave quanto temíamos. Levei Georgie para Lynton — o que deu pano para mangas! — e deixei Nest ficar sozinha com Lyddie. Esperávamos que nossa sobrinha pudesse se abrir com ela e, pelo visto, foi o que aconteceu, embora Nest esteja sofrendo muito com essa situação, como pode imaginar. Você não faz nem idéia do longo intervalo que ocorreu entre a última frase e esta. Meu querido Elyot, choca-me ver o quanto venho confiando em você. Ao lhe contar tantos segredos nossos, acabei tirando um pouco do peso dos meus ombros; porém, ao mesmo tempo, coloquei todas nós em posição vulnerável. O estranho é o quanto foi fácil tornar-me íntima de uma pessoa que nunca vi. Sei que passou algum tempo antes de nos tornarmos confidentes, porém a facilidade com que venho depositando minha confiança em você é assustadora, o que me leva a entender por que os pais ficam ansiosos com as conversas dos filhos na internet. Seria tão fácil assim por telefone? Não creio. Ou, ao menos, as coisas não andariam assim tão rápido. Todos nós temos aqueles momentos bizarros com pessoas estranhas, uma repentina exteriorização de uma preocupação, sabendo que cada um irá para o seu lado em breve; entretanto, passei a depender de seu conselho e estímulo de uma forma bem diferente. Parece que a escrita resulta em uma familiaridade natural.

Bem, mas voltando ao assunto, Nest está achando essa situação difícil. "Como você se sentiria se o amor de sua vida ficasse com outra mulher?", foi mais ou menos isso que Lyddie perguntou a ela. Nest, então, descreveu exatamente como tinha se sentido, e agora está bastante ansiosa, temendo que Lyddie queira saber mais detalhes. Nossa, é incrível constatar como podemos nos tornar vítimas do engodo e do amor-próprio! Seja como for, não é por culpa de Nest que essa dissimulação perdurou todos esses anos. Ela foi obrigada. Apesar de tudo, conseguimos chegar à hora de dormir sem maiores contratempos, embora estejamos todas com os nervos à flor da pele. Acontece, Elyot, que posso sentir uma espécie de nêmesis se aproximando de nós, prestes a se instalar aqui. Nest foi a primeira a sentir isso, claro. Há semanas, quando Helena ligou para perguntar se poderíamos ficar com Georgie até o asilo poder recebê-la, ela teve estranhos presságios.

Quanto a Georgie... Bem, você não vai acreditar, Elyot, mas esta manhã eu a perdi! Minha nossa, ainda fico apavorada só de pensar, embora, agora, ache engraçado. Georgie estava de muito bom humor, toda emperiquitada para ir a Lynton, e só os olhos mais perspicazes teriam notado que usava sapatos iguais, mas de cores diferentes. Um preto, outro marrom! Saímos animadas, com os cachorros na parte de trás do carro; a manhã estava linda e luminosa. Minha irmã estava com a mente afiada; lembrou-se de lugares com bastante clareza à medida que passávamos por eles. Já comentei com você que às vezes considero que a vinda de Georgie a Ottercombe pode ter sido prejudicial para ela mesma? Bem, acho que foi. Ela tem sido transportada de volta ao passado e dá para sentir que luta para se manter no presente. Tenho a impressão de que é mais simples para Georgie retroceder; ela se lembra de fatos que ocorreram há quarenta anos com muito mais facilidade do que se lembra do que fizemos ontem. Talvez isso faça parte da demência. Ah, mas é claro que ninguém mais tem demência, não é mesmo? Sobretudo demência senil! Minha nossa, como a palavra "senil" é politicamente incorreta! Bem melhor mascará-la com o nome mais aceitável e inteligente de Alzheimer. Entretanto, eu pergunto: as duas doenças não são iguais?

Seja como for, é certo que Georgie parece estar disposta a voltar ao passado longínquo e lembrar-se de muitas coisas estranhas. Esta manhã, conversamos sobre a morte de papai, logo após a guerra, e sobre como ela tentou ficar de olho em Josie e Henrietta quando estavam solteiras. Ela estava muito lúcida, até mesmo divertida, e essa é a grande tragédia disso tudo. Então chegamos a Lynton, estacionei a van e fomos até a biblioteca. Esta nossa idade, caro Elyot, traz à baila o lado melhor dos amáveis nativos, que nos ajudam e atendem com um sorriso nos lábios, o que é muito bom. Pusemos as compras na van, e foi só quando estávamos tomando café no bistrô que me lembrei de que precisava comprar pão. Disse a Georgie que voltaria em um instante e lhe pedi para esperar ali.

Fui depressa comprar o pão e, quando voltei, nada de Georgie. A garçonete, bastante surpresa com minha ansiedade, disse que ela tinha se lembrado de algo de repente e que saíra. Embora eu tenha sido incrivelmente indiscreta com você, meu querido amigo, ainda não havia alertado os nativos de nossos problemas pessoais, então me limitei a verificar se ela tinha pagado a conta — e pagara! — e me dirigi apressada à rua. Aonde tinha ido? Corri de um lado a outro, ofegante, checando seus lugares favoritos. Nada de Georgie. As pessoas me olhavam de forma estranha, e vejo meu reflexo em uma janela de vidro laminado: uma idosa determinada, de rosto rubro, chapéu torto e lenço esvoaçante. Lynton não é uma cidade grande e, em pouco tempo, eu tinha percorrido todas as ruas principais. Cheguei até a ir ao centro médico. De súbito, torcendo para que fosse verdade, perguntei-me se ela não teria voltado para a van. Poderia muito bem, durante todo esse tempo, ter ficado sentada tranqüilamente ali, esperando por mim. Comecei a correr — por que não pensei nisso antes? Nunca tranco a van, evitando que, em caso de algum acidente, os cachorros não possam ser retirados. Afinal, se alguém precisasse de um carro de dez anos, caindo aos pedaços, com assentos roídos por cachorros, então, pobre alma, devia estar mais necessitada do que eu! Mas Georgie não estava lá. Capitão Gato me deu um latido encorajador e Dom Arisco me olhou com ansiedade pela janela, mas não havia sinal dela.

Foi só quando fiz mais uma última tentativa desesperada de encontrá-la, antes de ir à delegacia, que a vi, de pé na calçada, em uma pequena via lateral, fitando uma casa geminada. Alguma coisa em sua linguagem corporal impediu-me de gritar com ela, impaciente. Fui até ela. "Não sabia onde você estava!", afirmei, com calma, quando me aproximei. "Está tudo bem?", perguntei. Georgie se virou, com a expressão intrigada e triste. "Estava procurando por Jenna", explicou ela, com melancolia, "mas não estou conseguindo encontrá-la. Disseram que não a conhecem." Jenna, a jovem que cuidou de nós quando éramos crianças, falecera havia mais de dez anos. Ela e o marido se mudaram para Lynton nos anos sessenta, aliás, justamente para aquela casa, na qual se viam as cortinas puxadas para o lado, enquanto um rosto desconfiado nos fitava. Segurei o braço de Georgie. "Jenna já se mudou", disse-lhe — o que não é de todo mentira, apesar de eu torcer para que ela não perguntasse para onde, já que havia sido uma digna mudança para o cemitério —, "e agora temos de voltar para casa." Ela foi comigo, com razoável bom grado, e eu perguntei, para distraí-la, se gostaria de fazer uma pequena viagem até o litoral ou a Simonsbath. Quando a acomodei no carro e descobri que Dom Arisco tinha comido a ponta do pão, tive vontade de cair no choro. Assim que partimos, a nossa imagem me veio à mente: duas velhotas birutas de cabelos brancos conduzindo uma van antiga pelas curvas íngremes — e devo dizer que, sem mais nem menos, comecei a rir, sem parar. Georgie, que Deus a abençoe, acompanhou-me, e os cachorros latiram alegremente até eu parar em Brendon Two Gates para recuperar o fôlego. "Foi divertido", observou Georgie, animada. "E agora, aonde vamos?"

Eis aqui, Elyot, um pequeno esboço do nosso dia. Como foi o seu?

De: Elyot
Para: Mina

Querida Mina,

Devo dizer que ri também, apesar de ter sentido um **aperto** no coração ao imaginar Georgie diante da casa de Jenna. Eu me identifico facilmente com esse tipo de situação, com essa passagem da mente sã para a — bem, como devo chamar isto? — "doidona", como diria William. No nosso caso, infelizmente, esses períodos de lucidez estão diminuindo. Enfrentamos horas de repetições: a mesma pergunta ou palavra, o que, apesar de ser enlouquecedor, é digno de pena.

No entanto, minha querida amiga, decidi seguir seu conselho e parei de tentar convencer Lavinia de que ela estava imaginando coisas sobre o nosso clínico. Agora entro na dança, limitando-me a sussurrar algo favorável ou assentir ou parecer apropriadamente chocado. Faço isso a contragosto — o que é bobagem, eu sei —, pois sinto estar sendo conivente com a difamação de um homem admirável, trabalhador e muito tolerante. Ao mesmo tempo, suspeito que o clínico não se surpreenderia nem um pouco se soubesse dos sentimentos negativos de Lavinia com relação a ele. Sem dúvida alguma já deve ter visto de tudo antes. Tomara que minha esposa não se recuse a ir vê-lo. No momento, nos deixamos levar pelas circunstâncias neste mundo sombrio; no entanto, tal como você e sua nêmesis, sinto que em breve vai acontecer alguma coisa sobre a qual não terei controle algum. Mas o que estou querendo dizer é o seguinte: sim, acho que você tinha razão no que diz respeito a aceitar a situação e parar de contrariar Lavinia. Ela está bem mais calma agora, e, como já não tem de me fazer acreditar nos horrores que atordoam a sua mente, enfatiza-os menos, esquecendo-se mais rápido deles.

Minha querida Mina, a facilidade com que desenvolvemos tamanha amizade também me surpreende. Avançamos muito desde aquela sala de bate-papo, não? Para ser sincero, acho que nós dois conseguimos lidar melhor com nossas situações específicas justamente por causa dessa nossa capacidade de desabafar. Talvez seja pelo fato de não podermos nos ver que consigamos trocar segredos de forma tão aberta. Tal como você, também me perguntei sobre os aspectos da perfídia e cheguei à conclusão de que o que estamos fazendo não é diferente de receber "orientação profissional" ou algo nessa linha. Descobrimos que somos da mesma geração, que pensamos da mesma forma, e nossa amizade cresceu naturalmente a partir daí. Talvez tenha sido tolice termos depositado tanta confiança um no outro, porém o tempo provou que tínhamos nossos motivos, e você não tem nada a temer no que diz respeito a mim. Considerando as inúmeras vezes em que você me consolou, jamais passaria pela minha cabeça fazer-lhe mal. Não que eu faça idéia de como isso possa ser feito. Contudo, entendo como se sente. Não nos abrimos apenas com relação a nós mesmos, mas também com relação aos nossos entes queridos, e às vezes sentimos estar traindo a confiança deles. Bem, que se há de fazer? Agimos assim por amor e consideração a eles, tentando entendê-los e juntar forças para dar prosseguimento à tarefa.

Então lhe proponho um brinde: à vida familiar.

CAPÍTULO VINTE E OITO

— Sei que é inacreditável — disse Lyddie —, mas, na verdade, eu ainda o amo.

Seus três dias sabáticos já haviam quase terminado e ela planejava voltar para Truro após o almoço. Nesse ínterim, estava ajoelhada no piso da cozinha, pragmática com seu jeans e suéter grosso de gola rulê, penteando o ocioso Grumete. Apesar de ter gemido de vez em quando e se alongado com voluptuosidade algumas vezes, Grumete ficou ali deitado de forma passiva, cansado em virtude da longa corrida do início de manhã em Trentishoe Down. Depois do café, Mina, Georgie e os cachorros tinham caminhado até a praia, enquanto Nest ficara com Lyddie na cozinha ensolarada, observando a escovação de Grumete.

— É claro que o ama — concordou Nest. — Seria estranho se já não o amasse. O amor não é tão simples assim. Sempre fico me perguntando como as pobres esposas de assassinos em série devem fazer ao descobrir de repente o lado sombrio de alguém que amam. Como será que lidam com isso?

— Acho que nem só a companheira. — Lyddie deixou de pensar em seu próprio sofrimento por um instante. — Imagine também os pais.

— É — disse Nest, após alguns momentos. — É verdade. E os filhos.

— O desamparo das crianças pequenas é estarrecedor — afirmou Lyddie. — Jack disse que morre de medo de que algo aconteça com Toby ou Flora. O pior é que, segundo ele, você precisa estimulá-los a fazer coisas que podem machucá-los, para que eles dêem o máximo de si; se não fizer isso, ficam dependentes demais. Ter que decidir se estão prontos para dar o próximo passo. Como é aterradora a idéia de ser mãe!

— Há uma coisa pior do que isso — disse Nest, com o semblante fechado, e então ficou calada.

Lyddie a olhou com curiosidade.

— O quê? — perguntou.

— Ver outras pessoas tomarem essas decisões por seu próprio filho — respondeu Nest, por fim.

Lyddie, com a expressão pensativa, recomeçou a pentear Grumete, para que seu pêlo negro com toques amarronzados brilhasse.

— Essa é a segunda vez — disse Lyddie. — Primeiro você falou da infidelidade do seu amante, e agora faz essa afirmação sobre filhos como se realmente soubesse.

Nest a fitou ali, agachada ao lado do cachorro, que cochilava. O rostinho pálido, emoldurado pelos cabelos sedosos, estava cheio de afeição genuína — ela mesma parecia uma criança —, e Nest se deu conta, por instinto, de que o momento finalmente chegara. Torceu as mãos no colo, aterrorizada, mas começou a falar, com coragem:

— E sei *mesmo* — disse ela. Sentia como se seu coração fosse sair pela boca. — Tive um bebê, sabe, anos atrás. — Nest desviou o olhar da expressão surpresa de Lyddie, concentrando-se na sua história, temendo perder a coragem. — Não era tão simples, naquele tempo, ser mãe solteira. Além do estigma, não havia o apoio financeiro que se pode reivindicar agora, e era preciso estar muito bem financeiramente para sustentar um bebê e, ao mesmo tempo, trabalhar. Bem, acho que você se lembra, não? Eu dava aulas de inglês e, na época, trabalhava no setor privado...

— Eles a mandaram embora? — Lyddie pareceu tão indignada que Nest conseguiu sorrir de leve.

— Não — disse ela. — A diretora era uma mulher muito justa e sensata. Ela me deu uma licença. Engravidei no outono e fiquei fora durante o período letivo entre a primavera e o verão. Se alguém na escola suspeitou, nunca disse nada, e eu fiquei muito feliz por ter a oportunidade de voltar a trabalhar em setembro.

— Mas o que foi que a vovó disse? — Lyddie estava de cócoras, esquecendo-se de pentear Grumete, chocada, porém cheia de comiseração por sua adorada tia. — E a tia Mina? Ela soube?

— Ah, sim. Soube. No início, sua avó ficou horrorizada, mas Mina conseguiu acalmá-la. Acima de tudo, preocupou-se com o terrível estigma de ter uma filha solteira grávida. Deve ser muito difícil para você entender isso, nestes tempos evoluídos, mas até mesmo em meados dos anos sessenta isso era considerado uma desgraça...

— Mas o pai... — interrompeu Lyddie —, você não pôde...? Ele era...?

— Ele era casado. — Ela falou tão baixo que Lyddie se levantou e se aproximou, sentando-se na cadeira ao lado da mesa, ainda segurando a escova.

— Puxa, Nest...

A tia a olhou.

— Não foi um caso não — afirmou, com dificuldade. — Nada disso. Foi só uma vez. Mas eu o amava, sabe? — Sua face se enrugou ligeiramente, e então ela sorriu de novo, meneando a cabeça quando Lyddie fez um gesto rápido e impulsivo. — Você não precisa ficar com pena de mim. Espere. Estou tentando me lembrar.

— Então a vovó a obrigou a dar o bebê? — Lyddie a estimulou, com amabilidade, cheia de compaixão.

Nest respirou fundo, os olhos voltados distraidamente para o pátio, e assentiu.

— Hum. — Ela normalizou o tom de voz. — Ficou decidido que... o bebê seria adotado. Até Mina fez pressão para que isso ocorresse. Todos chegaram à conclusão de que seria a melhor coisa para... a melhor coisa.

Lyddie se levantou, deixando cair a escova, e ajoelhou-se ao lado da cadeira de Nest: diante daquela dor, seu próprio sofrimento desapareceu.

— Que terrível!

— Foi horrível. — Ela fitou a mão de Lyddie, cálida sobre a sua, e depois os olhos de tom verde-acinzentado que a fitavam com tanto carinho.

— Mas quem eram "todos"? A família toda sabia?

— Não, nem todo mundo. Josie e Alec já tinham ido para os Estados Unidos, e Georgie estava com Tom, prestando algum tipo de serviço em Genebra. Timmie estava servindo no Exército, na Alemanha, mas sabia de tudo. Ele sempre foi uma grande fonte de consolo para mim.

— E a mamãe? Ela sabia?

Nest desviou o olhar para a cozinha, em seguida para o pátio e, por fim, fitou Lyddie.

— Já pensei nisso um milhão de vezes — disse ela — e não há outra saída, a não ser a pura verdade. Sim, Henrietta sabia, porque foi ela que adotou minha filha. — Nest observou a perplexidade dar lugar à conscientização e a súbita perda de cor no rosto de Lyddie. — Perdoe-me, se puder, por romper o silêncio agora. É que...

— *Sua* filha?

— Henrietta teve muita dificuldade para conceber filhos. Sofreu vários abortos e não pôde mais ter filhos depois de Roger. — Nest falou rápido, como se através das palavras ela pudesse mitigar aquela notícia tão bombástica. — E queria muito ter outro filho... Oh, meu Deus! Isto é terrível! — Pensou em várias frases e as rejeitou; eram, em última análise, meros pedidos de misericórdia. Embora sentisse fraqueza e mal-estar, esforçou-se para esconder isso da jovem, ainda ajoelhada ao seu lado, com os olhos arregalados em virtude do choque. — Eu poderia dizer todas as coisas óbvias: achamos que era o melhor para você, que teria mais oportunidades com Henrietta e Connor, e que, além disso, continuaria na família. — Ela soltou um arquejo de angústia. — Suponho que nada disso seja relevante para o modo como *você* se sente. Acontece que não *sei* como você se sente. Bem, completamente chocada, claro. Mas traída? — Nest engoliu em seco.

— E meu pai? — perguntou Lyddie, após um momento. — Foi aquele homem que você disse que a deixou?

Nest olhou para o chão, surpresa por ver que Lyddie ainda estava segurando com intensidade suas mãos. Recobrou forças para o próximo obstáculo.

— Foi — confirmou Nest. — Eu o amava. — Por algum motivo isso era importante, terrivelmente importante. — E ele... — Nest podia antever todas as armadilhas, sabia que Lyddie, em seu atual estado suscetível, chegaria às suas próprias conclusões.

— E ele era casado. — Lyddie terminou a frase para ela, mas quase serena, como se estivesse formando sua opinião, avaliando tudo à sua maneira.

— Foi Connor. — Nest não pôde suportar vê-la adivinhar. — Seu pai é... foi seu pai. Ele e eu... — Ela parou. Como dizer isso sem chamar Connor de adúltero? — Ele e eu...

— Estavam apaixonados antes de Henrietta entrar em cena.

As duas sobressaltaram-se ao escutar a voz de Mina, no vão da porta atrás delas; ainda mantinham as mãos fortemente entrelaçadas.

— Georgie está passeando no jardim com os cachorros. — Era evidente que dissera isso para tranqüilizá-las. Mina sorriu para Nest. — Tenho a impressão de que você cortou uma parte importante da história. Sabe aquela regra? Começar do início? Pelo visto, você começou do final. Venha, querida. — Ela estendeu a mão para Lyddie, que se levantou de forma rígida. A jovem estava atordoada. — Nest precisa descansar, e eu tenho algumas coisas para lhe dizer. Quando tiver ouvido toda a história, você e Nest podem conversar de novo.

Mina colocou o braço nos ombros de Lyddie e a conduziu para fora da cozinha, em direção à escada. Minutos depois, Nest empurrou sua cadeira pelo corredor e foi para seu quarto; lá, fechou a porta.

Assim que ficou só, Nest começou a tremer. Jamais pensara que aconteceria dessa forma, depois de mais de trinta anos de silêncio e das últimas semanas de grande tensão e ansiedade. A oportunidade surgira e ela não quis deixá-la passar; sentia um imenso alívio. Respirou fundo inúmeras vezes, exausta, na tentativa de se acalmar e controlar o corpo trêmulo.

O que Lyddie dissera mesmo? Como tinha reagido? Mina chegara a tempo de socorrê-la, como sempre fazia, desde o início, quando, nos dias que se seguiram à enchente e à chegada da carta de Henrietta, Nest lhe contara tudo. Mina teria mais condições de explicar a Lyddie por que aquilo ocorrera, tal como explicara tudo a Lydia, havia muitos anos.

Mina se interpõe entre Nest e a chocada Lydia.

— Não é o fim do mundo — diz Mina, com firmeza. — É, mãe? Isso acontece nas melhores famílias, não acontece?

Há uma intensidade na pergunta que pouco a pouco surte efeito na comoção de Lydia; ela então pisca e desvia o olhar.

— Acontece — responde a mãe —, acontece sim, claro; no entanto...

— Nós vamos enfrentar isso — diz Mina, sorrindo de forma alentadora para Nest. — Não vamos entrar em pânico, está bem? — Mais tarde, ela pergunta à irmã: — Por que você revelou tudo daquela forma, sua boba? Por que não me avisou antes? — Nest meneou a cabeça, com os olhos marejados, incapaz de falar. É Mina que adivinha. — É de Connor, não é? — pergunta.

— Só foi uma vez, sério! — Nest treme incontrolavelmente, como um cachorro enfermo. — Foi no batizado de Jack. Connor veio direto de uma conferência, está lembrada? Roger estava doente, e Henrietta não pôde ir — conta Nest, angustiada e frustrada. — Foi a única vez!

Naquele momento, ao se esforçar para sair da cadeira de rodas e se deitar na cama, tentando pegar o remédio, Nest se recordou de todos os encontros e reuniões familiares, das humilhações e do desespero. Só Mina sabia de toda a verdade e acompanhava impotente, mas com determinação, o esforço de Nest para controlar sua paixão obstinada por Connor; sofrera com a irmã, rira com ela e a encorajara.

— Mais uma vez — disse Mina, com firmeza, referindo-se a uma provação familiar envolvendo Connor. — Se conseguiu ir ao casamento, enfrentará isso.

O casamento se tornara um marco, um ponto de referência.

CAPÍTULO VINTE E NOVE

— Mas *é claro* que você tem que ser dama de honra! — exclama Henrietta. — *É claro* que não está grande demais. Eu sei que as pequenininhas são um amor, mas eu quero que seja você. Mina vai estar ocupada organizando tudo com a mamãe. E Georgie e Josie têm que cuidar dos bebês. Sabe, minha irmãzinha precisa participar! Se não fosse você, eu provavelmente nunca teria conhecido o Connor!

Henrietta se vira para o noivo com um olhar brilhante, passando o braço no dele.

— É verdade — diz Connor, com suavidade.

Nest mal pode encará-lo, incapaz de suportar aqueles gestos possessivos e os afagos que o unem à irmã. Porém, presta atenção, tentando ouvir que palavras ele utiliza para se dirigir à noiva. Henrietta o chama de "querido", mas ele nunca usa termos carinhosos quando se dirige a ela. Nest sente um amargo consolo com isso, guardando na memória aqueles momentos em que ele a chamava de "mocinha", enfeitiçando-a com sua voz. Connor toma o cuidado de não encher seu coração de expectativas e evita olhá-la; por outro lado, tampouco levanta suspeitas, ignorando-a por completo. Trata-a com a afeição casual de um irmão mais velho, e ela deve aprender a vê-lo, saudá-lo e sentar-se ao seu lado com aparente indiferença cordial.

O casamento é um tipo de tortura diferente. Como principal dama de honra, ela deve causar uma ótima impressão, tanto ao demonstrar seu deleite com a felicidade da irmã quanto ao ouvir o discurso de Connor, no qual ele diz aos convidados que a noiva está linda e faz uma brincadeira sobre casar em uma família com mais do que uma quantidade justa de mulheres bonitas. Nest se senta e observa todos aqueles amigos felizes e amáveis, sorrindo com entusiasmo para um e outro, rindo de suas piadas, e somente o semblante de Mina demonstra que *ela* entende. Do outro lado do salão, sua expressão é séria, mas calma, admitindo a dor secretamente, porém de certo modo encorajando Nest. O presente do noivo para ela é uma pulseira de prata e coral, linda e delicada, "como você, mocinha", diz ele, com discrição, levando a mão do braço que estava com a pulseira até a boca e beijando-a brevemente. Súbito, Henrietta interrompe aquele momento empolgante de maneira que o coração de Nest bate acelerado ao seu lado, embora Connor mantenha a calma.

— Ele insistiu em escolher a pulseira — diz Henrietta, admirando-a. — Não tenho sorte de ter um marido com bom gosto? — E Nest nada pode fazer além de anuir e sorrir de novo até sentir que as maçãs de seu rosto vão se partir com a dor do sorriso forçado.

— É uma sensação de impotência — diz Nest a Mina, mais tarde. — Como se aprende a deixar de amar?

— Não se aprende — responde Mina, séria; e, sem saber de Tony Luttrell, Nest pensa que ela está falando de Richard e lhe dá um abraço reconfortante.

Timmie faz o que pode para ajudar, convidando Nest para festas e bailes, apresentando-a a jovens agradáveis que se apaixonam, encantados com ela; contudo, nenhum deles é Connor, e, depois de ter provado seu jeito de seduzir, todos parecem rudes e imaturos.

Nest estuda para ser professora, tem vários relacionamentos breves, mas é durante aqueles anos, em que estava na casa dos vinte, que se aproxima mais do que nunca de Mina. Começa a dar aulas em uma escola em Barnstaple; para tanto, Mina a leva até Parracombe para que ela pegue o trem todas as manhãs, e volta para buscá-la à tarde. Elas fazem longas caminhadas, trabalham no jardim, cuidam de Lydia. Mina é cortejada, a certa altura, por um homem muito mais velho, um viúvo, que se recusa a receber um não como resposta. Ele vive com a irmã mais velha e os dois filhos em Lynton e envia convites para Mina ir visitá-los. Nest o apelida de sr. Salteena, inspirada no personagem de Daisy Ashford, já que "ele é um homem mais velho, de quarenta e dois anos, que adora convidar todo mundo para ir à casa dele. E seu bigode é preto e enrolado". Mina e Nest caem na gargalhada, rindo juntas como crianças, intrigando Lydia com suas estranhas referências literárias, completando-as com trechos de poesias, cantando os versos das operetas cômicas *O Mikado* e *Ruddigore*, da dupla Gilbert e Sullivan.

É Henrietta que tenta encorajar Nest a desenvolver suas potencialidades e sair de Ottercombe.

— O seu caso é diferente — diz Henrietta, em particular, para Mina. — Você passou aqueles anos em Londres e se casou com Richard. Já teve sua própria vida; admito que não foi lá grande coisa, mas teve, antes de se enfurnar aqui. Ah, não tenha dúvida de que somos muito gratas, eu, a Josie e a Georgie, por você estar disposta a cuidar da mamãe, mas seja franca, Mina, acho que você está bastante satisfeita aqui. A Nest é dez anos mais nova que você e, tirando o período que passou na escola normal, nunca se afastou daqui. Ela já está com vinte e cinco e logo será tarde demais. Uma amiga nossa dá aulas numa escola em Surrey, um internato muito bom, só de meninas, e ela me disse que eles estão precisando de uma professora de inglês para a última série. É um cargo excelente. Tente convencê-la a ir. Ela vai ter que morar na escola, mas, pelo menos, terá a oportunidade de conhecer outras pessoas. Tenta, Mina. Não está certo ela simplesmente se esconder aqui. Você vai sentir falta dela, claro...

É a última frase, sugerindo certo egoísmo por parte de Mina, que a leva a conversar com Nest. Talvez a irmã mais nova esteja pronta para a mudança e se dê conta também de que pode não ter outra oportunidade de viver fora de Ottercombe; seja o que for que a tenha motivado, Nest se candidata ao emprego e é contratada.

— Se odiar o trabalho — aconselha Mina, quando o momento de partir se aproxima —, você sabe que pode voltar para cá. E vamos ter os feriados...

Quando chega a Surrey, Nest não tem como evitar encontros mais freqüentes com Connor e Henrietta. Eles a recebem nos feriados prolongados, apresentam-na aos seus amigos e ela tem de lutar para que as dolorosas cicatrizes que encobriram seu coração ferido não reabram. Há ainda uma espécie de comedimento entre ela e Connor, sobretudo nos momentos em que ficam a sós, e, ocasionalmente, conforme os anos passam, ela entrevê o seu olhar, que é afetuoso, quase estarrecido, como se estivesse começando a questionar sua própria atitude. Ela teme, entretanto, estar dando asas à imaginação e destruir sua paz de espírito que, apesar de frágil, vem aumentando lentamente, e faz o possível para evitá-lo. Vai às festas de aniversário, casamentos e Natais da família, conseguindo esconder seu amor obstinado até o fim de semana do batizado de Jack.

Dez anos de sábia autopreservação jogados fora em uma única tarde!

A esposa de Timmie, Anthea, não quis batizar o filho na igreja da guarnição, optando por realizá-lo na de sua família, no vilarejo de Herefordshire, onde ela crescera. Os membros da família que podem participar da cerimônia vespertina e da festa subseqüente fazem reserva no hotel local, longe de Lydia e Mina, que ficam com a família de Anthea. Quando Nest tenta, na última hora, conseguir um quarto, informam-lhe que já não há nenhum disponível ali e sugerem que se dirija a um agradável albergue a dois ou três quilômetros, logo após os limites de Shropshire.

É quando está prestes a descer para almoçar, no albergue, que Nest vê o carro de Connor entrar no estacionamento. Escondida atrás da cortina, ela o observa sair do carro e fechar a porta. Ele olha de esguelha para a construção de alvenaria e madeira, e ela nota que seu semblante está preocupado, bastante sombrio. Virando as costas, Nest anda de um lado a outro no quarto, de braços cruzados, cabisbaixa, pensativa, ao mesmo tempo que começa a sentir uma excitação tensa. Então, pega a jaqueta e vai até o bar, onde examina o cardápio do almoço junto com o proprietário, e pede uma omelete e uma dose de uísque. Quando Connor aparece, ela está sorvendo a bebida, sentada a uma mesinha perto da janela.

— Aí está você. — Era óbvio que esperava vê-la. — O que está tomando? Uísque escocês? Acho que vou querer uma dose também. Quer outra?

Ela assente e o observa ir ao bar; ele está muito charmoso em seu terno elegante. Como seu nervosismo e sua excitação aumentam, Nest toma outro gole, tentando se acalmar.

— Que situação mais absurda esta! — Ele volta, coloca o copo na mesa e senta-se à sua frente. Ainda parece a um só tempo ligeiramente irritado e divertido. — À sua família! — exclama ele.

— Pensei que você e Henrietta fossem se hospedar no hotel — diz Nest, com calma.

— E íamos — responde ele —, só que Roger está com uma dessas doenças infantis, e ela não pôde vir. Quando cheguei lá, Georgie e Tom estavam furiosos. Não acharam que era necessário fazer reserva, já que estamos no final de outubro, mas aí não havia lugar para eles e a pequena e adorável Helena. Então ofereci o nosso quarto, e a recepcionista, agradecida, sem sombra de dúvida, por ter sido salva da ira de Georgie, sugeriu que eu me hospedasse aqui. Contou-me que um membro da família tinha vindo para cá e me disse, com amabilidade, quem era.

— E então aqui está você.

É o uísque, talvez, que a deixa em um estado de espírito despreocupado e seguro. Ele a olha, comprimindo bastante os olhos sorridentes, tirando-lhe o fôlego.

— Aqui estou eu! — concorda ele.

O que teria acontecido no decorrer daquele dia, pergunta-se Nest depois, que os havia enfeitiçado e lançado de forma tão impetuosa de volta ao passado, fazendo dez anos de autocontrole desaparecerem por completo? Bem, evidentemente a ausência de Henrietta foi um fator contributivo, e também a de Mina. Quando Nest e Connor se encontram com os demais familiares no hotel para caminhar até a igreja, ficam sabendo que Lydia teve uma terrível crise de asma e que ela e Mina não vão comparecer.

— Que pena! — lamenta Georgie. — Tom e eu estamos indo para Genebra daqui a quinze dias. Estava louca para vê-las antes de ir. Agora, como se já não estivesse ocupada o bastante, vou ter que dar um pulo em Exmoor...

Nest e Connor se entreolham e riem de forma dissimulada, com prazer, unindo-se espiritualmente, como já acontecera antes.

— A devoção filial é uma coisa maravilhosa — sussurra ele, segurando-a pelo cotovelo enquanto caminham até a igreja.

— Você é um tremendo cínico! — responde ela, tentando não estremecer ao sentir seu toque.

— Eu, hein, mocinha? — Faz uma expressão chocada. — Longe de mim!

Quando chega a noitinha, o tom brincalhão entre os dois muda de maneira sutil. Os parentes de Anthea são anfitriões generosos e todos se divertem e desfrutam da comemoração. Parece perfeitamente natural Connor e Nest passarem tantas horas juntos, tal como faria qualquer outro casal; sem suas costumeiras acompanhantes, desfrutam de uma intimidade brincalhona, porém secretamente atenta, que nenhum membro da família questiona. Com o autocontrole relaxado pelo vinho e champanhe e os anos de convivência forçada transformados em intimidade, assim que voltam para o albergue o longo período de frustração e solidão se converte em uma longa noite de libertação apaixonada.

CAPÍTULO TRINTA

Nest acordou quando Mina lhe trouxe uma xícara de chá. Lutou com os travesseiros, piscando os olhos para acordar, esforçando-se para acordar.

— Lyddie — perguntou, ansiosa. — Como está ela? O que foi que disse?

Mina colocou o chá no criado-mudo.

— Lyddie voltou para Truro. Não, não tire conclusões apressadas! — exclamou ela, quando Nest gemeu, angustiada. — Ela não foi embora revoltada. Nada disso. Tinha de ir, de qualquer forma, está lembrada?

— Sim, é claro que estou. Como eu fui idiota, Mina. Revelar tudo isso agora, quando ela já estava com a cabeça cheia... Como reagiu?

Mina ajeitou os travesseiros atrás das costas de Nest, acomodando-a melhor, e sentou-se na beirada da cama.

— Por incrível que pareça, agiu de forma bastante equilibrada — respondeu Mina, com amabilidade. — É óbvio que foi um grande choque, mas ouviu toda a história, fez perguntas sensatas e disse, compreensivelmente, que precisaria de um tempo para absorver tudo aquilo.

— Ah, Mina. Dois choques em menos de uma semana! Ela deve estar desnorteada! Acha que deveria estar dirigindo?

— Vai mantê-la ocupada. Para ser franca, acho que seria difícil para vocês se encontrarem na hora do almoço, não seria? Esse intervalo vai ser bom para as duas. Ela lhe mandou um grande abraço...

— Foi mesmo? — perguntou Nest, ansiosa. — Sério?

— Sério. — Mina olhou com compaixão para a face tensa e sofrida da irmã. — Eu não inventaria algo tão importante, sabe disso.

— É verdade — confirmou Nest, após um momento —, você não faria isso.

— Você e Lyddie mantêm uma ligação afetuosa há mais de trinta anos. Isso não pode ser apagado. Ela não é uma criança. Conseguirá avaliar a situação de forma imparcial e justa; porém, precisa de tempo para se acostumar.

— Como há também a questão de Liam, acho que vai levar muito tempo.

— Não tenho tanta certeza assim — disse Mina, devagar. — Ela achou sua atitude corajosa. Disse: "Todos têm o direito de conhecer o seu passado." Pode parecer estranho, mas acho que os problemas de Lyddie vão dar a ela mais discernimento. Os que nunca sofreram ou falharam é que são sempre mais intolerantes. Lyddie será justa, não a interpretará mal, tenho certeza; só que isso não significa que não seja um choque.

— É *evidente* que é! — exclamou Nest. — Santo Deus! Descobrir que sua mãe não é quem você achava que era! — Ela meneou a cabeça. — Como lidar com isso? Quantas vezes essa questão me veio à mente quando me perguntei se deveria lhe contar a verdade.

— Hum. — Mina estava pensativa. — E acha que ela tem razão? Crê que todos têm o direito de conhecer o seu passado?

— Bem, fico feliz em saber que *ela* pensa assim, e, sendo esse o caso, só espero que não fique brava por eu ter mantido isso em segredo durante tanto tempo. Porém, de modo geral, creio que se eu acreditasse nisso teria revelado tudo após a morte de Connor e Henrietta. Antes disso, os dois me fizeram jurar que não lhe contaria. É uma questão muito complexa, com muitas implicações. A verdade só escapou agora por causa da tensão. E pensar que, no fim das contas, não foi Georgie que abriu a boca. — Nest gemeu. — Todo aquele terror...

— Georgie foi a catalisadora — afirmou Mina. — Fez a parte dela. E agora é melhor que você durma mais. Parece exausta, o que não é de surpreender. Tome o chá e tente descansar. Está tudo bem. O pior já passou.

— Acha mesmo?

— Acho sim. — Mina se inclinou, beijou a maçã do rosto de Nest e se levantou. — Tome seu chá e pare de se atormentar. Ela sabe. Mandou um grande abraço para você. O pior já passou sim. — Ela hesitou, observando Nest sorver o chá. — A título de curiosidade, como *foi* que isso começou? O que a levou a contar tudo, inesperadamente, após todos esses anos?

Nest franziu o cenho, relembrando.

— Começamos a falar sobre o amor, sobre como era impossível eliminá-lo, independentemente do que a pessoa havia feito. E depois passamos a conversar sobre pais, filhos e a difícil responsabilidade de deixar os filhos crescerem e se tornarem independentes. E, por algum motivo, eu disse que pior do que isso era observar outras pessoas tomarem decisões por um filho que, na verdade, não era delas. Lyddie não deixou isso passar despercebido, e não pude mais voltar atrás. Foi o momento certo. É tudo o que posso dizer.

— Estou muito contente. Vejo agora que a melhor coisa é falar abertamente, e o momento foi perfeito para isso. Agora tente dormir.

Mina atravessou o corredor e foi para a cozinha. Não havia sinal de Georgie, mas o bule estava vazio e a chaleira ainda estava no fogo, quase seca. Ela tirou-a rápido, praguejando, e a levou para a copa, a fim de enchê-la. A chaleira chiou quando Mina tirou a tampa e pôs mais água fria, mas ela estava preocupada demais para ficar brava com Georgie por muito tempo. Pensava em Lyddie.

"Todos têm o direito de conhecer o seu passado."

Pensativa, recolocou a chaleira no fogão e foi procurar os cachorros.

Lyddie estava passando pela ponte Torridge, em Bideford, viajando em sentido oeste. Dirigia de forma automática, com apenas uma diminuta parte de seu cérebro concentrada na estrada, até que, de repente, percebeu que não se lembrava de absolutamente nada desde o início do percurso. A jornada havia passado como se fosse um sonho. Ela diminuiu a velocidade, dando uma olhada no retrovisor, e viu o corpulento Grumete à vontade, apoiado na porta, fitando a paisagem, que passava com rapidez.

— Esta foi a pior semana da minha vida — disse-lhe ela, e Grumete se virou para olhá-la, ouvindo sua voz com as orelhas erguidas.

Mas seria mesmo verdade?, perguntou-se. Não havia sido muito pior — ou, ao menos, não tão ruim quanto — receber a notícia da morte de seus pais no acidente de carro? O choque fora cataclísmico e insuportável; porém, a dura realidade era que o tempo amenizara a dor, levando a tragédia para um lugar remoto, de onde podia ser tratada a distância, por assim dizer, com tristeza, mas sem o mesmo desespero da época. Sentiu-se culpada quando reconheceu isso; no entanto, "é assim que tem de ser", afirmara Jack certa vez, conversando sobre a morte de seu próprio pai. "Como poderíamos seguir adiante se tivéssemos que lidar com esse tipo de perda a todo instante?" Isso a consolara, fazendo com que se sentisse menos egoísta e indiferente. Houve momentos marcantes — como, por exemplo, o seu casamento —, nos quais seus pais fizeram muita falta e a deixaram saudosa; entretanto, era verdade que, pouco a pouco, aprendera a conviver com a tristeza e a solidão.

— E agora? — disse em voz alta. — E agora... o quê? Não consigo raciocinar direito!

Parecia impossível pensar em Henrietta sob nenhuma outra ótica que não a de mãe: a educação e os cuidados, as atitudes amorosas típicas da infância, tudo isso pertencia a Henrietta. E, no entanto, Nest era sua mãe biológica. O incrível pensamento "E isso importa?" surgiu em sua mente cansada, e ela sentiu uma ponta de culpa. Talvez porque fazia mais de dez anos que Henrietta morrera, era possível deixar essas duas imagens se justaporem: de um lado Nest, do outro Henrietta, ambas mulheres que a tinham amado e acalentado, cada uma à sua maneira.

— Nest perdeu tudo — dissera tia Mina. — Primeiro, perdeu Connor e agora você pode entender de fato, Lyddie, o que isso significa e, depois, perdeu você. Não teve escolha. Mamãe tomou a decisão irredutível de que você seria adotada, e Connor a pressionou. Evidentemente, nem mamãe nem Henrietta sabiam que você era filha de Connor, mas pode imaginar como a situação deixou Nest encurralada. Apesar de Connor querer você desesperadamente, o que poderia fazer? Abandonar a esposa e o filho para ficar com Nest e a neném? Em ambos os casos, a decisão a ser tomada era aterradora. Alguém sairia perdendo, e Nest acabou levando a pior. Pagou bastante caro por seu momento de carência. Nunca deixou de amá-lo, sabe, e creio que Connor amou as duas e que, para ele, eram os dois lados da mesma moeda. E, para fazer justiça a Henrietta, ela ficou feliz em ajudar Nest, adotando você como sua própria filha e sendo sempre muito generosa na hora de incluir Nest nas decisões sobre sua educação, até onde fosse possível, sem machucar você. Houve apenas uma ocasião...

Ela se interrompera, e Lyddie, ainda tentando assimilar tudo aquilo, não a estimulara a continuar, concentrada em uma outra linha de pensamento.

— Quer dizer, então, que papai não era, na verdade, um mulherengo?

— Não — respondeu Mina prontamente. — Ah, houve inúmeras oportunidades, mas nenhum dos dois tirou proveito delas. Connor não era, de forma alguma, libertino. Se ele não tivesse sido tão escrupuloso pelo fato de Nest ser dez anos mais nova e ainda estar na escola, é bem provável que tivessem se casado. Henrietta era a satisfação amadurecida de tudo o que Nest prometia, e ele se apaixonou por ela. Tomou a decisão e manteve a palavra. A grande tragédia foi que Nest nunca o esqueceu. Ah, surgiram pretendentes, mas nenhum chegou aos pés de Connor.

Recordando-se, vislumbrando o mar em Widemouth Bay, Lyddie sentiu outra onda de simpatia por Nest. Podia imaginar, com bastante clareza, como seria difícil deixar de amar um homem por quem estava apaixonada. Como era possível? Viu-se pensando em Rosie. De uma forma estranha, Lyddie tinha exercido o papel de Henrietta e Rosie, o de Nest.

"Ele foi meu muito antes de ser seu!", exclamara Rosie, mas a diferença era que a garçonete não estava disposta a recuar, queria lutar por

Liam. Será que ele chegou a amar Rosie? Ainda a amaria? Como Lyddie se sentira desanimada e nauseada quando pensara na infidelidade do pai! Por um momento, Liam lhe viera à cabeça, e um sentimento de repulsa a inundara quando imaginou o pai enganando e traindo a mãe.

— Não posso ver Nest como mãe — dissera Lyddie, desesperada. — Não... não dá. Mamãe é que foi minha mãe. Não que eu não ame Nest. Amo sim, ela é maravilhosa comigo, mas não posso *fazer* isso!

— E nem precisa! — exclamara tia Mina, com firmeza. — Nest não espera que você mude a forma como se sente com relação a ela ou a Henrietta. É *evidente* que ela não quer isso. Seria impossível. E desnecessário. Ela é Nest, com sua personalidade específica e relação peculiar com você. Seria uma tolice dizer que nada vai mudar agora, mas o que passou, passou, é imutável. Tudo o que ela espera é que você siga em frente sem a odiar por ter mentido e lhe causado tamanho choque.

— Eu jamais poderia odiar Nest — ressaltara Lyddie, após um momento; e ficou aliviada ao se dar conta de que isso era verdade. — Ela é importante demais para mim. Mas não quero tentar vê-la sob uma nova ótica. Não acho... justo.

— Concordo com você — dissera tia Mina de imediato. — Henrietta foi sua mãe sob todos os aspectos, exceto o biológico. Se isso parece estranho, então acho que você sabe exatamente o que quero dizer. A maternidade é muito mais do que a simples gestação de um bebê. Nest não está lhe pedindo nada, exceto que não a condene, e, o que é mais importante ainda aos olhos dela, que tampouco condene seu pai. Por que acha que ela nunca lhe disse antes? Após a morte de Henrietta, por exemplo?

— Então, por que agora?

Tia Mina respirara profundamente, para depois suspirar de seu jeito característico: "Puf-puf-puf..."

— Boa pergunta. Após todos esses anos de silêncio, chega a ser quase uma crueldade ela soltar essa bomba quando você acaba de levar um choque aterrador. A verdade é que ela temeu que alguém lhe contasse primeiro.

— Quem mais sabe? — Lyddie sentira uma súbita sensação de medo e perigo iminente. — Quem...? Jack sabe?

— Ninguém sabe — respondeu a tia, com calma. — Tenho certeza disso. O problema é que sua tia Georgie suspeita de algumas coisas que aconteceram no passado e está exagerando bastante a importância do que sabe. Nest ficou quase paranóica com isso e se convenceu de que Georgie contaria algum segredo para você.

— E será que a tia Georgie sabe? — Lyddie percebeu, de repente, que odiaria se outros soubessem e ela não.

– Acho que é bastante improvável. Você tem que entender que sua avó teria tido um ataque se alguém, além dos principais envolvidos, soubesse disso. Georgie, Josie, Timmie e suas respectivas famílias estavam fora naquela época. Timmie soube que Nest estava grávida, mas não foi informado sobre Connor, e eu só fiquei sabendo porque Nest veio ficar conosco; mas ninguém mais sabia. Georgie sempre foi meio problemática, gostava de nos perturbar, e agora, em especial, está bastante confusa. Nest carrega esse segredo há muito tempo, e acho que a pressão foi grande demais para ela.

— Deve ter sido horrível. Imagine um segredo como esse!

— É, um segredo como esse! — repetira a tia, suspirando. — Um fardo terrível para carregar, levando-a a indagar-se o tempo todo qual seria o melhor caminho a seguir. Se você não está ofendida, sou obrigada a admitir que estou feliz agora que esse silêncio foi finalmente quebrado.

— Eu ficarei bem — afirmara Lyddie. — E estou feliz por saber. Todos têm o direito de conhecer o seu passado.

— Há mais uma coisa — dissera tia Mina, com esforço. — Creio que é importante. Lembra-se de que Henrietta quis que você fosse trabalhar com ela naquela butique, quando você concluiu a universidade?

— Como poderia esquecer! Foi um tremendo auê! Uma invenção maluca dela.

— Connor contraiu um empréstimo gigantesco, a contragosto, hipotecando a casa a fim de pagar as luvas e comprar as mercadorias para a butique. E, quando o negócio começou a andar mal, Henrietta insistiu que você fosse trabalhar com ela, com o intuito de economizar nos salários. Connor e Nest foram totalmente contra. Foi a primeira vez que Nest realmente interferiu... — Ela fez uma pausa. — Há mais uma coisa que precisa saber. Naquela fatídica viagem de carro, os três estavam discutindo com veemência sobre isso. Nest sempre achou que, se ela não tivesse sido tão vociferante e ansiado tanto evitar que você fosse obrigada a desistir da carreira que escolheu, Henrietta teria se concentrado mais na estrada e o acidente nunca teria ocorrido.

Lyddie a encarou.

— Nossa...! Mas isso é uma loucura!

— É possível. Mas o fato é que Nest se sentiu extremamente culpada por ter sobrevivido, e durante a dor e a depressão que se seguiram ela passou dos limites. Estou lhe contando isso porque seria bom você saber que o castigo auto-imposto por Nest desde aquele dia foi o de nunca mais ir à praia. Já faz mais de dez anos. Ela sempre amou o mar e decidiu se punir dessa forma.

— Coitada! — Lyddie se enchera de compaixão. — Puxa, coitada dela! *Qualquer coisa* pode ter causado aquele acidente! É mais provável que a mamãe estivesse tentando acender um cigarro. Era sempre um perigo quando ela fazia isso, o carro ia para tudo que é lado!

— Achei que você devia saber — repetira tia Mina. — Não precisa mencionar isso para Nest, mas se deixar claro que a perdoa por todo o subterfúgio, é possível que ela finalmente perdoe a si mesma.

Houve um longo silêncio.

— Eu e Nest precisamos conversar — dissera Lyddie, por fim —, mas não agora. Preciso de um tempo para absorver tudo isso cuidadosamente e me acostumar. Portanto, acho que vou voltar para Truro agora, tia Mina. Creio que seria um erro nos encontrarmos de forma casual no almoço, e, além do mais, eu disse para o Liam que estaria em casa no final da tarde. Diga a Nest que mandei um grande abraço e que voltarei em breve.

— E quanto a Liam? — perguntou tia Mina, com delicadeza. — Você já tomou alguma decisão?

Lyddie meneou a cabeça de um modo bastante angustiado.

— Mas preciso vê-lo — explicara ela. — Não se esqueça de dar o meu recado para Nest.

A tia a beijara e abraçara com força.

— Pode deixar — prometera.

E agora ali estava Lyddie, a caminho de Truro, refletindo sobre o que Liam iria lhe dizer — e sobre o que ela lhe diria. Sentiu o coração se apertar com a forte apreensão, e, por algum tempo, a perspectiva do encontro afastou todas as revelações mais recentes de sua mente.

CAPÍTULO TRINTA E UM

Liam estava esperando por Lyddie, sentado à mesa perto da janela, lendo o jornal, quando ela finalmente chegou. Embora devesse ter escutado o barulho da chave na fechadura e da mala no chão, quando Lyddie entrou com Grumete ele fingiu continuar a ler o jornal por uns instantes, antes de lhe lançar um olhar ao mesmo tempo surpreso e satisfeito.

— E aí, tudo bem? — cumprimentou-a e, com um tom de voz diferente, dirigiu-se a Grumete, que foi saudá-lo de rabo abanando, exigindo atenção. — Olá!

— Oi. — Ela ficou de pé na entrada, bastante sem jeito. Liam podia disfarçar seu constrangimento acariciando as orelhas de Grumete e brincando com ele, mas Lyddie não tinha nada para fazer. Examinou a sala, olhou-o e teve o terceiro choque. Era um estranho: boa-pinta, sexy, porém um estranho. Até mesmo a sala parecia diferente, menor e nem um pouco familiar. Ela franziu o cenho, tentando compreender aquilo, perguntando-se se sua mente lhe estava pregando uma peça. Afinal, tivera uma semana fora do comum e estava muito cansada.

— Está a fim de tomar chá? Ou algo mais forte? — Liam se levantara e a estava observando, mas não foi até ela. — Você parece estar exausta!

— E estou mesmo — reconheceu ela, e percebeu, com outro leve choque, que seria completamente impossível contar-lhe a revelação de Nest. Seria o mesmo que expor o seu eu mais profundo e íntimo a um colega amável, porém indiferente. Sentiu uma sensação de isolamento, acompanhada de uma vontade incontrolável de cair em lágrimas. — Obrigada, um chá vai cair bem.

Era importante ela ficar só por alguns momentos para que conseguisse se controlar; sentia-se incapaz de levar a cabo até mesmo um bate-papo informal. Ele não tentou agir do modo costumeiro, perambulando para lá e para cá, perguntando como estavam as tias, querendo receber notícias e saber de todos os detalhes, e Lyddie, por sua vez, sentou-se à mesa em silêncio, tentando organizar a mente confusa e pensar com clareza. No fundo, porém, sentia um medo crescente.

Escutou Liam conversando com Grumete, enquanto ele enchia a tigela do cachorro de água limpa e gelada e, ao mesmo tempo, preparava o chá. Ouviu o som de lambidas barulhentas e, em seguida, Grumete saiu da cozinha, passou pelo corredor e jogou-se no chão, gemendo satisfeito. Liam colocou a caneca diante da esposa, na mesa, e sentou-se de novo. Ocorreu a ela que os dois não haviam se abraçado; ele não tinha tocado nem mesmo o seu ombro, tampouco esboçara algum gesto visando a um contato físico. Lyddie sentiu o medo aumentar. Ergueu a cabeça e olhou-o do outro lado da mesa. Ele retribuiu seu olhar com o sorriso inexpressivo e cordial ainda nos lábios, os olhos brilhantes e frios. Quando o olhar dela se intensificou, ele arqueou um pouco as sobrancelhas, um gesto zombeteiro, como se estivesse questionando o interesse dela. Sem dúvida, Lyddie estava cansada e abalada demais para agir de modo sutil.

— Quer dizer, então, que não sentiu minha falta — disse ela, com franqueza, pegando a caneca.

Era uma afirmação, não uma pergunta, e ele arregalou os olhos, genuinamente surpreso, antes de pôr a máscara de novo.

— E quem foi que disse isso?

— Ah, só estou adivinhando. Como vão as coisas?

— *As coisas* — ele enfatizou as palavras quase de forma sarcástica — vão bem.

— E todo mundo?

— Bem, quem estaria incluído em "todo mundo"? Isso é um pouco vago.

— Bem... — Lyddie segurou a caneca com ambas as mãos, fingindo pensar. — Joe? Rosie? Zoë?

O sorriso dele sumiu de imediato e os olhos ficaram hostis.

— Será que essa é uma pergunta tendenciosa?

— Suponho que tenha estado com elas?

— Eu trabalho com elas, está lembrada? Seria estranho se não tivesse estado.

— Quer dizer que a Rosie voltou a trabalhar lá?

A expressão dele estava agressiva agora.

— Não.

— Ah! Então você não esteve com ela? — A pausa foi um tanto quanto longa demais. — Devo concluir que isso quer dizer que esteve. Bem, tenho certeza de que ela não deixaria passar uma oportunidade.

— Foi você que foi embora — lembrou-lhe ele. — Não precisava ir.

Ela fitou-o com uma espécie de incredulidade divertida.

— Está dizendo que é tudo culpa minha?

Liam meneou a cabeça.

— Eu não estou dizendo nada.

— Mas esteve com a Rosie?

Ele estava perdendo sua paciência cuidadosamente controlada.

— Estive. Eu conheço a Rosie há muito tempo, está bom? Muito antes de você entrar em cena.

— Foi o que ela se deu ao trabalho de me contar. E tenho a impressão, Liam, de que você se arrependeu de não ter ficado com ela.

O silêncio foi ainda mais prolongado, e, desta vez, Lyddie não o rompeu. Ficou ali observando-o, com o temor crescendo dentro de si.

— Ela me quer do jeito que eu sou — disse ele, por fim, quase triste. — Aceita o pacote completo.

Lyddie sorveu o chá e colocou a caneca com cuidado no pequeno porta-copos redondo, que tinha sido um presente de casamento: eram seis imagens diferentes de um cachorrinho peludo. Continuou a fitar Liam, lembrando-se do dia de seu casamento, de como se sentira, e se viu subitamente tomada por uma devastadora sensação de perda.

— Na viagem para cá — disse ela, girando a caneca sobre o porta-copos, sem olhar para Liam — andei pensando no que poderíamos fazer. Não sou como Rosie, sabe. Não consigo dividir você, simplesmente não *dá*. Mas e se a gente recomeçasse? E se fôssemos para um lugar diferente e você abrisse outro restaurante?

Lyddie olhou-o por fim, captando seu olhar de total perplexidade.

— Pelo amor de Deus! — exclamou ele, por fim. — Você está louca? E o Aconchego? Quer que eu simplesmente o abandone?

— Joe poderia assumi-lo. Você começaria de novo, numa outra cidade. Por que não? Acontece o tempo todo. As pessoas abrem, por exemplo, uma loja, um restaurante, depois outro, e daí surge, muitas vezes, uma cadeia. — De repente, Lyddie se lembrou da primeira conversa que tiveram e do que ele dissera quando ela perguntara por que o restaurante se chamava Aconchego. — Você poderia chamá-lo de Novo Aconchego ou Mais Aconchego.

Por um momento, durante um rápido instante, Lyddie notou que Liam captara a visão, viu a idéia iluminar seu rosto antes de se esvair e seus olhos ficarem gélidos de novo.

— A gente não teria grana para isso — disse ele —, mesmo se eu quisesse. O Joe não pode cuidar de tudo sozinho, e ainda não dá para contratar um gerente. Além do mais, a gente nunca ia conseguir um novo empréstimo para abrir outro restaurante.

— E se a gente usasse a grana da casa de Iffley para montar o novo lugar?

Liam riu e meneou a cabeça.

— Estava só imaginando quanto tempo ia demorar antes de você vir com essa ladainha de novo. Uma gota d'água no oceano...

— Você podia vender esta casa.

— Já se esqueceu da hipoteca e do dinheirão que devo? Nem pensar!

Outra pausa.

— Você acabou de dizer "mesmo se eu quisesse" — lembrou Lyddie, falando devagar. — Esse é o ponto, não é? Você não quer mudar, nem abandonar o Aconchego, e, se for realmente sincero, acho que nem está a fim de tentar.

— Não sei por que criar tanta confusão. Você estava perfeitamente feliz antes. Nada mudou.

— Ah, mudou sim — respondeu ela, depressa. — Para mim, tudo mudou!

— Eu sou o mesmo cara de sempre.

— Pode até ser, mas, sabe, eu não tinha noção de quem você era. Só conheci um lado seu e me apaixonei por ele. Mas agora sei que você mente e trai, que nunca vou saber ao certo, no futuro, se você vai mesmo ao banco, ao mercado atacadista, a uma reunião com o contador ou se está no andar de cima, na despensa, com a nova garçonete. Essa é uma mudança e tanto. — Ela o encarou por alguns instantes. — Você realmente não consegue ver isso, consegue?

Liam deu de ombros.

— Então, o que você quer fazer?

— Já expliquei o que eu queria que a gente fizesse.

— Sem chance.

Lyddie ficou calada, com o temor dominando-a e deixando-a deprimida.

— Eu sabia que tudo tinha acabado no momento em que entrei e vi você — comentou ela, por fim. — Senti estar diante de um completo estranho. Como se, nesses três dias, você tivesse mudado totalmente.

Ele desviou o olhar.

— Não deveria ter ido embora — disse ele.

— O que quer dizer com isso? — gritou ela. — Que se eu tivesse ficado você agora estaria considerando minha sugestão de um recomeço?

— Não — respondeu ele. — Não estaria. Mas tive a oportunidade de ver que...

Liam hesitou por tanto tempo que Lyddie adivinhou o que ia dizer.

— Teve a oportunidade de ver que não precisa da sua esposa a ponto de mudar por ela... nem pelos dois.

Ele assentiu, ainda sem olhá-la.

— Algo nessa linha.

— E até que ponto a Rosie influenciou essa sua decisão?

— A Rosie sempre me apoiou quando eu precisei dela.

Lyddie sentiu ter levado uma bofetada.

— E quantas vezes isso aconteceu nos últimos dois anos? — perguntou-lhe, furiosa. — Meu Deus! E eu que pensei que a gente fosse tão feliz!

Ele franziu o cenho, quase enojado, como se ela tivesse, de alguma forma, ofendido seus sentimentos, e olhou-a por fim.

— Você tem razão — disse Liam. — As coisas mudaram, eu posso ver isso, só que — ele abriu as mãos e deixou-as cair — para mim não faz sentido perder tempo discutindo.

— Tudo bem — concordou Lyddie. — Não tem o menor problema. Então é isso, né? Dois anos de casamento vão ser jogados no lixo, como se não fossem nada.

— Eu tenho que ir — afirmou ele, levantando-se. — Lamento. Sinto muito mesmo, Lyddie. Eu cometi o erro de me apaixonar. Ah, cometi sim. Você era diferente, sabe. Sabia usar as palavras. Era arredia. Um pouco inatingível, e foi um desafio. Mas não preciso disso. Agora sei, ainda mais se significar brigas, discussões e questionamentos. Tudo isso é demais para a minha cabeça. A Rosie me conhece. A gente pensa da mesma forma. Ela sabe como me sinto a respeito do Aconchego e aceita isso. Entende que eu preciso variar de vez em quando. Não gosta, mas não reclama. Sabe que eu não quero ter filhos; ela também não quer. Apóia tudo o que faço e quero fazer.

— E o que eu devo fazer?

— Bem. — Não a ignorou. — Você tem o seu trabalho e, no fim das contas — deu uma risadinha —, a grana da casa de Iffley. — Até mesmo ele sentiu a brutalidade do comentário e mordeu o lábio. — Lamento —

disse Liam. — Foi um golpe baixo. Acho que não sou muito bom nisso. Você pode contar com a ajuda das suas tias.

— Obrigada. Posso mesmo.

— Vou estar no Aconchego, se precisar de mim. É melhor falar com seu advogado. — Ele fez uma pausa, com a jaqueta jogada em um dos ombros, a cabeça baixa. — E obrigado, Lyddie. — Olhou-a, fazendo uma careta. — Foi bom enquanto durou.

Lyddie escutou os passos dele, do outro lado da janela, afastando-se. Grumete entrou e olhou-a com esperança. Ela o fitou, achando que não conseguiria se levantar, muito menos sair para caminhar; porém, após alguns instantes, levantou-se, pegou o casaco e saiu rumo ao entardecer junto com o cachorro.

CAPÍTULO TRINTA E DOIS

— Claro que ela pode vir — disse Hannah. — *Óbvio* que sim! As crianças podem ficar com a mamãe por alguns dias.

— Ela só vai passar duas noites e depois vai ficar em Ottercombe até se organizar — explicou Jack, que estava sentado no sofá, com Calígula deitado no seu peito, ronronando alto. — Aparentemente, ela tem que voltar a trabalhar no fim de semana que vem; tem compromissos até o Natal e não quer decepcionar ninguém. Teve sorte, já que houve um atraso no envio do manuscrito. Mas a editora para quem ela trabalha concordou em passá-lo para outro revisor, caso ele chegue esta semana.

— Dá para ver que ela não vai correr o risco de perder os contatos — disse Hannah. — Vai precisar do seu trabalho. Mas pode se sustentar com ele?

Jack meneou a cabeça.

— Não faço a menor idéia. Roger envia a ela os juros correspondentes à sua parte da casa. Isso deve ajudar.

— Coitada da Lyddie. É tão devastador descobrir que alguém que você ama a está traindo. Acaba com sua autoconfiança, além de todos os outros aspectos. Você chegou a suspeitar de algo?

— Bom, a Lyddie parecia estar bem quando a gente se encontrou com ela em Ottercombe, não parecia? Na verdade, achei que estava ótima.

— Talvez ótima demais? — sugeriu Hannah. — Mais do que de costume? E você se lembra daquela vez em que ela não pôde vir? O que terá acontecido? É muito fácil dar uma de sábia depois do fato consumado, mas sempre achei que o Liam era meio difícil.

— O problema é que não tem nada que a gente possa fazer para ajudar. Nada pode eliminar a dor ou a desilusão. Por que amar as pessoas é tão terrivelmente angustiante?

Ela sorriu para ele.

— Eu não tinha idéia, quando me casei com você, que você era um verdadeiro pai coruja. Devia ter adivinhado quando vi todos aqueles garotinhos na sua cola, dizendo: "Senhor, perdi uma coisa..." ou: "Senhor, aconteceu o seguinte...", e você se comportando como uma doce e velha babá.

— Eu não tenho nada a ver com uma doce e velha babá — respondeu ele, indignado. — Sou muito rígido com os capetinhas. Caramba! Eles morrem de medo de mim!

— Ah, é! — concordou ela, zombeteiramente. — Morrem de medo! Como, por exemplo, o Hobbes, naquela noite. Por acaso não leu histórias para ele às dez da noite?

— Ele está com saudades da mãe — defendeu-se Jack — e eu não queria que acordasse os outros. — Hannah deixou escapar um gemido de descrença. — E, além disso, o pobre coitado tinha tido um dia terrível.

— Você é um bonachão, e eles sabem disso — afirmou ela, sorrindo para Jack. — Uma manteiga derretida. A Flora descobriu isso com apenas três dias de vida.

Jack retribuiu o sorriso.

— Nossa filha tem um faro infalível para pontos fracos — confirmou ele. — Átila, o huno, podia fazer um curso por correspondência com ela. — Uma pausa. — Acha que a sua mãe vai agüentar?

— Ah, *pare* de se preocupar com bobagens! — exclamou Hannah, exasperada. — A mamãe cuida deles sem problemas, e os dois adoram ficar com ela. Sabe muito bem disso.

— Sei sim — admitiu ele.

— Então está resolvido. Vou ligar para ela, e, se não houver problema, deixo as crianças lá depois de pegar Tobes na creche. Acho que Lyddie se sentirá mais à vontade para conversar se estivermos sozinhos. Não há nada pior do que interrupções a cada cinco minutos quando a pessoa está nesse estado. A melhor coisa que podemos fazer por Lyddie é oferecermos todo o nosso apoio. Isso é praticamente impossível com Flora por perto.

— Você tem toda razão — concordou ele. — Vou assistir ao noticiário e preparar um chá, quando você terminar de falar com a sua mãe.

— Ótimo — disse Hannah. Ela parou à porta, olhando-o com carinho. — Eu já te falei que tenho um fraco por pais corujas?

— Tarde demais para puxar o meu saco — respondeu ele, com muita dignidade. — Já me deixou com os cabelos, quer dizer, com as penas em pé. — Jack empertigou os ombros, como se estivesse inflando o peito e arrulhou diversas vezes, como uma coruja tristonha. — Não deu para notar?

— Você está ótimo — disse ela, divertida. — Volto mais tarde para catar suas penas.

Ela sumiu de vista, e Jack soltou um profundo suspiro, como se estivesse chocado, ao mesmo tempo que pegava o controle remoto.

— E as pessoas ainda perguntam a quem Flora puxou... — sussurrou ele para o Calígula. — Bem, todos nós sabemos quem canta de galo *nesta* casa! E onde ele canta, a coruja não arrulha! — Ligou a televisão, colocou os pés no sofá e fechou os olhos.

Em Ottercombe, Mina estava se preparando para dormir. Lyddie telefonara para lhes contar que Liam não quisera uma reconciliação, a menos que ela se submetesse por completo ao esquema dele. Então a sobrinha dissera que não lhe restara escolha a não ser deixar Truro e perguntara se poderia ficar com elas até decidir o que fazer. Embora tristes com a notícia, Mina e Nest se sentiram profundamente aliviadas com o fato de Lyddie querer voltar e se hospedar em sua casa. Era um sinal óbvio de que ela aceitara o passado, apesar de ainda não ter tido tempo suficiente para assimilar tudo por completo. Lyddie explicou que iria visitar Jack e Hannah primeiro, só por alguns dias, um plano que foi incentivado por Nest e Mina. As duas confiavam totalmente nele e em sua esposa; sabiam que lhe dariam a oportunidade de conversar e a apoiariam.

— Roger simplesmente vai ter que dar um jeito na hipoteca — comentara Nest. — Ainda bem que aquele empréstimo enorme que Henrietta fez para montar a butique foi pago pela seguradora. Foi uma idiotice de Connor estimular aquela empreitada.

— Henrietta não desistiria — lembrara Mina. — Estava totalmente decidida. A ponto de sacrificar Lyddie.

Nest olhou-a, subitamente alerta.

— Você disse algo para ela sobre o acidente?

— Eu disse para Lyddie — respondera Mina, com cuidado — que vocês tinham tido uma discussão calorosa a respeito do envolvimento dela na butique e que você sempre temeu que Henrietta não tivesse se concentrado por estar com o ânimo exaltado, tal como os outros passageiros.

— Mas essa não foi toda a verdade — dissera Nest, abruptamente.

— Talvez não. — Mina sentira necessidade de ser firme. — Mas é tudo o que pode dizer a ela. A causa do acidente deve ficar entre Connor, Henrietta e você. Não Lyddie. Seria um grande equívoco metê-la nisso. Ela não pode perdoá-la em nome deles e acabaria ficando deprimida. Contar toda a verdade, em minha opinião, seria autocomplacência.

Nest a fitara, quase chocada.

— Autocomplacência?

— Isso mesmo! — exclamara Mina. — Não vê? Não traria benefício algum, exceto aliviar a *sua* consciência pesada. Lyddie se sentiria obrigada a absolvê-la, e não só reviveria todo o horror da situação como carregaria o fardo desse conhecimento. Seria cruel. Guarde essa parte da história só para você, Nest. Se Lyddie está disposta a aceitar o resto e seguir adiante, então você tem mais é que finalmente perdoar a si mesma e dar-lhe apoio. E acabou!

Mina observara Nest engolir em seco e agarrar com força os braços de sua cadeira de rodas e, sentindo-se uma verdadeira carrasca, fora para seu quarto.

Agora, ao escovar seus sedosos cabelos brancos, com um leve "puf-puf-puf" escapando dos lábios, perguntava-se se estivera certa. Aos seus pés, Dom Arisco esquadrinhava o tapete, procurando seu brinquedo, enquanto Capitão Gato o observava atentamente, de sua cama. Mais cedo, aborrecido, ele escondera o brinquedo, colocando-o detrás da cortina, e agora se limitava a observar, com as orelhas levantadas, enquanto seu persistente rebento procurava o objeto com determinação. Mina sentiu a respiração excitada de Dom Arisco debaixo do banco, em seu tornozelo, e se inclinou para olhá-lo.

— O que está fazendo? — perguntou. — Dom Bobinho. O que está procurando?

Temendo um possível conluio, Capitão Gato se retesou na cama, mas sua dona estava ocupada demais para adivinhar o que Dom Arisco estava procurando e não se meteu, indo para a alcova. Ela clicou na tela e rolou os textos, concentrada. Por fim, abriu o e-mail de Elyot.

De: Elyot
Para: Mina

Hoje foi um dia agradável. William chegou! Ah, o alívio e o prazer de tê-lo aqui, em segurança, conosco. Lavinia reagiu muito bem. Reconheceu-o de imediato e, apesar de não ter entendido onde ele havia estado, agiu com muita lucidez. O único detalhe é que parece ter se esquecido por completo de Marianne, a ex-esposa dele, mas isso é compreensível nestas circunstâncias. Porém, no mais, a visita inesperada de William está sendo muito positiva para ela. Tive medo de avisá-la de que ele vinha, caso algo desse errado, e agora vejo que, provavelmente, foi melhor assim. O choque positivo parece ter acionado algo em seu cérebro, de modo que está... quase coloquei "tal como antes", o que está longe da verdade, mas está, de fato, tão animada que meu coração se enche de alegria. Eu quase tinha esquecido de seu sorriso, já que ela vive de cara fechada, sorrindo apenas em raras ocasiões.

Infelizmente, em pouco tempo a questão de nosso clínico geral veio à baila. Eu já tinha prevenido William sobre isso e ele foi compreensivamente evasivo, que é a melhor atitude a tomar. Você tinha mesmo toda a razão em relação a isso! Não obstante, isso anuviou um pouco nosso feliz reencontro. William está bem; vai ficar de licença até o Natal, quando deverá assumir um posto no Ministério da Defesa. Vai ser bom tê-lo aqui, em nosso país, por um tempo, e, embora eu não queira que nos tornemos um fardo para ele, sei que poderei contar com o seu apoio e — nossa! tão importante! — que ele me fará rir. Tal como você, minha querida amiga, William tem a capacidade auspiciosa e abençoada de levantar meu ânimo.

Mas já chega de nós. Como estão as coisas em Ottercombe? Tão bom saber que mais segredos foram revelados. Você tem sido muito discreta, com toda razão, porém supus que eram fardos bastante pesados pela sua enorme ansiedade e, agora, pelo seu profundo alívio. Não pense nem por um segundo que ter William aqui conosco diminui minha ânsia de receber notícias suas, como de costume.

Elyot

Mina ficou quieta por alguns momentos, ponderando sobre o que lera. Que bom que ele estava desfrutando da presença do filho e se sentia encorajado pela alegria recém-descoberta de Lavinia; seria egoísmo revelar a ele a situação difícil de Lyddie tão depressa. Ainda assim, deu-se conta de que precisava contar-lhe, e ficou bastante chocada com essa sua necessidade, percebendo o quanto se apoiava nele. Começou a digitar rápido, antes de perder a coragem:

De: Mina
Para: Elyot

Tudo está bem por aqui. Você tem razão quando diz que meu alívio é imenso. Fazia tempo que não via Nest tão bem. Pode-se ver que ela, por fim, está em paz — já não era sem tempo. Georgie passou mais um dia retraída, como se estivesse intrigada com alguma coisa que só ela, e ninguém mais, pudesse ouvir. Mas, pelo menos, não houve nenhuma cena dramática!

É ótimo ver como está feliz com a chegada de William. Você merece um descanso, querido Elyot, e me enche de satisfação pensar em vocês todos juntos. Que bom ter William aí no Natal, não só por ser seu filho e ter estado longe por tanto tempo, como também porque vai aliviar um pouco o fardo que você tem carregado.

Aproveite esse período de convivência com ele! A gente se fala amanhã. Boa-noite.

Mina desligou o computador, tirou seu longo roupão felpudo e se deitou. Desligou o abajur e ficou olhando para o escuro.

"Todos têm o direito de conhecer o seu passado."

Após algum tempo, pegou o rosário de Lydia e começou a passar as contas suaves e geladas pelos dedos; ainda assim, não conseguiu dormir.

CAPÍTULO TRINTA E TRÊS

Nest também estava acordada, pensando com cuidado no que Mina dissera mais cedo. A irmã tivera razão ao descrever o acidente daquela forma para Lyddie e também ao dizer que ela, Nest, deveria conviver com a verdade sem se dar ao luxo de tentar obter o perdão de Lyddie. A sobrinha não poderia absolvê-la de sua culpa, e seria uma crueldade obrigar a jovem a carregar o peso de tal conhecimento. Já tinha sido ruim o bastante para Lyddie saber que ela havia sido o tema da conversa e que a ansiedade a respeito de seu futuro poderia ter contribuído para a perda momentânea de concentração de Henrietta.

Nest fechou os olhos, encostando na testa uma fotografia de Connor, que estava de perfil, voltado para ela. Os três voltavam tarde da casa de um amigo em comum, onde tivera lugar um evento qualquer, e Henrietta estava dirigindo. Nest só tinha concordado em ir até lá e passar uma noite com Connor e Henrietta porque ele pedira para ela interceder junto à esposa por Lyddie. Pela primeira vez em mais de vinte anos ele pedira seu apoio, indo vê-la na escola em Surrey, rogando-lhe que persuadisse Henrietta a desistir da idéia.

— Seria um desperdício fazer isso com Lyddie! — exclama ele. — Ela foi muito bem na universidade e agora uma grande editora lhe ofereceu emprego. Está bastante feliz com isso. O cerne da questão é que Henrietta está preocupada com o pagamento do empréstimo e acha que é preciso persuadir Lyddie a nos ajudar. Vem com toda aquela ladainha sobre lealdade e laços familiares. Henrietta meteu na cabeça a idéia maluca de que Lyddie não precisaria ganhar muito, já que moraria conosco e evitaria, dessa forma, que a mãe pagasse uma auxiliar em tempo integral. Eu lhe pergunto: que espécie de futuro é esse para Lyddie? E Henrietta também acha que tê-la na butique atrairia mais jovens e vitalizaria o ambiente. Ela não entende por que Lyddie não está nem um pouco animada com essa perspectiva. *Por que* fui louco o bastante para me deixar levar pela idéia de uma butique? Não vou permitir que ela sacrifique o futuro de Lyddie...

Ela o observa, solidária, concordando cem por cento que Lyddie não deveria perder a oportunidade em Londres, porém se perguntando por que o nascimento de sua filha eliminara sua paixão por Connor de forma tão efetiva; como se uma espada tivesse surgido e cortado todos os laços que a ligavam a ele.

Como é difícil, extremamente difícil, para Nest abdicar de sua filha, e, no entanto, quando ela finalmente concorda com os "termos e condições" — maneira como se refere, de forma amarga, a eles —, aquele período em Ottercombe inclui-se entre os melhores de sua vida. Ela se sente bem, em forma, embora diga a Mina, ao voltar do hospital:

— Fique sabendo que passei a ser o que chamam de "mãe tardia". Eu me sinto uma verdadeira macaca velha!

Mina faz uma careta.

— Meu Deus! — exclama. — Desse jeito vou ser obrigada a comprar muitas bananas! — E as duas riem.

Até mesmo a mãe, quando tudo volta ao normal, "depois que eu aceitei os termos e as condições que me foram impostos", diz Nest, volta a agir de forma afetuosa e agradável.

É provável que a aceitação e a rendição tenham levado Nest a sentir um novo tipo de regozijo. Seu temor quanto ao futuro de sua filha — e ao seu — dá lugar a uma tranqüila autoconfiança. Em Ottercombe, Nest sente como se estivesse fora do mundo, escondendo-se de seu olhar censurador, e consegue se entregar por inteiro a essa maravilhosa nova experiência, sem pensar no futuro. As três mulheres retomam a rotina que Nest deixara para trás havia cinco anos, e ela desfruta alegremente da atenção carinhosa de Mina. Nest faz longas caminhadas pela charneca e passa horas contemplando o mar, desfrutando da sensação de paz arrebatadora e profunda que seu movimento incessante costumava lhe trazer.

Timmie a visita sempre que pode, trazendo Anthea e o pequeno Jack, oferecendo seu apoio. Ele, tal como Lydia, não faz a menor idéia da identidade do amante de Nest, e isso nunca é discutido. Timmie simplesmente oferece seu amor incondicional e a encoraja, agindo como sempre fez. Todas elas adoram Jack, sobretudo Lydia, que adora ficar com ele no colo, onde o bebê se esparrama, relaxado e sonolento. Quando Nest o carrega, sentindo seu vigor caloroso, tocando suas bochechas rosadas e os cabelinhos ralos, parece-lhe injusto não poder segurar seu próprio bebê dessa forma. Contudo, um estranho senso de autopreservação faz com que se recuse a dar vazão a tais pensamentos, afastando-os gentil, mas firmemente, para que a tranqüilidade encha sua alma de novo e apazigue seu coração. Chega-se à conclusão de que ela deveria escolher o nome de sua filha, e Nest não tem a menor dúvida: se fosse menino, seria Timothy; se fosse menina, Lydia.

Entre o inverno e o início da primavera, Lydia sucumbe, como sempre, às crises de asma e problemas respiratórios. Nest ouve sua tosse violenta e observa sua crescente fragilidade com ansiedade, pensando naqueles anos de guerra, quando Mina estava morando em Londres e Lydia lia em voz alta "A Criança do Campo" e a poesia de O'Shaughnessy. As posições se invertem e agora é ela que lê para Lydia quando se sentam perto da lareira, na sala de visitas, enquanto Mina costura ou tricota pequenas peças de roupa para o bebê.

— Você se sente sozinha às vezes? — pergunta Nest à irmã certa noite, depois que Lydia vai se deitar. Ela se lembra da época em que partira para começar uma nova vida cinco anos antes, deixando Mina com Lydia, isolada em Ottercombe, e sente uma ponta de culpa.

— Sozinha? — Mina pensa um pouco. — Acho que não... Tenho mamãe, que, como você vê, requer muita atenção, e tenho que cuidar da casa e do jardim. Para ser sincera, acho que sou uma pessoa solitária por natureza. Sempre fui louca por histórias e livros. Eu me deixo levar por eles, sabe, e os personagens se tornam bastante reais para mim. São meus amigos, e a meu ver seus mundos são muito mais satisfatórios que a realidade fora deles.

Não obstante, quando o mundo real se impõe a ela, Mina responde com coragem e entusiasmo. Nest sabe que durante os seus próprios momentos difíceis, primeiro a perda de Connor, em seguida aquelas semanas sem sentido e agonizantes — felizmente poucas, antes do início do novo período letivo — depois que Henrietta leva o neném e, mais tarde, de novo, nos meses após o acidente, é Mina que a apóia, inculcando-lhe o desejo de continuar a viver, obrigando-a a seguir adiante.

Nest se mexeu, irrequieta, dando uma espiada no relógio do criado-mudo — quase uma e meia da manhã —, e chegou à conclusão de que precisava de uma bebida quente. Foi para a beirada da cama, pôs o penhoar e sentou-se em sua cadeira de rodas. Abriu a porta sem fazer barulho, verificando se havia algum som, empurrou a cadeira pelo corredor e foi até a cozinha. Estava sentada à mesa, sorvendo um chá de camomila, quando Mina chegou.

— Valha-me Deus! — exclamou ela. — Você também? Não está remoendo algo, está?

— Um pouquinho. — Nest colocou a caneca na mesa. — Pensando no acidente, sabe. Tentando decidir se Henrietta de fato entendeu o que eu tinha dito. Fico repassando tudo. Um verdadeiro temporal caía naquela noite, uma chuva terrível, se você se lembra. Os limpadores de pára-brisa moviam-se a toda e o tráfego estava péssimo; os pneus chiavam na estrada molhada. Eu estava quase gritando; bem, todos estávamos, Connor e eu tínhamos bebido demais, e Henrietta estava ansiosa porque começou a se dar conta de que seria contrariada. Não estando acostumada com isso, começou a entrar em pânico. Agia na defensiva, furiosa por eu estar envolvida e ciente de que Connor tinha me metido na história para apoiá-lo. Estava irritada. "Posso não ser a mãe de Lyddie", começou a dizer ela, com muito sarcasmo, e eu, sem pensar, falei: "Não, mas Connor *é* o pai dela..." Eu me lembro de ter me interrompido, tapando a boca com as mãos; então ela se virou bruscamente e os dois se entreolharam. E então o carro cortou o caminhão de carga que vinha no sentido contrário e capotamos, fora de controle. Nunca vou me esquecer dos terríveis sons...

Mina a estava abraçando, apoiando-a em seu peito, embalando-a.

— Pode ser que Henrietta não a tenha ouvido — sugeriu ela. — O sentimento de culpa pode distorcer a verdade. Ela pode simplesmente ter virado o rosto para ouvir melhor.

— É possível. — Nest tirou as mãos do rosto. — Seja como for, concordo com o seu ponto de vista de que Lyddie não deve saber. Você tem toda razão. Só gostaria de saber como ela está se sentindo sobre... a outra coisa...

Mina se endireitou, colocando a mão no bolso de seu roupão, tateando o rosário que pusera ali, inconscientemente, mais cedo, quando decidira descer. Ficou parada por alguns instantes e, em seguida, respirou fundo, "puf-puf-puf", e pôs o rosário na mesa, ao lado da caneca de Nest. A irmã o olhou.

— Era de mamãe, não era? — perguntou Nest, distraída por alguns instantes. — Não foi Timothy que deu a ela?

Mina colocou a chaleira no fogo e escolheu uma caneca. — Não diretamente — explicou ela —, mas era dele. Mamãe recebeu isso junto com seus outros pertences quando ele faleceu.

— Isso foi estranho, não foi? — Nest pegou o rosário e deixou as contas deslizarem por seus dedos. — Por que enviaram tudo para mamãe? Ele não tinha família?

— Que eu saiba, não. Todas as cartas dela voltaram junto com o rosário e alguns outros objetos. Pelo visto, Timothy não possuía muita coisa. O apartamento que ele alugava em Londres fora bombardeado e ele não tinha quase nada consigo quando morreu. Apenas o rosário, as cartas e algumas fotografias.

— Eu me recordo de quando as cartas dele chegavam. — Nest estava sorrindo um pouco agora, lembrando-se de épocas mais felizes. — E dos ocasionais presentes para nós.

— Timothy era muito carismático — disse Mina. — Passou a conhecer cada uma de nós, e seus presentes eram muito diferenciados e sempre adequados. Era um explorador e soldado, e, na minha opinião, prestou algum tipo de serviço secreto durante a guerra. Era amigo de papai, veio aqui com ele um dia e acabou ficando quase um mês. Foi no verão anterior ao nascimento de Timmie, um dos mais felizes de que me lembro. — Ela pôs a água fervente na xícara com o saquinho de chá e esperou um pouco. — Todas nós simplesmente o adorávamos. Foi Timothy que nos deu os nossos nomes.

— Como assim? — Nest estava espantada, tendo se esquecido por completo, tal como Mina tencionara, dos horrores daquele acidente de dez anos atrás. — Deu os nossos nomes? Está brincando!

— Antes do nascimento de Timmie, as pessoas nos chamavam pela versão mais curta de nossos nomes. Ao menos, papai nos chamava assim. Mamãe tentou evitar isso, usando o nosso nome completo, porém papai fazia questão de frisar seu ponto de vista. Não me dei conta na época, mas entendo perfeitamente agora. — Ela hesitou um pouco, jogando o saquinho no lixo e mexendo o chá, pensativa. — Papai era meio cruel. Ah, não fisicamente, mas tinha um lado insensível e mordaz. Não se preocupava com os sentimentos dos outros, nem se importava muito se os ferisse. Costumava nos chamar de George, Bill, Henry e Jo. Eu me lembro do dia em que Timothy chegou, sabe? Nós chegamos da praia e papai nos apresentou. Gostava de nos chamar de macaquinhas, de brincadeira. "Chegaram as macaquinhas", disse ele, e, em seguida, falou para Timothy os nossos nomes. "Mas por que se chamam assim?", perguntou ele. Estava com o semblante surpreso, quase angustiado. "Meninas tão lindas!", exclamou. E papai disse algo do tipo: "É o mais perto que se pode chegar de ter filhos homens", e vi a expressão de mamãe. E Timothy também percebeu. Foi como se ela tivesse levado um golpe. Então Timothy começou a nos dar nomes diferentes, mais femininos e agradáveis.

— E o que foi que papai disse? — perguntou Nest, extasiada, como sempre, com as histórias contadas por Mina.

— Acontece que ele também adorava Timothy. — Mina foi se sentar à mesa. — Todos adoravam. Ele era irresistível: todas nós brigávamos para nos sentar ao lado dele e segurar sua mão. Fazíamos questão de mostrar nossos tesouros e desenhávamos para ele. E era tão bonito. Você lembra? Muito alto e louro, o rosto bronzeado. Tinha jeito de quem passava o tempo todo ao ar livre e era bastante durão; no entanto, era um amor. — Uma rápida pausa. — Você sabe sobre a viúva de papai em Londres, claro. — Nest assentiu. — Porém, eu nunca soube bem o quanto mamãe sabia sobre ela. Tenho certeza de que nada, no início, mas agora vejo que papai usou as crises de asma dela como desculpa para nos tirar de Londres sempre que possível. Não que isso fosse um castigo para mamãe, pois ela adorava Ottercombe, mas me pergunto se ela sentia falta de papai ou da companhia de um adulto. Sofreu vários abortos e nunca foi muito forte, mas Timothy a deixava cheia de vida. Parece bobagem? Ela desabrochava e se animava em sua presença, e ele nos protegia da insensibilidade de papai. Acho que todas nós o adorávamos, não só mamãe.

Nest olhou de esguelha para o rosário, que ainda deixava deslizar por entre os dedos.

— Não *só* mamãe? — repetiu ela, inquisitivamente.

— Eles se apaixonaram — contou Mina, sonhadora. — Não entendi na época, pois era jovem demais, mas compreendo agora; e, de qualquer forma, li as cartas.

A irmã arregalou os olhos.

— Eram cartas de amor?

— Ah, sim! Depois que as li, tudo ficou claro. Aquele verão inesquecível, antes do nascimento de Timmie...

— Espere aí — pediu Nest, devagar. — "Antes do nascimento de Timmie." Você acabou de dizer essa frase. É isso, não é? Esse é o segredo que Georgie sabe. Você disse certa vez: "Há outros segredos", e, depois, não tocou mais no assunto. Agora entendo. Um menino depois de todas aquelas meninas, e Timmie era alto e louro... Tinha até o mesmo nome! Ah, eu sei que Timothy era o padrinho dele, mas ainda assim. Acertei, não? Timothy era o pai de Timmie. Meu Deus do céu, quem diria, mamãe...

— Não é *bem* assim — interrompeu Mina, com delicadeza —, embora muita gente tivesse essa suspeita. Os deploráveis Benferinos estavam sempre dando indiretas nesse sentido. A história não foi bem essa, apesar de haver um fundo de verdade nela. Timothy fez mamãe relaxar, deixando-a feliz e confiante, e acho que foi por isso que ela conseguiu conceber. Só que Timmie era filho de nosso pai. Timothy e mamãe só se tornaram amantes no ano seguinte. É você que é filha dele, Nest. Você foi a filha ilegítima, o bebê que ele amou mas não pôde reconhecer.

Ela parou de falar e o silêncio tomou a cozinha, preenchendo os espaços.

— Filha de *Timothy*?

— Mamãe o amava muito. — Mina achou que era importante Nest saber disso. — É estranho como a história se repete, não é mesmo? Mamãe e Timothy. Eu e Tony. Você e Connor.

Nest observou-a, e Mina percebeu que não havia sinal de estresse ou de pavor em sua face, apenas uma espécie de incredulidade.

— Conte-me tudo — pediu ela. — Comece de novo e me dê todos os detalhes.

CAPÍTULO TRINTA E QUATRO

Lyddie jogou a mala na cama e deu uma olhada no pequeno quarto. Só havia espaço suficiente para uma cômoda e uma cadeira.

— Ainda bem que tem um armário embutido suspenso! — exclamou Hannah. — Seria impossível pôr um guarda-roupa aqui, há pouquíssimo espaço, mas pelo menos os hóspedes não têm que ficar com Tobes ou Flora.

— Está ótimo! — Lyddie observou, com ar de aprovação, as toalhas felpudas dobradas, que, juntamente com um sabonete de perfume delicioso, estavam na cômoda, ao lado de um arranjo de bagas e ramos de faias. — Obrigada, Hannah, está perfeito!

— Desça quando acabar de se organizar.

Ela saiu do quarto e Lyddie desfez a pequena mala, acondicionando-a entre o pé da cama e a parede; colocou sua nécessaire ao lado do espelho inclinado da cômoda. Antes de sair de Truro, ela colocara todo o seu material de escritório — laptop, livros de consulta, calendários — no carro, passara a seus quatro editores favoritos e mais vantajosos o número de seu celular e separara suas roupas de inverno. Era evidente que teria de voltar, porém precisava fazer com que aquele fosse um rompimento significativo, um gesto que indicava que estava recomeçando.

Grumete ficara ansioso ao ver seu lugar de costume, na parte de trás da perua, ser reduzido, porém houve espaço suficiente para ele pular na própria cama, ao lado da qual sua dona pusera um recipiente com uma semana de ração e sua tigela de comida. Quando Lyddie saíra de Londres, enviara uma parte de seus pertences para Ottercombe e outra para Oxford, e, ao se dirigir a Dorset, sentiu um profundo alívio por poder contar com uma segunda casa. Roger e Teresa certamente estariam dispostos a agüentá-la por algum tempo, mas a questão é que ela não via a casa em Iffley como um lar. Teresa dominara o ambiente com sua personalidade forte e, de qualquer maneira, não os estimava tanto quanto a Mina e Nest, Jack e Hannah.

No trajeto até Dorset, Lyddie se perguntava, como tantas outras vezes no passado, por que sempre fora tão mais próxima de Jack que de Roger.

— Roger não sabe? — perguntara ela a Mina, com apreensão.

— Não, não — respondera a tia, com suavidade. — Ele só tinha uns três ou quatro anos. Não, Roger não faz a menor idéia.

Lyddie se deu conta, durante a viagem, que seria mais fácil contar a revelação de Nest para Jack que para Roger, embora tivesse começado a perceber que seria impossível, na verdade, fazê-lo a quem quer que fosse. Afinal de contas, não era apenas um segredo seu, havia muita gente envolvida. Mas não era só por isso. Apesar de ela supor como seria bom compartilhar esse segredo com Jack, sabia que ainda era muito cedo, que precisava de tempo para digeri-lo e descobrir seus verdadeiros sentimentos a respeito de sua nova identidade antes de expô-lo a outras reações. Não obstante, era uma sensação estranha pensar em Roger a um só tempo como seu meio-irmão e, por incrível que pareça, seu primo.

Lyddie meneou a cabeça, confusa, porém não particularmente desalentada. A aproximação com Roger sempre fora difícil; ele era muito fechado e tinha a língua ferina, muitas vezes até cruel, que machucava, embora costumasse rir e dizer "Foi só uma brincadeira", sem se importar com os sentimentos de Lyddie. Suas lembranças de Jack, mesmo as mais antigas, sempre foram as de um garoto amável e amistoso, que se importava e se preocupava com as necessidades dos outros e era sempre muito engraçado. Ao menos Jack ainda era seu primo; nada mudara nesse aspecto.

Jack esperava por Lyddie quando ela terminou de desfazer a mala e foi para a cozinha. Estava sentado no chão, apoiado em um aparador, com as pernas esticadas, conversando com Grumete, que se acomodara ao seu lado, olhando com uma mistura de contentamento e afeto para Jack. Lyddie começou a rir e, de imediato, a ligeira apreensão que sentia por dentro diminuiu de intensidade e esvaneceu.

— Calígula o aborreceu — explicou Jack. — Os cachorros são muito sensíveis, e Calígula foi muito mal-educado. Não foi? — perguntou a Grumete, que lambeu o nariz de Jack, em agradecimento, e abanou o rabo, batendo-o no chão.

— Muito mal-educado — observou Hannah, resignada. — Mas nem se preocupe com isso. Tenho certeza que você sabe que o Grumete vai causar sensação quando os meninos voltarem depois do jantar. A hora de dormir vai ser uma experiência muito interessante.

— Eu sempre vim aqui durante as férias — concordou Lyddie — e nos feriados. Oh, céus, vamos ter que escondê-lo na garagem.

— Imagine, nem pensar! — retrucou Jack, indignado. — Ele já está com os nervos à flor da pele. Os meninos vão adorar. Mal posso esperar para ver a cara deles. A Hannah contou que a gente vai comprar um cachorro?

— Não. — Lyddie sorriu, encantada com a idéia. — Puxa, o Tobes deve ter ficado feliz da vida com essa notícia!

— Ele ainda não sabe. — Hannah serviu chá para Lyddie. — A gente resolveu esperar até o início das férias para começar logo a treiná-lo; além do mais, eu não quis considerar a possibilidade de agüentar o Tobes perguntando a cada cinco minutos quanto tempo ainda faltaria para o término do período letivo.

Jack deu um abraço em Grumete e se levantou.

— Você está com a aparência bastante cansada e tensa — examinou Lyddie atentamente. — Mais tarde vai tomar uma dose caprichada de bebida. Não posso realmente abrir os trabalhos até os pequenos estarem deitados. Não se pode encher a cara quando se toma conta de um dormitório.

— Mas isso não quer dizer que *a gente* não possa — disse Hannah, com firmeza, fazendo com a cabeça um sinal encorajador para Lyddie. — De qualquer forma, o Jack só deu um pulo aqui para dar um oi antes de ir supervisionar o colégio e, em seguida, o jantar. Não podemos esperar por ele.

— Quanta consideração! — observou Jack, a ninguém em particular.

Lyddie esboçou um sorriso.

— Por mim, tudo bem. Não se preocupe, Jack. Você vai acompanhar a gente em breve.

— Não quer caminhar comigo até o colégio? — perguntou ele. — Esticar as pernas após a viagem de carro e passear com o Grumete?

— Está bom — respondeu Lyddie. — Acho que é uma ótima idéia.

— Espere ela terminar o chá — pediu Hannah. — Ah, vou organizar o nosso jantar. Puxa, é uma maravilha não ter que supervisionar o lanche das crianças!

— Fale por você! — exclamou Jack, desolado. — Você já viu cento e cinqüenta garotos com idade entre oito e doze anos devorarem a comida ao mesmo tempo? Não? Bem, não se preocupe. Poderia perder o apetite para o resto da vida.

Mais tarde, quando andavam de forma compassada pelo gramado macio debaixo das castanheiras, onde os meninos juntavam castanhas-da-índia todo outono, Lyddie passou o braço pelo de Jack, que sorriu para ela.

— Minha querida prima — disse ele. — Está a fim de conversar?

— Vou te contar algo estranho — começou a dizer Lyddie. — Sinto o estômago embrulhar quando penso no comportamento de Liam. Eu ainda o quero e acho que é um tremendo desperdício, mas, por trás disso tudo, vem a sensação de... bem, quase alívio. Nossa! — exclamou ela, frustrada. — Isso é muito *difícil* de explicar, porque parece que eu não me importo, e não é esse o caso. Meu coração dispara quando penso nele, e sinto um grande vazio dentro de mim, mas durante todo o nosso relacionamento, Jack, eu tinha a estranha sensação de que aquilo era inconsistente. Dá para entender? Como se eu estivesse de férias e nenhuma das regras normais da vida cotidiana se aplicasse. Ah, eu estava trabalhando, e isso era bastante real, porém era estranho trabalhar em casa o dia todo e ir para o Aconchego todas as noites e curtir com a cara do Joe. Dizia a mim mesma que milhares de pessoas viviam assim, administrando hotéis e pubs, só que, mesmo assim, tudo me parecia irreal.

— Mas não é verdade que a maioria dos casais donos de hotéis e restaurantes faz tudo juntos? — sugeriu Jack, após um momento. — Compartilham um interesse comum. Começam o negócio juntos, estabelecem as próprias regras e suas vidas não só giram em torno dele, como são controladas por ele. Você comentou comigo que Liam nunca a chamou para participar do seu trabalho e que, a bem da verdade, ele sempre desestimulava isso. Você então se dedicou ao próprio trabalho, sozinha em casa, usando o Aconchego como um simples restaurante, todas as noites. Para ser sincero, sempre me perguntei se você agüentaria continuar a viver dessa forma. Sabe como os filhos se encaixariam nesse esquema? Você ia acabar ficando cada vez mais isolada. Os horários são tão anti-sociais ou, ao menos, tão antifamília, que eu me indagava se você, aos cinqüenta, ainda estaria trabalhando sozinha, o dia todo, passando as noites no restaurante, enquanto Liam levava sua vida paralela.

Ela o olhou.

— Você chegou a suspeitar de que ele estava me traindo?

Jack franziu as sobrancelhas, pensando no que ia dizer.

— Ele me dava a impressão de estar desempenhando um papel. Sabe, aquele jeitinho de ficar batendo papo com os clientes e agindo da forma como agia, uma espécie de cruzamento entre um mordomo sofisticado e um empresário milionário da noite. Lamento. — Ele lhe deu uma olhadela, pressionando sua mão com o braço. — Não estou querendo ofender, é que o Liam é meio exibicionista e, por sinal, é mesmo um sujeito muito atraente. Dá para entender por que as mulheres ficam caidinhas por ele.

— Bom, *eu* fiquei. — Lyddie suspirou. — Acho que você tem toda razão. Não havia a menor possibilidade de termos uma verdadeira vida em família, fins de semana, feriados. Talvez seja por isso que, por incrível que pareça, eu esteja sentindo um certo alívio. Não que doa menos.

— Não, mas é nisso que você tem que pensar — disse Jack. — Sabe que foi, na verdade, um erro. Precisa se concentrar nisso. Confesso que fiquei pensando se você não tinha mergulhado depressa demais nessa relação, logo após o rompimento com James.

— Estou começando a perder minha autoconfiança — afirmou Lyddie. — "Perder um homem pode ser considerado um erro" etc.

— Pura tolice — disse ele. — E a sorte da terceira vez? Faço questão de avaliar o próximo candidato.

— Então você não acha que é um erro eu desistir do meu casamento com Liam? — Lyddie se surpreendeu com a importância que a resposta dele tinha para ela.

— Acho que você não teve muita escolha — respondeu Jack. — Ofereceu a Liam uma alternativa e ele a rejeitou. Não vejo o que mais você *poderia* fazer.

— Não acha que eu devo aceitar tudo?

— Claro que não, Lyddie, pelo amor de Deus! — exclamou ele, de maneira categórica. — Caramba, prima! Não seja louca! Por mais que você ame o sujeito, ninguém pode esperar que aceite passivamente esse papel. Como ele colocou as cartas na mesa, só lhe resta pegar ou largar. Bem, você vai largar.

Ela sorriu, apertando o seu braço.

— Obrigada, Jack.

— Não sei bem por que está me agradecendo, mas de nada. Você vai ficar bem lá, com as tias?

— Acho que sim. Ao menos, creio que vou conseguir trabalhar. Estou feliz por não ter feito Roger vender a casa anos atrás para poder receber a minha parte. Ele não tinha grana, na época, para comprar o que me cabia. Agora tem condições e vai ser bastante útil. Acabou virando um pé-de-meia, após todo esse tempo.

— Você pode voltar para Londres, para o seu antigo emprego ou algo parecido.

— Isso me passou pela cabeça. — Ela hesitou. — Só que preciso de mais tempo para pensar nessa hipótese. É o que vou fazer em Ottercombe.

— Não tem lugar melhor para se recuperar do que com nossas duas tias queridas — afirmou ele, com carinho. — Olhe, se você pegar a trilha dos arbustos, vai contornar toda a área dos anexos e chegar ao caminho de casa. Grumete vai adorar esse passeio. Acha que consegue voltar direitinho?

— Claro que sim. Que bom poder contar com você, Jack! É um tremendo consolo!

Ele sorriu para ela.

— Você está agindo da forma correta — ressaltou ele. — Não se esqueça disso. Até mais. A gente se fala à noite.

Ela observou seu corpo longilíneo dar passadas largas rumo à espaçosa construção em estilo georgiano, viu garotos suados acenarem para ele e o chamarem, do campo de rúgbi, e sentiu uma onda de amor por seu primo.

— Vamos — disse ela para Grumete. — Você não pode ir com o Jack, mas ele vai voltar mais tarde. — Lyddie se virou, com as mãos nos bolsos e o coração menos dolorido.

CAPÍTULO TRINTA E CINCO

Nest estava sentada na sala de visitas, próximo à lareira. Era uma tarde fria e melancólica de novembro e um vento gelado lançava uma chuva fina contra as janelas; era reconfortante virar as costas para a paisagem e fitar, em vez disso, a luz bruxuleante das chamas. Mina e os cachorros tinham ido para a praia, apesar do mau tempo, e Georgie, cansada após a manhã de compras em Barnstaple, subira para descansar. Era bom estar sozinha naquele ambiente tranqüilo, livre, por fim, do peso do segredo que guardara a sete chaves por mais de trinta anos; agora teria tempo para pensar em tudo que Mina lhe contara. Fora simplesmente a habilidade da irmã de contar histórias que levara Nest a ouvir com tanta calma, fazendo com que, se não aceitasse de imediato esse fato surpreendente, ao menos pudesse começar a se conformar com ele, sem medo ou raiva? Será que era assim que Lyddie estava se sentindo? Será que Mina usara o seu dom também no caso dela? Nest se sentia mais agradecida do que nunca pela habilidade de Mina. A irmã tecera os acontecimentos do passado, formando uma elaborada tapeçaria, entrelaçando cada fio cuidadosamente, de modo que os personagens surgiram, vívidos e excitantes, em meio ao pano de fundo familiar e deslumbrante do penhasco e do mar, movendo-se no interior do casarão antigo como se fosse ontem.

Nest observou o que tinha no colo: algumas fotografias, um cartão de Páscoa e o rosário. Foram os únicos objetos que seu pai deixara, salvo, evidentemente, suas cartas, que tinham sido devolvidas junto com esses outros pertences. Não chegara a haver uma troca de correspondência intensa entre Timothy e Lydia, talvez umas vinte cartas no total. Nest as lera de acordo com sua ordem cronológica, lembrando-se, à medida que o fazia, da mãe abrindo suas cartas à mesa do café da manhã: as folhas de papel fino farfalhando quando ela as dobrava e punha de volta no envelope, e a maneira como sua mão o tocava de forma dispersa, como se estivesse se certificando de que realmente existia. Dadas as circunstâncias, as cartas eram quase escandalosamente indiscretas.

"Oh, meu querido", escrevia Lydia. "Como poderei agüentar esta interminável separação...?", e as respostas dele, que sempre começavam com "Minha amada", enchiam uma folha após a outra com declarações de amor.

"Estou esperando um filho seu e não sinto nada além da mais profunda alegria. Oh, por que não tenho medo? Estou tão feliz..."

Não havia dúvidas de que um dia ela teria de deixar Ambrose; no entanto, por sorte, ele fora a Ottercombe algumas semanas após a visita de Timothy, e, desse modo, nunca duvidou de que Nest fosse sua filha. Era óbvio que Lydia nunca cogitara abandonar os filhos, nem mesmo por Timothy, que tampouco lhe pedira isso.

> ... pois que tipo de vida eu poderia lhe oferecer, amor, que desse a estabilidade e segurança necessárias a você e aos seus amados filhos? Como poderíamos pensar em nossa felicidade, à custa da deles? Eu os adoro, e, se lhe causássemos mal de alguma forma, nosso amor se reduziria a cinzas...

Ela lhe enviou a resposta:

> ... saber que esta criança é sua me deixa muito feliz; além disso, tenho também seu xará, seu afilhado. Quando olho para Timmie, lembro-me do dia

em que nos conhecemos, quando você, de pé no corredor, disse: "Lamento chegar de forma inesperada"; senti que iria me apaixonar por você...

Nest ficou chocada com a ingenuidade e simplicidade daquelas cartas: pareciam duas crianças reverenciando a incrível dádiva de seu amor. A princípio, lera com avidez, engolindo as palavras, esfomeada, à medida que ia reaprendendo sua própria história; depois, no entanto, ficou envergonhada.

— Sinto como se tivesse bisbilhotado a vida deles — dissera a Mina. — De certa forma, não parece justo. Eles eram tão... tão *ingênuos*, se entende o que quero dizer.

— Ah, sei exatamente como está se sentindo — concordara ela, pesarosa. — Também me senti assim, mas quando mamãe morreu, eu não sabia o que devia fazer com as cartas, e, àquela altura, sabe, eu já tinha começado a suspeitar da verdade. No final da vida, ela passou a falar dele, a acreditar que ele estava aqui com ela, e não foi difícil entender certas coisas. Senti que era errado destruir as cartas sem saber ao certo se eu tinha esse direito. Acabei optando por lê-las e chegando à conclusão de que deveria guardá-las, por precaução.

— Estou feliz que tenha feito isso — dissera Nest, com veemência. — O mais estranho é que, se por um lado sinto uma espécie de deslealdade, por outro me encho de um orgulho peculiar por ter sido o fruto de tal amor. Céus! Isso parece ridículo, não?

— De forma alguma! — negara Mina, rapidamente. — Não parece nem um pouco ridículo. Qualquer uma de nós adoraria ter Timothy como pai. Deve *mesmo* se sentir orgulhosa.

— Eu gostaria — começara a dizer Nest, após um momento — que Lyddie sentisse o mínimo que fosse de orgulho na posição dela. E por nenhum motivo específico, além do fato de que a ajudaria, como está me ajudando, a se conformar e aceitar isso.

— Acho que vai descobrir que os trinta e poucos anos de amor e amizade que você ofereceu a Lyddie vão ganhar muito mais do que a aceitação dela. Como faz mais de dez anos que Henrietta morreu, creio que isso também vai facilitar as coisas. Pode parecer cruel, mas, com a lembrança longínqua de Henrietta, será menos complicado para ela se conformar; além do mais, no final é o amor que conta. Lyddie não terá que escolher ou se preocupar com a deslealdade; tudo o que tem a fazer é continuar aceitando o seu amor.

Ouvindo o vento jogar pingos d'água contra a janela, Nest olhou de novo para os tesouros que tinha em mãos. Primeiro, a fotografia de Lydia e Timothy, com ela, aos sete anos, de pé, entre os dois: um pezinho apoiado no outro, abraçando uma boneca de pano, ela olhava diretamente para a câmera, muito concentrada; a mão de Timothy repousava com suavidade no ombro de Lydia, de modo que ela estava levemente inclinada na direção dele, tocando a cabeça de Nest. Ele estava rindo, encorajando a fotógrafa, enquanto Lydia olhava para Timothy, com a face radiante de paixão. Atrás da fotografia, com tinta desbotada, alguém rabiscara: "1941. Lydia e Timothy com Nest, em Ottercombe."

— É bem provável que eu tenha tirado essa foto — contara Mina. — Timothy tinha uma câmera e gostava de fotografar. Entretanto, ele e mamãe deram um jeito de tirá-la, astutamente, sem o restante da família. Suponho que tenham dito para os demais irem na frente à praia, para que os dois pudessem aproveitar a oportunidade. Você já viu todas as outras fotos que nós temos, nas quais todos aparecemos de forma aleatória. Esta é a única em que só aparecem vocês três.

Nest fitou a fotografia, tentando se lembrar da ocasião. Palavras de uma das cartas lhe vieram à mente:

> Ela é um bebê tão doce, mas, oh, céus!, Ambrose está insistindo que a chamemos de Ernestina!!! Antes ele queria que o nome de Timmie fosse Ernest, em homenagem ao pai dele, e depois, para minha grande satisfação, resolveu colocar o seu nome, Timothy. Porém, agora ele está fincando o pé. Um nome tão pesado para este lindo pedacinho de gente...

Nest tentou se lembrar do pai, mas foi extremamente difícil; Ambrose fora uma figura muito distante, que raramente ia a Ottercombe, mesmo após a guerra, e, além disso, morrera antes de ela completar quinze anos. Não obstante, ela ainda se lembrava da presença de Timothy, de seu carisma, da segurança que transmitia.

— Mas eu não devia ter mais de sete ou oito anos quando ele morreu — dissera a Mina. — Estranho, não?

— Creio que você se lembra da atmosfera. — Mina sorrira, entregue às reminiscências. — Quando Timothy vinha aqui, era como se fosse Natal, Páscoa e aniversário, tudo reunido em uma só celebração! Era mesmo especial!

— Como Timmie. Ou Jack? — sugeriu Nest.

— Sempre me perguntei até que ponto o flerte de mamãe com Timothy, com sua mente concentrada nele durante aquela gravidez em que ficou sozinha aqui conosco, pode ter afetado a criança que crescia em seu ventre. Sei que parece estranho, mas acho bem possível que Timmie, de alguma forma, tenha sido *moldado* pelo amor dos dois e que isso, por sua vez, passou para Jack. Para ser sincera, teria sido fácil acreditar que Timmie era o filho deles; porém, basta ler as cartas para perceber que eles só vieram a se tornar amantes no ano seguinte.

Agora, sozinha na tranqüila sala de visitas, Nest passou os dedos com suavidade pela velha fotografia e observou a segunda: um retrato de Lydia, tirado pela mesma câmera e, obviamente, pelo próprio Timothy. A expressão meiga de adoração só poderia ter sido captada por ele: linda, melancólica, de lábios curvados, sorrindo. Atrás da foto alguém escrevera: "Lydia — 1934." Ela estava com trinta e cinco anos. Nest já conhecia a última foto: Lydia sentada em uma cadeira ao ar livre, à janela de batente, rodeada pelos filhos. Nest, bebê, no colo da mãe, Henrietta e Josie aos seus pés, sentadas na grama, de pernas cruzadas, Timmie de pé, à altura do joelho de Lydia, com Mina atrás, segurando seus pequenos ombros, e Georgie à direita da mãe, com ar de supervisora do pequeno grupo. Nest examinou atentamente cada um dos rostos. Lydia sorria com serenidade e uma de suas mãos protegia com delicadeza a cabeça do bebê, servindo de escudo parcial contra o sol. Adoravelmente banguelas, muito parecidas, Henrietta e Josie davam um largo sorriso, alegres, o pequeno evento criando uma camaradagem incomum. O olhar de Timmie era um pouco ansioso; segurava um soldadinho de pano, de forma vacilante, como se esperasse que ele também fosse registrado para a posteridade. O sorriso de Mina era afetuoso, feliz, claramente descontraído, um verdadeiro contraste com a expressão quase reprovadora de Georgie. Atrás da fotografia, fora anotado: "Ottercombe, 1936."

Estranhamente comovida, suspirando de leve, Nest juntou as fotos e olhou para o cartão de Páscoa. Sob um simples desenho em aquarela da Cruz vazada, iluminadas por raios de sol, estavam as palavras: "Ele ressuscitou." Dentro, Lydia havia escrito: "Com amor, de todos aqui em Ottercombe", com a assinatura de cada um deles. A letra de Georgie era nítida e esmerada, e a de Mina, redonda e generosa; os nomes das duas meninas mais novas foram escritos com uma linda caligrafia de escola. Timmie assinara com trêmulas letras maiúsculas, duas vezes maiores que as dos demais, e era óbvio que Lydia pusera o lápis na mãozinha de Nest para que ela desse sua contribuição incomparável. Do outro lado dos nomes e da saudação havia um verso impresso:

> Cessa o tumulto, cessa o bulício,
> Reis, chefes vão-se; ainda perdura
> O Teu antigo sacrifício,
> Uma alma humana humilde e pura.
> Senhor, Teu espírito não nos faleça,
> Não nos esqueça, não nos esqueça!*

Ela se perguntou que significado essas palavras do poema "Recessional", de Kipling, tivera para o pai, e por que o levava consigo. Ou será que simplesmente carregava o cartão porque simbolizava o amor de toda a sua "família"? Enquanto Nest pensava nisso, uma voz lhe falou ao ouvido:

— O que tem aí?

* Tradução de Fernando Pessoa. (N.T.)

Passaram-se vários segundos antes que Nest conseguisse controlar o choque violento e as batidas aceleradas do seu coração, a fim de poder fitar Georgie com tranqüilidade, tentando proteger seus tesouros daquele olhar perscrutador enquanto os colocava na bolsa de tapeçaria, na qual guardava seus óculos e um livro.

— Nada de mais. — Tentou usar um tom de voz neutro. — Não ouvi você entrar.

Georgie contornou a cadeira de rodas de Nest e se sentou na extremidade do sofá.

— Não consegui dormir — explicou ela. Seu olhar foi de Nest para a lareira. — A ventania está aumentando.

— Mina deve chegar logo. — Nest respirou fundo, tentando se acalmar, e, então, de repente, sentiu-se relaxada. Havia esquecido que Georgie já não podia prejudicá-la agora.

"Tenho quase certeza de que Georgie não sabe de nada sobre você e Connor e por isso não faz a menor idéia sobre Lyddie", dissera Mina, quando lhe entregara as cartas. "*Este* é o segredo de Georgie: ela as leu também." Dera um grande suspiro de alívio. "'Puf-puf-puf.' Que bom, afinal, ter tudo às claras."

"Nem tudo. Você não está sugerindo que eu conte a Lyddie...", Nest fitara a irmã com ansiedade, "não agora."

"Não, não." Mina meneara a cabeça. "Pelo menos não ainda. Talvez algum dia surja o momento apropriado para isso, é preciso dar tempo ao tempo! Mas, nesse ínterim, nós duas podemos relaxar um pouco. Georgie associa você ao segredo dela, não Lyddie."

Agora, Nest observa Georgie com compaixão; a irmã se tornara inofensiva, seu reinado ameaçador terminara.

— Você se lembra de Timothy? — perguntou-lhe Nest, com muita naturalidade.

Georgie fitou-a de um modo malicioso e deu início àquele estranho ritual, dando de ombros, sorrindo ligeiramente, com um olhar perspicaz.

Nest pensou: Ela parece uma criança que sabe que fez alguma coisa errada e assume uma atitude do tipo "não dou a mínima".

— Sei de um segredo — disse Georgie, e, de súbito, a mente de Nest viajou no tempo, para uma tarde quente de verão. Ela e Timmie faziam um piquenique com os bonecos, sob as árvores do gramado. Georgie, bem maior que eles, estava de pé à mesa, e Timmie estava assustado: Nest sentia o medo do irmão fluir, enquanto segurava sua mão. Nem mesmo Mina conseguiu restabelecer a harmonia quando chegou; a atmosfera alegre e a tarde ensolarada foram marcadas por sentimentos de raiva e irritação, e ela, Nest, deixou cair lágrimas assustadas, fruto do desamparo e da devastação: era o prenúncio da transitoriedade da infância e da perda da inocência.

Agora, mais de sessenta anos depois, ela se inclinou e tocou com suavidade o braço de Georgie.

— Eu também sei — disse.

CAPÍTULO TRINTA E SEIS

Ao voltar da praia, Mina foi tomada por uma estranha sensação de leveza. Na verdade, desde a chegada de Georgie estava sentindo os efeitos das últimas semanas — crises de tontura e um terrível cansaço —, algo que não sentira nem mesmo quando cuidara de Lydia e Nest. Era incrível como esse estresse mental podia ser bem mais fatigante que um esforço físico contínuo. No final da vida de Lydia, os cuidados com ela se haviam tornado mais árduos: as trocas de lençóis eram mais freqüentes, bem como o sobe-e-desce de escadas; além disso, era necessário preparar refeições especiais e fazer-lhe companhia. A mãe, no entanto, nunca agira de forma impaciente ou rabugenta e adorava quando Mina ficava com ela: "Ah, que bom, você trouxe o seu café também, assim ficará mais tempo comigo", e lia histórias em voz alta. "E então, qual será a leitura de hoje? Ah, claro, 'As Enchentes do Crepúsculo', de Marguerite Steen. Em que parte estávamos?" A televisão costumava deixá-la ansiosa, pois às vezes tinha dificuldade para acompanhar as falas nos diferentes sotaques e entender os modernos filmes de ação. Entretanto, apreciava bastante os filmes de época e não gostava de perder sequer um segundo das partidas de Wimbledon.

Mina agradecia qualquer ocasião que lhe desse a oportunidade de descansar, embora sua mãe precisasse saber que ela estava por perto, ao alcance. Lydia sempre se deleitava quando via os netos, ficando especialmente feliz quando todos se reuniam em Ottercombe; costumava escrever longas cartas para os filhos de Josie nos Estados Unidos, mostrando as fotografias deles com orgulho para todos que se dispusessem a olhá-las. A cada inverno suas crises de asma e infecções respiratórias pioravam um pouco; ainda assim, aferrava-se à vida com surpreendente tenacidade. Mina segurava o corpo frágil da mãe enquanto ela inalava vapores de tintura de benjoim, com uma toalha lhe cobrindo a cabeça e a tigela, e as duas riam juntas, até mesmo naquela ocasião, das indignidades da velhice. Lydia já estava com quase oitenta anos quando uma série de derrames pôs fim ao seu sofrimento resignado.

Mina puxou o capuz de sua jaqueta para se proteger da chuva, curvando-se por causa do vento. Grandes faias, algumas ainda com parcas reservas de folhas de tom castanho-avermelhado, farfalhavam sem cessar sobre sua cabeça, enquanto no solo, entre as raízes grossas e descobertas, patos selvagens descansavam do tumulto das águas agitadas. Os cachorros corriam apressados entre os juncos e as laterais íngremes do penhasco, seguindo os rastros de texugos e cervos; quando Mina os chamou, o vento carregou sua voz e a levou imperceptivelmente para longe.

Ela continuou a andar, pensando em Lyddie e Nest, torcendo para que tudo desse certo entre as duas, lembrando-se de como Nest se esforçara para esconder a dor de ver a filha sendo amada e cuidada pela irmã, sem que pudesse participar, a não ser exercendo o papel de tia afetuosa.

— Às vezes — Nest lhe dissera em particular, desesperada —, eu me pergunto se seria melhor não ver Lyddie nunca mais. Não dá nem para explicar a vontade que me dá de pegá-la e abraçá-la, e então, ah, meu Deus! Quando Henrietta a passa para mim, fico com tanto medo de me descontrolar e de simplesmente me levantar e sair correndo com ela que não ouso pensar nisso e me sento imóvel como uma múmia, tão preocupada em controlar minhas emoções que acaba sendo um desperdício.

— Devo dizer que Henrietta está sendo muito boa — admitira Mina. — Teve que fazer todos aqueles abortos, então entende um pouco como você se sente; imagino que ter contato com Lyddie deva ser mesmo muito doloroso.

— Pensei em sair daqui imediatamente, talvez morar fora por algum tempo, mas a srta. Ayres foi tão bacana e tolerante, mantendo meu emprego à disposição, que sinto que seria uma enorme ingratidão fazer isso com ela. Antes meu coração doía por Connor — dissera ela —, e agora dói por Lyddie.

Mina a envolvera com um abraço.

— *Doía* por Connor?

— Isso mesmo. — Nest a fitara, distraída por alguns instantes. — É estranho, não é? Quando Lyddie nasceu, foi como se uma cortina tivesse se fechado sobre o passado. Eu me senti muito fria e desinteressada. Talvez tenha sido uma espécie de autopreservação instintiva e misericordiosa. Acho que enlouqueceria se ainda sentisse a mesma coisa por ele. Até mesmo quando o vejo com Lyddie, não sinto nada além de uma sensação de alívio por ele amá-la tanto. Isso me faz ter certeza de que agi certo, considerando que não pude ficar com ela.

Parando para pegar algumas achas e galhos pequenos que haviam sido trazidos pelo vendaval e que seriam úteis para acender a lareira, Mina desfrutou da sensação libertadora de se desfazer do peso dos segredos. Levantando-se de repente, sentiu-se tonta de novo e teve de se apoiar em um tronco de árvore musgoso para se equilibrar.

— Não é estranho — Nest exclamara quase indignada, após ter lido as cartas — que mamãe tenha engravidado de Timothy e ainda assim ficado tão escandalizada quando isso aconteceu comigo? Nem titubeou quando disse que eu não deveria ficar com meu bebê e agiu como se aquilo fosse o fim do mundo.

— Acho que você tem que levar várias coisas em consideração — respondera Mina, com cuidado. — Em primeiro lugar, e isso é muito importante, o tempo transcorrido entre a sua gravidez e a dela. É incrível a rapidez com que as pessoas se esquecem das coisas; quando olham para trás, acham que tudo foi diferente no caso delas. A distância muda o modo de ver as coisas. Mamãe não conseguiu ver o aspecto profundamente romântico da sua relação com Connor. Se vocês tivessem tido um longo relacionamento e estivessem apaixonados, creio que ela teria sido mais compreensiva. Da forma como aconteceu, foi preciso ignorar esse aspecto, e você foi obrigada a fazer com que tudo parecesse bastante casual. Coitada de você; foi cerceada por uma lealdade que não pôde ser explicada à mamãe. Em segundo lugar, e ainda mais importante, ela era uma mulher casada e contava com a proteção e o status de um marido.

— Ainda assim — dissera Nest, com bastante tristeza —, acho que poderia ter sido um pouco menos conservadora com relação a isso, dadas as circunstâncias.

— Creio que ela foi totalmente fiel à sua criação vitoriana, aos padrões de comportamento restritivos e à hipocrisia. — Mina tentara fazê-la rir. — E você tem que admitir que, uma vez decidido que Henrietta ficaria com o bebê, mamãe não poderia ter sido mais amável.

— Não se preocupe. — Nest lhe dera um largo sorriso. — Não vou ficar magoada nessa altura do campeonato, mas é que tudo é tão inacreditável. Não me vejo contando isso para Lyddie nem tão cedo, se é que um dia farei isso. O que ela sabe está de bom tamanho.

— Tudo bem, concordo, mas isso torna a sua ligação ainda mais forte, não? E um dia, quem sabe, talvez você queira, sim, contar isso a ela.

— Pode ser. O nosso próximo encontro vai ser bastante tenso. Fico imaginando que talvez a generosidade dela seja só passageira e que, quando ela tiver de fato absorvido tudo, a coisa pode mudar de figura...

— Mas é claro que ela já absorveu tudo! Imagine! Acho que será muito mais difícil para ela lidar com a infidelidade de Liam.

— O que será que ela vai fazer? — Uma expressão sombria tomara o rosto de Nest. — Você acha que vai voltar para Londres?

— Voltar para o emprego anterior? — Mina meneara a cabeça. — Não sei. Não dá nem para imaginar o que aconteceria com Grumete se ela voltasse. Talvez Jack ficasse com ele, apesar de eles estarem querendo um filhote. Ou podíamos ficar com ele aqui.

— Acho que o Capitão Gato não ia gostar muito da idéia.

— O Capitão Gato ia ter que aprender a aturá-lo.

As duas riram e, quando Mina entrou na cozinha com os cachorros, fez um agrado em Capitão Gato, como se estivesse compensando seu comentário maldoso. Mandou-os para a cama, a fim de que se secassem um pouco, colocou a chaleira no fogo e foi até a sala de visitas. Não viu Nest em lugar algum, porém Georgie encontrava-se sentada no canto do sofá, meio encurvada, com a cabeça caída para a frente, sobre o peito. Estava quieta, imóvel, e quando Mina a chamou não se mexeu. Com o coração na boca, Mina foi até a irmã e se inclinou sobre ela.

— Georgie? — chamou, com a voz rouca e a garganta subitamente seca. — Georgie?

A irmã abriu um olho e a fitou.

— Onde é que você estava? — perguntou, mal-humorada. — A hora do chá já deve ter passado há muito tempo!

Mina se endireitou e respirou fundo, controlando a vontade de lhe dar um tapa.

— A chaleira já está no fogo — informou ela. — Não vai demorar muito.

Quando voltou para a cozinha, Mina notou que suas mãos tremiam ao levantar o bule.

Só mais uma semana, pensou ela, soturna, e pôs-se a preparar o chá.

De: Mina
Para: Elyot

... embora eu tenha que confessar que depois comecei a rir. Decerto uma risada histérica. Meu Deus! Foi terrível! Nest entrou na cozinha e não entendeu o que diabos estava acontecendo, com a água fervendo na chaleira e eu sentada, chorando de tanto rir. A verdade é que, por um instante, achei que Georgie estava morta e, para ser sincera, creio que a primeira coisa que senti foi um certo alívio. Nest acabou preparando o chá e, quando voltamos para a sala, Georgie estava sentada, ereta, empertigada de forma quase insolente; parece-me que ela está entrando em uma nova fase de deterioração.

Vou ficar feliz quando me livrar dessa responsabilidade — parece horrível porque ela é minha irmã —, mas já estou velha demais para toda essa atribulação. Lyddie vai voltar em breve, e a coitada da Nest está muito apreensiva, porém será um prazer tê-la aqui conosco até que decida o que fazer da vida. Com o dinheiro que receberá da casa perto de Oxford, ela vai poder comprar um pequeno apartamento — mas onde? Acho que, legalmente, ela tem direito a uma parte da casa em Truro, e até mesmo do restaurante; no entanto, parece que os dois estão hipotecados, e Lyddie não é do tipo que exige olho por olho. Claro que ela pode ficar aqui o tempo que quiser...

De: Elyot
Para: Mina

Cuide-se bem, minha amiga. Você merece um longo descanso. Estou feliz por ter William aqui, dirigindo para mim; com a pouca autoconfiança que me resta agora, isso é um grande alívio. Certifique-se de que Lyddie consiga um bom advogado — não que eu tenha o direito de me meter...

CAPÍTULO TRINTA E SETE

— Não sei se foi tão bom assim ficar com vocês — disse Lyddie, enquanto ela e Hannah se dirigiam a Dorchester, para fazer compras. — Você e Jack se completam. O que evidencia ainda mais tudo o que eu perdi.

— Tem certeza? — perguntou Hannah. — Quer dizer, o Liam chegou mesmo a completar você, a ser realmente sua cara-metade?

Lyddie contemplou através do pára-brisa a chuva caindo nas colinas levemente arredondadas.

— Acho que não — respondeu ela por fim. — Jamais como vocês dois; mas tivemos nossos momentos...

— Claro que tiveram — ressaltou Hannah, arrependida. — Sinto muito. Eu não estou tentando minimizar o que vocês tiveram. Seria um erro fingir que Liam é uma espécie de monstro e que você nunca foi feliz com ele. Muita gente faz isso, já reparou? As pessoas se convencem de que as coisas nunca andaram bem e se esquecem dos momentos felizes.

— Acho que isso acontece mais com o parceiro que decidiu partir do que com o que foi abandonado — comentou Lyddie, pensativa. — Quem está partindo sente necessidade de justificar suas ações para si e para os outros, então passa a ser quase uma questão de honra convencer todos de que tudo estava errado. Na verdade é uma bobagem, apesar de ser perfeitamente compreensível.

— *É mesmo* uma bobagem — concordou Hannah, saindo de uma ruela e pegando a estrada —, porque todos os que conviveram com vocês sabem que não foi bem assim. Talvez seja mais fácil a pessoa enganar a si mesma. Por outro lado, existem casos em que o oposto se aplica. Você vê seus amigos numa relação bastante infeliz e torce para que eles abram os olhos e criem coragem de tomar uma atitude e dar o fora.

— Você sentiu isso no meu caso? — perguntou Lyddie, com muita tristeza.

— Não, querida, imagine! — Hannah tirou uma das mãos do volante, por alguns instantes, e segurou as de Lyddie, que estavam fechadas. — Você *estava* feliz. Acontece que é impossível julgar quem pode ser a pessoa certa para alguém que você ama. Tenho amigas que são superfelizes com caras que me entediariam até não poder mais ou me enlouqueceriam em questão de minutos.

— Então, o que você realmente achava de Liam?

Fez-se um curto silêncio.

— Sinceramente? — perguntou Hannah, cautelosa.

— Sinceramente — respondeu Lyddie, com firmeza.

— Quando o conheci, pensei: Nossa, como a Lyddie é sortuda! Cá entre nós, ele é mesmo muito charmoso! Só que, depois de algum tempo, comecei a sentir que alguma coisa o impelia a seguir seu próprio caminho, e nada nem ninguém iria impedi-lo de conseguir o que queria. Fiquei preocupada com a possibilidade de ele achar o casamento muito desgastante e deixar você de lado. Sabe, eu simplesmente não conseguia imaginar Liam como pai, o que não faria a menor diferença, se eu não soubesse que você queria ter filhos um dia; além disso, de qualquer forma, parecia ser um ritmo de vida esquisito para você. Entende o que quero dizer? Trabalhar o dia todo e daí ir para o restaurante. Não havia nenhuma privacidade, nem fins de semana ou noites só para vocês dois. Isso me preocupava.

— E quanto ao Liam?

— Bem, acho que ele é extremamente inquieto. Sei que é animado, cheio de vida, mas tem um lado bastante ansioso. É como se estivesse desempenhando um papel e, por trás dele, existisse uma terrível compulsão. Se você estiver disposta a se entregar por completo, não vai ter problema algum. Mas, se sair da linha, vai ser descartada. Talvez numa outra época ele pudesse ter conquistado mundos, ido com o Scott para o pólo Sul, mas, para falar a verdade... — Ela fez uma pausa e Lyddie a olhou: estava sentada ereta, segurando o volante de forma graciosa, as sobrancelhas franzidas, pensativa.

— Mas, para falar a verdade...? — instigou Lyddie.

Hannah mordeu o lábio.

— Eu ia ser cruel — disse ela, ansiosa.

— Bom, vá em frente. Acho que posso agüentar.

— Ia dizer que, para falar a verdade, ele tem um lado bastante *desprezível*. Acho que esses caras que têm uma inclinação natural para liderar, conquistar e explorar costumam ter um apetite sexual à altura. — Ela deu de ombros. — Claro que há exceções, mas, de modo geral, a regra é essa. É uma espécie de frieza que Liam, com certeza, já demonstrou. Apesar de ser carismático, eu tenho a sensação de que ele só vai ser um cara importante naquele círculo limitado dele. — Hannah olhou Lyddie de esguelha. — Você está chateada comigo?

— Não — respondeu Lyddie, lembrando-se da expressão de Liam quando ela falou sobre a cadeia de restaurantes: como ele captara a visão e, então, instintivamente, rejeitara a idéia. — Bem, o meu orgulho está um pouco ferido. A gente se sente idiota quando é enganada, não é mesmo?

— Ah, caramba! — exclamou Hannah. — Olha, qualquer uma podia ter se enganado: o Liam é um tremendo gato! Quem não ficaria encantada com ele? *Eu* fiquei. Foi só com o passar do tempo que comecei a... *suspeitar* dele.

— Realmente é um alívio — disse Lyddie. — Faz com que eu tenha mais certeza de que estou no caminho certo. Não é nada fácil, sabe, desistir de um casamento.

— Mas achei que era o Liam que estava desistindo. Não é ele que dita as regras? E as regras são injustas, Lyddie. Você não pode aceitar uma situação dessas, em que o outro chega e diz: "Eu preciso de liberdade para fazer o que bem entendo, não importa o quanto isso possa ferir ou humilhar você!". Simplesmente não dá. Com ou sem casamento. Bem... — Ela deu de ombros de novo — só se não conseguir viver sem ele. — Mais uma olhadela ansiosa. — É assim que você se sente?

Lyddie respirou fundo.

— Só de vez em quando — admitiu. — Eu preciso tanto dele que chego a me sentir tentada, mas basta pensar na Rosie ou em entrar no Aconchego e vejo que não poderia. Vou ter que dar um jeito, de alguma forma.

— Está pensando em voltar para Londres?

— Simplesmente não sei. Por algum motivo, não me vejo lá, seria o mesmo que começar de novo. Só que já não tenho vinte e dois anos, e quase todas as minhas amigas têm namorados ou são casadas. — Ela meneou a cabeça e tentou fazer um comentário mais trivial: — E, de qualquer forma, o que eu faria com o Grumete?

— Você sabe que isso não seria um empecilho se realmente quisesse ir.

Lyddie sorriu.

— É verdade! Eu bem que queria saber qual é o melhor caminho.

— Consegue se sustentar com o seu trabalho?

— O que eu ganho é suficiente, desde que eu pegue o dinheiro da casa e compre meu próprio canto, nem que seja um conjugado. Sem aluguel ou hipoteca, consigo me virar.

— Liam vai vender a casa em Truro? Você deveria receber uma parte, não?

— Ela está com uma hipoteca bem alta, e eu não quero ser muito exigente nesse aspecto. Ele já tem muitos problemas financeiros.

Hannah arqueou as sobrancelhas, mas não disse nada por alguns momentos.

— Espere até depois do Natal para tomar uma decisão importante — sugeriu ela, em seguida. — Nós vamos até Ottercombe para vê-las e nos divertir, e você podia vir passar o Ano-novo com a gente. O que acha?

Lyddie aceitou de bom grado a sugestão, que lhe dava tempo para respirar, e elas começaram a tratar de assuntos mais amenos.

CAPÍTULO TRINTA E OITO

Passaram-se vários dias antes que Mina voltasse a escrever de novo para Elyot.

De: Mina
Para: Elyot

E, então, o dia está chegando. Tenho a impressão de que foi há vários anos-luz que eu lhe disse que Georgie viria ficar conosco — e agora essa fase está para terminar. Todas nós sobrevivemos, e, embora a presença dela tenha desencadeado muitas lembranças e exposto algumas caixas de Pandora, posso afirmar, com toda sinceridade, que, em minha opinião, de modo geral, foi uma experiência positiva. Nest está muito melhor — mais jovem e alegre —, e ela e Lyddie parecem estar aceitando bem sua nova relação, que se baseia firmemente na afeição que as duas sempre tiveram uma pela outra. Quanto a mim, fui obrigada a aceitar uma decisão idiota que tomei quando jovem, pondo um ponto final na questão. Eu e Nest enfrentamos tudo isso juntas e nos aproximamos ainda mais. Gostaria de lhe dar detalhes, querido Elyot, mas esses não são apenas **meus** segredos e você já sabe de muita coisa que acontece aqui em Ottercombe. Tenho certeza de que um dia virá aqui nos visitar.

Quanto a Georgie, bem, agora que a hora de sua partida está chegando, sinto um carinho fora do comum por ela! Para falar a verdade, apesar da tristeza que me dá vê-la em um asilo, sei que não poderíamos ficar com ela aqui. Nas últimas semanas, notei que ela piorou e eu simplesmente não teria como evitar que causasse algum desastre. Embora Nest seja minha responsabilidade principal, há alguns momentos, longos e difíceis, em que a idéia de deixar minha irmã mais velha partir me faz sentir péssima. Sei que Helena vai fazer tudo o que puder por Georgie — isso parece insensível, não? —, mas eu também tenho a impressão de que em breve ela não vai saber bem onde está, e talvez nem queira saber. Bem, parece que estou tentando me consolar, e pode até ser verdade, porém creio, de fato, que ela está perdendo a noção do que está acontecendo. Seus momentos "confusos" estão ocorrendo com mais freqüência e durando mais tempo, e sempre me preocupo com seu paradeiro e com o que está fazendo.

Lyddie parece estar enfrentando surpreendentemente bem a situação, apesar de eu suspeitar que sente muita falta de Liam. Trabalha muito, o que mantém sua mente ocupada e evita que fique remoendo em demasia o que ocorreu, mas quando a pego desprevenida dá para notar o quanto está sofrendo por dentro. Os cachorros estão aprendendo a conviver com Grumete. Minha querida Lady Polly passa quase o dia todo dormindo, mas Dom Arisco está se esbaldando com a companhia de seu novo amigo e demonstra claramente que adora ter sangue novo no pedaço. Ele e Grumete brincam muito. Dom Arisco, por fim, está aprendendo a ignorar o mau humor do pai e a tomar suas próprias decisões. Anda todo prosa — um evidente caso de "eu e meu amigo" —, e Grumete, por sua vez, está ficando cada vez mais confiante, chegando a entrar em um território dominado por Capitão Gato, embora ainda fique bastante nervoso e se mantenha o mais longe possível dele!

E como vão as coisas por aí? Lavinia? William? Espero que esteja tudo bem!

De: Elyot
Para: Mina

Não imagina o quanto me alegrou receber seu resumo dos acontecimentos. Faço idéia de como seus sentimentos devem ser conflitantes no que diz respeito a Georgie. Como conheço você, minha querida amiga, sei que ficaria mais feliz se pudesse mantê-la debaixo de suas asas grandes e generosas, mas tem toda razão de resistir à idéia. Tenho sentido na pele como essa maldita demência insinua-se de forma sorrateira e constante, ora lenta, ora veloz, sem permitir que se saiba o que vai acontecer de um dia para outro. Levando em conta o lugar onde você mora e sua situação, não pode assumir a responsabilidade de ficar com Georgie. Se acontecesse um desastre, você jamais se perdoaria.

E se está captando uma grande ansiedade — talvez pânico — em minha "voz", acertou em cheio. Ontem, inesperadamente, o estado de Lavinia piorou, pois ela não me reconheceu e gritou de pavor quando me aproximei dela, lutando contra mim. Tentou se afastar correndo, lançando-se à porta principal na tentativa de abri-la, daí levou um tombo horrível e teve que ser levada para uma clínica. Quebrou o pulso, torceu o tornozelo e está, em suma, em um estado deplorável. Como você sabe, essa incapacidade de reconhecer já aconteceu antes, mas eu sempre conseguia acalmá-la. Eu e ela ficamos apavorados com essa reação extremamente violenta — por infelicidade, William estava fora, fazendo compras —, e não consigo me esquecer da expressão de terror com que ela me fitou, nem de seu estado lamentável quando caiu.

É impossível descrever o quanto estou feliz por ter William aqui comigo agora. Mantenha contato.

De: Mina
Para: Elyot

Meu querido Elyot,

Fiquei chocada ao ler seu relato do lapso de Lavinia e de seu acidente. Que doencinha mais diabólica, não é mesmo? Consome a mente, rouba a memória e a razão... Fico feliz por você ter William por perto. Quanta bondade sua, mesmo nessas horas, compartilhar sua experiência comigo, reforçando, desse modo, minha decisão hesitante. Tem razão quando sugere que meu instinto é manter Georgie aqui comigo, mas vejo agora que seria errado considerar essa possibilidade — mesmo que Helena e Rupert o permitissem, o que seria bastante improvável.

Mas deixemos de lado meus problemas! Espero que você tenha forças nestes momentos difíceis. Há algo que eu possa fazer?

De: Elyot
Para: Mina

Basta me ouvir e deixar claro que posso contar com uma grande amiga a qualquer momento. Tenho plena consciência de que esse incidente com minha esposa nos levou para outro patamar, do qual não há retorno. Além disso, fez com que eu encarasse o fato de que não podemos continuar da forma como estávamos. Porém, até mesmo aquela situação, agora que Lavinia está internada na clínica, parece preferível, comparada a esta solidão. Percebo agora que eu estava vivendo um dia de cada vez, recusando-me a pensar em nada além da próxima refeição, negando-me a enfrentar o futuro.

Ainda bem que William está aqui!

De: Mina
Para: Elyot

É claro que pode contar comigo — sabe disso. Ah, meu querido amigo, como lamento por você. Evidentemente está sentindo muita falta de Lavinia; é fácil entender seu desejo de que aquela situação tivesse se perpetuado e ela ainda estivesse em casa. Suponho que seja ainda mais difícil por ter tido alguém dependendo de você por tanto tempo. De súbito, tudo parece inútil, um terrível vazio torna o mundo sombrio e a vida segue frivolamente adiante. E eu deveria estar consolando você!!! Que posso dizer?

De: Elyot
Para: Mina

Sua compreensão bastante profunda é mil vezes mais valiosa que banalidades insignificantes. Como sempre, você me reconforta e não me deixa sentir isolado. Isso é, sem dúvida alguma, fundamental, pois, embora William me apóie, nessas horas precisamos de alguém que tenha passado por situação semelhante. Querida Mina, já não posso mais escrever esta noite, mas queria dizer que lhe sou muito grato.

Que Deus a abençoe. Boa-noite.

De: Mina
Para: Elyot

Sei que você não lerá isto esta noite e, tem toda razão, precisa descansar. Entretanto, não podia ir me deitar sem lembrar a você que estamos aqui para o que der e vier; se achar que uma viagem a Ottercombe faria bem a você e a William, venha para cá. Sei que uma vez você comentou que vive perto de Taunton, então não está tão longe assim.

De qualquer forma, talvez seja cedo demais para pensar nisso, e tenho certeza de que você está passando muito tempo na clínica com Lavinia; no entanto, fica aqui o convite.

Boa-noite, querido Elyot.

CAPÍTULO TRINTA E NOVE

Helena chegou no final da manhã para buscar a mãe; para as outras três, que a aguardavam, as horas desde o café da manhã tinham se prolongado de forma interminável.

— Não é que eu queira me livrar dela — assegurou Mina a Nest, desolada —, acontece que ela está com uma expressão tão arrasada! Eu me sinto uma traidora.

— Eu sei. Também me sinto assim, mas o que é que a gente pode fazer? Sabe que não poderia arcar com a responsabilidade de cuidar dela para sempre.

Lyddie as observava, ansiosa. Descera do escritório para fazer café e a evidente angústia das duas chamara sua atenção.

— Ela não quer ir? — perguntou.

Elas se viraram para Lyddie, dispostas a compartilhar seus temores com a sobrinha.

— É que Georgie não conhece ninguém lá no asilo e vai ser tão estranho para ela — comentou Mina, retorcendo as mãos, sem se dar conta. — Para ser sincera, não sei bem o quanto ela sabe. Às vezes tenho a sensação de que reprova nossa atitude, por achar que a casa é dela também e que a estamos expulsando. Essa temporada de Georgie aqui fez com que ela e todas nós voltássemos tanto ao passado que não sei bem se nossa irmã se lembra do que aconteceu antes de chegar aqui.

— Tenho certeza de que se lembra — disse Lyddie, com suavidade. — Afinal de contas, não questiona quem é Helena, não é mesmo? Ou que ela tenha algum direito de vir buscá-la?

— Não — concordou Mina, após um momento. — Não, tem toda razão, não questiona. Mas eu ainda acho que houve uma mudança.

Nest mordeu o lábio. Tinha a péssima sensação de que a mudança ocorrera logo após a conversa que tivera na sala, quando Georgie dissera: "Sei de um segredo", e ela respondera: "Eu também sei." Logo após aquele breve colóquio, Nest observara expressões de surpresa, perplexidade e até de certo desespero passarem pelo rosto da irmã. O movimento dos ombros e o sorriso malicioso, as batidinhas do pé no chão e o ar de satisfação se esvaíram e ela se deixou cair de forma brusca no canto do sofá. A irmã se recusou a responder a Nest ou a falar com ela, virando o rosto, de modo que, após algum tempo, a caçula decidiu se retirar. Depois, Nest se sentira culpada, já que, ao enfrentar Georgie por fim, tirara seu poder, desarmando sua vontade vital de exercer controle.

No decorrer dos dias que se seguiram, o humor de Georgie continuou letárgico e melancólico; estava arredia, sentava-se nos cantos, indiferente. Quando Mina lhe disse que Helena viria buscá-la, a fim de levá-la para casa — titubeando um pouco ao dizer essas palavras —, Georgie a fitara sem demonstrar nenhuma emoção; ainda assim, subiu prontamente com ela para começar a fazer as malas.

— O problema — dizia Lyddie — é que isso é progressivo. Qualquer coisa pode acontecer e você não está preparada para isso. Ela poderia sair andando por aí, ir até a charneca ou a praia. Você não pode trancafiá-la, tia Mina. Ela receberá os cuidados adequados e provavelmente vai adorar ficar com todos os outros idosos. Nós vamos visitá-la. Agora que fui incluída no seguro da van, posso levar você e Nest até lá; podemos ficar num hotel em algum lugar. Vai ser divertido.

Mina a fitou, quase sem forças de tanta gratidão. Teria negado com veemência qualquer sugestão de que não era suficientemente forte para cuidar de Nest ou administrar Ottercombe, porém essa infusão de juventude e energia lhe dava um enorme alívio. As últimas semanas a haviam cansado mais do que imaginara e o apoio firme e sensato de Lyddie era como um tônico. Sentiu uma inesperada vontade de cair em prantos.

— É uma ótima... idéia. — Mina se sentou de repente, sentindo-se tonta, à mesa da cozinha, e Nest posicionou sua cadeira de rodas ao lado dela, enquanto Lyddie preparava café.

— Vai ser muito bom você contar com uma motorista após todos esses anos. — Nest sorria para ela. — Imagine só! Terá a chance de apreciar a paisagem de novo, o que não se pode fazer quando se está dirigindo. Sabe, se antes você praticamente ignorava a paisagem por estar no meio de uma curva ou algo assim, agora, quando eu apontar com admiração para alguma coisa na charneca ou no mar, você vai poder olhar!

— Que tal se... — Mas antes que Lyddie lhes pudesse contar sua idéia, a porta se abriu e Georgie entrou. Ela examinou cada uma delas de um jeito quase desconfiado, e automaticamente Mina começou a se levantar, porém Lyddie falou primeiro e Mina se sentou de novo, agradecida.

— Chegou na hora certa, tia Georgie — disse ela, alegre. — Estou fazendo café e já ia chamá-la.

Georgie franziu o cenho, examinando a cozinha, sem responder, e Mina desanimou. Nest moveu sua cadeira de rodas e tocou com suavidade o braço de Mina, encorajando-a, ao passar.

— Está procurando alguma coisa? — perguntou a irmã caçula.

Georgie a encarou, desconfiada, mantendo o cenho franzido, e se virou para dar uma espiada nas prateleiras do aparador. Enquanto as três a observaram em uma espécie de silêncio tenso, cheio de expectativa, ela vasculhou a superfície do móvel, dando passinhos curtos e incertos.

— Aaaah... — Georgie deixou escapar um som que era mais que um longo suspiro de alívio.

— Encontrou? — Nest tentou manter um tom de voz calmo e interessado.

Georgie fitou-a com cautela por vários momentos, antes de abrir a mão e mostrar o que segurava. Era o carrinho de Timmie, lavado e desbotado por milhares de marés, e Nest — durante alguns terríveis instantes — teve vontade de tomá-lo dela.

— Já tomei isso dele antes — disse Georgie, em tom confidencial. — Ele é o preferido de papai, mas eu sou a mais velha. Vou escondê-lo. — Seus olhos perscrutaram Nest, intrigados agora, como se estivesse surpresa por vê-la em uma cadeira de rodas, e depois Lyddie, que a observava com compaixão. — Mamãe? — sussurrou ela. Seu semblante, confuso, até mesmo assustado, enrugou-se inesperadamente, e Mina foi rápido até ela, segurando-a pelo braço.

— Vamos colocá-lo na mala, para não o perder de novo — disse ela —, e depois tomaremos um cafezinho.

Saíram juntas, e Lyddie olhou para Nest.

— Uau! — exclamou ela, emocionada. — Isso foi assustador! Por que tanto rebuliço em torno do carrinho?

— Era de Timmie — contou Nest. — Ele o ganhou de Timothy, o padrinho dele. Georgie o encontrou na praia há cerca de uma semana. Apesar de ele ter ficado soterrado durante todos estes anos, ela o reconheceu. Eu queria ficar com ele, por diversos motivos, mas o que se há de fazer...

— Ah, que pena! — lamentou Lyddie. — Era uma espécie de recordação, já que você e Timmie cresceram juntos?

— Era — anuiu Nest, devagar. — Em parte por isso, mas em parte também por outros motivos. Eu e Timmie éramos muito unidos, eu o adorava... — "E, além do mais", teve vontade de dizer, "foi um presente de meu pai e eu não tenho quase nada para me recordar dele." — Deve ser por isso que gosto tanto de Jack.

— Ah, Jack e Hannah são uns verdadeiros amores — comentou Lyddie, afetuosa —, mas é bom estar aqui, Nest.

Elas se entreolharam com bastante timidez, cada uma se lembrando de gestos carinhosos que abarcavam trinta anos, porém sem se sentirem à vontade para dar um passo maior.

— Fico feliz em saber que se sente bem conosco — disse Nest. — Está satisfeita com aquele pequeno escritório? Era o quarto de Timmie, sabe.

— Eu estou supersatisfeita — respondeu Lyddie. — O tamanho é perfeito, não é grande demais e acomodou bem todas as minhas coisas. A tia Mina achou uma mesa grande para eu trabalhar e uma estante para meus livros, e agora estou com a cadeira apropriada. Foi legal da parte do Liam me deixar ficar com o carro. Consegui trazer quase todas as minhas coisas nesta última viagem.

— Mas não o viu?

Lyddie meneou a cabeça.

— Eu avisei quando ia chegar e ele ficou bem longe. — Resfolegou com tristeza. — Não sei se fiquei aliviada ou desapontada.

— Acho que as duas coisas — disse Nest. — Caso contrário, não seria natural.

— Fiquei tentada, por um momento, a dar um pulo no Aconchego. Entrar como qualquer outro cliente e tomar um cafezinho, mas não tive coragem.

Nest esboçou um sorriso.

— Isso não me surpreende — disse ela. — Está cedo demais para ter essa coragem.

Lyddie a olhou, perguntando-se como ela conseguira lidar com Connor na condição de cunhado, como escondera sua dor e seu desejo. Sentiu uma onda de respeito e solidariedade por Nest, um sentimento de gratidão, e percebeu que era isto que realmente unia as pessoas: essa compreensão profunda e solidariedade. Elas sorriram de novo, atingindo, comovidas, um novo patamar de confiança e amor; porém, antes que uma delas pudesse dizer algo, a campainha tocou, o que levou os cachorros a saírem rápido de suas camas, latindo desesperados; enquanto isso, Grumete se sentou e fitou-os, aturdido.

Ouviu-se o ruído de uma porta se abrindo, uma saudação no corredor, e Helena apareceu na porta da cozinha.

— Chegou em boa hora! — exclamou Nest, tranqüilizando-se. — Acabamos de passar um café. Fez boa viagem?

Era óbvio que Helena esperava algum tipo de suave reprimenda, uma desaprovação não-explícita, porém insinuada, e estava disposta a adotar uma atitude enérgica e defensiva; no entanto, seu temor desapareceu na atmosfera amistosa e calorosa da cozinha e pôde sentar-se à mesa com seu café, admirando Grumete enquanto descrevia a viagem. Chegou-se à conclusão de que seria uma tolice prolongar aqueles momentos e, quando Georgie chegou com Mina alguns minutos depois, houve o acordo tácito de que as duas deveriam partir rápido.

— Vamos parar para almoçar logo — disse Helena —, assim ela não vai se cansar. Esperamos a visita de vocês.

— Ah, com certeza — assegurou Lyddie, animada —, já planejamos tudo. Helena, você só precisa achar um bom hotel nas redondezas, com acesso fácil para cadeiras de rodas, e nos enviar os detalhes. Até logo, tia Georgie. A gente se vê em breve!

A atitude positiva de Lyddie ajudou-as a lidar com a dolorosa despedida. Com o semblante ainda intrigado, Georgie foi beijada e abraçada; em seguida, Helena a colocou no carro e as duas partiram.

As três ficaram juntas na rampa da entrada, fitando o carro, subitamente desconcertadas. Mina, lutando contra as lágrimas, engolia em seco, recordando-se do dia em que Georgie chegou.

"Você se lembra", perguntara Mina, "de como costumávamos ir até o alto da rampa para esperar papai ou Timothy e descer apoiadas no estribo do carro?" De repente, o jardim ensolarado se enchera de lembranças e a face de Georgie se enrugara, tal como estava ocorrendo com a de Mina agora.

Nest, que estava ao lado de Mina, abraçou-a, e as duas se entreolharam.

— Eu sei que não vou vê-la de novo — sussurrou Mina, engolindo em seco, com o coração partido.

— Tenho a mesma sensação — assegurou-lhe Nest —, mas nós vamos sim. Talvez não aqui, mas Lyddie vai nos levar para visitá-la.

Lançou um olhar vulnerável à jovem, que sorriu e abraçou as duas.

— Claro — disse ela, otimista —, só que vou ter que começar a dirigir aquela sua velha banheira para praticar, tia Mina, então sugiro que a gente vá almoçar lá no Chaleira de Cobre, em Dulverton. Trish vai nos animar e a viagem pela charneca seguramente vai ser maravilhosa num dia como este.

— Excelente idéia! — exclamou Mina, ainda a ponto de chorar. — Ah, isso seria *ótimo*! Mas você tem tempo, querida?

— Eu comecei a trabalhar supercedo — explicou Lyddie, que, sem conseguir dormir direito, passara a varar as noites trabalhando para se distrair e não pensar em Liam — e posso continuar quando a gente voltar. O importante é aproveitar este dia lindo, antes que escureça!

Elas entraram depressa para pegar os casacos, e, quando Nest estava colocando uma jaqueta felpuda e quente, Mina apareceu.

— Acho que isto é seu — disse ela, abrindo a mão e mostrando o carrinho prateado.

Nest o fitou e depois olhou para Mina.

— Como foi que...?

— Deixe para lá — disse a irmã, rápido. — Em breve não teria significado algum para ela, sem contar que Helena poderia encontrá-lo e jogá-lo no lixo, e para você tem valor sentimental.

— É — anuiu Nest, com os olhos marejados —, *é* muito valioso para mim.

— Pois então guarde-o e vamos embora — disse Mina. — Vamos passear.

A van já estava ao lado da porta quando Nest saiu com sua cadeira de rodas, fechando a porta da casa.

— Mas e os cachorros? — perguntou Mina, apreensiva. — Oh, céus...

— Os cachorros vão ficar bem — disse Lyddie, com firmeza. — Agora entre, Nest. Isso. Você vai na frente comigo, tia Mina, junto com o Capitão Gato. A coitada da Lady Polly já está na caminha dela, não dá trabalho! Muito bem. Agora, Dom Arisco, vamos lá, seja um bom rapaz e entre com a Nest...

E então ficaram prontas. Capitão Gato se acomodara no colo de Mina e olhava com agressividade por sobre o seu ombro para Grumete, que já se havia deitado confortavelmente no enorme espaço ao lado da cadeira de rodas de Nest; Dom Arisco, por sua vez, tinha se sentado entre as patas imensas dele, com uma expressão prazenteira no rostinho garboso, como quem diz "eu e meu grande amigo". Capitão Gato deu um pequeno latido de desdém e virou as costas, e Lyddie entrou, ajustou o banco e ligou o motor. Fez uma careta para Mina, que lhe deu um sorriso de orelha a orelha, encorajando-a, e elas partiram, sacolejando no carro.

CAPÍTULO QUARENTA

Durante toda uma semana, o tempo se manteve fresco e agradável e os passeios se tornaram a ordem do dia: iam tomar café no pequeno bistrô de Simonsbath, almoçar no Hunter's Inn — onde os pavões selvagens assustavam Grumete —, passear de carro ao longo do litoral e atravessar o Vale Rochoso. Embora Lyddie estivesse exausta em virtude da insônia e do coração partido, fazia tudo de bom grado, sentindo-se necessária e, acima de tudo, divertindo-se. Mina e Nest sempre haviam sido importantes para ela, porém agora, morando com as duas, percebeu como eram espirituosas e fortes, e o seu amor por elas foi realimentado, aprofundando-se com essa convivência.

— Elas são superdivertidas — disse ela a Jack, em um fim de semana um pouco antes do Natal, quando ele foi visitá-las com a família.

"Um fim de semana de licença", informara ele ao telefone; "os sapequinhas vão para casa, graças a Deus, então vai dar para ir no domingo, se vocês puderem aturar a gente!"

Com sua chegada, o clima de harmonia se completou e Lyddie percebeu que ela estava começando a se recuperar.

— É óbvio que são divertidas — respondeu ele, quase ressentido. — A gente já sabia disso.

— Claro que sim — disse ela —, mas acho que vou ficar um tempo aqui, Jack. Não é só porque sinto que posso ajudá-las servindo de motorista e fazendo todas as coisas que tia Mina provavelmente não deveria fazer na idade dela, mas por puro egoísmo, pois elas estão me ajudando.

— Com toda certeza — concordou Jack. — Essa é a grande tragédia da vida moderna. Não achamos que as pessoas mais velhas têm muito a oferecer. Sua coragem, sabedoria e experiência são postas de lado. Na certa elas estão fazendo um bem muito maior a você do que o contrário.

— Concordo — anuiu ela, com humildade. — Eu *realmente* preciso delas. E de você também, claro.

— Grande novidade! — disse ele, com a voz assumindo um tom debochado. — Tenho plena consciência de que não conseguiria se virar sem mim. É um dom que eu tenho, um fardo carregado com nobreza...

— Ah, dá um tempo! — exclamou ela, rindo. — Mas me pergunto se seria correto ficar aqui. Por inúmeros motivos.

— Creio — disse Jack, com astúcia — que você receia que elas comecem a contar com você, pois aí nunca terá coragem de deixá-las. Não é isso?

— Algo nessa linha — admitiu ela —, embora, neste momento, eu não me veja querendo ir para outro lugar. Só que tenho medo de estar usando Ottercombe como refúgio, por me sentir tão machucada, e, quando me sentir melhor, querer fazer outra coisa. — Lyddie o observou com ansiedade. — Tenho medo de estar me aproveitando delas.

— Acho que deve confiar no bom senso das duas — sugeriu ele, com firmeza. — Aceitar o presente do jeito que está e parar de se preocupar. Curta ao máximo esses momentos, junto com elas, e não os arruíne tentando prever certas situações que talvez nunca aconteçam. Está bem?

Ela lhe deu um largo sorriso.

— Obrigada, tio Jack — agradeceu, de modo afetado.

— Então vai me deixar conectar a internet, tal como fiz com a tia Mina, para que possa enviar e-mails às suas amigas? Vamos, Lyddie, já está mais do que na hora. Não deixe esta oportunidade passar!

— Vamos ver — disse ela, rindo. — Talvez eu faça isso. Nossa querida tia Mina adora esse troço! Bate-papo com todos os amigos à noite. Vejo, pela fresta da porta, que a luz do quarto dela fica acesa até bem tarde.

— Está vendo só? Vá em frente! Daí a gente poderia conversar todos os dias. A Hannah adora.

— Vou pensar no seu caso — prometeu ela. — Com todo carinho.

— O almoço está pronto — disse Toby, aparecendo de repente — e a mamãe falou que vai esfriar se vocês não vierem *agora*.

— Uma ordem que nunca desobedeço, né, Tobes? A palavra da mamãe é uma combinação dos mandamentos com os escritos proféticos, sobretudo no que diz respeito à comida.

— Mandamentos e escritos proféticos? Que que é isso? — perguntou Toby, de forma previsível.

— Pergunte para a sua tia Lyddie — respondeu Jack de imediato e sumiu na direção da cozinha.

Toby sorriu para ela. — A gente vai pra praia depois do almoço — contou-lhe. — Todos nós, com os cachorros. Sabia que o meu preferido é o Grumete? Eu queria tanto ter um cachorro! Ele sabe nadar? A gente não vai poder nadar hoje, porque está muito frio, mas a mamãe falou que todo mundo podia ir pra praia. Bem, menos a tia Nest. Ela nunca vai até lá, né?

Lyddie o fitou, pensando nas palavras de Mina.

— Não — respondeu devagar. — Ela nunca vai. Acho que vai dar uma cochilada depois do almoço.

A voz clara de Hannah ecoou impacientemente da cozinha, e Toby agarrou a mão de Lyddie.

— Vem — disse ele. — Está na hora do almoço.

Mais tarde, quando o grupo que ia à praia se reuniu, Lyddie disse que ficaria com Nest e lavaria a louça do almoço.

— Mas levem o Grumete — pediu ela. — A tia Mina vai mantê-lo sob controle.

Fez-se um abençoado silêncio quando todos saíram, batendo a porta. Lyddie sorriu para Nest.

— Você não quer ir descansar? — perguntou-lhe. — Eu posso fazer isso sozinha, sem o menor problema.

Nest fez um pequeno trejeito.

— Para ser sincera, quero sim — admitiu. — Apesar de adorá-los, é bastante exaustivo passar mais horas com eles que de costume. Tem certeza de que não tem problema?

— Tenho — respondeu Lyddie, com firmeza. — Pode ir. Vou levar uma xícara de chá para você mais tarde, se quiser. Mas acho que provavelmente vai despertar com a algazarra quando eles voltarem.

— Eu também acho — concordou ela.

Nest empurrou a cadeira de rodas, e Lyddie se encarregou da cozinha. Começou a limpar tudo metodicamente e, após um momento, notou que estava cantarolando. Essas pequenas e inesperadas manifestações de alegria ainda a surpreendiam e ela se movimentava com tranqüilidade, agradecida por ter o privilégio de contar com aquele refúgio.

Quando a louça do almoço foi lavada e guardada, a cozinha arrumada e a chaleira colocada no fogo, ouviu o burburinho do grupo que voltava da praia.

— Foi um verdadeiro sufoco tirá-los de lá — disse Jack, aceitando uma xícara de chá —, mas a gente tem que ir embora daqui a pouco. É uma longa viagem e os garotos vão voltar hoje à noite.

Nest havia levantado e se juntara a eles durante os últimos dez minutos, a tempo de ver as crianças se despedirem aos prantos dos cachorros e serem colocadas no carro e os adultos se abraçarem e trocarem agradecimentos e promessas de reencontros animados.

— Vamos nos reunir de alguma forma no Natal — disse Jack, abraçando Lyddie. — Daremos um jeito. — Ele se inclinou para beijar Nest, segurando sua mão com força por um momento, e, em seguida, virou-se para Mina. — Lyddie está bem — sussurrou, acobertado pelas outras despedidas.

— Está, não é mesmo? — respondeu ela, com entusiasmo. — E é tão maravilhoso tê-la aqui. Meu querido rapaz, você é uma *enorme* bênção para todas nós.

Jack observou seu semblante doce e envelhecido e se inclinou para lhe dar um beijo no rosto, com suavidade.

— Eu amo muito você — declarou, terno. — A gente se fala mais tarde.

— Que Deus o abençoe! — exclamou ela. — Dirija com cuidado.

Eles partiram, subindo a rampa da entrada, com Toby acenando de forma enérgica pela janela, e as três ficaram paradas no cascalho, ouvindo o carro se afastar e acelerar rumo à estrada da charneca.

— E agora — disse Lyddie — você e os cachorros vão descansar um pouco, tia Mina. Acendi a lareira da sala de visitas. Pegue outra xícara de chá e vá saboreá-la com calma.

— É uma ótima idéia — admitiu Mina. — Mas e você?

— Ah. — Lyddie pôs as mãos na parte de trás da cadeira de rodas. — Bem, *acho* que está na hora de eu e Nest irmos até a praia. — Ela sorriu para ela. — O que acha?

O silêncio pareceu envolvê-las e Mina se deu conta de que estava prendendo a respiração. Após um longo momento, Nest se virou e olhou para cima, fitando o rosto da filha.

— Creio que é uma excelente idéia! — exclamou.

Era tal como ela se lembrava e sonhava. O penhasco íngreme coberto de lariços, carvalhos e faias altas e esplêndidas, com suas ramificações desfolhadas e repletas de vergônteas estendendo-se em direção ao céu azul-claro, grandes moitas de rododendro sob a vertente rochosa da charneca, samambaias de tom verde-escuro à beira d'água. O rio corria ao lado de Nest através do vale estreito, lavando seixos rolados e passando sob salgueiros, enquanto patos chapinhavam entre os juncos e a forte fragrância do tojo era carregada pela brisa. As mãos de Nest comprimiam os braços da cadeira de rodas à medida que olhava de um lugar para outro, com cada trecho da paisagem trazendo centenas de lembranças, até que, por fim, o penhasco se ampliou, indo dar na praia em forma de meia-lua, protegida em ambas as laterais por enormes despenhadeiros acinzentados; ao lado dela, o riacho seguia seu fluxo, rumo a seu inexorável encontro com o mar.

O mar. Nest mal notou que sua cadeira parara de se mover, que estava em uma rocha plana, fitando as ondas, que se formavam e quebravam contra os paredões rochosos, irrompendo na areia xistosa. Vozes foram carregadas pelo vento:

"A gente vai viver junto aqui quando crescer."

"Você veio para me dizer que estou invadindo propriedade alheia ou é simplesmente uma dríade que está passando por aqui?"

"O nosso irmão nasceu. Você acha que o papai vai continuar a amar a gente?"

"Não significou nada. Nada mesmo. Eu estava morrendo de saudades de você, e ela tinha acabado de perder o marido... Já acabou."

"E você vai compartilhar este lugar mágico comigo esta tarde, mocinha?"

Ela nem notou as lágrimas dolorosas que rolaram por sua face gelada, enquanto ouvia a rebentação cadenciada da maré e permitia que a brisa salgada lavasse sua amargura e dor. Então, Nest percebeu que Lyddie se ajoelhara ao seu lado. A filha pegou um lenço e enxugou as maçãs do rosto da mãe, beijando-a antes de se levantar.

— Temos que regressar antes que escureça — disse ela, com suavidade. — Mas a gente volta... não volta?

— Ah, sim — assentiu Nest, lutando para manter a voz firme. — Nós vamos voltar. E obrigada, Lyddie.

A jovem guardou o lenço, fez uma pausa para dar uma última olhada no mar e virou a cadeira de rodas, a fim de regressar ao casarão.

Mina observou-as partir, com o coração enternecido e cheio de gratidão: o milagre acontecera, a aceitação se tornara realidade. Vinha assistindo ao crescimento constante do amor entre Nest e Lyddie, e, agora, por fim, quaisquer temores que possa ter tido haviam sido eliminados.

Chamando os cachorros, chegando à conclusão de que não precisava de outra xícara de chá, foi para a sala de visitas sentindo-se tonta e atordoada em razão da sua alegria. Pressionando os dedos na face sem viço e enrugada, acariciando inconscientemente o beijo dado por Jack, sentou-se na ponta do sofá, enquanto os cachorros deitavam-se, cansados e agradecidos, em suas camas. Fitou as chamas brilhantes da lareira, pensando nas últimas semanas: passeios na van, tardes agradáveis e tranqüilas, caminhadas com os cachorros... E então mergulhou ainda mais no passado, revendo cenas entre as achas ardentes e ouvindo vozes nos estalidos do fogo.

"'Vou lhes contar uma história', disse a narradora, 'mas vocês não devem fazer bagunça nem ficar tossindo ou assoando o nariz o tempo todo...'"

"Lamento chegar de forma inesperada."

"Ele devia se chamar Kim, não Tim. Kim, o Pequeno Amigo de todo o Mundo."

"Ele morreu. Morreu."

"Será que a senhora pode falar logo com o sr. Shaw?"

Despertando de forma repentina, como se estivesse em um sono agitado, Mina pensou primeiro em Timmie, partindo para ir ao colégio e depois ao Exército, e, em seguida, em Jack e sua pequena família. Rezou por sua segurança e bem-estar, e, ao sentir uma onda mais forte de tontura, teve tempo de ver com muita clareza e profunda satisfação o sorriso de Lyddie para Nest e de ouvir a sobrinha dizer: "Acho que está na hora de eu e Nest irmos até a praia" e ainda de testemunhar o olhar carinhoso e confiante que a irmã lançara para a filha. Foi seu último pensamento consciente.

CAPÍTULO QUARENTA E UM

Caminhando bem cedo todas as manhãs com os cachorros pela charneca nas cercanias de casa e olhando para o mar, Lyddie tentava se conformar com aquele novo golpe. Sem tia Mina, ela sentia ter perdido repentinamente seu ponto de apoio, como se tivesse galgado com segurança degraus inexistentes. Na ambulância, após ter deixado Nest branca como um papel, mas determinada — "Você *tem* que ir! Não posso acompanhar Mina, mas ela não pode ir sozinha. Por favor, vá junto. Vou ficar bem!" —, Lyddie segurara a mão fria e inerte da tia e fitara de modo suplicante o rosto calmo e sereno. A jovem ficara sabendo da verdade enquanto esperava no hospital; agora teria de encarar um futuro que não incluía tia Mina.

Jack regressara assim que recebera a notícia, ao telefonar para Ottercombe para dizer que haviam chegado bem a casa. Deixando Hannah com as crianças e os meninos, e outro professor encarregado de suas aulas, ele fora direto ao hospital, atendendo ao pedido de Nest, para tomar conta de todas as abomináveis providências.

Naquela manhã, no quarto dia após o falecimento de Mina, Lyddie observava um navio-tanque atravessar o Canal de Bristol, sob os raios do sol que acabara de despontar, e chorava copiosamente.

— É que sempre pude contar com a tia Mina — dissera Lyddie a Jack. — Com ela e Nest, depois que mamãe e papai morreram. Não posso imaginar a vida sem ela.

— A tia Mina deixou tudo para você, Ottercombe, tudo — dissera-lhe ele. — Sabia que sou o testamenteiro? A tia Nest tem o direito de viver em Ottercombe até morrer, mas claro que isso é uma mera formalidade. Nunca poderia ficar lá sozinha.

— Ela não está sozinha — lembrara Lyddie. — Eu estou com ela.

Jack a observara, com simpatia.

— E vai ficar em Ottercombe?

— Vou. Mesmo que eu quisesse, não poderia tirá-la daqui agora. Foi um choque terrível para Nest. Seria o cúmulo acrescentar isso aos outros golpes que ela recebeu. De qualquer forma, não quero ir embora. Eu adoro isto aqui e não posso imaginar outro lugar para ir. Mas não fazia a menor idéia de que a tia Mina deixaria a casa para mim.

— Ela sabia que poderia contar com você, que cuidaria de tia Nest, e é bem possível... — Ele hesitara.

— É bem possível que tenha intuído que eu precisaria de um refúgio — completara Lyddie, com muita amargura.

Jack dera de ombros, ainda observando a prima com compaixão.

— Talvez. Quando fala dos "golpes" que tia Nest recebeu, está se referindo ao acidente?

— Bem, sim... — Ela se lembrara, levando um repentino choque, de que Jack não sabia de nada da verdadeira relação entre ela e Nest. Era estranho isso ser um segredo para ele. — Sim, claro. Acha que é loucura ficarmos em Ottercombe?

— É óbvio que não — respondera ele. — Se a tia Mina conseguia cuidar de tudo, tenho certeza de que você não terá dificuldades, embora tenha que ter em mente que trabalha em período integral. Há um pouco de dinheiro investido; Richard Bryce era um sujeito rico, então isso deve ajudar um pouco. Não, eu não acho que seja loucura, mas acontece que a tia Mina dedicou a vida à vovó e, depois, à tia Nest, e não quero ver você sacrificar a sua.

— Foi um sacrifício? — ela quis saber. — Não consigo pensar em alguém mais alegre que tia Mina. E como era sábia, considerando que só passou alguns anos longe daqui. Todos nós recorríamos a ela de vez em quando, né?

— Com certeza. — Jack sorrira para ela. — A tia Mina era uma comunicadora e, de um jeito ou de outro, manteve sua integridade intelectual. Nunca se desligou. Fico feliz em saber que você e tia Nest vão ficar juntas, mas não quero que se esqueça de que há vida fora de Ottercombe, só isso.

— Não vou me esquecer — prometera ela. — Pode ser que em determinado momento decidamos vender tudo e ir para alguma cidade ou algo assim. É que não quero tomar uma decisão precipitada, nem deixar Nest mais angustiada do que já está.

— Está bom. — Ele fizera uma pausa. E, em seguida, perguntara: — Você percebeu que não a está chamando de "tia" ultimamente?

— É verdade — concordara ela, após um momento. — Estranho, né?

Bem acima das águas agitadas, um minúsculo avião prateado cruzou o céu, projetando uma linha argêntea, que se esvaneceu enquanto ela o observava. A sombra alongada de Lyddie estendia-se à sua frente no relvado mordiscado pelas ovelhas; ela ergueu um pouco os braços, devagar, mantendo-os retos e rígidos, e abriu os dedos, deixando três de um lado e dois do outro, fazendo com que parecessem mãos-de-tesoura longas e pontudas. Fez vários movimentos cortantes, até que, de repente, irritada com sua infantilidade, meteu as mãos nos bolsos e virou as costas, chamando os cachorros.

Em Ottercombe, Nest estava se levantando aos poucos. Sentou-se na beira da cama, colocando uma saia de flanela longa e quente, em tons pastéis de vermelho e azul. Fora Mina que descobrira a praticidade das calças e saias com elástico na cintura, pedindo catálogos, examinando-os com Nest, insistindo que ela deveria continuar a se vestir na moda, aumentando sua auto-estima.

Sentada na cama, Nest lutou contra as lágrimas que insistiam em brotar o tempo todo. Mina estava em toda parte: trabalhando no jardim, cozinhando na cozinha, lendo ao lado da lareira. Nest podia vê-la naqueles tenebrosos dias após o acidente, dançando na varanda com um filhote de cachorro nos braços, erguendo uma de suas patinhas com elegância conforme eles se moviam de um lado a outro; podia vê-la servindo-se de uma dose de bebida, bastante necessária antes do jantar, e empurrando a cadeira de rodas pelo supermercado para que Nest, com a cesta de arame sobre os joelhos, pudesse escolher algo especial para o seu aniversário.

"Jesus... não julgou como usurpação o ser igual a Deus... antes, a si mesmo se esvaziou..." O verso lhe veio à mente de forma inesperada. Talvez fosse disso que se tratasse a obtenção da paz conseguida com dificuldade por Cristo: um esvaziamento do eu, entusiástico e espontâneo...

Ela ouviu Jack movimentando-se na cozinha e se controlou, continuando o vagaroso processo de se vestir. O que teria feito sem Lyddie e Jack?

— Vou ficar — dissera Lyddie, com firmeza e bondade. — Nós temos que ficar juntas, eu e você. Vamos superar isto de alguma forma. Vai ter que me mostrar como tudo funciona, sabe?

Sentindo-se muito grata, Nest se limitou a fazer um protesto simbólico, receando ser considerada um fardo.

— E aonde eu iria? — indagara Lyddie. — Espero que não tenha a intenção de me expulsar... De qualquer maneira, alguém tem que cuidar dos cachorros.

Seu entusiasmo não enganou Nest, que sentiu pena de Lyddie.

— Liam sabe? — perguntara Nest a Jack, em particular, e ele assentira.

— Lyddie ligou para contar a ele — dissera o sobrinho —, mas é óbvio que o sujeito não está nem aí.

Parecia excepcionalmente zangado, em se tratando de Jack, e Nest sentiu uma onda de amor por ele. O sobrinho estava cuidando de todos os detalhes do funeral, e ela se sentia aliviada por ter sido poupada.

— Só me dê os nomes de todos que você acha que deveriam ser convidados — pedira ele. — E espero que não haja problema, mas dei uma olhada nos e-mails da tia Mina e enviei uma mensagem para algumas pessoas da lista de endereços dela. Eu sei que parece errado ler a correspondência dela, mas a minha intenção foi ver se havia alguém querendo saber o que estava acontecendo. A tia Mina se comunicava regularmente com várias pessoas e com um homem em especial, chamado Elyot. Ela chegou a falar dele?

Nest meneara a cabeça, franzindo o cenho.

— Acho que não. Só mencionava todos de um modo geral. Era bom para ela ter com quem conversar, e sei que alguns deles cuidavam de deficientes físicos, como eu.

— Bom, esse cara estava um pouco preocupado por não ter recebido notícias dela. Ao que tudo indica, a esposa dele está doente, internada numa clínica. Então acho que tia Mina o conheceu em uma sala de bate-papo de pessoas que cuidam de outras com alguma deficiência. Quando li seus e-mails, ficou claro que eram muito bons amigos. Vou imprimi-los para que os leia. — Hesitara. — Pode parecer estranho, mas eu acho que você deveria ler as mensagens. Bem, agora todos os correspondentes mais íntimos já sabem.

— Você é um amor mesmo! — exclamara Nest, com os olhos marejados de novo. — Sinto muito, sou uma boba!

— Chore à vontade — aconselhara Jack, com compaixão. — É o que eu faço, com freqüência.

Agora, completamente vestida, tendo já passado para sua cadeira de rodas, ouviu o som da voz de Lyddie conversando com Jack e o latido barulhento de Dom Arisco. Era o Capitão Gato que mais sentia falta de sua dona; Lady Polly estava velha demais para ficar mais do que intrigada com sua ausência, e Dom Arisco era muito jovem e estava demasiadamente encantado com Grumete para se preocupar muito; entretanto, o pobre Capitão Gato condoeu-se de Mina de maneira comovente. Adotara Nest como sua protetora, sentando-se ao lado de sua cadeira e seguindo-a o tempo todo, até Lyddie pegá-lo, sem remorso, para caminhar com os outros. Os quatro estavam aprendendo a dormir de modo amigável na cozinha, porém Nest, desfrutando da companhia de Capitão Gato e compartilhando sua tristeza, colocava-o repetidas vezes no colo, sussurrando-lhe palavras carinhosas e acariciando sua cabecinha branca e quente, tal como Mina fizera no passado. Ele estaria esperando por ela agora, junto com Lyddie e Jack.

Endireitando os ombros, obrigando-se a sorrir, ela empurrou a cadeira de rodas pelo corredor, indo até a cozinha.

CAPÍTULO QUARENTA E DOIS

Quando chegou o dia do funeral, o casarão já havia passado por uma faxina completa; na sala, a luz do fogo refletia nas superfícies de pau-rosa e mogno lustrosas, o odor de frésias enchia os ambientes desertos, e até mesmo as camas dos cachorros foram lavadas. Enquanto a família aguardava os amigos voltarem da igreja, o casarão já estava pronto para lhes dar as boas-vindas com seus aromas caseiros e aconchegantes de lareiras acesas, flores, velas e cachorros.

Era possível ver o resultado do turbilhão dramático de limpeza, com direito até a polimento.

— É bom ter algo para fazer — dissera ela, sentindo, no mesmo instante, remorsos por Nest, cuja atividade era tão limitada.

— Vou cuidar dos arranjos de flores — informara ela, quase alegre, diante dessa perspectiva. — Ao menos posso fazer isso.

Hannah chegara dois dias antes, após deixar as crianças com a mãe.

— Eu conseguiria lidar com Tobes — explicara ela a Lyddie —, mas não com Flora. É preciso ter concentração nessas horas, e, infelizmente, Tobes não está muito bem. Adorava tia Mina, e acho que teria sido demais para ele. Por fim, acabei optando por deixá-lo também, e assim posso cuidar do bufê sem distrações. Quantas pessoas virão?

— Não tenho certeza. — Lyddie estava se esforçando para conter as lágrimas. Era estranho como essa dor vinha sem mais nem menos, do nada, partindo-lhe o coração. — Somos oito aqui em casa, acho. Eu e Nest, você e Jack, Helena e Rupert, e a tia Josie está vindo da Filadélfia com o filho mais novo, Paul. O Roger e a Teresa vêm de carro, devem ter saído de manhã cedo. Mas não sei quantas pessoas vão aparecer na igreja amanhã e depois vir para cá.

Hannah a fitara, reparando nas olheiras e nas linhas tensas em torno da boca.

— Você já arrumou as camas? — perguntou.

Lyddie assentira.

— Já está tudo pronto. Só falta preparar a comida, e o Jack vai pegar a Josie e o Paul em Taunton hoje à tarde. A Helena e o Rupert vão chegar à noite.

— Então venha comigo até a cozinha e me ajude a fazer uma lista de compras. Vamos até Barnstaple comprar tudo e, depois, podemos tomar um cafezinho em algum lugar. O Jack fica com a Nest e os cachorros.

— Seria ótimo! — exclamara Lyddie. De repente, sentira vontade de se afastar de Ottercombe, para ver o ritmo das coisas mundo afora e esquecer, por algum tempo, que nunca mais veria o rosto de tia Mina. — Obrigada, Hannah. Seria muito bom mesmo.

Surpreendentemente, a chegada de Josie e Paul ajudou muito a levantar os ânimos. O tempo que Josie passara longe contribuiu para que sua dor não fosse tão extrema, trazendo-lhe, sobretudo, recordações enternecidas de tempos felizes, que a levavam a perguntar com freqüência: "Oh! Você se lembra?" Isso pareceu consolar Nest e animá-la. Ela ficou encantada com aquela mulher pequenina, magra e cheia de vida, muito inteligente e bastante americanizada, que se parecia muito com Henrietta, e adorou conversar com seu filho mais novo, Paul, rapaz tranqüilo e charmoso, educadíssimo. Jack e Rupert o levaram para um canto com uma garrafa de uísque, enquanto Helena contava a Lyddie e a Hannah como havia sido a adaptação de Georgie no asilo.

— Foi estranho, no início — contou ela. — Bem, a gente esperava por isso, mas ela ficou muito calada, meio perturbada. Não se dá ao trabalho de nos responder e não parece ter noção do que está acontecendo. Dou um pulo lá todos os dias, quando volto do trabalho, e Rupert e eu vamos no fim de semana, só que, ao que tudo indica, ela não repara muito na gente. Achei que não havia motivo para trazê-la conosco.

— Ah, não — disse Lyddie, rápido. — Teria sido terrível. Tão confuso e assustador para ela. Ao menos terá lembranças felizes.

— Coitada de você, Helena! — exclamara Hannah, com compaixão. — Acho que esses momentos são mais difíceis para quem está cuidando do que para quem está sendo assistido e já perdeu a noção das coisas.

Helena a olhou com gratidão.

— Às vezes eu penso assim também. Mas a gente não faz idéia do que está passando na cabeça deles, né? De repente estão sofrendo sem que a gente saiba.

Seus olhos ficaram marejados e Lyddie pegou sua mão.

— Nem ouse — pediu-lhe —, nem ouse, Helena, ou todas entraremos nisso juntas. — E as três riram, embora estivessem abaladas.

— Tantas lembranças — dizia Josie a Nest. — Meu Deus, quando penso no passado! Eu e Henrietta brigando feito cão e gato e Mina tentando manter a paz. Tadinha de mamãe! E, claro, víamos você e Timmie apenas como dois bebês. Lembra-se de como os chamávamos de caçulinhas? — Seu semblante obscureceu. — Ah, Nest. Timmie e Henrietta se foram, e agora Mina. Todos aqueles anos cuidando de mamãe, e depois...

— Cuidando de mim?

Nest sorriu, porém Josie fez uma careta.

— Dona Linguaruda — afirmou ela, animada. — Não mudei nada! Mas Mina era uma santa. *Eu* mal podia esperar para ir embora, depois da guerra. Enfurnada aqui, sem ter o que fazer. Não era tão ruim no início da guerra, quando éramos pequenas. Meu Deus, lembra-se daqueles bebês terríveis que vieram ficar aqui com a prima Jean...?

— Lembro sim. — Nest fingiu franzir o cenho também, como se estivesse tentando avivar a memória. — E se recorda de Timothy?

A expressão de Josie suavizou.

— Timothy — repetiu ela, com ternura. — *É claro* que me recordo dele. Era como um visitante de outro planeta, um homem de poderes místicos. Ah, e como eu e Henrietta invejávamos Timmie por ter Timothy como padrinho. Embora ele fosse amável com todas nós, não é mesmo? *Muito* mais do que papai. Com certeza você se lembra dele, não é, Nest?

— Claro, claro. Mas não tão bem quanto você, já que eu era tão mais nova...

— É verdade. Bem, vou te contar, ele era um sujeito e tanto. Tão boa-pinta e romântico. E todos os lugares que visitava...

— Mina falava dele, às vezes — comentou Nest, dissimuladamente —, mas não se lembrava de muita coisa.

— Bem. — Josie se acomodou melhor, forçando a memória. — Deixe-me ver, então...

— E aí? — começou a perguntar Rupert, sorvendo o uísque. — Tudo sob controle?

Jack olhou de relance para as mulheres.

— Acho que sim — respondeu. — Vou ficar feliz amanhã, quando isso tudo tiver terminado.

Rupert deu-lhe um tapinha amigável no ombro.

— Vai dar tudo certo — afirmou ele, reconfortando-o.

Jack encheu o copo de Paul.

— Tome. Espero que fique algum tempo aqui. Não gostaria de ver, em primeira mão, o funcionamento de um colégio particular inglês?

E agora lá estavam eles, de pé, sem jeito, aguardando os primeiros convidados. A comida fora distribuída na cozinha e na mesa dobrável da sala de visitas. Abriram-se garrafas de vinho, algumas foram deixadas a temperatura ambiente e outras colocadas na geladeira. Cadeiras tinham sido reunidas de todas as partes da casa e a louça e os copos retirados dos armários. Ouviram, então, um ronco de motor; um carro percorria a rampa da entrada. Lyddie olhou para Nest e as duas trocaram um sorriso revigorante e um aceno de cabeça encorajador quando Jack veio da cozinha para abrir a porta principal.

Sentada próximo à porta da sala de visitas, Nest observou os visitantes entrarem. Ficara surpresa com a quantidade deles na igreja: comerciantes de Lynton, alguns moradores de fazendas afastadas, amigos da família e desconhecidos.

Ao ouvir as palavras familiares da cerimônia fúnebre, com a mão de Lyddie apertando a sua com força, Nest tentara esvaziar a mente e manter os olhos afastados do caixão. Visões lhe encheram a mente: Mina levando-a para o jardim, a fim de lhe mostrar as primeiras prímulas; Mina cantando ao dirigir pela estrada costeira de maneira que Nest pudesse admirar o mar sem se sentir culpada; Mina conversando com os cachorros, com seus sussurros afetuosos, seguidos de um leve suspiro, "puf-puf-puf". Nest sentira um nó na garganta pela dor que essas lembranças lhe causavam, sentira o coração pesado e frio como chumbo no peito; só o aperto de mão seguro de Lyddie a fizera agüentar firme.

Agora sorria para aquelas pessoas queridas — que haviam amado Mina, à sua maneira — e aceitava suas condolências educadas, agradecendo sua presença. Nest conversava com um fazendeiro idoso e sua esposa, que lhe contavam suas lembranças de Mina, quando viu dois homens ingressando na casa. Eles haviam estado na igreja, nos fundos, e, quando ela empurrara sua cadeira de rodas, olhara-os de esguelha, pensando por um momento reconhecer o mais jovem. Quando o fazendeiro e a esposa se viraram, Nest observou os dois homens agirem de forma bastante tímida e Lyddie se virar para cumprimentá-los, dando-lhes a mão com um sorriso.

O mais novo pegou-a, sorrindo também, e cobriu-a com a dele.

— Lamento chegar de forma inesperada — disse ele, e Nest sentiu uma pequena onda de choque, como se os dois, ali juntos, estivessem presos em uma lembrança eterna.

"Lamento chegar de forma inesperada."

— Meu pai não está podendo dirigir e me pediu para trazê-lo — explicava ele, sem soltar a mão de Lyddie. — Você não sabe quem somos.

O homem mais velho também se aproximou e Nest moveu sua cadeira até eles.

— Mas eu sei — afirmou ela, e seu coração se encheu de alegria, como se Mina a tivesse tocado de leve no ombro. Seu olhar foi do mais novo ao mais velho e ela sorriu com afetuoso reconhecimento. — Você é Tony Luttrell — disse ela, estendendo a mão. — Bem-vindo novamente a Ottercombe.

CAPÍTULO QUARENTA E TRÊS

Nos dias seguintes, depois que Jack e Hannah voltaram a Dorset, Josie e Paul para os Estados Unidos e Helena e Rupert para Bristol, fora a alegria daquele reencontro que motivara Lyddie e Nest a seguirem adiante.

— Embora não seja bem uma nova amizade — disse Lyddie. — Afinal de contas, tem mais de quarenta anos! Ah, como é incrível! Sinto que Mina os enviou especialmente. E você reconhecê-lo após todos esses anos!

— Bem, não reconheci Tony. Reconheci William — lembrou Nest, dando uma risada. — Sei que parece bobagem. Acontece que ele tem quase a mesma aparência que Tony tinha quando o vi pela primeira vez. Bem mais velho, claro, já que William deve estar perto dos quarenta, mas deu para notar. Quando os vi na igreja, deu-me uma espécie de estalo, porém estava emocionada demais para pensar no assunto. Foi quando o vi na sua frente...

Ela se calou, sem vontade de continuar, de citar as palavras de William, que seu próprio pai dissera para Lydia tantos anos antes. Lyddie estava absorta demais para notar o retraimento de Nest, sentindo-se muito empolgada com aquele estranho acontecimento. Fez Nest lhe repetir a história de Mina várias vezes.

— Não sei contar tão bem quanto ela — afirmava Nest, frustrada. — Mina era a contadora de histórias. — E então Lyddie escutava as outras histórias, de Nest e Timmie nos idos tempos de caçulinhas, da constante rivalidade entre Josie e Henrietta, apesar do amor que sentiam uma pela outra, dos piqueniques e brincadeiras preferidas e das historinhas que Lydia lhes contava durante a hora das crianças.

Lyddie suspirava de prazer ao final de cada história, vivenciando o que acontecera em Ottercombe, curando aos poucos a ferida provocada por Liam e pela perda de sua querida tia Mina.

— William deve vir amanhã — dizia ela, casualmente. E, então, levava os cachorros para passear na praia, tentando controlar o estranho ânimo que a perspectiva de vê-lo de novo lhe trazia.

"Está cedo demais", dizia a si mesma, com severidade. "Não seja boba! Você fez isso com Liam, depois de James..." No entanto, ela sabia que William não era como Liam. Seu olhar límpido e sorriso calmo denotavam uma personalidade bem diferente, e ela se sentia em paz com ele, relaxada e feliz. Os dois gostavam de ficar juntos, conhecendo-se. Quando caminhavam pelo bosque, ouvindo a rebentação incansável das ondas na praia, passando debaixo dos vidoeiros espectrais, cujos ramos cor de sangue brilhavam sob os raios de sol do ocaso, o coração de Lyddie se enchia de tranqüilidade.

Nest também se sentia bem, não só por ver Lyddie e William juntos, como pela companhia de Tony. Como era extraordinário ele aparecer agora, após a morte de Mina, e se tornar uma sólida fonte de consolo para ela. Vinha com o filho sempre que podia; Lavinia estava combalida e ele tentava passar o maior tempo possível com ela.

— Se ao menos Mina tivesse sabido quem você era — lamentou Nest, quando Tony explicara como recebera o e-mail de Jack e descrevera como ele e Mina haviam "conversado".

— Fiquei com medo de contar a ela — explicara ele, com o rosto, ainda bonito, triste. — Foi tão incrível quando vi o nome de Mina pela primeira vez. Ela não tentou escondê-lo. E por que haveria de fazer isso? Eu fui mais cauteloso quando comecei a utilizar a internet e decidi utilizar um anagrama parcial de Tony Luttrell, adotando o nome de Elyot. Não demorou muito para ela mencionar Ottercombe e você, e então eu soube. Ah, Nest, não dá nem para descrever como me senti! E como me dava vontade de lhe contar a verdade! Porém, não sabia se ela ainda me odiava e fiquei com medo de arriscar. Precisava muito dela.

— Ela nunca o odiou — disse Nest com amabilidade e se viu contando a história de Mina de novo, toda a verdade, de modo que Tony não conseguiu conter a emoção e os dois se sentaram juntos ao anoitecer, consolando-se. — Mina também precisava muito de você — afirmou ela. — Ajudou-a a enfrentar esses últimos anos. É importante que saiba disso. — Hesitou. — Tenho que confessar que Jack imprimiu suas "conversas" e as mostrou para mim. Perdoe-me por isso, mas foi tão importante ver que ela pôde contar com todo o seu carinho e apoio. Talvez tenha sido melhor assim, por vários motivos.

— Talvez. — Ele assoou o nariz. — Nunca vou me esquecer daquele e-mail de Jack. Lamentei muitíssimo tê-la perdido de novo. Tive que vir, ao menos uma vez, ver esta casa e você.

— E agora virá com freqüência, espero — dissera Nest. — Você e William.

Ele a olhou, com os olhos brilhantes em virtude das lágrimas não derramadas.

— Significaria muito para mim. Obrigado, Nest.

Então agora, faltando apenas uma semana para o Natal, elas aguardavam mais visitantes: Jack, Hannah, as crianças e o filhotinho de cachorro.

— Admiro sua coragem de receber todos nós! — exclamou Hannah ao telefone com Lyddie. — Pobre Capitão Gato!

— Ele está aprendendo a se adaptar — disse Lyddie, com firmeza —, bem como todas nós. Que bom que vocês vêm, Hannah. Não pense que não posso imaginar como deve ser trazer duas crianças e todos os seus apetrechos natalinos para cá.

— Mal podemos esperar! — disse Hannah. — Quando Tobes soube que Papai Noel caberia sem problemas em sua lareira, ficou extasiado. Um Natal com *cinco* cachorros! Eu te pergunto: que mais esperar da vida?

— Tenho tentado preparar a casa para Flora. — A voz de Lyddie pareceu ansiosa. — Quando você vê Ottercombe com os olhos de uma criancinha, é um verdadeiro campo minado!

— Nem me fale! — exclamou Hannah, com ironia. — Mas não se preocupe, vai dar tudo certo. Você já conseguiu a árvore?

— Está num balde, no depósito — disse Lyddie, prontamente —, e comprei muitos enfeites. Ah, Hannah, mal posso esperar para vê-los.

— Nós também! — afirmou ela, animada. — Jack vai levar as bebidas, viu? Disse que não ia deixar vocês encarregadas do paladar requintado dele. — Fez uma pausa. — Imagine só! — exclamou ela. — Eu também fiquei pasma. Daí, ele levou um cascudo!

Lyddie desatou a rir.

— Diga a todos que mandamos um abraço. Até mais. Tchau.

Agora, uma quietude plácida domina o casarão. William já havia chegado e fora passear na praia com Lyddie e os cachorros; tudo estava preparado. Aos poucos, Nest empurra sua cadeira de rodas, saindo da penumbra, com os pneus de borracha deslizando suavemente no piso de mosaico rachado, fazendo uma pausa do lado de fora da sala de visitas. Presentes de Natal com embrulhos chamativos estão empilhados no antigo banco de madeira e um vaso de evônimos enfeita a mesa de carvalho, ao lado do abajur, cuja luz se reflete na grande bandeja de cobre. O silêncio reina em todos os ambientes, apossando-se de Nest quando ela se inclina para ouvir, de olhos fechados. Já não pode mais visualizar Georgie e Mina, com Timmie acomodado entre as duas no sofá, nem Josie brincando com o seu quebra-cabeça no chão, nem Henrietta inclinando-se para ver as ilustrações do livro. A voz de Lydia se dissipou no tempo, as crianças se foram.

A história deles terminou; um novo capítulo está começando.

Impresso no Brasil pelo
Sistema Cameron da Divisão Gráfica da
DISTRIBUIDORA RECORD DE SERVIÇOS DE IMPRENSA S.A.
Rua Argentina 171 – Rio de Janeiro, RJ – 20921-380 – Tel.: 2585-2000